睡魔的谎言

[瑞典] 拉尔斯·克卜勒（Lars Kepler）/ 著
傅力 / 译

The Sandman

中国出版集团 现代出版社

图书在版编目(CIP)数据

睡魔的谎言/(瑞典)拉尔斯·克卜勒
(Lars Kepler)著;傅力译.—北京:现代出版社,
2019.6
ISBN 978-7-5143-7728-6

Ⅰ.①睡… Ⅱ.①拉… ②傅… Ⅲ.①长篇小说—瑞
典—现代 Ⅳ.①I532.45

中国版本图书馆 CIP 数据核字(2019)第 083286 号

版权登记号 01-2018-8329

睡魔的谎言

作　　者:[瑞典]拉尔斯·克卜勒(Lars Kepler) 著
译　　者:傅　力
选题策划:杨　静
责任编辑:杨　静　王　羽
出版发行:现代出版社
通信地址:北京市安定门外安华里 504 号
邮政编码:100011
电　　话:010-64267325　64245264(传真)
网　　址:www.1980xd.com
电子邮箱:xiandai@vip.sina.com
印　　刷:三河市国英印务有限公司

开　　本:880mm×1230mm　1/32
印　　张:14.625　　字　　数:300 千字
版　　次:2019 年 7 月第 1 版　　印　　次:2019 年 7 月第 1 次印刷
书　　号:ISBN 978-7-5143-7728-6
定　　价:52.00 元

目录

睡魔的谎言

睡魔的谎言

这是一个午夜。雪从海的方向吹来，一个年轻男子正在穿过一座高速铁路桥向斯德哥尔摩的方向走去。他的脸色像蒙上雾气的玻璃一样苍白，下身的牛仔裤因为血水冻结而变得僵硬。他正走在两条铁轨之间，一步步跨过枕木。在他下方五十米处，冰面犹如一条素练堪堪可见。海港处的树木和油罐上盖着一层雪，难以辨识。视线所及是远处下方，集装箱、起重机发出的辉光中旋转着的落雪。

温热的血从男子的左下臂淌了下来，流入手掌，再从指尖滴落。

当一列夜间列车向这座两公里长的桥驶近时，钢轨开始发出鸣响。

年轻男子摇摇晃晃地在铁轨上坐下，复而又站起，继续向前走去。

列车前方的空气受到冲击带起滚滚积雪，遮蔽了视线。当司机看到轨道上有人时，庞巴迪 TRAXX 的火车头已经到达了桥的中央。他赶紧拉响喇叭，看见那个人影险些摔倒，然后人影向左侧迈了一大步，站到了对向列车的轨道上，用手抓住了不结实的铁轨。

那人的衣服随风拍打着，桥在他脚下沉重地摇晃。他直直地站在那里，眼睛睁得大大的，手按在铁轨上。

旋转翻滚着的雪花和黑暗笼罩了一切。

当他再次开始前行时，手上的血已经开始结冰。

他的名字叫米凯尔·科勒·弗罗斯特。他已经失踪十三年，并在七年前被宣布死亡。

1

犯罪心理安全科

洛文斯特伦斯卡医院

钢闸门“咣当”一声在新来的医生身后关上，金属的回声从他身边荡开，沿着螺旋楼梯传了下去。

当一切恢复阒静时，安德斯·罗恩感觉一个战栗传到了脊梁骨上。

从今天开始，他将在犯罪心理安全科工作。

杰里科·沃尔特被判处需要精神治疗看护的缓刑，在过去的十三年中，这个与外界严格隔离的地堡已经成为他的家。

这位年轻的医生对他的病人了解并不多，只知道他被诊断出患有精神分裂症、非特异性症状、混沌思维、复发性急性精神症，并伴随古怪行为和极端暴力发作。

安德斯·罗恩下到零层后出示了自己的身份证件，留下了手机，并把钥匙挂在他的更衣室门前。警卫打开了第一道门的气闸，他走了进去，等着第一个门关上。关门的信号响起后，警卫打开了第二道门，他再走进去。安德斯转过身向警卫挥手示意了一下，然后沿着走廊向隔离病房区的办公室走去。

高级主治医生罗兰·布洛林是一个身材矮胖的人，五十来岁，斜肩，短发。他正一边站在厨房的抽风扇下面吸烟，一边快速翻阅着《健康工作者》杂志中一篇关于男女收入差距的文章。

“杰里科·沃尔特绝对不能和任何工作人员单独待在一起。”这位主治医师说道，“他决不可以和其他病人接触，他不被允许见任何访客，他也不被允许进入运动场，他还不能……”

“从来都不行？”安德斯问，“难道让他……”

“不允许！”罗兰·布洛林用尖锐的声音否定道。

“那么，他到底做了什么？”

“没做一点儿好事。”罗兰说着向走廊走去。

尽管杰里科·沃尔特是瑞典有史以来情节最恶劣的连环杀人犯，但他对于公众来说却极其陌生。在中央法院和位于瓦伦格宫殿的上诉法院中对他的诉讼都是秘密进行的，所有的相关文件仍然严格保密。

安德斯·罗恩和高级主治医生罗兰·布洛林通过了另一个安全门，一个手臂有文身、脸部穿刺的年轻女子向他们使了个眼色。

“要活着回来呀。”她语气轻快地说。

“没必要担心。”罗兰低声告诉安德斯，“杰里科·沃尔特现在是个安静的老家伙，他不打架，说话也不提高嗓门。我们的基本原则是从不进入他的病房，但是昨天晚上上夜班的莱夫注意到他做了一把类似刀子的东西藏在床垫底下，所以我们必须去没收它。”

“我们该怎么做呢？”安德斯问。

“我们得打破原则。”

“我们要走进杰里科的病房？”

“是你要进去……好好问问刀子的事情。”

“我进去？”

罗兰　　·布洛林大声笑着解释说，他们会假装给病人按照常规注射利培酮，但实际上会给他注射高剂量的奥氮平。

高级主治医师将自己的卡在识卡器上划过，然后按了密码。哔哔声响起，安全门的锁发出了转动的声音。

“等等。”罗兰说着拿出一小盒黄色耳塞。

“你说他不会喊叫的。”

罗兰无力地笑了笑，用疲倦的眼神看着他的新同事，在开始解释之前先重重地叹了口气。

“杰里科·沃尔特会很平静地跟你说话，完全没什么异样。”他用严肃的声音解释，“但到了今天晚些时候，当你开车回家时，你会转动方向盘一头撞向迎面而来的卡车……或者你会在DIY商店前停下来买一把斧头，然后在幼儿园前挑选孩子。”

“我现在应该害怕吗？”安德斯笑了。

“不，但希望你小心点。”罗兰说。

安德斯通常运气不太好，但当他在《医生杂志》上看到一则广告时，他的心脏开始快速跳动。洛文斯特伦斯卡医院的一个安全科室需要一名全职员工，这是一个长期职位的临时招聘。这里离家只有二十分钟的车程，并且这很可能转正成一份正式工作。自从在斯卡拉博格医院和胡丁厄的一个卫生中心实习后，他不得不在圣西格弗里德医院的地区诊所接受一份临时合同工作。

往返韦克舍所需的驾车时间和不规则的出诊时间使得他和妻子佩特拉在委员会负责的娱乐管理工作，以及照顾患有自闭症的艾格尼丝之间无法协调。

就在两个星期前，安德斯和佩特拉在厨房的桌子前坐了下来，想弄清楚他们到底该怎么办。

“我们不能再这样下去了。”他平静地说。

“但是我们还有什么选择呢？”她低声说。

“我不知道。”安德斯说着擦去她面颊上的泪水。

艾格尼丝在幼儿园的助教告诉他们，艾格尼丝度过了艰难的一天。她拒绝放下手中的牛奶杯，其他孩子都笑话她。她没有办法在思维中接受已经放学的现实，因为安德斯没能像平时那样来接她。即使他从韦克舍径直开车回来，到达幼儿园时也已经六点。艾格尼丝仍然坐在餐厅里，双手拢着玻璃杯。

当他们回到家后，艾格尼丝站在她的房间里，凝视着玩偶房旁边的墙，用她特有的那种内向神情拍着手。他们不知道她能在那里看到什么，但她说有灰色的棒子不断出现，她必须数数，然后阻止它们。这是她感到特别焦虑时表现出来的行为，有时十分钟就足够缓解了，但那天晚上，她站在那里四个多小时才让他们把她放到床上睡觉。

2

最后一道安全门关闭，他们沿着走廊向这里唯一正在使用的隔离病房走去。乙烯塑料地板反射着天花板上日光灯的光亮。离地面一米处，带有纹理的墙纸上因为食品小推车的长年滑动压出了一条凹槽。

高级主治医师把他的通行证拿走，让安德斯朝他前方的沉重金属门走去。

透过强化玻璃，安德斯可以看到一个瘦削的人坐在一张塑料椅子上。他穿着蓝色牛仔裤和牛仔衬衫，脸上剃得干干净净，眼睛显得非常镇静，苍白脸庞上的众多皱纹看起来像一块干涸河床底部的开裂泥土。

杰里科·沃尔特只因两起谋杀案和一宗谋杀未遂案而被判有罪，但有令人信服的证据表明他与另外十九起谋杀案有关。

十三年前，他在斯德哥尔摩动物园岛利尔-詹姆斯根森林里的犯罪现场被当场抓获，当时他正迫使一个五十岁的妇女回到地上的一口棺材里。她被关在棺材里已经快两年了，但还活着。这名妇女受了重伤，营养不良，肌肉萎缩，有严重的压疮和冻伤，并遭受严重的脑损伤。如果警察没有跟踪杰里科·沃尔特并在棺材旁逮捕他，他的暴行可能永远不会停止。

现在，主治医生拿出三个含有黄色粉末的小玻璃瓶，往每个瓶子里加了一些水，小心地摇晃着，然后把里面的液体抽进注射器里。

他把耳塞塞好，然后打开门上的小窗户。金属发出一阵咔嗒声，一股浓重的水泥味和尘土迎面袭来。

高级主治医生以冷静的语调告诉杰里科·沃尔特现在到了他的注射时间。

那人抬起下巴，轻轻地从椅子上站起来，转身看着门口，边走边解开衬衫的纽扣。

“站着别动，把衬衫脱掉。”罗兰·布洛林说道。

杰里科·沃尔特慢慢地向前走，罗兰快速地关上了门上的小窗。杰里科停下来，解开最后的纽扣，让他的衬衫掉到地上。

他的体形还保持着年轻时的线条，但是肌肉松弛了，带着皱纹的皮肤微微下垂。

罗兰又打开小窗，杰里科·沃尔特又向前走了一点儿，伸出了他那结实的胳膊，上面的文身斑驳而繁杂。

安德斯用消毒酒精擦拭着他的上臂，罗兰将注射器推到他柔软的肌肉中，把注射液极速地推了进去。杰里科的手吃惊般地猛然抽搐，但他没有向后回缩手臂，直到得到允许后他才将手臂缩了回去。高级主治医生匆忙关闭并闩上了小窗，取出耳塞，紧张得暗暗发笑，然后朝里面看。

杰里科·沃尔特踉踉跄跄地走向床边停下，坐了下来。

突然，他转过身来看向门，罗兰手中的注射器正好掉到了地上。

他试图抓住注射器，但它滚过了地板。

安德斯走向前，捡起了注射器。当他们俩站起来转身回到门口时，看到强化玻璃的内侧已被雾气覆盖。杰里科用嘴往玻璃上哈气，然后用手指写了“乔纳”两个字。

“上面写了什么？”安德斯用微弱的声音问。

“他写的是乔纳。”

“乔纳？”

“这他妈到底是什么意思？”

哈气消失了，他们看到杰里科·沃尔特坐在原来的位置上，仿佛不曾移动过。他看着自己手臂上被注射的位置，按摩着肌肉，然后透过玻璃看向他们。

“上面没写别的吗？”安德斯问。

“我只看到了……”

这时，沉重的门的另一侧传来一声野兽般的吼叫。杰里科·沃尔特从床上滑了下来，跪在了地上，使出了吃奶的劲惊声尖叫。他颈部的肌肉紧绷，静脉肿了起来。

“你到底给他注射了多少？”安德斯问。

杰里科·沃尔特的眼珠向后翻了过去，眼白布满眼眶，他伸出一只手来支撑自己，又伸直了一条腿，整个人向后翻去，头撞在了床头柜上，然后又尖叫起来，身体开始痉挛。

“他妈的！”安德斯低声咒骂。

杰里科滑到了地上，双腿无法控制地乱蹬。他咬了自己的舌头，血喷到了胸前，然后躺在那里，喘着气。

“如果他死了，我们怎么办？”

“火化他。”布洛林说。

杰里科又开始抽搐，全身发抖，双手向各个方向摆动，直到它们突然停下来。

布洛林看了看表，汗水从他的脸颊流了下来。

杰里科·沃尔特呜咽着，向身体的一侧翻滚着试图站起来，但是失败了。

“你可以进去两分钟。”高级主治医生说。

“我真的要进去？”

“他很快就会变得人畜无害。”

杰里科用四肢爬行着，嘴里向外淌着含血的黏液。他晃晃悠悠地向前，动作越来越迟缓，最后倒在地板上，静静地躺着。

3

安德斯透过门上厚厚的强化玻璃窗向里看去。杰里科·沃尔特在过去的十分钟里如无法动弹般躺在地上，身体上的肌肉无力地抽搐着。

高级主治医生拿出钥匙插进锁眼里，在开门前还停顿了动作，透过窗户向内瞥去。

“玩得开心。”他说。

“如果他醒来，我们该怎么办？”安德斯问。

“他绝对不会醒来。”

布洛林打开门，安德斯走了进去。门在他身后关上，锁发出嘎嘎的响声。隔离室里充斥着汗味以及一些其他的气味，那是醋酸的强烈气味。杰里科·沃尔特躺着一动也不动，他缓慢的呼吸使得背部有规律地起伏。

尽管安德斯知道他已经陷入熟睡，但仍然与他保持着距离。

隔离室里的声音效果很奇异，有些突兀，就好像声音和动作之间的配合度异常快速。

他的白大褂在每走一步时都轻轻地沙沙作响。

杰里科的呼吸速度加快了。

洗手盆里的水龙头正在滴水。

安德斯走到床边，然后转向杰里科跪下。

就在他倾身向床底查看的时候，他的余光瞥见了高级主治医生在强化玻璃后面正焦急地看着他。

地上什么也没有。

他走近了些，仔细地看了看杰里科，然后平躺在了地上。

这个姿势使得他无法再看见杰里科，他必须要去找到那把刀。

床底下的光线很暗，墙上沾着许多垃圾屑。

他不由得想象杰里科·沃尔特在此时睁开了眼睛。

床板和床垫之间似乎有什么东西，但是很难看清究竟是什么。

安德斯伸出手，但够不着，他不得不挪动自己的背让身体钻进床底。空间很狭小，他没法转动脑袋。他又往里面钻了一些，每一次呼吸时都感觉到胸膛抵住了坚硬的床架。他的手指摸索着，他需要再往里面钻一点儿。他的膝盖撞到了一块床板，他把一团落到脸上的灰尘拂去，继续向里钻。

突然，他听到隔离室中一声沉闷的响声从他的后方传来。他无法回头看，只是一声不吭地躺在那里听着。他的呼吸是如此急促，以至于很难辨别出其他的声音。

他小心翼翼地伸出手，用指尖触摸着去分辨。他再往前挤了一下，以便能把那物体拉出来。

杰里科用钢质的踢脚线做成了一把十分锋利的短刃。

“快点儿！”高级主治医生通过舱门向他喊话。安德斯试着将自己用力反推出去，手臂摩擦着脸颊。

突然，他被卡住了，无法动弹。他的白大褂被钩住了，怎么都扯不出来。

他感觉听到了杰里科拖着脚步移动的声音。或许，这只是幻听，什么声音都没有。

安德斯尽可能地使劲拉扯，衣服被拉得绷紧但无法撕开。他意识到自己将不得不回到床下去松开被卡住的白大褂。

“你在干什么？”罗兰·布洛林用一种带着生气意味的声音喊道。小舱门被关上了，发出了咔嗒咔嗒的声音。

安德斯看到他白大褂的一个口袋钩住了一根松动的支板。他很快地把它拉开，然后屏住呼吸又把自己推了出来。他心中充满了恐慌，肚子和膝盖都擦到了床底，但还是用一只手抓住了床边，把自己拉了出来。

他气喘吁吁地转身，手里拿着刀，摇摇晃晃地站起来。

杰里科躺在他的身边，一只眼睛半睁着，茫然地望着空气。安德斯匆匆忙忙地走到门口，看见了玻璃后面高级主治医生焦急的眼神。他试图微笑，但当他说“开门”时，声音中透露着无法隐藏的压力。

罗兰·布洛林没有打开门，而是打开了舱门。

“先把刀子拿出来。”

安德斯给了他一个嘲讽的表情，然后把刀递了过去。罗兰·布洛林说：“你还找到了别的东西。”

“没有。”安德斯答道，瞥了一眼杰里科。

“一封信。”

“没有别的东西。”

杰里科开始在地板上扭动，发出吁吁的气喘。

“搜他的口袋。”高级主治医生带着紧张的微笑说道。

“搜什么？”

“让你搜你就搜！”

安德斯转过身小心地向杰里科·沃尔特走去。他的眼睛又完全闭上了，但汗珠开始出现在他带着皱纹的脸上。

安德斯不情不愿地俯身摸了摸他的一只口袋。牛仔衬衫紧紧裹着杰里科的肩膀，他发出低沉的呻吟。

牛仔裤的后口袋里有一个塑料梳子。安德斯用颤抖的手检查他剩下所有的口袋。

汗水从他的鼻尖滴下来，他不得不一直眨眼。

杰里科的一只手已经反复松开和握紧了好几次。

他的口袋里没有别的东西。

安德斯转向强化玻璃，摇摇头。他没法看到布洛林是否站在门外，天花板上灯光的反射就像在玻璃中映出了一个闪闪发光的灰色太阳。

他现在必须出去。

时间已经太久了。

安德斯站起来，匆匆走向门口，高级主治医生不在那里。安德斯靠近玻璃，但什么也看不见。

杰里科·沃尔特的呼吸开始变快，就像一个孩子做了噩梦一样。

安德斯使劲拍着门，他的手撞在厚厚的金属上几乎发不出什么声响，他只好更加使劲地拍打。没有声音，什么也没有发生。他用结婚戒指敲击着玻璃，然后看到墙上出现了一道阴影。

一个寒战从他的脊背一直传到了手臂，他的心脏怦怦直跳，肾上腺素开始在体内分泌。他转过身来，看见杰里科·沃尔特慢慢坐了起来。他的脸色惨白，那双苍白的眼睛直盯着前方。他的嘴巴还在流血，嘴唇有着一种诡异的红色。

4

安德斯对着沉重的钢门大喊大叫，但高级主治医生还没有开门。

当他转过身来面对病人时，他的脑门上的动脉仿佛在隆隆作响。杰里科·沃尔特仍然坐在地板上，眨了几次眼睛打算站起来。

“这是一个骗局。”杰里科说，他的下巴还淌着血，“他们说我是怪物，但我只不过就是个普通人……”

他没有力气站起来，匀不上气，又气喘吁吁地倒在了地上。

“一个普通人。”他重复说。

他疲倦地把一只手放在衬衫里，拿出一张折叠的纸，扔到安德斯跟前。

“他要的那封信。”他说道，“在过去的七年里，我一直在找律师……不是因为我觉得有任何希望还能出去……我知道自己做的事，但我仍旧是一个人……”

安德斯蹲了下来，伸手去拿那张纸，但视线没有离开杰里科。这个蜷缩在地上的人用手撑起自己，试图再次站起来。虽然他摇晃了一下，但还是没法用一条腿从地上撑起来。

安德斯拿起地板上的纸，终于听到钥匙开门的声音。他转过身，透过强化玻璃向外张望，能感觉到自己的腿正在不停地颤抖。

“你不应该给我用那么多的药。”杰里科喃喃自语。

安德斯没有回头，但他知道杰里科·沃尔特已经站了起来，正盯着他。

门上强化玻璃就像一块带有纹理的冰，使得他看不见是谁站在另一侧转动锁里的钥匙。

“开门，开门。”他低声催促，已经可以听到从背后传来的呼吸。

门悄然滑开，安德斯跌跌撞撞地走出隔离室。他踉跄着径直走到了走廊另一侧的水泥墙边，听到了门关上时发出沉重的声响。紧握着钥匙在门锁中发出了转动的咔嗒咔嗒声。

他气喘吁吁地靠在冰凉的墙上。这时他才发现救了他的不是高级主治医生，而是那个脸上有穿刺的年轻女士。

“我不知道发生了什么。”她说，“罗兰一定是脑子出了问题，他一直对安全非常小心。”

“我会好好和他谈谈的……”

“也许他病了……我记得他患有糖尿病。”

安德斯把他那湿兮兮的手在白大褂上擦了擦，又抬头看了她一眼。

“谢谢你救我出来。”他说。

“我愿意为你做任何事。”她开玩笑说。

他试图给她一个孩子般无忧无虑的微笑，但他的双腿无法控制地颤抖着。他跟着她穿过安全门，她在控制室里停了下来，然后转身面对着他。

“在这里工作只有一个问题。”她开口道，“这里太安静了，你得吃很多糖果才能保持清醒。”

“听起来不错。”

在监视器上，他可以看到杰里科正坐在床上，头枕在手中。带有电视和跑步机的休息室里则一个人也没有。

5

这一天剩下的时间里，安德斯·罗恩专注于熟悉这里的规章制度，和另一个医生在30号病房一起检查病人，了解每一个病人的治疗计划，以及出院测试的细节。即便这样，他的思绪依旧时不时飘向口袋里的那封信以及杰里科所说的话。

五点十分，安德斯离开了安全科的病房，走到外面，置身于凉爽的空气中。除了医院中拥有照明的区域之外，其他空间已被冬天的黑暗悄然占领。

安德斯把手放在夹克口袋里，匆匆穿过人行道，走向医院正门前的大型停车场。

他来的时候这里停满了汽车，但现在几乎是空的。

他抬起眼睛，意识到有人站在他的车后面。

“你好！”安德斯打招呼道，加快了脚步。

那个男人转过身来，用手捂住嘴，远离了汽车。他是高级主治医生罗兰·布洛林。

安德斯走近汽车时放慢了速度并从口袋里掏出钥匙。

“你在期待我道歉。”布洛林笑着说。

“我不希望和医院管理层讨论今天发生的事情。”安德斯开口道。

布洛林看着他的眼睛，然后伸出他的左手，掌心向上。

“给我那封信。”他平静地说。

“什么信？”

“杰里科希望你找到的那封信。”他回答道，“我不管那是一张字条，还是一张报纸，或者一片纸板。”

“我只找到那把该找到的刀。”

“这是诱饵。”布洛林说，“你以为他愿意让自己遭遇那么多痛苦而毫无所获？”

安德斯看着高级主治医生，用一只手擦去上唇的汗水。

“如果病人想找律师，我们该怎么办？”他问道。

“不怎么办。”布洛林低声说。

“他就没有问过你？”

“我不知道，我听不到，我一直戴着耳塞。”布洛林微笑。

“但我不懂为什么……”

“你需要这份工作。”高级主治医生打断了他的话，“我听说你在班上是垫底的货色，你还欠着债，你没有工作经验也没有推荐人。”

“你说完没有？”

“你应该给我那封信。”布洛林咬着牙关说。

“我没找到你说的信。”

布洛林盯着他的眼睛看了片刻。

“如果你找到了那封信。”他说，“你不能看，必须立即给我。”

“我明白。”安德斯说着打开了车门。

在安德斯看来，高级主治医生的表情似乎稍微放松了一些。他上车，关上车门，启动引擎。当布洛林轻拍他的窗户时，他选择忽略了他，挂上了挡，从车位中倒了出来。在后视镜中，布洛林直立着看着他的汽车，脸上不带一丝笑容。

6

当安德斯回到家后，他迅速地关上了身后的门并锁上了它，还把安全链扣了上去。

他的心脏在胸膛里剧烈地跳动，不知道是出于什么原因，他下车后立刻跑进了家中。

他可以听到佩特拉从艾格尼丝的房间里传来的令人心安的声音。安德斯对自己笑了笑，看样子她已经把《西卡岛》读给女儿听了。这是往常还要晚些时候才进行的就寝仪式，她今天应该过得不错。安德斯的新工作意味着佩特拉有可能减少自己的工作时间。

在大厅的地毯上，艾格尼丝沾满泥土的冬靴周围有着一块湿漉漉的印记。她的羊毛帽子和束发带在衣柜前的地板上。安德斯走了进去，把一瓶香槟放在厨房的桌子上，然后站在那里凝视着花园。

他在想着杰里科·沃尔特的信，不知道该怎么办。

丁香的枝条摩擦着窗户。他看着黑暗中的玻璃，反射着自家厨房的景象。当他听到树枝咯吱咯吱的摩擦声时，突然想到应该把储藏室里的剪刀拿来。

“等我一下。”他听到佩特拉说，“让我先读完……”

安德斯蹑手蹑脚地走进艾格尼丝的房间。天花板上的公主灯亮着，佩特拉从书本中抬起头来凝视着他的目光。她把淡棕色的头发扎成了马尾辫，戴着她常用的心形耳环。艾格尼丝坐在她的膝盖上，反复地说："那里搞错了，他们必须从狗狗那一点重新开始。"

安德斯走进来蹲伏在她们面前。

"亲爱的。"他说。

艾格尼丝很快地瞥了他一眼，然后转过脸去。他拍了拍她的头，把她耳边的头发别到耳后，然后站起来。

"晚饭还有剩，如果你还想吃点儿的话。"佩特拉说，"我还得重读一下这章，完事来找你。"

"狗的地方都搞错了。"艾格尼丝盯着地板，嘴中重复着。

安德斯走进厨房，从冰箱里拿了一盘食物，放在微波炉旁边的台面上。

他慢慢地把信从牛仔裤的后兜里掏出，想起了杰里科强调自己是个普通人时的模样。

杰里科在薄薄的纸上用小小的草体字写了几句难以辨识的句子。在右上角可以看到，这封信是写给坦斯塔一家律师事务所的一封正式请求。杰里科·沃尔特要求法律援助，他知道自己被判处精神病治疗的现状。他想要行使自己的权利，并想知道将来有没有改判的可能。

安德斯不知道为什么突然感到了一阵不安，这封信在语调和措辞的选择上有点儿奇怪，而且单词的拼写充满了错误。

杰里科的话一直萦绕在他的耳旁。他走进书房拿出一个信封，把地址抄写了上去，然后把杰里科的信塞进了信封中，在上面贴上邮票。

他离开房子，走进寒冷的黑暗中，穿过草丛向回廊边的邮筒走去。他寄出了信，站在那里看着一辆车驶过桑达夫街，然后转身向屋子走去。

风刮过霜冻的草像水泛起涟漪，一只野兔向老旧的花园处跑去。

他打开大门，向厨房的窗户望去。整个房子像一个洋娃娃房，视野所及之处一切都是明亮的。目光向走廊笔直望去，可以看到一直挂在那里的蓝色油画。

他们卧室的门开着，吸尘器躺在地板的中央，插头仍然插在墙上的插座上。

突然，安德斯看到了什么在移动，他惊讶得喘不过气来。卧室里有人！正站在他们的床边。

安德斯正要冲进屋里，这时他意识到这个人实际上是站在房子后面的花园里。

他的视线其实是透过了卧室的窗户。

安德斯沿着铺就的小路跑过去，经过日晷，转过街角。

那人一定听见了他的动静，已经逃跑了。安德斯可以听到他用力穿过丁香树篱笆的声音。他追了过去，扒开树枝往里张望，但是太暗了。

7

当睡魔把可怕的尘土吹进房间时，米凯尔在黑暗中站起来。他知道屏住呼吸是没有意义的，因为当睡魔要孩子睡觉时，他们就一定会睡着。

他清楚地知道自己的眼睛很快就会感到疲倦，那种彻头彻尾的疲倦会让他睁不开眼睛。他知道他必须躺在床垫上，成为黑暗的一部分。

妈妈过去常谈论睡魔的女儿，一个机械女孩，叫奥林匹亚。孩子们睡着后，她蹑手蹑脚地向孩子们爬去，把被子盖到肩上，这样他们就不会冻僵了。

米凯尔靠在墙上，感觉到了混凝土上的沟纹。

薄薄的沙子像雾一样飘浮，他感到呼吸困难，他的肺挣扎着保持他的血氧水平。

他咳嗽一下，舔了舔嘴唇。嘴唇干燥，已经麻木了。他感到眼睑越来越重。

现在全家人都在吊床上摇荡，夏日的阳光照在丁香花的叶子上，锈迹斑斑的螺丝吱吱作响。

米凯尔笑容满面。

我们在吊床上越摇越高，妈妈想让我们慢下来，但是爸爸让我们继续荡起来。这使得我们面前桌子上装着草莓汁的玻璃杯一阵晃动。

吊床向后摆动，爸爸笑着举起了他的手。

他像是在坐过山车。

米凯尔点了点头，他在黑暗中睁开眼睛，踉踉跄跄地走向一边，把手撑在冰凉的墙上。他转向床垫，膝盖已经不受控制，他想在昏睡过去之前让自己躺下。

他跌倒在地上，胳膊压在了身体下面，能感觉到从手腕和肩膀传来的疼痛，但是他还是向睡意屈服了。

他转动着身体试图爬行，但没有力气。他躺在那儿，面颊对着水泥地面，气喘吁吁。他试图说些什么，但无法发出声音。

他的眼睛也闭上了，虽然他的内心还想抵抗。

就在他渐渐失去意识的时候，听到睡魔走进了房间，用他那满是灰尘的脚从墙上爬到了天花板。他停下来，伸出手臂，试图用叮当作响的陶瓷手指抓住米凯尔。

一切都陷入了黑色。

当米凯尔醒来时，他的嘴巴干巴巴的，头疼欲裂。他的眼睛被沙尘染得脏兮兮，他太累了，大脑试图回去继续睡觉，但是他的意识中有一点点的迹象表明，有些东西变了。

肾上腺素像一阵热风一样席卷了他。

他坐在黑暗中，可以从周遭的声音里察觉到他身处于一个不同的房间，一个更大的房间。

他已经不在那个蜗居里。孤独让他感到了冰寒。

他蹑手蹑脚地走过地面，来到一堵墙边。他的思维在狂奔，他记不起这一切过了多久，因为他早已放弃了任何逃跑的念头。

从漫长的睡眠中醒来，他的身体依旧感觉很沉重。他摇摇晃晃地沿着墙角走到一个角落，然后继续前进，到达一整片金属面前。他很快感觉到了它的边缘，意识到它是一扇门，然后把手放在它的表面上，他找到了一个把手。

他的手在发抖。

房间里一片寂静。

他小心地拧开把手，准备迎接外侧的阻力。当门刚刚打开时，他差点儿摔了一跤。

他迈着长长的滑步走进了一间明亮的房间，光线使他不得不闭上一会儿眼睛。

感觉就像一个梦。

让我出去吧，他心想。

他的头抽动般地作痛。

他眯起眼睛，看见自己身处于一个走廊。他四肢无力地向前走，心跳得很快，呼吸难以为继。

他试图保持安静，但仍忍不住在恐惧中抽泣。睡魔很快就会回来，他从不忘记任何孩子。

米凯尔没法完全睁开眼睛，但仍然朝着他前面模糊的光芒走去。

也许这是个陷阱，他想。也许他像昆虫一样被引诱到燃烧的光亮下。

但他继续走着，手扶着墙来支撑自己。

他撞到了一大块东西，发出了恐惧的喘气声，身体倒向了一边，肩膀撞到了另一面墙上，这让他保持住了身体的平衡。

他停下来，尽可能不出声地咳嗽着。

他面前的辉光来自门上的一块玻璃。

他踉踉跄跄地朝它走去，按下把手，但门锁上了。

不，不，不……

他拽着把手，摇推着开门，再试了一次。门确定是锁着的，他绝望地瘫倒在地。突然他听到身后有柔软的脚步声，但他不敢回头。

8

瑞德·弗罗斯特喝干了玻璃酒杯里的液体，把它放在餐桌上，闭上眼睛让自己平静下来。其中一位客人正在拍手。维罗妮卡穿着蓝色的裙子站在那里，面对着角落，双手放在脸上，她开始数数。

客人们消失在各个方向，脚步声和笑声传向了庄园的许多房间。

这里的规则是他们只能在一楼活动，但瑞德慢慢地站了起来，走到一扇隐藏的门前，蹑手蹑脚地进入了服务通道。他小心地爬上狭窄的楼梯，打开墙上的秘门，进入了房子的私人部分。

他知道自己不应该独自一人待在这里，但还是依次穿过了一排房间。

每走过一个房间，他都关上身后的门，直到他到达远处的画廊。

沿着墙边，有着一堆装着孩子衣服和玩具的盒子。其中一个盒子打开着，露出一个浅绿色的太空枪。

他听到维罗妮卡的喊声，声音从地板和墙壁处传来：

“一百！来吧，准备好了没有？”

透过窗户，他眺望田野和围场。在远处，可以看到通往罗克斯塔庄园的桦树大道。

瑞德拉过了一把扶手椅，把夹克挂在上面。当他爬上座位的时候，能感觉到自己已经是醉醺醺的了。他的白衬衫背后被汗水湿透了，他使劲地把绳子扔上屋顶上的横梁，脚下的椅子嘎吱作响。沉重的绳索绕过了横梁，末端来回摆动着。

灰尘在空气中飘动。

椅子上的衬垫在他薄鞋底下传来一种柔软的感觉。

他可以听到低沉的笑声和哭声从下面的聚会中传来。过了一会儿，瑞德闭上眼睛，想起了孩子们，他们的小脸蛋，美妙的面容，还有他们的肩膀和瘦弱的手臂。

他能听到他们高亢的声音和快速地在地板上跑来跑去的脚步声。每当他听到的时候，记忆就像夏日微风进入了灵魂中，让他感到又冷又凄凉。

生日快乐，米凯尔，他心想。

他的手抖得很厉害，连套索都系不上。他一动不动地站着，试图平复呼吸，然后又继续开工。就在这时，他听到敲门声。

他等了几秒钟，然后放开绳子，从椅子上爬下，站在地板上拿起夹克。

“瑞德？”一个女人的声音温柔地呼唤着。

是维罗妮卡，她一定是在数人的时候恰好看见他消失在了走廊里。她打开了各个房间的门，声音越来越清晰。

瑞德把灯关掉，离开了儿童房，打开通往隔壁房间的门，然后停在那里。

维罗妮卡手里拿着一杯香槟向他走来。

在她黑色的、醉人的眼眸里有一种温暖的光芒。

她又高又瘦，黑发剪成了小孩的模样，很适合她。

“我说过我想和你上床吗？”他问道。

她原地旋转了一圈，但脚下有些不稳。

“真好笑。”她用带着伤感的眼神说道。

维罗妮卡·克里姆特是瑞德的文学代理人。在过去的十三年里，他可能没再写过一句话，但他之前写的三本书仍然在创造收入。

现在他们可以听到从下面的餐厅传来的音乐，快速的低音线通过建筑物向四处传播。瑞德在沙发前停下脚步，用手伸过银色的头发。

“我猜你给我留了些香槟酒吧？”他在沙发上躺下问道。

“才没有。”维罗妮卡回答，但还是递给了他一个半满的玻璃杯。

“你丈夫打电话给我。”瑞德说，“他认为是到了你该回家的时候了。”

“我不想回去，我想离婚，而且……”

“你不可以。”他打断道。

“你为什么说这样的话？”

“因为我不想让你认为我在乎你。”他回答，“我不在乎。”

他把杯子里的香槟喝完，然后放在沙发下方，闭上眼睛，感到醉醺醺的眩晕。

“你看起来很伤心，我有点儿担心。”

“我从来没感觉好过。”

笑声和酒吧里的音乐传来，他们能感觉到地板在震动。

“你的客人可能在猜你究竟去哪儿了。”

他笑着说：“那我们就把这个地方搞得天翻地覆吧。”

在过去的七年里，瑞德要确保每天自己的身边差不多二十四小时都有人。他知识广博，有时会在家里举行大型聚会，有时是亲密的晚宴。但在某些日子里，比如孩子们的生日时，想要坚持着继续活下去就变得非常难。他知道如果身边没有人的话，他很快就会屈服于孤独和沉默。

9

瑞德和维罗妮卡打开餐厅的门，悸动的音乐敲打着他们的胸膛。黑暗中有一群人围着桌子跳舞，他们中的一些人仍在吃鹿肉和烤蔬菜。

演员威利·斯特兰德贝里解开了衬衫的扣子，一边说着无法听清的话，一边在人群中跳着舞向瑞德和维罗妮卡的方向过来。

“把衣服脱掉！”维罗妮卡喊道。

威利笑了起来，扯下衬衫，朝她扔了过去，双手放在脖子上跳舞。他鼓胀的中年肚随着动作而快速弹跳着。

瑞德喝下了另一杯酒，然后用他的臀部跟着威利的节奏舞蹈。

音乐进入一种安静、温和的旋律，瑞德的老出版商戴维·西尔凡抓住他的胳膊，喘着气说着什么，他的脸上洋溢着欢乐和汗水。

“什么？”

“今天没有比赛。”戴维重复说。

“梭哈？”瑞德问，“还是射击？摔跤……”

“射击！”有几个人大喊着。

“拿手枪和几瓶香槟过来。”瑞德笑着说。

砰砰砰的旋律回来了，淹没了进一步的谈话。

瑞德从墙上取下一幅油画，拿着穿过了门。这是他的自画像，皮特·达尔所绘。

“我喜欢那幅画。”维罗妮卡说道，试图阻止他。

瑞德把她抓在他手臂上的手甩开，朝大厅走去。几乎所有的客人都跟着他走进了冰冷的院子。地上已经静静地盖上了新雪，夜空下仍有薄薄的雪花盘旋而下。

瑞德穿过雪地，把画像挂在一棵苹果树上，树枝上挂满了雪。威利·斯特兰德贝里走了过来，手里拿着一根他在清洁柜的盒子里发现的照明棒。他揭开塑料盖，然后拉动绳子。一阵闪光，照明棒开始燃烧，发出了强烈的光芒。周围充满了笑声，他险些被绊倒了，把照明棒放在树下的雪地里。白光使树干和赤裸的树枝闪闪发亮。

现在他们都能看到画中的瑞德手里拿着一支银笔。

翻译家伯齐利厄斯带来了三瓶香槟，戴维·西尔凡咧嘴笑着，手上拿着瑞德的老式柯尔特手枪。

“这不好笑！”维罗妮卡严肃地说。

戴维站在瑞德旁边，手里拿着柯尔特。他把六颗子弹塞进弹夹中，然后旋转枪膛。

威利·斯特兰德贝里依旧赤裸着上身，但他喝得醉醺醺的，感觉不到寒冷。

“如果你赢了，你可以从马厩里挑一匹马。”瑞德含混不清地说，从戴维手中拿过了左轮手枪。

“请小心点儿。”维罗妮卡说。

瑞德移到一边，举起手臂，开火，但什么也没击中，爆炸声在建筑物之间回荡。

有几个客人彬彬有礼地鼓掌，好像他在打高尔夫球。

“轮到我了。”戴维笑着说。

维罗妮卡站在雪地里颤抖着，她的脚在她的凉鞋里冻得生疼。

“我喜欢那张画像。”她又说道。

“我也是。”瑞德一边说一边又开了一枪。

子弹击中了帆布的上角，金框脱落，歪斜地悬挂着，扬起一团灰尘。

戴维咯咯地笑着从他手中拿过了左轮手枪，一个踉跄跌倒在地。他先对着空中放了一枪，然后试图站起来。

一对客人开始鼓掌，其他人笑了起来，举杯敬酒。

瑞德把左轮手枪拿了回来，掸去上面的雪。“胜败在此一举。”他说道。

维罗妮卡走过来亲吻了他的嘴唇。

“你没事吧？”

“很好。”他说，“我从来没有这么快乐过。”

维罗妮卡看着他，抚摩着他前额上的头发。站在石阶上的人们吹着口哨笑着。

“我找到了一个更好的目标。”一个他记不起名字的红发女人叫道。

她把一个巨大的洋娃娃拽进了雪地里。突然，她没抓紧娃娃，膝盖跪到了地上，然后又重新站了起来。她的豹纹连衣裙变得湿漉漉的。

“我昨天看到的，是在车库里的脏帆布下面。”她高兴地喊道。

伯齐利厄斯急忙过去帮她搬运。娃娃是固体塑料做的，被漆成了蜘蛛侠的样子，和伯齐利厄斯一样高。

“干得好，玛丽！”戴维叫喊道。

“射杀蜘蛛侠！”他们后面的一个女人喊道。

瑞德抬起头，看到了大娃娃，枪落到了雪地上。

“我得睡了。”他突然说。

他把威利向他递来的一杯香槟推到一边，摇摇晃晃地走回房子。

10

维罗妮卡和玛丽一起在房子里寻找瑞德。她们穿过房间和大厅，他的夹克正躺在一楼的楼梯上，于是她们上了楼。这里很黑，但还可以看到一个闪烁的火光。在一个大房间里，他们发现瑞德正坐在壁炉前的沙发上。他的袖扣不见了，袖子挂在手上。在他旁边的书橱上放着四瓶茶色白葡萄酒。

“我只是想说声对不起。”玛丽说着靠在门上。

“哦，别管我。”瑞德咕哝着，仍然凝视着炉火。

玛丽继续说：“我没询问就把娃娃拖出去真是太愚蠢了。”

他回答说："就我而言，你可以烧掉所有这些破玩意儿。"

维罗妮卡走到他面前，跪了下来，微笑着抬头看着他的脸。

"有人向你介绍过玛丽吗？"她问道，"她是戴维的朋友。"

"我想……"

瑞德对着红发女人举起酒杯，然后喝了一大口。维罗妮卡从他手上拿走酒杯，尝了尝里面的酒，然后坐下。

她脱掉了鞋子，身体向后倾斜，把赤裸的脚放在他的膝盖上。

他轻轻地抚摸着她的小腿，上面有因为马鞍上换的新马镫皮所夹出的瘀伤，然后他把手伸向了大腿，并继续往腹股沟的位置挪去。她任由他的手游走，根本不在意玛丽还在房间里。

火焰在巨大的壁炉里升起。热气在跳动，她的脸热得几乎要烧焦了。

玛丽小心地靠近了些。瑞德看着她，她的红头发在房间的热度下开始卷曲。她的豹纹衣服被弄得又脏又皱的。

"她是你的粉丝。"维罗妮卡说着，当瑞德试图把手伸向酒杯时，她把杯子从他手中拿开。

"我喜欢你的书。"玛丽说。

"哪本书？"他粗鲁地问。

他站起来从梳妆台拿来一个新杯子，倒了些酒。玛丽误解了手势，伸出手去拿它。

"我想你想撒尿的时候自己会去厕所。"瑞德说着开始喝葡萄酒。

"没有必要……"

“如果你想要喝酒，那就去喝！”他大声地打断了维罗妮卡的话。

玛丽脸红了，深吸了一口气。她用手颤抖着拿起瓶子，倒了一杯。

瑞德深深地叹了口气，然后用温和的语调说：“我认为这款葡萄酒是最好的年份。”他拿着瓶子回到了座位上。

他微笑着看着玛丽在自己身边坐下，旋转葡萄酒杯开始品尝。

瑞德笑着，斟满她的酒杯，看着她的眼睛，然后严肃起来，亲吻她的嘴唇。

“你在干吗？”她问。

瑞德又轻轻地吻了玛丽。她把头挪开，却禁不住笑了起来。她喝了一些酒，看着他的眼睛，然后俯身亲吻他。

他抚摸着她头发下面的脖子，然后他的手移到她的右肩上，感觉到她那条细细的吊带是怎样陷入她的皮肤。

她放下酒杯，再次亲吻他，心想如果允许他抚摸自己的乳房一定显得很愚蠢。

瑞德抑制了流泪的冲动，喉咙发出一阵酸楚。当他在她的裙子下摸她的大腿时，察觉到了她的尼古丁贴片，于是把手移到了她的背部。

当他试图把她的内衣拉下来时，她拍开了他的手，然后站起来擦拭着自己的嘴。

她说：“也许我们应该再回去参加聚会。”

“是的。”他说。

维罗妮卡一动不动地坐在沙发上，带着好奇的目光。

“你们俩都来吗？”瑞德摇摇自己的脑袋。

“好的。”玛丽低声说着朝门口走去。

她的衣服在她离开房间时发出微弱的光亮。瑞德盯着敞开的房门，黑暗看起来像肮脏的天鹅绒。

维罗妮卡站起来，从桌上拿起酒杯喝了起来。她腋下的衣服上有汗渍。

“你是个王八蛋。”她说。

“我只是想充分利用我的人生。”他平静地说。

他抓住她的手压在自己的脸颊上，握住她，看着她悲伤的眼睛。

11

当瑞德在沙发上醒来时，炉火已经熄灭了，房间里冰冷刺骨。他的眼睛刺痛，想起了他妻子关于睡魔的故事。那是一个会往孩子的眼睛里扔沙子的人，这样他们就能睡着了，一夜好睡。

“浑蛋！”瑞德低声咒骂，然后坐了起来。

他赤身裸体，还把酒洒在了皮质的装潢上。远处传来飞机的声音，晨光照在满是灰尘的窗户上。

瑞德站起来，看见维罗妮卡蜷缩在壁炉前的地板上，把自己裹在桌布里。在森林的某个地方有一只鹿在叫。楼下的舞会还在继续，但显得有些压抑。瑞德抓住半瓶葡萄酒，摇摇晃晃地离开房间。当他开始走上通往卧室的橡木楼梯时，疼痛在他的头骨里四处乱窜。他停在楼梯上，叹了口气，又往回走，小心地把维罗妮卡扶起来，放在沙发上，给她盖好，然后从地板上捡起她的眼镜放在桌子上。

瑞德·弗罗斯特现年六十二岁，是三本国际畅销书《圣殿系列》的作者。

八年前，他买了罗克斯塔庄园，然后从他以前在蒂勒瑟的房子里搬了过来。这里有二百公顷的森林、田地、马厩和一个好的围场，他偶尔会训练他的五匹马。十三年前，瑞德·弗罗斯特以一种不应该发生在任何人身上的方式成了孤家寡人。一天晚上，儿子和女儿偷偷溜出去见一个朋友后，消失得无影无踪。米凯尔和菲莉西亚的自行车在巴德尔曼附近的一条小路上被发现。除了一个带芬兰语口音的侦探，每个人都认为孩子们玩耍时离水太近，淹死在了海中。尽管没有人发现尸体，警察还是停止了搜索。

瑞德的妻子洛斯安娜无法面对他以及失去的孩子，临时搬到了妹妹家中居住，然后要求离婚，用这笔钱移居国外。几个月后，她在巴黎一家旅馆的浴室里被找到。她自杀了，地板上留了一幅画，是菲莉西亚在母亲节那天给她画的。

孩子们被宣布死亡，他们的名字被刻在了墓碑上。瑞德很少前去扫墓。就在他们被宣布死亡的当天，他邀请他的朋友们来参加聚会。从那时起，他们就一直保持着看似熙熙攘攘的生活，只有这样才可以保证他自己的生命之火继续燃烧。

瑞德·弗罗斯特确信他会喝酒喝到死，但同时他也知道如果他独自一人，他会自杀。

12

一列货运列车隆隆地驶过冬天的夜色。庞巴迪 TRAXX 火车头的后面拉了将近三百米的货车厢。

在驾驶室里坐着艾瑞克·约翰松。他的手放在控制器上，发动机和轨道上的噪声合在一起发出单调的节奏。

雪似乎仅在两个前灯所形成的光束隧道中横冲直撞，剩下的空间只有浓浓的黑暗。

当火车驶入瓦斯塔周围的宽广曲线时，艾瑞克·约翰松又提高了速度。

当紧急刹车事件没发生前，他认为雪太大了，火车必须停在哈尔斯堡。

远处的阴霾中，两只鹿从栏杆上蹿出，穿过白色的田野。它们轻松地穿过雪，消失在夜色中。

当火车驶过长长的伊格斯塔桥时，艾瑞克想起了西西拉曾经陪他一起旅行的情景。他们会在经过每一个隧道和每一座桥梁时亲吻。在那些日子里，她怎么也不愿意缺席任何一节瑜伽课。

他缓慢地刹车，火车路过了霍尔监狱，进入了高架桥，这感觉就像飞一样。雪在头灯的光束中旋转着，使他根本无法分辨上下左右。

火车已经驶入桥中央，在很高的冰层之上。这时，艾瑞克·约翰松突然看到雪霭中一个影影绰绰的人影。

有人在轨道上！

艾瑞克按响了喇叭，然后看到这个人向左走了一大步，走到了另一条轨道上。

火车快驶近了，半秒钟后，这个人就被大灯照到。他眨着眼，是一个面容苍白的年轻人。他的衣服在他那瘦骨嶙峋的骨架上拍动，然后他就消失了。

艾瑞克没有意识到他用了刹车，整个列车都在减速，发出隆隆的声音和金属摩擦的尖叫，他不确定是否撞到了那个年轻人。

他在颤抖，当他呼叫 SOS 警报时，能感觉到肾上腺素在他的身体里流淌。

“我是火车司机，伊格斯塔桥上有一个人，我开了过去……他在轨道中间，但我觉得没撞到他……”

“有人受伤吗？”接线员问。

“我觉得没撞到他，我只看见他几秒钟。”

“你到底在哪里看见他的？”

“在伊格斯塔桥的中间。”

“在轨道上？”

“这里除了轨道别的什么都没有，这里是铁路桥……”

“他是站着一动不动，还是往某个方向前行？”

“我不知道。”

“我的同事正在调度南泰利耶的警察和救护车。”

“我们必须阻止桥上所有的铁路交通。”

13

紧急控制室立即派发警车到长桥两端。就在九分钟后，第一辆车从尼平路驶出，灯光闪烁，沿着狭窄的砾石道路前进。这条路陡峭向上，没有被平整过，松散的积雪在引擎盖和挡风玻璃上飞舞。

警察把车停在桥的尽头，沿着铁轨拿着手电筒前行。沿着铁路向前很不容易，汽车在比他们低得多的高速公路上穿梭而过。四条铁路线变线成了两条，横跨伯爵库登斯的工业区和冰冻港口。

副驾驶停下脚步指着远处，看来有人在他们前面的右手边行走过，就着手电筒发出的光亮，他们找到了一排脚印和一些血迹。

他们把手电筒伸向远方，但桥上没有看到人。下面港口的灯光使铁轨间的雪看起来像是从火中冒出来的烟。

第二辆警车到达了两公里远的深谷的另一端。

当警员贾西姆·穆罕默德在铁轨上停下来时，轮胎发出巨响。他的搭档弗雷德里克·莫斯皮刚刚通过无线电联系了他们在桥上的同事。

风吹麦克风发出巨大的噪声，让人几乎听不到讲话声，但是很显然他们在说有人刚刚走过铁路桥。

汽车停下来，车灯照亮了一块陡峭的岩石。弗雷德里克结束了电话，茫然地盯着他。

“发生了什么事？”贾西姆问，“看来他朝这边走了。”

“他们说血怎么样？流了很多血吗？”

“我没听见。”

“我们去瞧瞧。”贾西姆说着打开车门。

蓝色的光照在松树积雪覆盖的树枝上。

弗雷德里克说：“救护车就要来了。”

雪地上没有结冰，一脚就淹没到了贾西姆的膝盖处。他拔出手电筒，照到铁轨上。弗雷德里克在一旁滑倒了，但一直爬着往上走。

“哪种动物的背部有一个额外的洞？”贾西姆问。

“我不知道。”弗雷德里克嘟囔着说。

空中飘舞着大雪，他们根本看不到桥那边的同事们的手电筒光亮。

“警察马。”贾西姆说。

“那是什么？”

“这是我岳母告诉孩子们的。”贾西姆咧嘴笑着，抬头望着桥。

雪上没有脚印。要么那个人还在桥上，要么他跳桥了。他们上方的电缆发出可怕的哨声，下方的地面则陡然下降。

霍尔监狱的灯光透过雪霭散发着光亮，就像一座水下城市。

弗雷德里克试图联系他们的同事，但对讲机只是噼啪作响。他们慢慢地跨过桥，弗雷德里克手里拿着手电筒，走在贾西姆身后。贾西姆可以看到自己的影子在地面上移动，从一边到另一边奇怪地摆动着。

奇怪的是，他们看不见桥那边的同事们。

当他们站在冻港入口上风处时，海上吹来的风含着苦味。雪吹进了他们的眼睛，脸颊都冻得麻木了。

贾西姆眯着眼睛向桥那头望去，但视线消失在了黑暗的旋涡中。突然，他从手电筒的边缘看到了什么东西，是一个高高的人影，但没有脑袋。

贾西姆踉踉跄跄地伸手向低矮的栏杆走去，看到了雪落在五十米以下的冰面上。

他的手电筒碰到什么东西熄灭了。

他的心怦怦直跳，又往前看，但再也看不到那个身影。

弗雷德里克喊他，他转过身来。他的伙伴指着他，但他没法听清他在说什么。他看起来很害怕，开始往手枪套里摸手枪。贾西姆意识到他正试图告诉他背后有一个人。

他转过身来喘着气。

有人正向他爬来。贾西姆退后，试图拔出他的手枪。这个身影摇摇欲坠，是个年轻人。他目不转睛地盯着警察，留着胡子的脸很瘦削，颧骨很尖。他摇摇晃晃，似乎呼吸困难。

“我的下身埋在了雪里。”他喘息着说。

“你受伤了吗？”

“谁？”

年轻人咳嗽了起来，脑袋埋进了双膝中。

“他在说什么？”弗雷德里克问，一只手拿着他的武器。

“你受伤了吗？”贾西姆又问。

“我不知道，我什么也感觉不到，我……”

“请跟我来。”

贾西姆扶他起来，看到他的右手被红色的冰块覆盖着。

“我只有一半……睡魔拿走了……他拿走了另一半……”

14

斯德马尔姆医院救护车的门关闭了。一个脸颊红润的辅助护士帮助医护人员卸下担架并把它推向急诊室。

“我们找不到任何东西来确认他的身份，什么也没有……”

病人被移交给了分诊护士并进入治疗室。护士检查他的生命体征后，将病人识别为橙色级别，这是第二高级别，非常紧急。

四分钟后，艾玛·古德温医生来到治疗室，护士给她做了一个简报：

呼吸道无异物，无急性外伤……但他的血液饱和度很低，发热，有脑震荡的迹象。

医生看了看图表，走到瘦骨嶙峋的人跟前。他的衣服被剪开了，肋骨随着他的快速呼吸而起起伏伏。

“还没有名字？”

“没有。”

“给他供上氧气。”

当护士给他戴上氧气面罩时，这个年轻人的眼睑闭上了，浑身颤抖着。

他看起来很奇怪，营养不良，但身体上没有可见的针痕。艾玛从未见过这么白的人。护士再次从耳朵检查他的体温。

“三十九点九度。”

艾玛·古德温把想让病人做的检测都打上了钩，然后看了他一眼。他发出微弱的咳嗽声，睁大了眼睛。

“我不要，我不要。”他疯狂地低语，“我得回家了，我得走了，我得走了……”

“你住在哪里？你能告诉我你住在哪里吗？”

“哪个……我们中的哪一个？”他问道，声音仿佛喘不过气来。

“他神志昏迷。”护士平静地说。

“你能感到疼痛吗？”

“能。”他带着困惑的微笑回答。

“你能告诉我……”

“不，不，不，不，他在我身体里面尖叫，我受不了，我不能，我……”

他的眼睛向后翻动并咳嗽着，咕哝着什么瓷器的手指，随后便躺在那里喘气。

艾玛·古德温决定给病人注射神经降压药，退热剂和静脉注射苄青霉素，直到其他检测结果出来。

她离开治疗室，沿着走廊走去，揉搓她手指上原本戴了十八年结婚戒指的位置。她把戒指冲进了马桶，她丈夫背叛她太久了，她无法原谅他。她不再觉得受到伤害，但仍然感到羞耻，浪费了他们共同的未来。她想打电话给女儿，尽管现在已经很晚。自从离婚以来，她比以前更焦虑，时不时地打电话给米娅。

通过面前的门，她可以听到护士在电话里交谈。一辆救护车被排到了优先呼叫中，是一个严重的肾小管酸中毒的病人。工作人员正在召集一个急救小组并呼叫外科医生。

艾玛·古德温停了下来，回到了房间里。红面颊的助理护士正在帮助另一位护士清理男人大腿上的流血伤口。看起来这个年轻人径直撞在了一根尖利的树枝上。

艾玛·古德温站在门口。

“给抗生素里加一些大环内酯。”她果断地说，“一克红霉素，静脉注射。”

护士抬起头来。“你认为他得了军团病吗？”她惊讶地问。

“那得等测试结……”

这时，病人的身体开始抽搐，艾玛·古德温闭上了嘴。她看着他白皙的脸，看见他慢慢睁开眼睛。

“我得回家了。”他低声说，“我叫米凯尔·科勒·弗罗斯特，我得回家了……”

“米凯尔·科勒·弗罗斯特。”艾玛开口道，“你在医院里。”

“他在尖叫！一直在尖叫！”

艾玛离开治疗室，小跑着回到她的办公室。她关上身后的门，戴上眼镜，坐在电脑旁，登录。她在卫生服务数据库中找不到他，尝试在国家人口登记册中寻找。

她在那儿找到了他。

艾玛·古德温不自觉地擦拭她无名指上原本戒指的位置，重读着急诊室里那个病人的信息。

米凯尔·科勒·弗罗斯特已经死了七年，葬在马尔斯特墓地里，在诺特拉奇的教区。

15

乔纳·林纳探长在一个小房间里，墙壁和地板均为混凝土所制。他跪在地上，一个乔装的人用手枪瞄准着他的头，这是一把西格绍尔手枪。门外有个守卫，正拿着比利时突击步枪目不转睛地瞄准着他。

地板上有一瓶可口可乐，屋里的灯光来自一盏带铝扣的吊灯。

手机嗡嗡作响，拿手枪的人在应答之前命令乔纳低下头。

另一个人把手指放在扳机上，然后靠近了一步。

拿着手枪的人对着手机说了几句，然后听着，一直没有把眼睛从乔纳身上移开。沙砾在他的靴子下嘎嘎作响。他点头，又说了几句话，然后再听电话那头的回答。

过了一会儿，拿突击步枪的人叹了口气，坐在了门里面的椅子上。

乔纳跪在那里一动不动，他穿着慢跑裤和白色汗衫，全身汗水湿透，袖子紧贴着他上臂的肌肉。他微微抬起头，眼神如抛光后的花岗岩一样灰暗。

拿着手枪的人兴奋地在电话里交谈着，然后他挂了电话，想了几秒钟，快速向前走了四步，把手枪的枪管压在乔纳的额头上。

乔纳用一种温柔的口气说："你要完蛋了。"

"你说什么？"

"我必须等待。"他解释说，"直到我得到直接用身体接触你的机会。"

"我刚刚接到命令要处决你。"

"是的，情况很紧急，我必须把手枪从我脸上移开，最好能在五秒内用枪干掉你。"

"你怎么做？"门边的人问。

"为了出其不意地抓住他，我不应该对他之前的任何动作做出反应。"乔纳解释说，"这就是为什么我让他刚才往前走，然后停下脚步，又呼吸了一次，然后我等到他在下一次呼气时……"

"为什么？"那个拿着手枪的人问。

"我能得到百分之几秒的空隙，因为人在没有吸入空气的情况下几乎不可能做任何事情。"

"但是为什么第二次呼吸特别呢？"

"因为这是最出其不意的节点，世界上最常见的计数方式是一、二、三……"

"我懂了。"那人微笑着，露出棕色的门牙。

"首先要移动的是我的左手。"乔纳向天花板上的监控摄像机解释，"我的手会向枪筒的方向移动，用一个行云流水的招式让手枪移开我的脸。我需要抓住它，向上扭动，站起来，用他的身体作为盾牌。在这一次的移动中，我需要优先考虑用手抓住枪，但同时我也需要观察拿突击步枪的那个人。因为一旦我掌握了手枪，他就成了主要威胁。我需要用肘部多次撞击他的下巴和脖子，直到取得手枪的控制权，然后我打出三发子弹，绕一圈后再打出三发子弹。”

房间里的情节重新开始，拿着手枪的人又接到电话，表情犹豫不决，然后走到乔纳面前，把枪管推到前额。当乔纳用左手抓住枪管时，那个人刚呼吸了一次，正准备再次呼吸。

整个事件的过程令人惊讶地迅捷，尽管这都是在意料之中的事。乔纳把枪敲到一边，用同样的动作把它推向天花板，然后站起来。用手肘撞击那人的脖子四次，拿起手枪，射中另一个人的躯干。

三发子弹的枪声在墙上回响。

乔纳转身射中另一人的胸部时，第一个对手仍然蹒跚着向后倒去。

他摔倒在墙上。

乔纳走到门口，拿起突击步枪和多余的子弹，然后离开了房间。

16

门重重地撞在水泥墙上又弹了回来。乔纳一边向隔壁房间前行，一边更换着子弹，里面的八个人都把目光从大屏幕上移开，看着他。

其中一人说：“六秒半时开了第一枪。”

“这太慢了。”乔纳说。

“但是如果你的胳膊肘真撞了他，马库斯早就松手了。”一个剃光头的高个子说。

“是的，你会在那儿赢得一些时间。”一位女军官微笑着补充道。

刚才的场景在屏幕上重放了一边。乔纳紧绷的肩膀，流畅地向前移动，眼睛随着视线被提拉起来。

“令人印象非常深刻。”团长说着把手掌放在了桌子上。

“这才是警察嘛。”乔纳用肯定的口气回答。

他们齐声向后仰笑，指挥官用手挠了挠他红红的鼻尖。

乔纳·林纳接过一杯水，他还不知道他最害怕的事情马上就要像一场风暴一样爆发，一朵小火花正飘向遍布汽油的湖泊。乔纳·林纳在卡尔斯伯格要塞指导特种作战小组的近战，这不仅仅是因为他是一个训练有素的讲解师，而是因为这里的人比瑞典任何其他人都更需要学习他所掌握的技巧。乔纳十八岁时作为伞兵在卡尔斯堡服役，并在基本训练后立即被招募到一个特种部队，专门处理无法由常规部队或武器解决的问题。

虽然他离开军队到警察学院学习很久了，但他仍然梦想着成为一名伞兵。他回到了运输飞机上，听着震耳欲聋的轰鸣声，透过液压舱口向外张望。飞机的影子像灰色的十字架一样在苍白的水面上移动。在梦中，他跑下跳板，跳进冰冷的空气中，听到绳索的哀鸣，当降落伞打开时，他的手脚向前摆动，感觉到降落伞背带的抖动。水以极快的速度迎面扑来，黑色的充气船正在远处对抗着海浪。乔纳在荷兰受过训练，用刀、刺刀和手枪进行有效的近战，学习了如何利用瞬息万变的情况和创新技巧。这种以目标为导向的技巧是一种专门的近距离作战系统，用希伯来语命名为 KravMaga。

乔纳开口：“好的，我们将把这种情况作为我们的出发点，并随着训练日子逐渐增加难度。”

“就像你用一颗子弹打死两个人？”那个剃光头的高个子男人咧嘴笑了。

“这是不可能的。”乔纳回答。

“我们听说你做到过。”其中的女士好奇地说。

“没有，没有。”乔纳微笑着，把手伸过他那蓬乱的金发。

他的电话在内侧口袋中响了，屏幕上的号码显示是国家刑事调查局的内森·波洛克打给他的。内森知道乔纳在哪里，如果不是重要的事情他不会打电话给他。

“喂。”乔纳接通了电话。

他拿起水杯喝了点儿水，脸上的微笑慢慢地消失。最终，他脸上所有的表情都消失了。

“杰里科·沃尔特还被关着吗？”他问道。

他的手抖得厉害，不得不把玻璃杯放在桌子上。

17

当乔纳跑向他的车时，雪在空中盘旋着。他驾驶着汽车穿过一个宽广的运动场，这个运动场和他年轻时受训的场所如出一辙。车胎在拐弯时发出摩擦声。他离开了驻地。

他的心怦怦直跳，仍然难以相信内森告诉他的话。他的额头上冒着汗珠，手也不停地颤抖。

他在阿尔博加前面的E20高速公路上遇上了一组铰接式卡车车队。他不得不用双手紧握方向盘，因为行驶中的笨重卡车使他的汽车左右摇摆。

在整个过程中，他无法停止思考他在特别行动小组训练期间接到的电话。

内森·波洛克的声音很平静，他解释说米凯尔·科勒·弗罗斯特还活着。

乔纳曾确信这个男孩和他的妹妹是杰里科·沃尔特的众多受害者中的两名。现在内森告诉他米凯尔已经被警察发现在南泰利耶的一座铁路桥上，并被送到了斯德马尔姆医院。

波洛克说米凯尔的病情很严重，但并没有危及生命，他还没有被问询。

“杰里科·沃尔特还被关着吗？”这是乔纳的第一个问题。

“是的，他仍然被单独监禁着。”波洛克回答说。

“你确定？”

“确定。”

“那个男孩怎么样？你怎么知道是米凯尔·科勒·弗罗斯特？”乔纳问。

“显然他自己说了好几次了，这就是我们所知道的……而且他的年龄也对得上号。”波洛克回答，“当然，我们已经向国家取证实验室发送了唾液样本。”

“你还没有告诉他父亲吧？”

“我们必须得到DNA匹配的结果才能那么做，我的意思是我们不能搞错……”

“我这就过来。”

18

车驶入了黑色泥泞的道路，乔纳·林纳不得不强迫自己放缓速度，因为他脑子里浮现出了多年前发生的事情。

他想着米凯尔·科勒·弗罗斯特。

过了这么多年，米凯尔·科勒·弗罗斯特竟然被发现还活着。

仅仅弗罗斯特这个名字就足以让乔纳重温整个事件。

他追上一辆肮脏的白色汽车，没有注意到孩子透过窗户向他挥舞一个玩具。他沉浸在记忆中，记忆中的他坐在同事塞缪尔·孟德尔舒适的起居室里。

塞缪尔斜靠在桌子上，让他卷曲的黑发落在额头上，重复乔纳刚才所说的话。

“连环杀手？”

十三年前，乔纳着手进行一项初步调查，这彻底改变了他的生活。与他的同事塞缪尔·孟德尔一起开始调查两起在索伦蒂纳的人口失踪案件。

第一例是一位五十五岁的妇女，一天晚上外出散步时失踪。她的狗被发现在ICAKvutunm连锁超市后面的一条通道里，被一根皮带拴住了。就在两天后，这位妇女的婆婆也消失在从她的保障性住房到游戏厅之间的短短路程中。

这名女子的哥哥五年前在曼谷失踪，国际刑警组织和外交部曾联合出动进行寻找，但并没有找到他的下落。

对于全球每年失踪的人数没有全面的数据，但每个人都知道总数是令人不安的。在美国，每年有将近十万人失踪。在瑞典，这个数字大约是七千人。

他们中的大部分最终被找到，但其中依旧有着令人担忧的比例是没能找到的。

只有一小部分从未被找到的人是被绑架或谋杀了。

乔纳和塞缪尔在国家刑事调查局算是新人，他们开始调查索伦蒂纳两名失踪妇女的案件。四年前，在厄勒布鲁有着两起类似的失踪案件。那次是一个四十岁的男人和他的儿子。他们要去格兰仕哈马尔参加一场足球赛，但直到球赛结束两人也没出现。他们的车被发现遗弃在一条离足球场不远的小树荫道上。

起初，这只是一个想法，一个随机的建议。

如果不管时间和地点上的差异，这些案件之中有什么直接的联系？

在这种情况下，失踪者的数量可能就不仅仅是这四人。

初步调查包括最常见的警务工作，就是坐在桌子前通过电脑进行搜索。乔纳和塞缪尔收集并整理了过去十年中所有在瑞典失踪但没被找到的人的信息。

这个想法是为了找出那些失踪的人是否有超越巧合的共同点。

他们把各种各样的案子叠加在一起，就像把它们放在透明纸上一样，慢慢地铺就成一张天文图，其中的连接点和模糊图案显现出来。

它们显现出了一个意想不到的模式，在许多情况下，同一个家庭中不止一个成员消失了。

乔纳还能记起当时他们给出这个结论后房间内出现的寂静。有四十五个失踪的人符合这种特定的模式，其中的许多人可能会在接下来的几天中因为详细调查而被驳回，但是这仍然比巧合理论能解释的人数多了三十五人。

19

塞缪尔在国家刑事调查局办公室里的一堵墙上面挂着一幅巨大的瑞典地图，上面点缀着标示失踪人员的别针。

显然，他们不能假定这四十五个人都被谋杀了，但暂时他们无法排除其中任何一个。

因为没有已知的肇事者可能与失踪事件发生的时间有联系，他们开始寻找动机和手段。这些案件和已解决的案件没有任何相似之处。这次的凶手没有留下任何暴力痕迹，他把受害者的尸体藏得很好。

根据对受害者的选择通常可以将连环杀手分成两组：有特定模式的杀手，他们总是寻找尽可能接近他们幻想的理想受害者。这些杀手专注于特定类型的人，例如专门寻找青春期前的金发男孩。另一组是那些没有特定模式的杀手，这样受害者的人数就会大量上升，因为受害者仅仅扮演的是在谋杀者幻想中的一个角色，受害者到底是谁，或者他们长得怎么样并不是特别重要。

但是乔纳和塞缪尔开始认识到这个连环杀手似乎不适合任何一类。一方面，他是混乱的，因为受害者是如此多种多样；但另一方面，受害者并不是那种很容易下手的对象。

他们在寻找一个几乎看不见的连环杀手。

他没有遵循一种模式，没有留下任何证据，也没有故意留下符号。

日子一天天过去，他们没能找到在索伦蒂纳失踪的妇女。

乔纳和塞缪尔没有具体证据可以向他们的老大说明存在一个连环杀手。他们只是重复说，对于这些失踪的人来说没有其他合理的解释。两天后，初步调查被降级，供进一步工作的资源被重新分配。

但是乔纳和塞缪尔没有让这件事情就这样过去，他们开始在晚上和周末把空闲的时间投入搜索中。

他们专注于这种模式：如果有两个人从同一个家庭失踪，那么这个家庭中的成员在不久的将来会有更高的失踪风险。

当他们密切关注从索伦蒂纳消失的妇女的家庭时，看到有报道称，两名儿童在蒂勒瑟失踪，米凯尔和菲莉西亚·科勒·弗罗斯特——著名作家瑞德·弗罗斯特的孩子们。

20

当乔纳经过天然气加气站和积雪覆盖的路侧停车带时，他看了看油表。

他记得与瑞德·弗罗斯特和他的妻子洛斯安娜·科勒在他们的两个孩子失踪三天后的谈话。他没有向他们提出他的怀疑——孩子们可能被一个警察并没有打算寻找的连环杀手谋杀了。他只是在理论上提及了有杀人犯的可能。

乔纳只是问了他们一些问题，让父母牢牢地抓住孩子可能溺水的念头。

这家人住在瓦尔夫斯湾一座美丽的房子中，面对沙滩和海洋。天气已经暖和了好几周，很多雪都融化了。街道和人行道透着湿漉漉的深色，海岸线上几乎没有冰，只剩下灰色的泥浆。

乔纳记得自己走进房子，经过一个大厨房，坐在窗口一个白色的大桌子旁边。但是洛斯安娜拉上了所有的窗帘，虽然她的声音很平静，但一直在摇头。

搜寻孩子最终成了徒劳。无数的直升机和潜水员被召集了过来，在水中搜寻尸体。周围的领域则由志愿者和专门的搜寻犬负责。

没有人看到或听到任何东西。瑞德·弗罗斯特整个人看起来仿佛一只被捕获的动物，他只是想继续寻找。

乔纳坐在这对父母对面，问了些日常问题，他们是否受到了任何威胁，周围是否有人表现得奇怪，是否觉得被跟踪。

“每个人都认为他们掉进了水里。”妻子一边说一边又开始摇晃她的脑袋。

“你提到他们有时在睡前祈祷后会爬出窗外。”乔纳平静地说。

瑞德说：“显然，他们不应该这么做。”

“但是你知道他们有时会溜出去骑自行车见朋友吗？”

“里卡德。”

乔纳说：“里卡德·凡·霍恩，比约恩巴斯维根 7 号。”

“我们试着和米凯尔以及菲莉西亚谈这件事，但是……他们只是孩子，我们没意识到这会导致这样的事情。”瑞德答道，轻轻地把手放在妻子的手上。

“他们在里卡德家里做什么？”

“他们不会待很长时间，只是玩一会儿暗黑破坏神。”

“他们都喜欢玩。”洛斯安娜低声说着抽走了她的手。

“但是星期六他们没有骑车去里卡德，而是去了巴德尔曼。”乔纳继续说，“他们经常晚上去那儿吗？”

“我们不这么认为。”洛斯安娜不安地站起身来，好像再也无法控制内心的颤抖。

乔纳点点头。

他知道这个男孩，米凯尔在和他妹妹离开房子之前接了电话，但是这个号码无法追踪。

坐在孩子们的父母对面真是一种煎熬。乔纳什么也没说，但越来越确信这些孩子是连环杀手的受害者。他仔细聆听，并且问了问题，但是他不能告诉他们他在怀疑什么。

21

如果这两个孩子是这个连环杀手的受害者，他们认为他很快就会再试图杀死其父母中的一个，他们必须做出选择。

乔纳和塞缪尔决定把精力集中在洛斯安娜·科勒身上。

她搬到了位于斯德哥尔摩东北部格兰特的姐姐家居住。

姐姐和她四岁的女儿住在靠近利尔-詹姆斯根森林的兰福斯夫根25号的一个白色公寓里。

乔纳和塞缪尔轮流在夜间监视着大楼。在一个星期中，他们把车停在路边，然后坐在车里等着天际一点一点开始变亮。

第八天，乔纳靠在座位上，看着大楼里的居民像往常一样准备过夜，灯光以一种他渐渐熟识的模式开始逐一熄灭。

一个穿着银色棉袄的女人一如往常和她的金色猎犬一起走过，然后最后一扇窗户陷入了漆黑。

乔纳的车停在一辆肮脏的白色皮卡车和一辆红色丰田车之间的阴影中。

在后视镜里，他可以看到雪覆盖着变电站周围的灌木丛和高高的围栏。

他前面的住宅区完全安静了。透过挡风玻璃，他能看到街灯发出的静态光亮、人行道，以及建筑物的橱窗。

他突然笑了起来，因为想起了来这里之前自己和妻子以及小女儿一起吃的晚餐。卢米匆匆忙忙地吃着，为的是可以赶上检查乔纳。

“我想吃完先走。”他建议道。

但是卢米已经端起了一脸严肃的表情，并看向他的脸，问妈妈他有没有刷牙。

“他做得很好。”苏玛答道。

她微笑着解释说，乔纳认真地刷了所有的牙齿，然后继续吃自己的饭。卢米用下巴夹住一张厨房纸，试图把一根手指放进乔纳嘴里，叫他张开嘴。

他对卢米的思念在洛斯安娜的公寓亮灯的时候消失了。乔纳看见洛斯安娜站在那儿，穿着法兰绒睡衣，在电话里交谈着。

灯又熄灭了。

一个小时过去，这个地区仍然空无一人。

当车里开始变冷时，乔纳从后视镜里看见了一个人影。有人蹲下身子，悄悄走近空荡荡的街道。

22

乔纳轻轻地把座位放倒下来，那个人影穿过了他的后视镜，他试图看清他的脸。

随着他走过，一棵花楸树的树枝摇晃着。

在变电站的灰色灯光下，乔纳看到那人是塞缪尔。

他的同事提早了半个小时。

他打开车门，坐进了乘客座椅，向后调整座位，伸开双腿叹了口气。

“你看，乔纳，你又高又是金发……坐在车里的样子都那么招人喜欢。但我还是觉得我宁愿和丽贝卡过夜……我还想辅导孩子们的作业呢。”

“你可以帮我做作业。”乔纳说。

“我谢谢你哦。”塞缪尔揶揄地笑。

乔纳望着外面的那条路，紧闭的房门，锈迹斑斑的阳台，还有黑色的窗户。

他说：“我们再等三天时间。”

塞缪尔拿出他的银色酒瓶，他将它称之为鸡汤。

“我不知道，我一直在思考。”他严肃地说，“这个案子没什么意义，我们正在寻找一个可能不存在的连环杀手。”

“他一定存在。”乔纳固执地回答。

“但他不符合我们所发现的证据，他也不符合这次调查的案件，而且……”

“这就是为什么……这就是为什么没有人发现他。”乔纳说，“他藏身在统计学所投下的阴影之中。”

他们静静地坐在一起。塞缪尔在酒瓶上吹着气，额头上冒出汗珠。乔纳哼唱着探戈，把眼神从洛斯安娜的卧室窗户飘到挂在水沟里的冰柱上，然后视线又爬上已被雪覆盖的烟囱和通风口。

“大楼后面有人。”塞缪尔突然低声说，“我确信我看到了有人在动。”

塞缪尔指了指，但一切都处于梦幻般的安静之中。

过了一会儿，乔纳看到靠近房子的灌木丛中有雪散落，一定有人刚刚擦身经过。

他们小心地打开车门，蹑手蹑脚地走了出去。

昏昏欲睡的居民区很安静，他们只能听到自己的脚步声和变电站发出的嗡嗡声。

原本已经融雪了好几个星期，此刻又开始下雪了。

他们走近建筑物无窗面的墙体，安静地沿着草地慢慢前行，经过位于一楼的壁纸店。

就着最近的路灯发出的光穿过光滑的雪地到达房子后面的空旷空间。他们停在角落里，弯腰，试图掰开树木。树越来越密集，一直向利尔 - 詹姆斯根森林的皇家网球俱乐部延伸过去。

起初，乔纳在弯曲的老树所遮蔽的黑暗中看不见任何东西。

当他看到人影的时候，他打算给塞缪尔一个信号。

树林里站着一个人，他像雪覆盖的树枝一样平静。

乔纳的心跳开始剧烈加速。

那个瘦小的男人像一个鬼魂一样盯着洛斯安娜·科勒睡觉的窗户。

这个人没有表现出紧迫感，没有明显的目的。

乔纳心中充满了坚冰般的信念：花园里的那个人就是他们所猜测的连环杀手。

从个影子看，他身材瘦削而扭曲。

他只是站在那里，仿佛看到房子能给他带来一种平静的满足感，就好像他已经把他的受害者困在陷阱中。

他们拔出武器，但不知道该怎么办，他们事先没有讨论过这个问题。即使他们已经监视洛斯安娜好几天，也从来没有谈论过如果他们所想的是事实时会做什么。

他们不能冲过去逮捕一个站在那里看着黑暗窗户的人。虽然这样他们可以搞明白他的身份，但也很可能要被迫释放他。

23

乔纳盯着树干之间那一动不动的身影，能感觉到他的半自动手枪的重量和他手指上夜晚空气的寒意，还能听到塞缪尔的呼吸就在他身边。

这种情景开始变得有些诡异。这时，这个人突然向前迈出了一步。

他们可以看到他一只手拿着一个袋子。

但后面的场景让他们怀疑自己是不是找错了人。

那人只是对着洛斯安娜卧室的窗户微笑了一下，然后就消失在了灌木丛中。

当他们匍匐在他身后时，覆盖着草的雪隐隐地在他们脚下嘎吱作响。他们沿着休眠一般的森林中那串新鲜的脚印前进，直到最后到达了一条古老的铁轨。

在右边很远的地方，他们可以看到轨道上的人影。他经过一个电塔，穿过了塔架下的阴影。

铁路仍然用于货物运输，从瓦尔塔港口通过利尔 - 詹姆斯根森林。

乔纳和塞缪尔紧随其后，紧贴着铁轨旁的厚厚积雪，以免被人看见。铁轨在高架桥下面延伸到广阔的森林中。突然，一切都变得安静而黑暗。

黑色的树和雪覆盖的树枝紧紧地挨在一起。

乔纳和塞缪尔一声不吭地加快速度，以防跟丢了目标。当他们从库尔维克沼泽周围的弯路上出现时，可以看到前面延伸的铁路线消失了。

那人离开了铁轨进入了森林。他们爬上铁轨，向白色的森林望去。最近几天一直在下雪，这里的雪基本没有人为的痕迹。

然后，他们发现了他们之前错过的一组脚印。那个瘦削的人离开了铁轨，走进了森林。雪下的地面湿漉漉的，他的鞋子所留下的痕迹变深了。而在十分钟前，他们不可能在微弱的灯光下看到这串还没被底泥染黑的脚印。

他们沿着铁轨进入森林，朝着大水库走去。

树林里几乎漆黑一片。

那人的脚印有三次覆盖在了兔子的足迹上。

有一阵子周围又变得漆黑一片，他们又找不到足迹了，只好停下来四处寻找，然后才发现了新的足迹，再匆匆向前跟踪。

突然他们能听到高亢的呜咽声，像一只动物在哭，乔纳和塞缪尔从未听到过这样的声音。他们顺着脚印，慢慢靠近声音的源头，在树干之间看到了一些就像是古怪的中世纪故事中的东西。他们跟着的那个人此时站在一个浅坟前，他周围的土地被新挖的土覆盖着。一个瘦弱、肮脏的女人正试图从棺材里出来，哭着挣扎着爬上边缘。但每一次正当她要爬上来时，那个男人就把她再次推倒。

有那么几秒钟的时间，乔纳和塞缪尔呆呆地站在那里，盯着眼前发生的事情，之后才突然反应过来，抓出武器冲了过去。

这个人没有带武器，乔纳知道他应该瞄准那个人的腿，但他不禁想要瞄准他的心脏。

他们跑过脏兮兮的雪，把那个人按在了地上，把他的手腕和脚都铐起来。

塞缪尔气喘吁吁地站在那里，用手枪指着那个男人。

乔纳可以听到他声音中的哽咽声。

他们抓到了一个以前不知道的连环杀手。他的名字叫杰里科·沃尔特。

乔纳小心翼翼地帮助那个女人从棺材里爬出来并试图让她平静下来。她只是躺在地上喘气。正当乔纳向她解释说救援就在路上时，他的余光瞥见了树林中有什么东西在移动。一个巨大的东西跑开了，树枝啪啪作响，杉树摇曳，雪像布一样轻轻地落下。

也许是一头鹿。

乔纳后来意识到这一定是杰里科·沃尔特的同谋，但当时他们能想到的就是拯救这个女人，并把这个男人关押在韦克舍。

原来这个女人被囚禁在棺材里已经快两年了，杰里科·沃尔特经常给她提供食物和水，然后再盖上棺材盖。

这个女人已经失明，严重营养不良，肌肉萎缩，压疮使她形体已经畸形，手和脚全冻伤了。

起初人们以为她只是受到了身体的创伤，但深入的检查后发现，她很明显有严重的脑损伤。

24

乔纳那天早上四点半到家时非常小心地锁了门。他的心怦怦直跳，他把卢米温暖而带着汗意的身体移到床中央，然后搂住她和苏玛。他知道自己睡不着，只是需要和家人一起躺一下。

他在七点之前回到了利尔 - 詹姆斯根森林。该地区已被封锁，并处于警戒状态，但围绕着坟墓的积雪已经被警察、狗和医护人员搅得一塌糊涂，试图找到任何潜在帮凶的踪迹如今都已经没有可能。

十点之前，警犬确定了一个靠近库尔维克水库的位置，距离这个女人的墓地只有二百米远。一组法医专家和犯罪现场分析员被召集进来。几个小时后，一名中年男子和一个大约十五岁的男孩的遗体被挖了出来，他们被塞进了一个蓝色的塑料桶。法医检查表明他们已经被掩埋了近四年，在死前他们在桶里活了好几个小时，有一根管子为他们提供着空气。

杰里科·沃尔特登记居住在比约恩巴斯维根，这是他名字信息中唯一的地址。比约恩巴斯维根是一个建于 20 世纪 70 年代早期的大型住宅区的一部分，在南泰利耶的霍夫斯科地区。根据记录，他自 1994 年从波兰来到瑞典，并获得了工作许可证，之后从未居住过其他地方。

他曾在一家叫作门格工程车间的小公司当技工，他修理火车变速箱和柴油发动机。

所有的证据表明他过着孤独而平静的生活。

乔纳、塞缪尔和两名法医官员不知道他们在杰里科·沃尔特的公寓里会发现什么。一个拷问室？或奖杯柜？甲醛罐？装着人体部位的冰柜？钉照片文件的架子？

警方封锁了公寓楼的周边和整个二层。

他们穿上防护服，打开门，在地面上放置供踩踏的木板，这样他们就不会破坏任何证据。

杰里科·沃尔特住在一个三十三平方米的两居室公寓里。

信箱下面有一堆垃圾邮件，客厅里空荡荡的，前门旁边的衣柜里没有鞋子和衣服。

他们又向前走了一步。

乔纳做好了有人藏身于此的准备，但一切都很平静，好像时间已经抛弃了这个地方。

窗帘被拉开，公寓里弥漫着阳光和灰尘的味道。

厨房里没有家具，冰箱门打开着，已经断电，没有任何证据表明它曾经被使用过。炊具上的加热板有点儿生锈了。在烤箱里，操作说明仍然贴在一边。他们在橱柜里唯一找到的食物是两罐切成薄片的菠萝。

卧室里有一张没有被褥的窄窄小床，衣橱里有一件干净的衬衫挂在金属衣架上。

仅此而已。

乔纳试图弄清楚空荡荡的公寓是什么意思。很明显，杰里科·沃尔特没有住在这里。

也许他只是把它当作一个邮政地址。

乔纳他们在公寓里没有得到任何信息，唯一采集到的指纹也属于杰里科本人。

他没有犯罪记录，从未被怀疑有任何犯罪，他没有在任何社会服务机构登记。杰里科·沃尔特没有私人保险，从来没有贷款，他的税是直接从工资里扣除，他从来没有要求任何税收抵免。

瑞典有超过三百种登记名录，几乎涵盖一个人的方方面面。但是杰里科·沃尔特的名字只出现在了其中作为一名公民必须登记的列表中。

要不是如此，他就是个彻头彻尾的隐形人。

他从来不生病，也从来没有寻求医生或牙医的帮助。

他没有枪支登记，没有车辆登记，没有学校记录，没有加入任何政治或宗教机构。

就好像他过着自己的生活，有一种明确的意图，那就是尽可能地变得隐形。

再也没有什么线索可以引导他们向前调查。

他在工作场所接触过的几个人对他一无所知。他们形容他从不多说话，但是一个很好的技工。

国家刑事调查局收到了波兰同行的调查报告，说杰里科·沃尔特已经死了很多年。杰里科·沃尔特被发现在中环火车站的公共厕所被谋杀，他们能够提供照片和指纹。

照片和指纹都与瑞典的连环杀手不匹配，大概他偷了真正的杰里科·沃尔特的身份。

他们在利尔－詹姆斯根森林里捕获的那个人看起来越来越像一个可怕的谜。

他们继续在森林里调查了三个月，但除了桶里的人和男孩之外，再也找不到杰里科·沃尔特的其他受害者。

直到米凯尔·科勒·弗罗斯特的出现，他穿过一座桥，前往斯德哥尔摩。

25

检察官接管了对杰里科·沃尔特的调查，但乔纳和塞缪尔对他进行了审讯。杰里科·沃尔特没有承认任何事情，但他也没有否认任何罪行。相反，他对死亡和人类状况进行了哲学思辨。由于证据不足，他最终被捕的原因是结合他不解释案件以及法医和精神病医生对他的评价，他在斯德哥尔摩法院被判有罪。他的律师对这一判决提出上诉，当他们在上诉法庭等待案件审理时，克罗诺贝格监狱里发生了新的事件。

监狱里的工作人员对大多数事情都习以为常，但杰里科·沃尔特的出现使他们很不安。无论他身在何处，冲突都会突然爆发。有一次，两名狱卒开始打斗，其中一名狱卒最终进了医院。

监狱召开了危机会议，新的安全程序出台，杰里科·沃尔特将不再被允许与其他犯人接触，也不能使用练习场。

当塞缪尔打电话请病假时，乔纳正独自走在走廊上，每一间绿色的门外面都摆着白色保温瓶，闪亮的油毡地板上有着长长的黑色痕迹。

杰里科·沃尔特的牢房门开着，墙上光秃秃的，窗户被挡住了。晨光反射在固定床架上被塑料覆盖的床垫和不锈钢盆上。

沿着走廊，一个身穿深蓝色毛衣的警察正与一个叙利亚传统牧师交谈。

“他们把他带到了二号审讯室。”工作人员向乔纳喊道。

一个守卫在审讯室外面等着，透过窗户，乔纳看到杰里科·沃尔特坐在椅子上，俯视着地板。站在他面前的是他的法定代理人和两名警卫。

“我是来听你讲的。”乔纳进门时说道。

沉默了片刻，他和他的律师交换了几句话。他低着头低声说话，让律师离开。

“你可以在走廊里等着。”乔纳告诉警卫。

审讯室里只剩乔纳和杰里科·沃尔特，乔纳挪动了一把椅子放到他身边，他甚至可以闻到他的汗味。

杰里科·沃尔特坐在椅子上，头向前耷拉着。

“你的辩护律师声称你在利尔-詹姆斯根森林是要解救那个女人。”

乔纳用一种中立的声音说道。

杰里科继续盯着地面看了几分钟，然后一动不动地说：“我说得太多了。”

乔纳说：“说出真相没有关系。”

沃尔特说：“如果我因为我没有做的事情被判有罪，那对我来说也没什么关系。”

“你会被关起来。”

杰里科抬头看着乔纳，若有所思地说：“我很久以前就丧失了生活，我什么都不怕，不怕疼痛……不怕孤独或者无聊。”

“但我在寻找真相。”乔纳故意用天真的语气说。

“你不必去寻找它，这和正义或神明一样，你可以根据自己的要求做出选择。”

乔纳说：“但你不会选择撒谎。”

杰里科的瞳孔缩小了。

他用不含一丝恳求的语气说：“在上诉法院，检察官对我的行为的描述将被视为超出了所有合理的怀疑。”

“你的意思是他们错了？”

“我不打算纠结这些技术问题，因为挖掘坟墓和重新填满坟墓并没有什么区别。”

当乔纳那天离开审讯室时，他比以前更确信杰里科·沃尔特是一个极其危险的人，但同时他也不能停止思考杰里科曾试图说他是因为别人的罪行而受到惩罚的可能性。他明白，杰里科·沃尔特的意图是播下怀疑的种子，但他也不能忽视检察官在案件中确实存在瑕疵的事实。

26

上诉的前一天，乔纳、苏玛、卢米以及塞缪尔和他的家人一起吃了晚饭。虽然已经是黄昏，他们开始吃东西的时候阳光依旧透过亚麻窗帘闪着光。丽贝卡在桌子上点燃了一支蜡烛，把火柴吹灭。灯光在她明亮的眼睛和一个诡异的瞳孔上颤动。她曾经解释说，这是一种被称为瞳孔反应异常的疾病，不过这不是问题，她用另一只眼睛看世界没什么差别。

这顿轻松的饭菜最后以黑蜂蜜蛋糕收尾。乔纳借来了一个犹太帽做祷告。那是他最后一次见到塞缪尔的家人。

男孩们和卢米安静地玩了一会儿，然后约书亚沉浸在一个视频游戏中，鲁宾消失在了他的房间里开始练习单簧管。

丽贝卡出去抽烟，苏玛陪着她喝了一杯酒。

乔纳和塞缪尔收拾桌子，开始谈论工作和第二天的上诉。

“我不会去。”塞缪尔严肃地说，“我不知道。我不是害怕，而是感觉我的灵魂会变得肮脏……我在他附近度过的每一秒钟都会使灵魂变得越来越脏。”

“我确信他是有罪的。”乔纳说，“但是……我想他有同谋。”

塞缪尔叹了口气，把盘子放在水槽里。

“我们已经阻止了一个连环杀手。”他说，“一个孤独的疯子，他……”

“当我们到达那里时，他并不孤独。”乔纳打断了他的话。

“不，他就是一个人。”塞缪尔开始冲洗盘子。

“连环杀手和其他人一起作案并不少见。”乔纳反驳道。

“确实不少见，但没有任何迹象表明杰里科·沃尔特属于那一类。”塞缪尔肯定地说，“我们已经完成了我们的工作，我们完成了，但现在你想伸出一根手指说‘איפכא ודילמא’。”

“我有吗？”乔纳笑着说，“这句话是什么意思？”

“也许情况正好相反。”

“就是如此。”乔纳点点头。

27

阳光透过瓦伦格宫殿的玻璃窗照进来，闪闪烁烁的。杰里科·沃尔特的律师解释说，这次指控使他的当事人受到了巨大影响，以至于到现在也无法解释他轻易在犯罪现场被捕的原因。乔纳被列为证人，描述了他们的监视工作和逮捕行动。然后辩护律师问乔纳是否有任何理由怀疑检察官对事件的叙述是基于错误的假设。

“我的当事人是否被判犯有他人犯下的罪行？”

乔纳瞥见了律师焦急的眼神，他的脑海中回想起杰里科·沃尔特一次次冷静地把爬出棺材的女子推回去的情景。

“我这么问你是因为你就在现场。”辩护律师继续说，“杰里科·沃尔特真的一直在试图拯救那个坟墓里的女人吗？”

“不。”乔纳回答。

经过两个小时的审议，法院院长宣布斯德哥尔摩法院的判决得以维持。杰里科·沃尔特的脸上丝毫不为所动。他将被关押在一个精神病院的安全科，任何假释的程序都需要有极其苛刻的条件。

由于他与许多正在进行的调查密切相关，所以他还受到了非常严格的行动限制。

当主法官说完后，杰里科·沃尔特转向乔纳，他的脸上布满了细小的皱纹，苍白的眼睛直视他的眼睛。

“现在塞缪尔·孟德尔的两个儿子要消失了。”杰里科用一种谨慎的声音说，“塞缪尔的妻子丽贝卡也将消失。但是……不，听我说，乔纳·林纳，警察会去找他们，当警察放弃时，塞缪尔还会继续寻找，但当他最终意识到他再也见不到家人时，他会自杀。”

乔纳站起身打算离开法庭。

“还有你的小女儿。”杰里科·沃尔特继续说着，并低下头看着他的指甲。

“你小心点。”乔纳说。

“卢米会消失的。”杰里科低声说，“苏玛也会消失，当你意识到你永远也找不到她们的时候……你会把自己吊起来。”

他抬起头，直视着乔纳的眼睛，脸色很平静，好像事情已经按照他想要的方式解决了。

通常，罪犯会被带回一个拘留室，直到运输设备准备好后把他送到目的地。但是克罗诺贝格的工作人员非常想摆脱杰里科·沃尔特，他们把他从瓦伦格宫殿直接送到了离斯德哥尔摩北部二十公里的犯罪心理安全科。

杰里科·沃尔特将被严格隔离在瑞典最安全的设施里，隔离时间未定。塞缪尔·孟德尔曾把杰里科的威胁看作一个失败者的空话，但乔纳一直认为这个威胁将成为一个事实。

当没有更多的尸体被发现时，调查被降级了。

虽然它没有完全结案，但不再动用资源去调查。

乔纳不肯放弃，但现在手上的线索太有限，对于这些线索的调查最终也成了死胡同。虽然杰里科·沃尔特已经被捕并被定罪，但他们对他并没有真正的了解。

他仍然是个谜。

上诉结束两个月后的一个星期五下午，乔纳和塞缪尔坐在靠近警察总部的伊尔咖啡店，喝着加浓的意大利咖啡。他们现在忙于其他案件，但仍定期会面讨论杰里科·沃尔特。他们把他所有的材料都查遍了，但没有发现有同谋。整件事都快要变成一个笑话，他们两人试图把无辜的路人称为可能的嫌疑犯。

然后，可怕的事情发生了。

28

塞缪尔的电话在咖啡杯旁嗡嗡作响，屏幕上显示了他的妻子丽贝卡的照片。乔纳一边拨弄着肉桂面包上的糖霜一边懒洋洋地听着他们讲电话。显然，丽贝卡和男孩子们早就去达拉尔了，塞缪尔同意在路上捎一些食物带上。他叫她小心开车，然后用了许多“啵啵”才结束了电话。

塞缪尔解释说：“给我们修阳台的木匠想要我们尽快去看他的雕刻，油漆工也准备好了，这个周末就可以动工。”

乔纳和塞缪尔回到了国家刑事调查局的办公室，在这一天剩下的时间里，他们没再见面。

五小时后，乔纳在和他的家人一起吃晚饭时接到了塞缪尔的电话。他在电话那头气喘吁吁地说话，很难弄清楚在说什么，但显然丽贝卡和孩子们不在达拉尔的家中。他们没有去过那里，也没有接电话。

“肯定会有原因的。”

“我已经报警了，还打给了所有的医院，还有……”

“你现在在哪里？”乔纳问。

“我在去达拉尔的路上，但我要回到房子里去。”

“你想让我做什么？”乔纳问。

他已经想到了这个想法，但是当塞缪尔说的时候他背后的汗毛还是竖了起来。

“去确认杰里科·沃尔特没有逃走。”

乔纳立即与洛文斯特伦斯卡医院的犯罪心理安全科进行了核实，并与高级主治医生布洛林进行了交谈。他被告知医院没有发生任何异常情况。杰里科·沃尔特在他的牢房里，一整天都一个人待着。

当乔纳给塞缪尔再打去电话时，他的声音听起来变得很不一样，异常尖锐刺耳。

“我在森林里。”塞缪尔几乎喊道，“我找到了丽贝卡的车，它在通往岬角的小路中间，但是这里没有人，这里没有人！”

“我这就过来！”乔纳立刻说。

警察全力搜查塞缪尔的家人，丽贝卡和男孩们的踪迹在离废弃的汽车五米远处的碎石路上完全消失。狗无法嗅到任何气味，只是走来走去，嗅探和盘旋着，但什么也找不到。森林、道路、房屋和水道被搜查了两个月。警方撤回了警力后，塞缪尔和乔纳继续寻找。他们用坚定的决心以及恐惧来寻找，直到精神崩溃。他们一次也没有提起这是怎么回事，两人都拒绝表达对约书亚、鲁宾和丽贝卡所发生不测的恐惧，因为他们都曾目睹了杰里科·沃尔特的残暴行为。

29

在这段时间里，乔纳极度焦虑以至于无法入睡。他监视着他的家人，全程接送她们，并对卢米的学前班做了特别的安排。但他最终意识到这并非长久之计。

乔纳不得不面对他最可怕的恐惧。

他不能和塞缪尔讨论，但他不能再否认真相。

杰里科·沃尔特并没有独自犯罪，在塞缪尔的家人被绑架后，毫无疑问，杰里科有同谋。如今看来，杰里科是两人中的主导者。

这名同谋被命令带走塞缪尔的家人，并且没有留下任何证据。

乔纳意识到自己的家人将是下一个，从另一个角度来说，这也算是一个好消息。

杰里科·沃尔特对任何人都毫不留情。

乔纳在很多场合都向苏玛提出了这一点，但她拒绝像他那样认真对待威胁。她接受自己的关心和预防措施，但她认为他的恐惧会随着时间消退。

他曾希望在塞缪尔·孟德尔家人失踪后的密集警察行动会致使共犯被抓获。当搜索开始的时候，乔纳把自己看成猎人，但随着时间的流逝，他的心态变化了。

他知道他和他的家人是牺牲品，他试图向苏玛和卢米展示的平静只是一个幌子。

晚上十点半，他和苏玛躺在床上看书，一楼传来的声音使乔纳的心跳突然加快。洗衣机还没有洗完衣服，听起来像是一个拉链在敲击着鼓面，但是他忍不住站起来，检查楼下所有的窗户是否关好，并确认外面的门是锁着的。

当他回来时，苏玛把灯关掉，躺在那里看着他。

“你去干吗了？”她温柔地问道。

他勉强笑了笑，正要说些什么，这时他们听到了脚步声，乔纳转过身，看见女儿走进卧室。她的头发竖着，睡裤缠在腰间。

“卢米，你应该睡觉了。”他叹了口气。

“我们忘了向猫道晚安。”她说。

每天晚上，乔纳都会给卢米读一个故事，在他把她塞进被窝之前，他们总是向窗外看，向邻居家厨房窗户里睡觉的灰猫挥手。

“现在回去睡觉吧。”苏玛说。

“我一会儿就过来。”乔纳答应道。

卢米咕哝了几句，摇了摇头。

“你要我带你去吗？”他问道，把她抱了起来。

她紧紧抓住他，他突然发现她的心跳得很快：“怎么了？做噩梦了？”

“我只想向猫挥挥手。”她低声说，“但是那里有一个骷髅。”

“在窗子里？”

“不，他站在地上。”她答道，“就在我们找到那只死刺猬的地方……它看着我……”

乔纳立马把她放在苏玛的床上。

“待在这儿。”他说。

他轻声跑下楼，不慌不忙地从枪柜里拿出枪，没有穿鞋，打开了厨房的门，冲进外面寒冷的夜晚。

没有人。

他跑到房子后面，爬过邻居的篱笆，继续跨进了下一个花园。整个地区寂静无声。他回到自己花园里的树下，夏天的时候他和卢米在这里找到了一只死去的刺猬。

毫无疑问，有人曾站在这高高的草地上，就在篱笆里面，从那里可以很清晰地看见卢米的窗户。

乔纳走回屋中，锁上门，拿起手枪，在回到床前搜查了整个房子。卢米躺在他和苏玛之间几乎立刻睡着了。过了一会儿，他的妻子也睡着了。

30

乔纳开始试着和苏玛谈论起离开这里开始新的生活，但是她从未遇到过杰里科·沃尔特，她不知道他做了什么，她只是不相信他是丽贝卡、约书亚和鲁宾失踪的幕后主使。

乔纳开始陷入一种似狂热般的高度集中状态，为了避免惨剧的降临，他开始检查生活中的每一个细节，然后制订一个计划。

一个能拯救他们三个人的计划。

国家刑事调查局对杰里科·沃尔特几乎一无所知。塞缪尔·孟德尔的家人在他被捕后失踪，为他有同谋的理论提供了有力的支持。

但是这个帮凶并没有留下任何证据，他是影子的影子。

他的同事说这没有任何办法，但乔纳不会放弃。他明白找到这个隐形的帮凶并不容易，可能需要几年时间。这个世界上只有一个乔纳，他不能同时搜索帮凶，又同时保护苏玛和卢米。

如果他选择雇用两个保镖来保护她们，那么家里的积蓄将在六个月内用完。

杰里科的同谋等了几个月才抓住塞缪尔的家人，显然，这是一个不着急的人，会耐心地等待着他，直到他准备罢工的那一刻再下手。

乔纳试图找到一种他们可以待在一起的方法，他们可以搬家，找新的工作，改变身份，安静地生活在某个地方。

最重要的莫过于和苏玛以及卢米在一起。

但作为一名警官，他知道受保护的身份并不安全，那只是多了一个喘息的空间。你走得越远，你呼吸的次数就越多。在杰里科·沃尔特遇害者的档案里，有一个人在曼谷失踪，从索可泰酒店的电梯里消失得无影无踪。

无处可逃。

最终乔纳被迫接受了比他和苏玛以及卢米在一起更重要的事情。

他们的生命更重要。

如果他跑掉或与她们一起消失，这将是给了杰里科一个直接的挑战，让他来追踪他们。

乔纳知道一旦你开始选择寻找，迟早你会找到你的猎物，无论他们多么努力隐藏。

杰里科·沃尔特一定不能开始寻找，他思考道。这才是唯一他们不被找到的方法。

只有一个解决办法，得让杰里科和他的影子不得不相信苏玛和卢米已经死了。

31

当乔纳到达斯德哥尔摩郊区时，交通通信已经建立了起来，雪花飘舞着，然后消失在高速公路潮湿的柏油路上。

他无法去回忆是如何安排苏玛和卢米的死亡，以便给她们新的生活的。尼尔斯·阿伦帮助了他，虽然他并不喜欢这个主意，但他明白如果共犯真的存在，他们在做的就是正确的事情。但如果乔纳错了，这将是一个令人匪夷所思的错误。

多年来，这种怀疑所产生的巨大悲哀时刻笼罩着他。

北方公墓的栏杆从车前闪过，乔纳记得苏玛和卢米的骨灰瓮被放进墓穴的日子。那天的雨落在了花环的丝带上和黑色雨伞上。

乔纳和塞缪尔继续着自己的生活，但他们不再互相联系，他们不同的命运使他们彼此变得陌生。塞缪尔家人失踪十一个月后，他放弃了寻找，回到了工作岗位上。他在放弃希望后坚持了三周，然后在一个阳光明媚的三月天的清晨，他去了他的避暑别墅。他走到孩子们过去常游泳的美丽海滩，拿出他的手枪，把子弹上了膛，然后顶着脑袋开了枪。

当乔纳接到老板的电话告诉他塞缪尔死了时，他感到一种深深的、不安的麻木。

两个小时后，他颤抖着去找罗莎拉加坦的一个老钟表匠。现在早已经是歇业时间，但是年老的钟表匠还在用左眼上的放大镜在钟海中工作。乔纳轻敲了门上的玻璃窗，钟表匠放他进来。

两周后，当他离开钟表匠时，体重减少了七公斤。他脸色苍白，身体虚弱，不得不每十米停下来休息一下。他在一个公园里呕吐了一阵，然后跌跌撞撞地走到了奥登加坦大街上。

乔纳从来没有想过他会永远失去他的家庭，他想着只是在一段时间内不能和她们见面和抚摸她们。他意识到这可能需要几年，或许好几年，但他一直坚信他会找到杰里科·沃尔特的同伙并逮捕他。他曾设想有一天他会揭露他们的罪行，把他们的行为公之于众，让大家审视每一个细节。但十年后，他没有比前十年所做的更进一步。没有任何新的线索，唯一证明共犯确实存在的事实是杰里科对塞缪尔的预言已经实现。

官方认为塞缪尔家人的失踪与杰里科·沃尔特之间没有任何关联。这被认为是一次事故，乔纳是唯一仍然相信杰里科·沃尔特的同伙绑架了他们的人。

乔纳确信他是对的，但也已经开始接受这种僵局。他不打算寻找那个同伙，但他的家人还活着。

他已经不再谈论这个案子，但因为不能忽视他一直被监视的可能性，所以他无法去见家人，只能处于孤家寡人的状态。

岁月流逝，虚构的死亡似乎越来越真实。

他真的失去了他的妻子和女儿。

乔纳在斯德马尔姆医院大门外的一辆出租车后面停了下来，他从车中走出，穿过飘落的雪向旋转的玻璃门走去。

32

米凯尔·科勒·弗罗斯特已从斯德马尔姆医院的急诊室转到了66号病房，这里专门治疗急性和慢性的感染病患。

一个带着疲惫眼神的和蔼医生介绍自己叫艾玛·古德温，她和乔纳·林纳一起走过反射着灯光的乙烯基地板。

“他的身体状况很差。”她一边走一边解释道，“他营养不良，得了肺炎，化验结果显示他的尿液中有军团菌的抗原，还有……”

“军团病？”

乔纳在走廊里停下来，把手伸进蓬乱的头发。医生注意到他的眼睛颜色变成了一种强烈的灰色，几乎像磨光了的银器。她急忙向他保证，这种病是不会传染的。

“它往往和特定的地域情况联系在一起……”

“我知道。”乔纳回答道，继续往前走。

他记得那个被发现死于塑料桶里的人患有军团病。要感染这种疾病，你必须生活在被这种病菌感染的水域。瑞典的感染病例极为罕见，军团菌在池、水箱和管道中生长，但温度过低时则不能生存。

“他会好起来吗？”乔纳问。

“我想应该没问题，我立马给他注射了大环内酯。”她一边回答，一边努力跟上这个高个子警探。

“这有帮助吗？”

“这需要几天时间，他仍然高烧，有感染性栓塞的风险。”她一边说一边打开了门，让他进来，然后跟着他走进病人的房间。

日光穿过挂点滴的袋子，使它闪着光亮。一个瘦瘦的面色苍白的男人闭着眼睛躺在床上，狂躁地喃喃自语：

“不要，不要，不要……不要，不要，不要，不要……”

他的下巴颤抖着，额头上的汗珠顺着脸淌了下来。一个护士坐在他身边，握住他的左手，小心地从伤口中取出细小的玻璃碎片。

“他说什么了吗？”乔纳问。

“他一直神志昏迷，很难理解在说什么。”护士回答着，把一块湿布压在了他手上的伤口上。

她离开房间，乔纳小心地接近病人。他看着他憔悴的容貌，毫不费力地辨认出他曾多次在照片中看过的孩子的脸。整齐的牙齿和噘起的嘴唇，还有长长的黑睫毛。乔纳回想米凯尔最近的照片，那时候他十岁，坐在电脑前，眼睛上方留着刘海儿，嘴角露出愉快的微笑。

病床上的年轻人疲倦地咳嗽着，闭上眼睛不停地呼吸几次后自言自语喃喃道：

“不要，不要，不要……”

毫无疑问，躺在他前面的床上的这个人就是米凯尔·科勒·弗罗斯特。

“你现在安全了，米凯尔。”乔纳说。

艾玛·古德温静静地站在他身后，看着躺在床上的这个瘦弱的男人。

“我不要，我不要。”

他猛烈地摇动脑袋，绷紧身体的每一块肌肉。点滴袋里的液体变成了血的颜色，他浑身发抖，开始轻声地呜咽。

“我叫乔纳·林纳，我是一名警探，我是在你失踪时去寻找你的人。”

米凯尔微微睁开了眼睛，但一开始似乎他什么也没看见，眨了几下眼睛后，他望着乔纳。

“你认为我还活着……”

他咳嗽，然后躺下喘气，眼睛看着乔纳。

“你去哪儿了，米凯尔？”

“我不知道，我真的不知道，我什么都不知道，我不知道我在哪里，我什么都不知道……”

“你在斯德哥尔摩的斯德马尔姆医院。”乔纳说。

“门锁着的，对吗？”

“米凯尔，我要弄清楚你之前在哪里。”

“我不明白你在说什么。”他低声说。

“我需要找出……”

“你到底要对我干吗？”他绝望地问道，开始哭了起来。

“我要给他注射镇静剂。”医生说着离开了房间。

“你现在安全了。”乔纳解释道，“这里的每个人都在尽力帮助你。”

“我不要，我不要，我受不了……”

他摇着头，试图用疲倦的手指把手臂上的点滴针扯掉。

“米凯尔，你一直都在哪里？你住在哪里？你藏起来了吗？你被锁起来了吗？”

“我不知道，我不明白你在说什么。”

“你累了，你还在发烧。”乔纳温和地说，“但你必须试着去思考。”

33

米凯尔·科勒·弗罗斯特躺在病床上，气喘吁吁，像一只被汽车撞到的野兔。他小声地自言自语，嘴唇潮湿，抬头望着乔纳，眼睛里充满了疑问。

“你会被无缘无故地关起来吗？”

“不，不会。”乔纳平静地回答。

“你不会吗？我不明白，我不知道，想起来太难了。”年轻人轻声细语，“我什么都记不起来，只有黑暗……我搞混了……我搞不清楚什么事情是最初发生的、什么是最近发生的，我无法思考，那里有太多的沙子，我甚至分辨不出什么是梦境……”

他咳嗽，仰着头闭上眼睛。

乔纳说：“你说了一些最初发生的事情，能试着再说说吗？”

“别碰我，我不想让你碰我。”他打断了乔纳的话。

“我不会碰你的。”

“我不要，我不要，我不要，我不要……”

他的眼睛向后翻，脑袋歪向了一边，然后闭上眼睛，身体颤抖。

“你没有危险。”乔纳重复道。

过了一会儿，米凯尔的身体又松弛了下来，他咳嗽了一声，抬起头。

“你能告诉我开始时的情况吗？”乔纳轻轻地重复说道。

“当我小的时候……我们挤在地板上。”他的声音几乎难以耳闻。

“那么就是说一开始你们有好几个人？”乔纳问道，一个寒战传到了他的脊梁骨上，使他脖子后面的头发都竖立起来。

“每个人都很害怕……我呼喊着爸爸妈妈的名字……地上有一个成年妇女和一个老人……他们坐在沙发后面……她试图使我平静下来……但……但我能听到她也一直在哭。”

“她说了什么？”乔纳问。

“我不记得了，我什么都不记得了，也许这一切都只是我梦到的……”

“你刚才提到的是一个老人和一个女人。”

“没有。”

“他们在沙发后面。”乔纳继续说。

“没有。”米凯尔低声说。

“你还记得任何人的名字吗？”

他咳嗽，摇摇头。

“每个人都在哭泣和尖叫，而那个奇怪眼睛的女人总是不停地问两个男孩的事情。”他说的时候瞳孔开始收缩。

“你还记得名字吗？”

“什么？”

“你还记得那些……”

“我不要，我不要……”

“我不想让你难受，但是……”

“他们都消失了，他们消失了。”米凯尔说道，声音越来越大，“他们都消失了，他们全都消失了……”

米凯尔的声音变得撕心裂肺，再也没法弄清他究竟在说什么了。

乔纳一直重复说一切都会好起来的。米凯尔看着他的眼睛，但整个人颤抖得很厉害，说不出话来。

“你在这里很安全。”乔纳说，“我是一名警官，我会保证你不会出任何事。”

艾玛·古德温医生带着护士走进房间。她们走到病人身边，轻轻地把氧气面罩放回原处。护士把镇静剂注射到点滴中，同时平静地解释着她的操作。

“他现在需要休息。”医生对乔纳说。

“我需要知道他看到了什么。”

她歪着头揉搓着无名指。

“很紧急吗？”

“不。”乔纳回答说，“并没有。”

“那么明天再来吧。”艾玛说，“因为我想……”

她的手机铃声响了，她进行了一个简短的谈话，然后匆忙走了出去。乔纳站在床边，听到她的声音消失在走廊的尽头。

“米凯尔，你说的眼睛是什么意思？你提到那个女人的眼睛，她的眼睛怎么了？”他慢慢地问。

“像……像一滴黑色泪珠……”

“她的瞳孔吗？”

“是的。”米凯尔低声说，然后闭上了他的眼睛。

“她叫丽贝卡吗？”

乔纳看着床上的年轻人，感觉他的脉搏在太阳穴上剧烈跳动。

34

镇静剂进入他的血液，米凯尔仍在哭泣。他的身体因药物慢慢放松，他的啜泣变得更加疲倦，并在睡着之前的几秒钟完全停止。

当乔纳离开病人的房间并拿出电话，他感到了内心的空虚。他喘了口气，然后打电话给阿伦，他是利尔 - 詹姆斯根森林中发现的尸体的解剖法医。

“尼尔斯·阿伦。”对方接起电话后他开口道，“你坐在电脑前吗？”

“乔纳·林纳，很高兴听到你的声音。”阿伦用浓重的鼻音说道，“我正坐在屏幕前，闭上眼睛享受着温暖，我幻想着自己买了一个面部日光浴的机器。”

“不错的白日梦。”

“好吧，如果你不考虑这东西的价格……”

“你能帮我查一下旧档案吗？”

“你去跟弗雷珀谈谈，他会帮你的。”

“不行。”

“他知道的和……”

“是关于杰里科·沃尔特的事情。”乔纳打断道。

长时间的沉默。

“我已经告诉过你了，我不想再谈那件事了。”阿伦平静地说。

“他的一个受害者复活了。”

“别说这种话。”

“米凯尔·科勒·弗罗斯特……他得了军团病，但看起来能挺过去。”

“你感兴趣的档案是什么？”阿伦的声音中透着紧张。

“桶里的人得了军团病。”乔纳继续说，“但是和他在一起的那个男孩有没有显示出这种疾病的迹象？”

“你干吗想知道呢？”

“如果有联系，就应该把可能存在细菌的地方列在一起，然后……”

“我们现在在说的可能是上百万处的地址。”阿伦打断他。

“好吧……”

“乔纳，你必须意识到，即使报告中提到军团病，这也并不意味着米凯尔就是杰里科·沃尔特的受害者之一。”

“所以说那个男孩身上也有军团菌？”

“是的，我发现了男孩血液中有细菌的抗体，所以他很可能患有庞蒂亚克热型。”阿伦叹了口气说道，“我知道你想找到突破口，乔纳，但是你所说的并不能……”

“米凯尔·科勒·弗罗斯特说他遇到了丽贝卡。”乔纳打断他的话。

“丽贝卡·孟德尔？”阿伦用颤抖的声音问道。

“他们被绑架在同一个地方。”乔纳给了确定的回答。

有很长一段时间的沉默。“所以……所以你对每件事的猜测都是对的，乔纳。”阿伦的声音听起来好像他快要哭了，“你不知道我听到这件事内心有多宽慰。”

他哽咽着，低声说他们做了正确的事情。

“是的。”乔纳用一种孤独的声音说。

他和阿伦做了正确的事，他们为乔纳的妻子和女儿安排了一场车祸。他们用了伪造的假牙记录，阿伦把两个尸体鉴定为卢米和苏玛，并在火葬后以两人的姓名埋葬。他相信乔纳，但这是一个如此重大的决定，以至于他从未停止过担心。

乔纳不敢离开医院，直到两个穿制服的警察来看守米凯尔的房间。他沿着走廊出去的路上，打电话给内森·波洛克，说他们需要派人去接米凯尔的父亲。

“我肯定那人是米凯尔。”他说，“我相信他这些年来一直被杰里科·沃尔特绑架了。”

他坐在车里，慢慢地驱车离开医院，挡风玻璃的雨刮器把雪扫到了一侧。

米凯尔·科勒·弗罗斯特十岁时失踪，二十三岁时，他终于逃走了。

有时囚犯设法逃走，像奥地利的伊丽莎白·弗雷泽，她在父亲的地窖里做了二十四年的性奴隶后逃走了。或者是娜塔莎·坎普什，她在被绑架八年后逃离了绑架者。

乔纳禁不住想，像伊丽莎白·弗雷泽和娜塔莎·坎普什一样，米凯尔一定见过那个俘虏他的人。突然，这一切的结论似乎充满了可能性。再过几天，只要他身体好了，米凯尔就应该能找到他被囚禁那么久的地方。

汽车的轮胎隆隆作响，当乔纳穿过公路中间的积雪时，赶上了一辆公共汽车。当他驶过贵族宫殿后，城市再次在他面前打开。深色的天空和桥下打着黑色漩涡的水之间是厚厚的雪。

显然，帮凶已经知道米凯尔逃跑了，而且可以辨认出他。乔纳认为他已经开始试图掩盖自己的踪迹，转而去一个新的藏匿处。但是只要米凯尔把他们带到自己被俘的地方，法医就能够找到某种证据，狩猎又将重启。

还有很长的路要走，但是乔纳的心脏开始疯狂地跳动起来。

这种想法太强烈了，他不得不把车停在瓦萨桥的旁边。另一个司机恼怒地按响了喇叭。乔纳从车里走出来，走上人行道，把冷空气深深地吸入肺部。

突如其来的偏头痛使他一个踉跄，他抓住栏杆寻求支持，闭上眼睛，等了一会儿，感觉疼痛慢慢退去，然后又睁开眼睛。

数以百万计的白色雪花在空中飞舞，消失在黑暗的水面上，仿佛它们从未存在过似的。

这个想法还为时过早，他很清楚这意味着什么，他的身体因意识到这一点而感到异常沉重。如果他设法抓住了同谋，那就不会有谁再对苏玛和卢米构成任何威胁了。

35

在桑拿房里聊天实在太热了。金色的光照在他们赤裸的身体和苍白的檀香木上。现在是华氏九十七度，呼吸燃烧着瑞德·弗罗斯特的肺，汗珠从他的鼻子上掉到他胸前的白色胸毛上。

日本记者瑞穗坐在维罗妮卡旁边的长凳上。她们的身体既红又亮，汗水在身体上流动。

瑞穗正在认真地看着瑞德，她从东京远道而来采访他。他亲切地告诉她，他从不接受采访，但非常欢迎她参加这个聚会。她可能希望他能说一些关于“圣殿系列”变成漫画电影的事。她已经来这里四天了。

维罗妮卡叹了口气，闭了一会儿眼睛。

瑞穗在进入桑拿室之前没有脱下她的金项链，瑞德可以看到它已经开始燃烧。玛丽在去洗澡前只在这里待了五分钟，现在这位日本记者也离开了桑拿浴室。

维罗妮卡向前倾斜，肘部搁在膝盖上。

瑞德对她有一种脆弱的温柔，但他不知道如何解释他内心的荒凉景象，他现在所做的每一件事，他所投入的一切，只是在无意中摸索着寻找能帮助他在下一分钟生存下来的东西。

“玛丽非常漂亮。”维罗妮卡说道。

“是的。”

“大胸。”

“闭嘴。”瑞德咕哝道。

她继续严肃地看着他：“为什么我不能离婚呢？”

瑞德说：“因为那将终结我们。”

维罗妮卡眼里充满了泪水，当她正要说些别的话时，玛丽回来了，坐在瑞德旁边开始咯咯傻笑。

“天哪，太热了。”她喘着气说，“你怎么能一直坐在这里？”

维罗妮卡往石头上泼了一勺水。咝咝声伴随着一团巨大的蒸汽徐徐上升并包围了他们几秒钟，然后石头再次变干，陷入寂静。

瑞德的手悬在膝盖上，他的头发太烫了，当他伸手去捋时几乎烫伤了手掌。

“我也够了。”他喘息着爬了下去。

两个女人跟着他走到柔软的雪地里。黄昏在黑暗中蔓延，雪已经泛着淡蓝色。

当三个裸体的人在深雪中穿行时，密密的雪花飘落了下来。

戴维、威利和伯齐利厄斯正在与圣堂奖学金委员会的其他成员一起吃晚饭，饮酒歌的声音可以一路传到花园的后面。

瑞德转过身来，看着维罗妮卡和玛丽。蒸汽从她们的体表升起，如笼罩在薄雾之下，落雪围绕着她们。他正要说些什么，这时维罗妮卡弯下腰，向他扔了一大团雪。他向后一退，笑着倒了下去，消失在了松软的雪中。

他仰卧在那里，听着她们的笑声。

雪开始融化，他的身体仍然灼热。瑞德仰望天空，带着催眠意味的雪从造物主处落下，如同一场白色的永恒漂流。

一阵无法预料的记忆袭来。他正在脱掉孩子们的防雪装和雪白的羊毛帽子，他能记起他们冰冷的脸颊和汗湿的头发，还有烘干柜和湿靴的气味。

他非常想念孩子们。

现在他希望自己是独自一人，这样就可以躺在雪地里直到失去知觉，对菲莉西亚和米凯尔的回忆包围着他。

他们曾经是他的。

他努力地站起来，凝视着白色的雪地。玛丽和维罗妮卡在笑，在雪地里如天使一般互相打闹滚动。

“这些聚会持续了多久？”玛丽问他。

“我不想谈这件事。”瑞德喃喃自语。

他打算离开这里，把自己喝醉，然后在脖子上系上一根绞索。但玛丽站在他面前，双手叉腰。

“你从来不想说话，我什么都不知道。”她笑着说，“我甚至不知道你有没有孩子，或者……”

“就让我一个人待着！”瑞德大声喊道，把她推开走了过去，“你想要干吗？”

“对不起，我……”

“别管我！”他厉声说，然后消失在屋里。两个女人摇摇晃晃地走回桑拿室，她们身体上的蒸汽消失了，热量再次包围着他们，仿佛从未离开过。

“他这是怎么了？”玛丽问。

“他假装活着，但觉得自己已经死了。”维罗妮卡回答说。

36

瑞德·弗罗斯特穿着一条双条纹的新裤子和一件敞领衬衫。他的头发后面是湿的，两只手各攥着一瓶木桐酒庄的酒。

那天早上，他在楼上的房间里把绳子从梁上取下来，当他到达门口时，内心已经充满了痛苦的渴望。他把手放在门把手上，强迫自己转身，下楼去叫醒他的朋友们。他们把香料调味汁倒入水晶玻璃杯中，用俄罗斯鱼子酱腌制了一些煮熟的鸡蛋。

瑞德赤脚行走在挂着黑色肖像画的走廊里，外面的雪投射出一种间接的光亮，像一片苍白的黑暗。

在有着发亮皮革家具的阅读室里，他停了下来，望着窗外。风景就像童话一样，仿佛掌管冬天的国王往苹果树和田野中吹入了雪花。

突然，他看到长长的大街上闪闪发光的灯光，从大门一直到房子的前面。树的枝条看起来像刺绣的花边，一辆汽车驶近，它背后的雪花被它的尾灯映成了红色。

瑞德不记得邀请了其他人加入他们。

他只是在想维罗妮卡在看到这辆警车时必定会来接待这位新来的人。

瑞德停下来，把瓶子放在一个箱子上，然后回到楼下，在门旁边穿上毡衬的冬靴。当他到达宽阔的转弯处时，冷空气迎面而来。

“瑞德·弗罗斯特？”一个穿便服的女人在下车时问道。

“是的。”他回答。

“我们可以进去吗？”

他说：“在这里就行了。”

“你愿意坐在车里吗？”

“我看起来像愿意吗？”

“我们找到你的儿子了。”女人说着朝他走近了几步。

“我明白了。”他叹息着，举起一只手示意警官安静下来。

他呼吸着，感受着雪的气息，那是水在天空中冻结的气息。瑞德让自己冷静下来，然后慢慢地低下手。

“那么你在哪里找到米凯尔的？”他用一种奇怪的平静语调问道。

“他走过一座桥上时……”

“什么？你在说什么？”瑞德咆哮着。

那女人退缩了一下，她个子高，脑袋后面有一条长长的马尾辫。

“我想告诉你，他还活着。”她说。

“这是要干什么？”瑞德不解地问。

“他被送进了斯德马尔姆医院接受检查。”

“那不是我的儿子，他死了很多年。”

“毫无疑问，就是他。”

瑞德盯着她：“米凯尔还活着？”

“他回来了。”

“我的儿子？”

“这虽然有些奇怪，但是……我想……”

瑞德的下巴颤抖着，因为女警察解释说他的DNA是百分之一百匹配。他觉得脚下的地面非常柔软，像波浪一样滚动，他摸索着需要寻求支撑。

“感谢老天爷。”他低声说，“亲爱的上帝，谢谢你。”

他的脸上绽开了一个夸张的笑容，整个人看上去完全崩溃了。他凝视着飘落的雪，下身已经不听使唤。女警察试图抓住他，但他的一只膝盖撞到了地上，整个人倒向一边，他伸出手想要阻止整个人摔倒。

警察扶他站起来，他抱着她的手臂，看到维罗妮卡裹在厚厚的冬衣里，正赤脚跑在台阶上。

“你确定是他吗？”他盯着女警的眼睛说。

她点头。

“我们刚刚拿到了百分之百的匹配结果。”她重复说，“是米凯尔·科勒·弗罗斯特，他还活着。”

维罗妮卡走到他的身边，她挽着他的胳膊，跟着女警察回到车上。

“怎么了，瑞德？”她问道，听起来很焦虑。

他看着她，陷入了迷茫，突然显得老了许多。

“是我的小儿子。”他简单地说。

37

从远处看，斯德马尔姆医院的白色幕墙看起来像是从厚厚的积雪中隐约出现的墓碑。

瑞德·弗罗斯特像一个梦游者一般，在去斯德哥尔摩的路上扣上了衬衫的扣子，然后把衬衫塞进裤子里。他从警察那里听说被确认为米凯尔·科勒·弗罗斯特的病人已经从重症监护室转移到了私人病房，但这一切都好像发生在一个平行世界之中。

在瑞典，如果有理由相信某人已经死亡，即使没找到尸体，他的亲属也可以在一年后申请死亡证明。瑞德等孩子们的尸体等了六年，然后才去申请死亡证明。税务局批准了他的要求并做出决定，六个月后这些声明具有法律效力。

现在，瑞德正走在一个穿着朴素的警官身旁，穿过一条长长的走廊。他不记得他们朝哪个病房走去，他只是跟着她，眼睛盯着地板，看着无数病床的滑轮在地上留下的交织痕迹。

瑞德试图告诉自己不要抱太大希望，警察可能搞错了。

十三年前，他的孩子菲莉西亚和米凯尔晚上出门玩到很晚，然后失踪了。

潜水员在所有的水湾中进行了搜索，搜救队和一架直升机花了几天时间搜索周围的地区。

瑞德提供了两个孩子的照片、指纹、牙齿记录和DNA样本以协助搜索。

一些有前科的罪犯受到了审问，但警方调查的结论是，其中一名孩子落入了三月份的寒冷海水中，另一名则在试图救助他时也被拽进了海中。

瑞德秘密地委托了一家私人侦探机构调查其他可能的线索，主要是孩子身边的每一个人，包括老师、足球教练、邻居、邮递员、公交车司机、园丁、店员、咖啡馆职员，以及任何孩子可能仅仅通过电话或网络接触过的人。甚至他们同学的父母和瑞德的亲戚。

很久以后，警察停止了搜查，当所有与孩子们有丝毫联系的人都被调查后，瑞德开始意识到一切都结束了。但是在之后的几年，他每天都沿着海岸散步，期待着自己的孩子被冲上岸。

瑞德和穿着便衣、扎着金色马尾辫的警官等了一会儿，一辆躺着一位老妇人的病床被推进了电梯。他们走向病房的门，穿上浅蓝色的鞋套。

瑞德蹒跚着，手撑在墙上，有好几次他认为自己是在做梦，不敢相信这是真的。

他们走进病房，与穿白色制服的护士擦身而过。瑞德感觉很镇定，但心脏被什么东西压得紧紧的，他忍不住加快了脚步。

他能听到周围的人所发出的声音，但是在他的内心此刻却陷入了一片寂静。

在走廊的尽头，右边是 4 号病房。

他撞到了一辆食品小推车，把一堆杯子撞到了地上。

当他走进房间看到一个年轻人躺在床上时，仿佛感觉自身脱离了现实。他的手臂上插着滞留针，氧气管塞在鼻子里。一个输液袋悬挂在点滴架上，旁边是一个连接到左手食指上的脉搏监测器。

瑞德停下来用手擦了擦嘴，感到自己失去了对脸的控制。一股强烈的情绪洪流把他冲回了现实之中。

“米凯尔。”瑞德温和地说。

年轻人慢慢睁开眼睛，瑞德可以看出他有多么像他母亲。他小心翼翼地把手放在米凯尔的脸颊上，嘴巴颤抖得几乎说不出话来。

“你去哪儿了？”瑞德问他，随后意识到自己在哭。

“爸爸。”米凯尔低声说。

他的脸苍白得吓人，眼神看起来非常疲倦。十三年过去了，瑞德藏在记忆中的孩子的脸变成了男人的脸。但是他太瘦了，看起来就像他刚出生时裹在毯子里一样。

“现在我又能感觉到快乐了。”瑞德低声说着，抚摸着儿子的头。

38

迪莎再次回到了斯德哥尔摩。她在他的公寓里等着，位于瓦林加坦

31号的顶层。乔纳在回家的路上买了一些大菱鲆，他打算把它们炒熟，再配上脱脂酱。

在栏杆旁边，积雪大约有二十厘米深，这座城市的所有灯光在这样的天气里都像雾灯。

当他经过卡玛卡伽塔时，他听到前面有人发出激动的声音。这是城市的黑暗部分，成堆的积雪和一排排的汽车抛出阴影，造型枯燥无味的建筑被融化的雪水隔成一条一条。

“我要我的钱！”一个声音粗鲁的男人在喊。

远处有两个人影，他们沿着栏杆慢慢地向台阶走去。乔纳继续前行。

两个气喘吁吁的男人瞪着对方，弯腰驼背，一脸怒容，醉醺醺的。其中一个穿着一件格子大衣，戴着一顶毛皮帽子，手里拿着一把闪闪发亮的小刀。

“该死的王八蛋！”他喋喋不休地骂道，“他妈的小畜……”

另一个长着浓密的胡须，身穿黑色外套，肩膀上有一个洞，正挥舞着一个空酒瓶。

“把我的钱还我，还有利息！”胡子男重复道。

“吸血鬼！”另一个人回答说，然后在雪地上啐了一口血。

一个六十多岁的胖女人斜靠着阶梯上的一个蓝色盒子。她的香烟顶端闪烁着火光，照亮了她蓬松的头发。

胡子男退到了一棵树枝积满了雪的大树下，另一个人在他身后绊倒了。他想用泛着冷光的刀锋去刺拿着瓶子的胡子男，胡子男向后移动，挥动瓶子，击中那个人的头部。瓶子碎了，绿色玻璃碴环绕着毛皮帽子飞舞开来。乔纳一时冲动想拿出他的手枪，但他知道手枪被锁在了枪柜里。

大衣男蹒跚而行，但还是设法站稳了脚。胡子男则拿着带着锯齿的瓶子残骸。

一声尖叫。乔纳跳过堆积的冰雪。

胡子男滑了一下，倒在地上，用手摸索着台阶上的栏杆。

“我的钱。”他咳嗽着重复说。

乔纳用手掸落了一些汽车上的积雪，然后把它压成雪球。

大衣男拿着刀接近了俯卧的胡子男。

“我会把你剖开，然后用你的钱塞满你。”

乔纳扔出雪球，击中了拿刀男的脖子后侧。雪团崩开，向四面八方飞去。

“什么东西！”那个男人一脸困惑，转过身。

“打雪仗了，伙伴们！”乔纳大声喊道，又做了一个新的雪球。

拿着刀的大衣男看着他，蒙眬的眼睛里出现了一个火花。

乔纳又扔出了一个雪球，打中了那个男人胸部，雪落在了中间的地面，胡子男的胡子和脸上也沾了雪。

大衣男低头看着他，然后不好意思地笑了：“像个雪人。”

躺在地上的胡子男也向他扔了一些松软的雪。他后退，把刀放下来，开始做雪球。胡子男跌跌撞撞扶着栏杆站了起来。

“我对这个很在行。”他边捏雪球边嘀咕着。

大衣男瞄准了胡子男，但是他突然转过身来，扔出一个雪球，打在乔纳的肩膀上。

几分钟的时间里，雪球从四处飞来。乔纳滑倒了，大衣男丢了帽子，另一个人冲了过去，把帽子里装满了雪。

那个女人拍拍手，然后额头上得到了一个雪球的奖励，就像一个白色的隆起物一样粘在那里。胡子男人突然大笑起来，摔倒在了一堆旧圣诞树上。大衣男在他身上踢了一些雪，然后停止了动作。他气喘吁吁地转过身来看着乔纳。

“你到底是从哪里来的？”他问道。

“国家刑事调查局。”乔纳回答道，掸去衣服上的雪。

“警察？”

“你带走了我的孩子。”女人喃喃自语。

乔纳拿起皮帽，抖掉雪，然后把它递给穿外套的那个人。

“谢谢。”

“我看见了许愿星。”醉酒的女人继续看着乔纳的眼睛，“我七岁的时候就看到了……我希望你能在地狱的火焰中燃烧、尖叫。”

“你闭嘴！”大衣男大声喊道，“我很高兴没有刺中你，兄弟，还有……”

“把钱还我。”另一个人微笑着说道。

39

乔纳到家时浴室里亮着灯，他轻轻地打开门，看见迪莎闭着眼睛躺在浴缸里。她被泡泡包围着，嘴里哼着什么。她脏兮兮的衣服在浴室地板上堆成了一堆。

“我以为他们把你关进了监狱。”迪莎说，“我都已经准备好接管你的公寓了。”

整个冬天，乔纳一直在接受检察局国家内部调查单位的调查，他被指控破坏长期监视行动，使安全警察快速反应单位遭遇危险。

“显然我是有罪的。”他一边说着一边把她的衣服捡起来放进洗衣机里。

“我一开始就那么说。”

“对对，好……”

乔纳的眼睛突然染上了一层灰色的迷雾，如同下雨的天空。

“有什么别的事？”

“漫长的一天。”他回答，然后走进厨房。

“别走。”

看到他不打算回来，她爬出了浴缸，擦干身子，穿上一件薄薄的睡袍，米色的丝绸紧贴着她温暖的身躯。

乔纳站在厨房里，他正在煎金黄色的小土豆。

“发生了什么事？”

乔纳瞥了她一眼。

“杰里科·沃尔特的受害者之一出现了……而他一直被关着。”

“所以你是对的，有一个帮凶。”

“是的。”他叹息道。

迪莎朝他走了几步，然后轻轻地把手掌平放在他的背上。

“你能抓住他吗？”

“我希望如此。”乔纳严肃地说，“我还没有机会好好地询问这个男孩，他情况不好，但应该能带我们去那里。”

乔纳把煎锅从电磁炉上拿开，然后转过身来看着她。

“这是干吗？”她突然问道，神色有些诧异。

“迪莎，你必须答应巴西的研究项目。”

“我告诉过你，我不想去。”她很快回答道，然后意识到了他的意图，“你不能那样想，我一点儿也不在乎杰里科·沃尔特，我不害怕，我不会被恐惧所支配。”

他轻轻地拂去垂在她脸上的湿头发。

“只需要一段时间，直到我把他搞定。”他说道。

她倚靠在他的胸前，听到他心脏咚咚的撞击。

“除了你以外，从来没有人。”她简单地说，“在你家人出事后你和我待在一起的时候，就是……你知道的，那时的我……正如他们所说的，我失去了灵魂……但这是真的。”

“我只是担心你。”

她抚摸着他的手臂，低声说她不想去。当她的话音中断时，他把她拉到身边亲吻她。

“但是我们一直照顾着对方。”迪莎说着抬头看着他的脸，“我是说，如果有帮凶对我们构成威胁，为什么一直以来都没有发生什么事？这没有道理……”

“我知道，我同意，但是……我必须这样做，我要抓住他，现在机会来了。”

迪莎觉得喉咙哽咽，推开他向后退去，把脸转了过去。她曾是苏玛的朋友，这是他们认识的契机。当他的生命支离破碎时，她就在那里。

当他的人生一团糟的时候，他曾和她一起生活了一段时间。

晚上他会睡在她的沙发上，她会听见他走来走去，他则知道她在隔壁的房间里醒着。他望着她卧室的门，想着她躺在那里，越来越迷惑，越来越伤心，因为他离她多么遥远，多么寒冷。直到一天晚上他起床，穿好衣服离开了公寓。

“我要留下来。”迪莎一边低声说一边擦拭脸上的泪水。

“你得走了。”

“为什么？”

“因为我爱你。”他说，“你一定懂……”

“你真的认为我现在就会走吗？”她露出一个大大的微笑问道。

40

杰里科·沃尔特的身躯在巨大监视器的九个方格之一上可以看见。

他像一头被关在笼子里的野兽，在休息室里绕着沙发踱来踱去，然后向左拐，经过电视机，绕过跑步机，再次向左拐，回到自己的房间。

安德斯·罗恩从另一个监视器的屏幕上看着他。

杰里科洗了脸，没有擦干就坐在了塑料椅子上。他盯着走廊的门，水滴落在衬衫上，等其自然干。

梅坐在操作员的椅子上，她检查时间，又等了三十秒钟，看了看杰里科，在电脑上进行记录，然后把休息室的门锁了起来。

"他今天晚上很忙……他喜欢这样。"她说。

"是吗？"

安德斯·罗恩认为围绕着这个病人的例行程序日复一日，毫无差别，以至于如果不是在30号的病房日常会议上，他很难分辨日子。其他医生谈论着他们的病人和护理计划，甚至没有人愿意听他重申安全科的情况一切照旧。

"你曾试过和病人说话吗？"安德斯问。

"跟杰里科？我们不允许那样做。"她回答道，一边搔着她手臂上的文身，"这是因为……嗯……他说的事情你没法忘记。"

在第一天以后，安德斯就没再跟杰里科·沃尔特说过话，他只是确保病人定期注射抗精神病药。

"你知道计算机系统是如何工作的吗？"安德斯问，"我没办法登录医疗记录的页面。"

"在那种情况下，你不可以回家。"她说。

“但是我……”

“我在开玩笑。”她笑着说，“这里的电脑总是乱七八糟的。”

她站起来，从桌上抓起她的芬达，走到走廊里。安德斯看到杰里科睁大着眼睛一动不动地坐着。

他跟在梅的身后，心想也许在地下深处，在安全门和气锁后面做他的专业服务没那么有趣，但对他来说，能在离家这么近的地方工作，每天晚上都能够与艾格尼丝共度时光，真是太棒了。他漫步在灯光暗淡的走廊上，当到达明亮的办公室时，他发现可以从梅的白色护士服上隐约看见她的红色内衣。

“现在让我看看。”她嘟囔着，坐在他的椅子上，把电脑从待机模式唤醒，带着满意的笑容迫使程序关闭并再次登录。

安德斯向她道谢，问晚上谁工作，如果她有时间能不能帮忙把药车重新装满。

“别忘了签下申请单。”他说完后走了出去。

他绕过拐角走进另一条走廊，走进更衣室。病房里一片寂静，他不知道是什么驱使他这么做，但他打开了梅的储物柜，开始用颤抖的双手搜寻她的健身包。他小心翼翼地打开一件潮湿的T恤和一条浅灰色的慢跑裤，找到了一条满是汗渍的内裤。他把它们拿出来，举到脸上，闻着她的气味。突然，他意识到，当梅回到控制室时，她可以在监视器上看到他。

41

安德斯回到家，房子很安静，艾格尼丝房间里的灯熄灭了。他锁上门，走进厨房。佩特拉站在水槽旁，冲洗着搅拌机中的玻璃圆筒。

她穿着宽松的居家服——一件对她来说太大的芝加哥白袜队的 T 恤，还有她拉到膝盖上的黄色裤腿。安德斯走到她身后，搂着她，闻着她的头发和清新的体香剂。当他将手掌移动到她硕大的乳房时，她把他的手挪开了。

“艾格尼丝怎么样？”他放开了她问道。

“她在幼儿园有了一个新的好朋友。”佩特拉带着灿烂的微笑说道，“一个上周入学的小男孩，显然他很喜欢她……我不知道他们是如何交流感情的，但她让他给了她一些乐高玩具。”

“听起来像是恋爱。”他坐下来说。

“累了吗？”

“我想要一杯葡萄酒，你想要一杯吗？”他问道。

“你想要？”

她看着他的眼睛笑了，这是她很久不曾出现的笑容。

“你说这话什么意思？”他问道。

“我说要什么有用吗？”她低声说。

他摇摇头，她用魅惑的眼神看着他。他们离开厨房，静静地走进卧室。

42

乔纳走进病人的房间，看见一个年长的男子坐在男孩的床上。他花了几秒钟才意识到这是瑞德·弗罗斯特。离上次见到他已经有好几年了，但他的模样大大超过了实际的年龄。病床上的年轻人睡着了，但瑞德坐在那儿，用左手握着他的两只手。

“你从来不认为我的孩子是淹死的。”父亲轻声地说。

“是的。”乔纳回答说。

瑞德凝视着米凯尔的睡脸，然后转向乔纳说道：“谢谢你没有告诉我关于凶手的事。”

因为正是通过孩子们，乔纳和塞缪尔在他们母亲的窗下发现了杰里科·沃尔特，他才被追踪和逮捕。人们因此开始怀疑米凯尔和菲莉西亚·科勒·弗罗斯特是杰里科·沃尔特的受害者。

乔纳看着年轻人瘦削的脸，凌乱的胡须，凹陷的脸颊和额头上的汗珠。

乔纳认为，米凯尔谈论了起初的情况，之后，他遇到了丽贝卡·孟德尔，这些事情发生在杰里科·沃尔特被逮捕后的最初几个星期。

从那时起，已经有超过十年的监禁时间。

但是米凯尔设法逃了出来，他一定要弄清楚他从哪里来。

“我从来没有停止过寻找。”乔纳平静地对瑞德说。

瑞德看着儿子，脸上露出一种无法控制的笑容。他坐在那里已经好几个小时了，仍然无法把目光从儿子的脸上移开。

“他们说他会没事的，他们承诺过，他们承诺他不会有什么问题。”他用粗哑的嗓音说道。

“你跟他谈过了吗？”乔纳问。

“他被注射了很多止痛药，所以他大部分的时间都在昏睡，但他们说这很好，这正是他需要的。”

“他确实需要。”乔纳同意道。

“他会好起来的……精神上，我的意思是，精神上或许需要一点儿时间。”

“他说什么了吗？”

瑞德说：“他对我耳语，但我听不清，他说的话很混乱，但他认出了我。”

乔纳知道从一开始就对他进行问询是很重要的，因为回溯记忆是愈合过程的一个重要部分。米凯尔现在需要时间，但却不能让他就这样立即恢复。随着时间的流逝，一些记忆会逐渐陷入深处，受到精神创伤的人有一定概率把记忆大门完全封闭。

不能操之过急，乔纳提醒自己。

可能需要几个月的时间来弄清楚所有发生的事情，但他确实需要问今天最重要的问题。

我想弄清楚米凯尔是否知道同谋是谁，想到这里，他的心脏再次快速跳动起来。

如果他能得到一个名字或一个恰当的描述，这个噩梦就可能结束。

“当他醒来时，我必须和他谈谈。”乔纳说，“我需要问他一些具体的问题，但他可能会觉得有点儿困难。”

“只要他不被吓到就好。”瑞德说，“我不能让这种情况发生……”

护士进来时他沉默了，护士打了招呼，然后检查米凯尔的脉搏和氧含量。

“他的手很冷。”瑞德告诉她。

“我很快就会给他一些退烧药。”护士安慰他。

“他正在注射抗生素，是吗？”

“是的，但是这要花上几天时间才能有效。”

护士挂上了一个新的输液袋。

瑞德站了起来，让她的操作更容易，然后和她一起走到门口。

“我想和医生谈谈。”他说。

米凯尔叹了口气，自言自语，瑞德听到后停下来转过了身体。乔纳向前倾斜身体，试图听清他在说什么。

43

米凯尔的呼吸加快了，他摇了摇头，低声说了些什么，然后睁开眼睛凝视着乔纳，表情生硬。

“你必须帮助我，我不能躺在这里。”他说，“我受不了，我受不了，我的妹妹在等我，我能感觉到她，我能感觉到……”

瑞德急忙走过来，握住他的手，又摸着他的脸颊。

“米凯尔，我知道。”他低声说，然后用力咽下一口唾液。

“爸爸……”

“我知道，米凯尔，我一直挂念着她……”

“爸爸。”米凯尔用带着痛苦的声音喊道，“我受不了，我不能，我……”

“没事的，冷静下来。”瑞德安慰他。

“她还活着，菲莉西亚还活着。”他哭着说，“我不能躺在这儿，我必须……”他咳出一阵长长的，带着咯咯声的咳嗽。瑞德把他的头抬起来试图帮助他，不停地说着安慰的话，但米凯尔的眼睛里闪烁着无限的恐慌。

他把脑袋重新沉入了枕头中，喘着气，低声喃喃，眼泪顺着脸颊流下来。

“你说菲莉西亚什么？”瑞德用平静的语气问。

“我不想……”米凯尔喃喃道，“我不能躺在这里。”

“米凯尔。”瑞德打断了他的话，“你需要更清醒一些。”

“我受不了……”

“你说菲莉西亚还活着。”瑞德重复说，“你为什么这么说？”

“我离开了她，我把她留在身后。”米凯尔啜泣着，“我跑了，我把她留在了后面。”

“你是说菲莉西亚还活着？”瑞德第三次问道。

“是的，爸爸。”米凯尔低声说，眼泪顺着他的脸颊流下来。

“亲爱的上帝。”父亲低声感叹，用颤抖的手抚摸着儿子的头。

米凯尔猛烈地咳嗽着，一股血丝涌进了输液管里，他喘着气，然后又开始咳嗽。

“我们一直在一起，爸爸。在黑暗中，在地上……但我离开了她。”

米凯尔随后陷入了沉默，好像最后一丝力气已经用尽。他的眼睛突然变得如乌云，疲倦不堪。

瑞德看着儿子，脸上失去了之前的平静。

“你必须告诉我们……”

他的声音撕裂了，只好深深地吸了一口气，然后继续说：“米凯尔，你必须告诉我们她在哪里，这样我们就可以去救她。”

“她还在那儿……菲莉西亚还在那儿。”米凯尔虚弱地说，“她还在那儿，我能感觉到她，她很害怕……”

“米凯尔。”瑞德恳求道。

“她很害怕，因为她独自一人……她无法忍受，她总是在夜里醒来，直到她意识到我在那里……”

瑞德感到自己的胸口一阵收缩，他衬衫的腋下印出了大片的汗渍。

44

瑞德可以听到米凯尔在说话，但他仍然很难搞清楚他话中的含义。他站在儿子的床旁，看着他，轻声安慰。

但他的脑海中此时想的只有一件事。

他必须找到菲莉西亚，她不能孤独地被抛弃。

他凝视着屋内的空气，然后步履沉重地走到窗前。远处有几只麻雀坐在光秃秃的玫瑰花丛里，几只狗在灯柱下的雪里撒尿，公共汽车站的凳子下面躺着一只手套。

在他身后的某个地方，他听到乔纳·林纳试图从米凯尔身上挖掘到更多的东西。他深沉的嗓音与瑞德沉重的心跳声融合到了一起。

你只能在事后才看到你犯的错误，其中有些是如此痛苦，以至于你几乎无法独自生存。

瑞德知道他是一个不公平的父亲，但这从来都不是他的意思，而结果却恰恰如此。

每个人都说他们平等地爱自己的孩子，他心想道。

然而我们依旧不可能平等地对待他们。

米凯尔是他的最爱。

菲莉西亚总是激怒他，有时惹他生气，所以他总是对她发火。但在事后揣度起来，这似乎是不可理解的。毕竟他是一个成年人，而她只是个孩子。

我不应该对她大喊大叫，他凝视着天空的阴霾心中默想，左腋窝开始传来一阵疼痛。

“我一直能感觉到她。”米凯尔告诉乔纳，“她现在就躺在地上……她吓坏了。”

瑞德发出一阵呻吟，因为他感到胸口一阵绞痛，汗水从他的脖子上流了下来。乔纳冲到他身边，抓住他的手臂，说了些什么。

“没关系。”瑞德说。

“你胸口疼？”乔纳问。

“我只是累了。”他回答道。

“你似乎……”

“我必须找到菲莉西亚。”他说。

一阵灼热的疼痛从他的下颚传来，他又感觉到一阵刺痛击中了胸口。他摔倒了，脸颊撞在了散热器上，但他脑海中的画面只有他在菲莉西亚消失的那天对她的大吼大叫，并责骂她毫无用处。

当他听到乔纳和医生回到房间时，他挣扎着用双膝支撑自己想要向前爬行。

45

乔纳和医生谈了谈，然后回到米凯尔的房间，把夹克挂在门后的钩子上，拉过唯一的椅子坐下。

如果菲莉西亚还活着的话，时间真的很紧急。也许还有更多的俘虏？他得让米凯尔谈谈他的记忆。

一小时后，米凯尔醒了过来。他慢慢地睁开眼睛，眯起眼睛看着空气中的光线。当乔纳重复说他父亲没有任何危险时，他又闭上了眼睛。

“我需要问你一个问题。”乔纳严肃地说。

“我的妹妹。”他低声说。

乔纳把手机放在床头柜上开始记录：“米凯尔，我得问你……你知道是谁抓了你吗？”

“不是那样的……”

“那是怎样？”

男孩的呼吸加快了。

“他只是想让我们睡觉，就这样，我们不得不睡觉。”

“那人是谁？”

“睡魔。”米凯尔低声说。

“你说什么？”

“没什么，我不能继续……”

乔纳低头看了看他的电话，查看是否正在录音。

“我听到你说了睡魔？”他接着说，“你是说像威利温琪童话中那让孩子们睡觉的人吗？”

米凯尔看着他的眼睛。

“他是真的。”他低声说，“他闻起来有沙子的味道，白天去卖气压计。”

“他长什么样子？”

“他来的时候天总是黑的……”

“你一定看到了什么？”

米凯尔摇摇头，默默地啜泣着，泪水顺着面颊流下来，落在枕头上。

“睡魔还有别的名字吗？”乔纳问。

“我不知道，他从来不说一句话，他从来没有跟我们说过话。”

“你能描述一下他吗？”

“我只听见他在黑暗中……他的手指是陶瓷做的，当他把沙子从袋子里拿出来时，手指会叮当作响……而且……”

米凯尔的嘴巴在动，但是没有声音冒出来。

“我听不清你在说什么。”乔纳说。

“他把沙子扔在孩子们的脸上……过了一会儿，他们就睡着了。”

“你怎么知道他是男的？”乔纳问。

“我听到他咳嗽。”米凯尔严肃地回答。

“但是你从没见过他？”

“没有。”

46

一位身着印度特色服饰的漂亮女人站在瑞德身边，俯视着他，她解释说他患有冠状动脉痉挛。

“我以为我心脏病发作了。”他喃喃自语。

“我们一般考虑用 X 光透射检测冠状动脉。”

“好的。”他叹了口气，坐了起来。

“你需要休息。”

“我发现……我的……”他开始说话，但嘴开始颤抖，以至于不能完成整个句子。

她把手放在他的脸颊上，微笑着，好像他是个不快乐的孩子似的。

“我必须去看我的儿子。”他解释说，声音稍稍平稳些。

她说:“你是知道的，在我们检查完你的症状之前，你不能离开医院。”

她给了他一小瓶粉红色的硝酸甘油，让他在一旦发生胸口疼痛时就在舌头下喷一些。

瑞德走向 66 号病房，在到达米凯尔的房间之前，他在走廊里停了下来，靠在墙上深吸了一口气。

当他走进房间时，乔纳站起来，把椅子递给他。

他的电话还在床边。

“米凯尔，你得帮我找到她。”他坐下时说。

“爸爸，你还好吗？”他的儿子用坚定的声音问道。

“我没关系。”瑞德回答道，试图微笑。

“他们说了什么，医生说了什么？”米凯尔问道。

“她说我的动脉可能有点儿问题，但我没问题的。”

不管怎样，这都没关系，我们必须找到菲莉西亚。

“她说你不会在意她失踪了，我说那不是真的，但她认为你只会去寻找我。”

瑞德一动不动地坐着，他知道米凯尔的意思，因为他从来没有忘记在最后一天发生了什么。他的儿子把骨瘦如柴的手放在他的胳膊上，他们的眼神又相遇了。

“你是从南泰利耶走过来的，我们需要从那里开始找吗？”瑞德问道，“她可能在那儿吗？”

“我不知道。”米凯尔轻轻回答。

“但是你一定记着一些事情。”瑞德用低沉的声音继续说。

“我什么都不记得。”他的儿子说，“我真的什么都不记得。”

乔纳倚靠在床的一头。米凯尔的眼睛睁得大大的，他仍然紧紧抓住着父亲的手。

“你之前说过，你和菲莉西亚在一起，在黑暗中的地上。”乔纳开口道。

“是的。”米凯尔低声说。

“什么时候开始只剩你们俩？其他人什么时候消失的？”

“我不知道。”他回答，“我不能说，时间不像你想象的那个样子。”

“那描述一下房间吧。”

米凯尔用痛苦的表情看着乔纳灰色的眼睛。

“我从来没见过房间。”他说道，“除了在开始的时候，当我还很小的时候……有一盏灯有时亮着，那时候我们可以互相看到对方，但我不记得这个房间是什么样子，我只是害怕……”

“但是你一定记得些什么？”

“黑暗，只有黑暗。”

“但是能感到地面。”乔纳说。

“是的。”米凯尔低声说。

“还有什么？”瑞德温柔地说。

米凯尔看了看两个人，凝视着他们之间的空当，开始谈论他被囚禁了这么久的地方。

“地上……又硬又冷，一边能走六步……另一边能走四步……墙壁是用实心混凝土做的，你去敲它们时，没有一点儿回声。”

47

瑞德捏了捏他的手，什么也没说。米凯尔闭上眼睛，让图像和记忆引导他。

“有一个沙发和一个床垫，当我们使用水龙头时，我们需要推开它们。”他使劲地吞咽了一下。

“水龙头。”乔纳重复说。

“还有门……它是由铁或者钢制成的，它永远不会打开，我从未见过它打开，上面没有锁，也没有把手……挨着门，墙上有个洞，那是放食物桶的地方。这只是一个小洞，但是如果你把胳膊伸进去，手指可以感觉到一个金属舱。”

当听米凯尔告诉他们他记得房间的时候，瑞德轻轻地啜泣着。

“我们很节省食物，但有时吃完了后……需要很长时间，我们只能躺在那里听着金属舱门的声音，然后我们就会生病……有时水龙头里没有水，我们口渴了，下水管里传来味道……”

“是什么样的食物？”乔纳平静地问。

“主要是剩饭剩菜……香肠、土豆、胡萝卜、洋葱……通心粉。”

“给你食物的那个人……他什么都没说吗？”

“一开始，舱门打开的时候我们就大声喊叫，但是他砰地关上了，我们就没东西吃……在那之后，我们就不再大喊，试着和打开它的人交谈。但是我们从来没有得到任何回答……我们总是认真听……我们可以听到呼吸声，鞋子在水泥地上的声音……他每次都穿着同样的鞋子……”

乔纳检查了下录音仍在工作，他情不自禁地思考这对兄妹经历的极端隔绝状态。大多数连环杀手避免接触受害者，而不是与他们交谈，所以凶手可以继续把他们当作心目中的对象。但在某种程度上，凶手总是不得不去拜访受害者，他们必须看到他们脸上的恐惧和无助。

“你听到他在四处走动。”乔纳说，“你能听见外面的任何声音吗？”

“你的意思是？”

“想一下。”乔纳严肃地说，“鸟儿、狗叫、汽车、火车、声音、飞机、电视、笑声、叫喊声、警笛声……什么都行。”

“只有沙的味道……”

医院窗户外面的天空已经被黑暗侵蚀，冰雹落在玻璃上。

“你们醒着的时候做什么呢？”

“不做什么……一开始，当我们还很小的时候，我设法从沙发的底部拉出一个松动的螺丝……我们用它在墙上挖出了一个洞。螺丝钉太热了，几乎把我们的手指都烧焦了。我们坚持了很久很久……但只有水泥。到了差不多五厘米左右时，我们触到了一些金属网。我们通过网中间的空隙继续挖，但是距离越深，就有越多的金属网……这是不可能的……从胶囊里面逃出来是不可能的。”

“你们为什么把房间叫作胶囊？”

米凯尔疲倦地微笑着，这使他看起来非常孤独。

“是菲莉西亚先开始这么叫的……她想象我们是在太空中的，在执行任务……那发生在我们停止谈话之前，但我继续将房间当成是胶囊。”

“你们为什么不说话了？”

“我不知道，我们就这样不说话了，没什么可说的了。”

瑞德把一只颤抖的手举到嘴边，看起来好像是在挣扎着不哭出来。

“你说逃跑是不可能的……但，这正是你做到的。”乔纳说。

48

警察局局长卡洛斯·埃利亚松在拉德胡塞开完会后穿过阵阵小雪，一边打电话一边和妻子走着。现在的警察总部看起来像一个冬天公园中的夏宫。他握着手机的手太冷了，手指都在阵阵发痛。

“我将部署大量警力，你确定米凯尔会康复吗……好的好的。”

走到人行道时，卡洛斯把鞋子上的雪抖落。

“又开始了。”她喃喃自语。

当她坐进车里后，他听到了她的叹息声。

“我不能告诉你。”他稍作停顿后说，“我得保密，对吧？”

“是的。”她回答。

“如果结果对调查至关重要呢？”他问道。

“你不能告诉我。”她严肃地说。

卡洛斯看了一眼手表，听到他的妻子在嘀咕说她得走了。

“今晚见。”她轻声说。

多年来，警察总署已被扩大过数次，每次扩大一块区域，各个新增的区域反映了时尚的变化。最近的区域是在克罗诺贝格公园，这就是国家刑事调查局的所在地。

卡洛斯穿过两扇不同的安全门，穿过有顶的内院，乘电梯到八楼。他脱下外套，走过一排关着的门，脸上露出一种焦虑的表情。一张报纸在公告板上飘动着，这张报纸自从警察合唱团落选瑞典达人秀开始就在那里了。

会议室里已经有五名军官了，松木桌子上放着玻璃杯和一瓶水。黄色窗帘被拉开，透过一排低矮的窗户可以看到积雪覆盖的树梢。每个人都在表面上尽力表现出冷静，但其实都在思考着黑暗的想法。乔纳召集的会议将在两分钟后开始，班尼·鲁宾已经脱掉鞋子，正在告诉玛格达琳娜·罗南德他对新的安全评估表格的看法。

卡洛斯跟国家凶杀案组的内森·波洛克和汤米·柯福德握了手。像往常一样，内森穿着一件深灰色夹克，灰色的马尾辫垂在他的背上。在两人旁边坐着的是穿着一件银色上衣和一件淡蓝色裙子的安雅·拉尔森。

“安雅一直在试图使我们变得现代化……我们应该学会如何使用分析方法。”内森笑着说，“但是我们年纪大了。”

“别代表我们。”汤米闷闷不乐地喃喃自语。

“我知道你们碰了几次壁。”安雅说。

卡洛斯站在桌子的末端，他脸上阴沉的表情使班尼停止了交谈。

“欢迎你们大家，”卡洛斯说，没有一丝他平时的微笑，“正如你们所听到的，我们有了一些杰里科·沃尔特的新信息………初步调查的结论现在需要被推翻了……”

“还记得我之前跟你怎么说的吗？”一个带有芬兰口音的声音平静地说。

49

卡洛斯迅速转过身，看见乔纳·林纳站在门口，他那黑色警探外套沾着雪，泛着光亮。

“当然，乔纳并不是永远都对。”卡洛斯说，“但我必须承认……这次……”

“那么乔纳是唯一认为杰里科·沃尔特有同谋的人吗？”内森·波洛克问道。

“这个……是的。”

“当他说塞缪尔·孟德尔的家人是受害者的时候，很多人都很沮丧。”安雅平静地说。

“说得对。”卡洛斯点点头，“乔纳做了一些出色的工作，这毫无疑问……我最近才被任命回来……也许我之前信错了人，但现在我们知道了……我们可以继续去……”

他陷入了沉默，看着乔纳走进房间。

“我刚从斯德马尔姆医院回来。”他简短地说。

“我说错什么了吗？”卡洛斯问。

“没有。”

“也许你认为我应该说点儿别的什么？”卡洛斯问道，脸上露出尴尬的神色，望着其他人，“乔纳，那是十三年前，情况已经发生了很大变化。”

“是的。”

“当时你说的完全正确，就像我刚才说的那样。”

“我说对了什么？”乔纳平静地问，看着他上司的眼睛。

“你说对了什么？”卡洛斯提高了声调重复了一遍，“一切，乔纳，你说的每件事都是对的。这样说够了吗？我认为这已经足够了……”

乔纳短暂地笑了笑，卡洛斯叹了口气坐了下来。

“米凯尔·科勒·弗罗斯特的总体情况已经好多了，我已经问过他好几次……当然，我希望米凯尔能够认出共犯。”

“这可能为时过早。”内森若有所思地说。

“是的，米凯尔不能告诉我们一个名字和相关的描述……他甚至没法描述那人的声音，但是……”

“他受到了心理创伤吗？”玛格达琳娜·罗南德问道。

“他根本没见过他。”乔纳说话时凝视着她的眼睛。

“那么我们什么有用的线索都没拿到？”卡洛斯低声问。

乔纳走上前，他的影子把桌子和房间一分为二。

“米凯尔称绑架者为睡魔……我问过瑞德·弗罗斯特，他解释说这个名字来自孩子们的母亲过去给他们讲的一个睡前故事……睡魔是某种睡眠的化身，他把沙子撒在孩子的眼睛里让他们入睡。”

“好吧。”玛格达琳娜笑着说，“证明睡魔的证据是当你醒来时，你的眼角上会有一些沙子。”

“睡魔。”波洛克若有所思地说，并在他的黑色笔记本上记下了一些东西。

安雅拿起乔纳的电话，开始把它连接到无线音响系统。

“米凯尔和菲莉西亚·科勒·弗罗斯特都有着一半的德国血统。洛斯安娜·科勒在八岁的时候从施瓦巴赫搬到了瑞典。”乔纳解释道。

“那是纽伦堡的南部。”卡洛斯补充道。

“睡魔是他们版本的威利温琪。”乔纳继续说，“每天晚上在孩子们祈祷之前，她会跟他们讲这个童话……多年来，她把自己童年时代的故事与她自己编的故事混合了起来，还加上了一些 E. T. A. 霍夫曼笔下的晴雨表推销员和机械女孩。那时米凯尔和菲莉西亚只有十岁和八岁，他们认为是睡魔带走了他们。”

坐在桌旁的众人看着安雅准备播放米凯尔的录音。他们的脸色阴沉，这是他们第一次听到杰里科·沃尔特案幸存受害者谈论所发生的事情。

“换句话说，我们没法确定谁是共犯。”乔纳说道，“如果米凯尔能带领我们回到那里，那么……”

50

扬声器发出咝咝声，其中某些频率被放大了，如纸张的沙沙声，而其他声音几乎听不见。有时可以听到瑞德的哭泣，比如他的儿子在谈论菲莉西亚的太空舱幻想时。

当他们倾听时，内森·波洛克做着笔记，玛格达琳娜·罗南德在她的笔记本电脑上不停地打字。

“你说逃跑是不可能的。”他们听到乔纳严肃地说，“但这正是你做到的。”

“这是不可能的，不是你说的这样。”米凯尔·科勒·弗罗斯特立马回复道。

“那是怎么样的？”

米凯尔说：“睡魔把沙子吹在我们身上，当我醒来时，我就意识到我已经不在胶囊里了。我能从声音里听到房间和以前不一样，菲莉西亚不在那里。我摸索着前进，直到我的手碰到了门把手……

“我打开它，发现自己在走廊里……我没有意识到自己是在逃跑，我只是知道自己必须继续前行……我走到一扇锁着的门前，以为自己落入了陷阱，因为很明显睡魔随时可能回来……我惊慌失措，用手打碎了玻璃，伸手去把它打开……我穿过一个满是盒子和水泥袋的储藏室……然后我看到右边的墙是用塑料板做的……我呼吸困难，试图把塑料拉下来时我感觉到手指在流血。我知道是被玻璃划伤了，但我不在乎，我越过了一片水泥地……房间还没有到尽头，我一直走，直到发现自己在雪上行走……那时天还没有完全黑……我跑过一个挖掘机，上面有一颗蓝色的星星，然后继续进入森林，这时我开始意识到自己自由了。我跑过被雪覆盖的树丛和灌木丛，一次都没有回头，只是继续往前走，穿过田野，又爬进树林。突然，我再也走不了了，一根折断的树枝直接戳进了我的大腿，我完全被卡住了，无法动弹，血流到雪地里，我感觉自己伤得很严重。我试图挣脱……我想我也许可以折断树枝，但我太虚弱了，没有办法做到。我只好站在那里，我确信能听到睡魔的瓷手指发出的叮当声。当我转身向后看时，我滑倒了，树枝也被拔了出来。我不知道有没有昏过去，虽然力不从心，但是我站了起来，向斜坡上走去。我绊了一下，一直想再也走不动了，开始向前爬行，然后发现自己在铁轨上。我不知道走了多久，整个人冻僵了，但我一直往前走，偶尔可以看到远处的房子。我太累了，坚持走在铁轨上……雪下得越来越大，我恍惚地继续走，没想过要停下来，我只是想再走远一点儿……”

51

当米凯尔停止讲话时，录音机发出的嗞嗞声也停止了，会议室里鸦雀无声。卡洛斯站起来，咬着自己的一个拇指指甲，眼神茫然地望着空气。

“我们放弃了两个孩子。”他最后用冷静的语气说，“他们失踪了，但我们说他们已经死了，然后继续我们的生活。”

“我们确实相信那是真的。”班尼温和地说。

“乔纳当时想继续调查下去。”安雅喃喃自语。

“但最终我也不相信他们还活着。”乔纳说。

波洛克说：“当时没有什么可以继续了，没有证据，也没有证人……”

卡洛斯的脸颊苍白，他把手放在脖子上，试图解开衬衫上的扣子。

“但他们还活着。”他用几乎耳语的声音说道。

“是的。”乔纳回答。

“我见过很多，但这一次……”卡洛斯又拽了拽衣领，“我就是不明白为什么，我是说，为什么？我不明白，我只是……”

“同谋什么也没得到。”安雅用和蔼的语气说，“你需要喝一杯水。”

“为什么有人会把两个孩子关在那儿这么多年？”他提高了声音继续说，“确保他们能生存下来，但没有别的，没有勒索，没有暴力，没有虐待……”

安雅试图带他离开房间，但他反抗并抓住了内森·波洛克的胳膊。

“找到那个女孩。”他说，“不管你怎么做，今天就要找到她！”

“我不确定……”

“找到她！”卡洛斯打断了他的话，然后离开了会议室。

安雅不久就回来了，小组成员喃喃自语，浏览着文件。汤米·柯福德面带微笑，班尼张着嘴坐着，心不在焉地用脚趾戳着玛格达琳娜的运动袋。

“你们这是干吗？”安雅严厉地问他们，“你们没听见老板说什么吗？”

小组很快达成了共识，玛格达琳娜和柯福德组建一个快速应急小队和一个法医小组，而乔纳则试图在南泰利耶悉德站以南地区确定一个初步搜索区域。乔纳看着一张打印出来的菲莉西亚照片，他不知道自己已经看了多少次。她的眼睛又大又黑，长长的黑发披散在肩上，她拿着一顶骑马帽，在照相机面前机灵地微笑着。

“米凯尔·科勒·弗罗斯特说他在天黑前就开始走路了。”乔纳开始盯着墙上的大比例地图，“火车司机是什么时候发出警报的？”

班尼检查他的笔记本电脑。

“03：22。”他回答。

“他们在这里找到了米凯尔。”乔纳说着在伊格斯塔桥的北端画了一个圆圈，“如果他受伤并患有军团病，很难想象可以以每小时五公里的速度行走。”

安雅用一把尺子来测量他以那种速度在如此比例尺的地图上从南边走过的最远距离，然后画一个圆。二十分钟后，他们成功地确定了五个符合米凯尔描述的建筑群。

一个两米的等离子屏幕现在显示着地图和卫星图片。班尼仍然费力地将信息添加并连接到等离子屏幕的计算机上。安雅坐在他身边，拿着两部电话，收集补充信息，而内森和乔纳正在讨论那些建筑地点。

地图上的五个红色圆圈标志着在初步搜索区域内正在进行的建设项

目，其中三个是已建成的区域。乔纳站在地图前面，他的眼睛随着铁路线前移，然后指着另外两个圆圈中的一个，在阿尔伯葛特附近的森林里。

“就是这个。”他说。

班尼点击这个圆圈，提取了坐标，安雅读出了这个建筑的简短描述：NCC 正在为脸书构建一个新的服务器基地，但是由于环保方面的反对，从上个月开始这里的工作处于停滞状态。

“你想让我弄到这里的平面图吗？”安雅问。

“我们马上出发。”乔纳说。

52

雪静静地躺在穿过森林的崎岖不平的山路上，这里很大面积的土地已被平整，管道和电缆也已到位，排水系统安装完毕，四万平方米的混凝土地基已经打好，一些附属建筑物或多或少建了起来，有一些还只建了主体结构，挖掘机和翻斗车上积有一层厚厚的雪。

在驾车前往阿尔伯葛特时，乔纳在手机上收到了详细的平面图，安雅从当地的规划部门要到了这些资料。

玛格达琳娜·罗南德检查了地图，让快速应急小队从三个方向接近目标地点。

他们从森林的边缘靠近，树林中雪的分布并不均匀，树干的位置显得异常黑暗。他们迅速找到了自己的位置，谨慎地向中心的建筑区域靠近。

整个地方都有一种奇怪的，令人昏昏欲睡的气氛。

玛丽塔·雅格布松跑过去蹲在一堆防焰覆盖物的旁边，她是一位经验丰富的中年指挥官。她拿起双目望远镜仔细地检查前方的建筑物，然后向其他人挥了挥手。

乔纳拔出手枪，和其他人一起走向一座低矮的建筑。雪从屋顶吹来，飘散在空气中，发出闪闪的银光。

他们都穿着防弹背心，戴着头盔，其中两人携带着黑克勒 - 科赫突击步枪。

他们经过一道还未建成的墙，头靠在裸露的混凝土地基上。

乔纳指了指一片在风中拍打的保护塑料墙，它悬挂在两个支柱之间。

大家跟着玛丽塔穿过储藏室，走到一扇玻璃已经被砸碎的门前，门前的地板和窗台上都有黑色的血迹。

毫无疑问，这就是米凯尔逃离的地方。

玻璃在靴子下面嘎嘎作响。他们进入走廊，打开后门，并确认每个房间的状况。

所有房间都是空的。

在一个房间里有一箱空瓶子，除此以外什么都没有。到目前为止，这一切表明米凯尔一定是在这条走廊中的某个房间里醒来的，但没法搞清究竟是哪个。

快速应急小队把整个工业区都勘察了一遍，然后撤回到了车里。

现在法医可以入场开始工作了。

然后他们派出了搜寻犬在森林里进行搜查。

乔纳手里拿着头盔站着，看着雪在地面反射的光芒。

老实说，我知道我们不会在这里找到菲莉西亚，他内心想着。米凯尔所称的胶囊房间有着加固的厚墙壁、水龙头和食物的舱口，那是专门建来囚禁人的。

乔纳看过米凯尔的医疗记录，知道医生在他的软组织中发现了麻醉药七氟醚的成分。他一定是被麻醉了，在他昏迷的时候被搬到这里。这与他刚刚醒来发现自己在另一个房间的描述相符。他是在胶囊里被麻醉，然后在这里醒过来了。

由于某种原因，米凯尔在经过这么多年后被移到了这里。

他如果没逃走，是不是也会被关进一个棺材中？

乔纳看着警官返回他们的车辆，空气的温度开始下降。玛丽塔·雅格布松的脸色很紧张，而且她看上去很悲伤。

如果米凯尔是被麻醉后带到这里，那么他就无法带领他们找到胶囊。

他什么也没看见。

内森·波洛克向乔纳挥手，让他知道该走了。

乔纳正要把手举起来，但在一瞬间他改变了主意。

不能就这样结束，他想。不能仅仅就这样，他用手梳着头发。

还有什么要做的？

当乔纳向汽车走去时，他已经知道了这个问题的可怕答案。

53

乔纳轻轻地走进车库，拿了一张停车券，然后开车沿着坡道来到公园。他坐在车里，一个在地毯仓库工作的男子正在整理路面上的购物车。

当乔纳在停车场看不到其他人时，他从车里出来，走到一辆车窗有些斑斓的黑色货车旁，打开侧门坐了进去。

门在他身后悄悄地关上，乔纳向国家警察局局长卡洛斯·埃利亚松和国家安全局局长弗纳·赞登默默地问好。

“菲莉西亚·科勒·弗罗斯特被关在一个黑暗的房间里。”卡洛斯开始说，“她和哥哥在一起被关了十年多，但如今只剩下了她。我们会抛弃她吗？说她死了，把她留在那儿吗？如果她没有生病的话，说不定还得在那样的环境中再活二十年左右。”

“卡洛斯。”弗纳用安慰的声音说。

“我知道，我失态了。”他微笑，抱歉地举起双手，“但我真的希望我们能尽全力做到这一点。”

“我需要一支庞大的队伍。”乔纳说，“如果我能有五十个人，我们可以试着重新梳理所有的线索，调查每一个失踪的人。或许我们会一无所获，但这是我们唯一的机会。米凯尔从未见过绑架他的人，他在转移之前被麻醉了。他没法告诉我们胶囊在哪里，显然我们得继续和他谈话，但我觉得他并不知道过去十三年他待在哪里。”

“但是如果菲莉西亚还活着，那么她可能还在胶囊里。”弗纳用深沉的声音说。

“是的。”乔纳同意道。

“但我们怎么才能找到她？感觉这简直不可能。”卡洛斯说，“没有人知道胶囊在哪里。”

“除了杰里科·沃尔特之外没人知道。”乔纳说。

“我们不能审问他。”弗纳说。

“是的。”乔纳回答。

“他完全是个精神病，而且……”

“不，他从来就不是精神病。”乔纳打断道。

弗纳说：“我只知道法医报告中说了什么，他们写道，他患有精神分裂症、精神病，脑子一团糨糊而且极端暴力。”

“只是因为这是杰里科想要我们这么写。”乔纳平静地回答。

“那么你认为他健康吗？你是说他没精神病？”弗纳问道，“这到底算什么？为什么？他不是被审问了吗？”

卡洛斯回答道：“他在最高法院的判决中被判处单独监禁。”

“这个一定有办法。”弗纳叹了口气，伸长了腿。

“也许吧。”卡洛斯说。

“我认识一些人，对审问恐怖分子非常熟练……”

“乔纳是最好的人选。”卡洛斯打断道。

“不，我不是。”乔纳回答说。

“是你跟踪并逮捕了杰里科，而你实际上是他在审判前唯一跟他说过话的人。”

乔纳摇摇头，透过彩色车窗向外望着废弃的车库。

“我曾试过。”他慢慢地说，“但不可能骗到杰里科，他不像其他人，他的人生没有不如意，他也不需要同情，他什么都不会说。”

“你还想试试吗？”弗纳问他。

“不，我没办法。”乔纳回答。

“为什么？”

“因为我害怕。”他简单地回答。

卡洛斯用一种不确定的眼神看着他。

“我知道你只是在开玩笑。”他紧张地说。

乔纳转过身去面对他，眼神坚硬得如同灰色的石板。

“当然，我们没有理由害怕一个被锁起来的老家伙。”弗纳说着紧张地搔了下他的头，“他应该害怕我们，看在上帝的分儿上，我们可以冲进去，把他按在地板上吓唬他。我的意思是，我们可以用强制的手段。”

“这行不通的。”乔纳说。

“他们的方法总是会奏效的。”弗纳继续说，“我有一个秘密小组，他们曾经在关塔那摩。”

“很明显，这次会议从未发生过。”卡洛斯急忙说。

“我很少有会议。”弗纳用低沉的声音说，然后向前倾，“我的团队会用水刑和电击。”

乔纳摇摇头：“杰里科不害怕疼痛。”

“所以我们就放弃？”

“不。”乔纳的身体向后仰，座位被弄得嘎吱作响。

“那你觉得我们应该怎么办？”弗纳问道。

“如果我们进去跟杰里科交谈，我们唯一能确定的就是他会撒谎。他会引导我们的谈话，一旦他知道我们想要和他谈什么，他会开始和我们讨价还价，最后我们会给他让我们后悔的东西。”

卡洛斯低下头，很不耐烦地搔着膝盖。

“那么，这会给我们带来什么？”弗纳平静地问。

“我不知道这是否可行。”乔纳说，“但是，如果我们把一个特工作为病人关进同一个治疗中心……”

“我不想再听了。”卡洛斯打断道。

“若是这样的话，杰里科一定会和他聊天。”乔纳继续说。

“该死的。”弗纳喃喃自语。

“一个病人。”卡洛斯低声说。

“因为对于他来说，就有了一个可以利用的人。”

“你到底什么意思？”

“我们需要找一个非常出色的特工，让杰里科·沃尔特感到好奇。”

54

拳击袋发出一声撞击，链子发出嘎嘎声。萨迦·鲍尔敏捷地移动到一边，身体跟着袋子运动并再次出击。两次打击，回声在空旷的拳击馆墙上回响。

她练习了两个快速左勾拳的组合，一个高，一个低，紧跟着一个右勾拳。

黑色的拳击袋摇晃着，钩子吱吱嘎嘎地响。它的影子掠过萨迦的脸，她又再次出拳，三次快速打击，转动肩膀，向后移动，绕过拳击袋，再次出击。

她长长的金发随着臀部的快速运动而飞舞着，拂过她的脸。

萨迦在训练的时候忘记了时间，所有的想法都从她脑海中消失了。在过去的两个小时里，她一直在健身房里，其余的人在她跳绳的时候就离开了。拳击台上方的灯关了，但是门口的饮料机依旧发着光，雪在窗外人行道上和干洗店的标牌前飞舞着。

萨迦从眼角看到拳击俱乐部外面的街上停着一辆车，但她继续用同样的拳击组合练习，试图提高攻击的力量。一滴汗水滴在了地板上，旁边还有一个已经脱落了的小号拳击袋。

斯蒂芬走了进来，他跺了跺脚上的雪，静静地站了一会儿。他的外套敞开着，露出了里面的白西装和白衬衫。

当她看到他脱掉鞋子走近时，她继续击拳，没有停下的意思。

唯一的声音是袋子的砰砰声和链子的嘎嘎声。

萨迦想继续训练，她还不打算打破自己专注的精神。她微微沉下眉毛，用一连串的拳击攻击拳击袋，尽管斯蒂芬此时正站在她的后面。

“再用力！”他说着，把拳击袋扶正。

她笔直地向右一拳，力量大到他忍不住退后了一步。她笑了起来，在他恢复平衡之前，又打了一拳。

“给我挡住。”她的声音里有点儿不耐烦。

“我们得走了。”

她脸部紧绷而灼热，又一次击出拳头。她发现自己很容易屈服于极度的愤怒，而愤怒使她感到虚弱，但这也是为什么她在其他人放弃后仍然坚持练习的原因。

沉重的打击使麻袋颤抖，链子嘎嘎作响。她的动作慢下来了，尽管她还能坚持很久。她气喘吁吁地向后退了几步，袋子继续摆动着，天花板上的夹子因为晃动带起一小股灰尘。

“好吧，我满足了。”她微笑着，用她的牙齿拔掉拳击手套。

他跟着她走进了女更衣室，帮她把手背上的绷带脱掉。

“你弄伤了自己。”他低声说。

“没关系。”她看着自己的手说。

她褪了色的健身衣被汗水湿透了，乳头透过湿漉漉的胸罩凸了出来，肌肉膨胀而充血。

萨迦·鲍尔是安全局的一名侦察员，她和国家刑事调查局的乔纳·林纳一起处理了两起大案件。她不仅是名高水平的拳击手，而且是一名非常好的狙击手，还接受过高级审讯技术的专门训练。

她二十七岁，眼睛像夏日的天空一样蓝，长长的金发上扎着五彩的丝带，几乎不可思议的美丽。大多数见到她的人都充满了一种奇怪而无助的渴望感，只要看她一眼就足以让人无可救药地坠入爱河。

热水淋浴产生蒸汽，使镜子变得朦胧起来。萨迦坚定地站着，双腿分开，双臂垂在身边，水在她身上洗刷。她的一条大腿上有一个巨大的瘀伤，右手指关节在流血。

她抬起头来，擦去脸上的水，看见斯蒂芬站在那里，用一种不带任何情绪的表情看着她。

“你在想什么？”萨迦问。

“我们第一次做爱时下雨了。”他平静地说。

她清晰地记得那天下午，他们去电影院看了日场，当他们走到麦德博格车站时，天上开始下起了倾盆大雨。他们跑到他位于圣保罗街的工作室，但全身仍然湿透了。斯蒂芬经常谈起那时的场景，她脱掉衣服，挂在散热器上，然后坦然地站在那里，在他的钢琴上按着音符。他说他知道他不应该盯着看，但她把整个房间都照亮了，就像一个玻璃球在黑暗的小屋里。

“去洗澡吧。”萨迦说。

“现在可没有时间去洗澡。”

她皱着眉头看着他。

“我孤独吗？”她突然问。

他不确定地笑了：“什么意思？我孤独吗？”

斯蒂芬拿过一条毛巾，镇定地说：“过来吧。”

55

他们在格伦米勒咖啡馆下车时，天正在下雪。萨迦把她的脸转向天空，闭上眼睛，感觉雪落在她温暖的皮肤上。

咖啡馆里几乎人满为患，但他们很幸运，找到了一张空的桌子。蜡烛在霜冻的灯笼中闪烁，雪花飞到窗上后滑落下来。

斯蒂芬把他的外套挂在椅子的后背，走到吧台去点餐。

萨迦的头发仍然是湿的，她脱掉绿披风时浑身一个激灵，背上还有湿漉漉的汗。附近的人一直在看他们，她担心他们坐在了别人的座位上。

斯蒂芬在桌子上放了两杯伏特加马提尼酒和一碗开心果。他们沉默地喝下了一杯。当一个戴眼镜的瘦子走过来时，萨迦刚想说自己现在有多饿。

“杰克。”斯蒂芬惊讶地喊道。

“我感觉有情况。”杰克咧嘴笑了。

“这是我的女友。”斯蒂芬说。

杰克瞥了一眼萨迦，但不费心去打招呼，只是悄悄地对斯蒂芬说了些什么，然后笑了起来。

“不不不，真的，你们必须去弹一首。”他说，“米尼也在这里。”

他指着一个身材魁梧的大汉，他正在朝一个摆放着吉他的角落走去。

萨迦听不清他们在说什么。他们可能在谈论一场传奇的演出，一份迄今为止最赚钱的合同，以及一个巧妙组合的四重奏。在等待的时间里，她的眼睛在吧台上游走。当杰克把斯蒂芬扶起来，他对她说了些什么。

“你要去演奏吗？”萨迦问。

“就一首歌。”斯蒂芬笑着回答道。

萨迦表示放他走，当杰克拿起麦克风并介绍他的客人时，酒吧里的嘈杂声平息下来，斯蒂芬在钢琴旁坐了下来。

“《四月巴黎》。”他简短地说道，然后开始演奏。

56

萨迦看着斯蒂芬半闭着眼睛，当音乐在房间里流淌起来时，她的皮肤上开始冒起鸡皮疙瘩，灯光似乎也变得柔和起来。

杰克开始轻柔地演奏优美的和声，然后低音伴奏加入了旋律之中。

萨迦知道斯蒂芬很喜欢音乐，他们终于安排了一次机会坐下来一起聊天。

她整个星期都在期待着这个时刻。

她缓慢地一颗一颗吃着开心果，收集了一堆空壳等待着。

他从她身边走开时所产生的一种奇异焦虑感使她突然感到一阵寒战，她不知道这种感觉是从哪里来的。她知道自己是不理智的，并不断告诉自己不要孩子气。

当她喝完自己的酒之后，把斯蒂芬的那杯拿了过来，虽然已经不冰，但她还是喝了。

她看着门，一个红面颊的男人拿着他的手机正在拍她。她累了，考虑着要回家睡觉，但她真的很想先和斯蒂芬谈谈。

萨迦已经记不清他弹了多少曲。约翰·斯科菲尔德、迈克·斯特恩、查尔斯·明格斯、大卫·奥朗德、拉斯·古尔林，和一首她不知道名字的长曲，比尔·埃文斯和莫妮卡·塞隆德曾演奏过。

萨迦看着那堆苍白的果壳，马提尼玻璃杯上的牙签和她隔空对望着。她走到吧台前拿了一瓶高仕啤酒，喝完后，走向洗手间。

一些女士正在镜子前化妆，厕所都被占用了，她不得不排队等候。当一个隔间终于空出来后，她走了进去，锁上门，坐下来，盯着白色的门。

陈旧的记忆突然给她带来了一种无能为力之感。她记得母亲躺在床上，脸上带着病容，盯着白色的门。那时候萨迦还只有七岁，她试图安慰她，试图说一切都会好起来的，但她妈妈不想握着她的手。

“给我停下来！”萨迦坐在马桶上命令自己，但记忆的画卷并没有消失。

她母亲的情况变得更糟了，萨迦不得不为她去寻找药物，帮她拿药片和水。

萨迦坐在母亲床边的地板上，抬头看着她。感觉到冷的时候就拿一条毯子，按照母亲的要求一次次地给父亲打电话。

当母亲终于睡着时，萨迦记得她关掉了小灯，蜷缩在床上，把妈妈的胳膊抬起，让她抱住自己。

她通常不去想这些，设法与记忆保持距离，但这次她的记忆却汹涌而至。当离开厕所时，她的心脏在剧烈跳动。

他们的桌子还是空的，空杯子还在那儿，斯蒂芬还在演奏。他和杰克保持着目光接触，他们对对方的即兴表演反应很热烈。

也许是饮料或她的记忆影响了她的判断力，她向音乐家们走了过去。当她把手放在斯蒂芬的肩膀上时，他正处于一段漫长的即兴表演中。

他看着她，然后应激反应似的摇摇头。她抓住他的胳膊，试图让他停止演奏。

“过来，就现在。”她说。

“把你的女人管好。”杰克咝咝地说。

“我在演奏。”斯蒂芬咬牙切齿地说。

“但是我们……我们同意……”她感到惊讶，自己的泪水涌上了眼眶。

“走开。”她听到他对她怒骂说。

“我们能马上回家吗？”她拍着斯蒂芬的脖子问。

“看在上帝的分儿上！”他尖声道。

萨迦向后退去，弄翻了一瓶摆在扩音器上的啤酒，啤酒瓶摔到地上碎了。

啤酒溅到了斯蒂芬的衣服上。

她静静地站着，但是他的眼睛只盯着钢琴的琴键，双手在琴键上奔跑，汗水顺着他的脸颊流下来。

她等待了片刻，然后回到他们的桌子旁，已经有人坐在了椅子上。她绿色的皮质大衣躺在地板上，她用颤抖的双手把它捡起来，急匆匆地跑进了大雪之中。

57

第二天早上，萨迦·鲍尔在安全局的一间宽敞会议室里和另外四名特工、三名分析员以及两名行政人员共度了一上午。他们中的大多数人面前都摆着笔记本电脑或平板电脑，灰色的屏幕上显示着一个图表，说明过去一周内跨境非无线通信流量的数据。

正在讨论的议题包括信号情报局的分析数据库、新的搜索方法和三十名左右的支持暴力激进组织成员。

“请注意，即使那些激进组织成员已经开始使用了 al-Qimmah 网络，”萨迦一边说，一边用手把长发撩在肩上，“但我认为这不会带给我们太多好处。显然，我们需要继续下去，我们应该努力渗透他们周边的妇女群体……正如我之前提到过的……”

门开了，进来的是安全局的老大，弗纳·赞登，他抱歉地举起自己的手。

“不好意思打断你。”他低沉的声音引起了萨迦的注意，“如果可以的话，我想和你单独谈一谈。”

她点了点头从位子上站了起来，但把笔记本电脑留在了桌子上，和弗纳一起离开了会议室。

雪从波尔希斯加坦寒冷的天空中落下，空气中的微小晶体被朦胧的阳光照亮，弗纳迈着长长的步子，萨迦则像个孩子一样匆匆地跟在他身边。

他们默默地经过弗莱明加坦，穿过卫生中心的大门，穿过环绕小教堂的圆形公园，沿着台阶走向巴恩胡斯维克湖的冰面。

情形变得越来越奇怪，但萨迦没有问任何问题。

弗纳用手做了一个指示，然后向左拐到一个圆形循环的小路上。

几只小兔子蹿进了灌木丛中寻找掩护，白雪覆盖的公园长凳在这雪景中呈现出一种柔软的形状。

走了一段路后，他们在昆斯莫尔斯堤岸的两座高楼之间转了一圈，然后走到一扇门前。弗纳按了密码，打开门，把她带到电梯里。

在刮花了的镜子里，萨迦可以看到雪花覆盖着她的头发。

它们正在融化，形成闪亮的水滴。

当吱吱作响的电梯停下来时，弗纳拿出一把带塑料卡的钥匙，打开了一扇门，门上挂着警报灯，然后向她点了下头让她跟着进去。

他们走进一个空荡荡的平层，看起来是最近刚刚搬空，墙上满是图片和架子被拆除后的洞。地上扬起了很大的尘土，还有一把被遗忘的宜家钥匙。

厕所里传来冲洗的声音，然后国家刑事调查局的卡洛斯·埃利亚松走了出来，他把手放在裤子上擦了擦，然后伸过来和萨迦握手。

“我们去厨房吧。”卡洛斯说，“想喝点儿什么吗？”

他拿出一包塑料杯，在自来水龙头上接满了一杯，然后递给了萨迦。

“难道你以为有午饭可以吃？”当卡洛斯看到她脸上迷惑的表情时说道。

“不是不是，但……”

“我有润喉糖。”他很快地说，拿出一小盒 Läkerol 的糖果。

萨迦摇了摇头，但弗纳拿起卡洛斯手上的盒子，拿出了几粒，丢进嘴里。

“味道不错。”

“萨迦，你可以看出来，这是一场非正式的会议。”卡洛斯清了清嗓子说道。

“发生了什么事？”萨迦问。

“你听说过杰里科·沃尔特吗？”

“没有。”

“没多少人听说过……这没什么稀奇的。”弗纳说。

58

一缕阳光照在厨房脏兮兮的窗户上，卡洛斯·埃利亚松递给萨迦·鲍尔一份档案。她打开文件夹，发现自己直接盯着杰里科·沃尔特苍白的眼睛。她把目光从照片上移开，开始阅读这份十三年前的报告。她脸色变得苍白，背靠着散热器坐在地板上。她阅读了档案，翻看了照片，浏览了验尸报告和有关他的刑期和服刑地点。当她合上档案时，卡洛斯告诉她米凯尔·科勒·弗罗斯特是如何在失踪十三年后被发现徘徊在伊格斯塔大桥上。

弗纳拿出他的手机，播放年轻人描述他被囚禁和逃跑的录音。萨迦听着他痛苦的声音，当她听到他谈论他的妹妹时，她的脸变红了，心脏开始剧烈地跳动。她看着文件夹里的照片，小女孩站在那儿，手里握着自己蓬松的辫子和一顶骑马帽，微笑着，好像在进行什么淘气的计划。

当米凯尔的声音安静下来时，她站起来，在空窗前踱起步，然后停在窗前。

弗纳说："十三年前，国家刑事调查局没有任何线索可以继续进行搜寻。"

"我们什么都不知道……但杰里科·沃尔特知道，他知道菲莉西亚在哪里，他知道他的同谋是谁……"

弗纳解释说，用传统的审讯，通过心理学家或牧师，都没办法从杰里科·沃尔特那里得到真相。

"甚至拷问也不会起作用。"卡洛斯一边说一边试图坐在窗台上。

"该死的，为什么我们不用常用的手段。"萨迦问，"我们所要做的就是招募一个线人，这差不多就是我们这个组织现在……"

"对不起打断一下，乔纳说……"弗纳插嘴道，"乔纳说杰里科会弄死任何告密者。"

"那我们到底怎么办？"

"我们唯一的选择是在关押他的地方安插一名训练有素的特工。"

"他为什么会跟别的病人说这些？"萨迦怀疑地问道。

"乔纳认为我们需要找到一个非常特别的特工，让杰里科·沃尔特好奇到想知道更多的信息。"

"好奇？怎么好奇？"

“让杰里科对那人本身产生兴趣……而不仅仅是让他觉得自己有可能被放出去。”卡洛斯回答。

“乔纳提到我了吗？”她严肃地问道。

“没有，但你是我们的第一选择。”弗纳坚定地说。

“那谁是你的第二选择？”

“没有第二选择。”卡洛斯回答。

“那么，这一切该如何安排呢？”她用一种温和的语调问道。

“我们的机构已经开始工作了。”弗纳说，“如果你接受这个任务，你只需要爬上飞机……”

“很诱人嘛。”她喃喃道。

“我们会安排你在上诉法院被判处接受精神科治疗，并立即转送到卡拉登医院。”

弗纳走到水龙头旁，把塑料杯重新注满。

“我们发现了一些可能对我们有利的东西，原来的郡议会许可证中的一个条文……这是在洛文斯特伦斯卡医院的精神病科首次成立时批准的。”

“它非常清楚地写道，病房可为三名病人提供治疗。”卡洛斯补充道，“但在过去的十三年里，他们只有一个病人，那就是杰里科·沃尔特。”

弗纳喝水时发出吵人的咕噜声，他把杯子揉成一团，扔进水池里。

“医院的管理者总是试图拒收其他病人。”卡洛斯继续说，“但他们知道，如果接到了硬性的要求，他们就只好接收。”

“这就是现在正在发生的事情……监狱服务委员会召开了一次特别会议，决定将一名萨特安全精神病科的病人和一名卡拉登医院的病人转到洛文斯特伦斯卡医院。”

“换言之，你将成为那名突然出现的病人。”卡洛斯说。

“所以，如果我同意，我会被当作一个危险的病人？”她问。

“是的。”

“你会给我一份犯罪记录吗？”

弗纳回答说：“国家司法部门的决定应该就足够了，但我们需要创造一个完整的身份，包括法庭判决和精神病评估。”

59

萨迦和两名警察局长一起站在空荡荡的平层中。她的心怦怦直跳，身上的每一个细胞都在向她尖叫，让她拒绝。

“这违法吗？”她感觉到自己的嘴巴变得干涩。

“是的，这当然……而且这非常机密。”卡洛斯严肃地回答。

“非常机密？”她重复了一遍，嘴角蜷缩出一个微笑。

“在国家刑事调查局中，我们会把它列为机密，这样安全局就看不到这些文件。”

“我会确保它在安全局里被列为机密，这样国家刑事调查局也看不到它。”弗纳继续说。

“除非政府有直接的要求，否则没有人会知道这件事。”卡洛斯说。

阳光透过脏兮兮的窗户散发着光亮，萨迦望着邻近建筑的镶板，一个烟囱排气口向她反射的光芒，她转向两个男人。

“你们为什么这么做？”她问。

“为了拯救这个女孩。”卡洛斯笑着说，但从他的眼神里看不出丝毫笑意。

“我相信国家刑事调查局的首脑们和安全局一起努力……”

“我认识洛斯安娜·科勒。”卡洛斯打断道。

“那个母亲？”

“我们在阿道夫·弗雷德里克学校上同一个班，我们非常亲近……我们……这……这非常难受……”

“所以这是因为私事？”萨迦问道，后退一步。

“不！因为这是唯一正确的做法，你自己也可以看到。”他回答说，目光朝着档案夹示意。

萨迦的表情没有变化。他继续说：“但是如果你让我说实话的话……如果没有私人的因素，我不确定我们会召开这样的会议。”

他开始摆弄水龙头上的开关。萨迦看着他，她强烈地感觉到他没有告诉她全部真相。

“究竟是什么程度的私人原因？”她问。

“这不重要。”他很快回答。

“真的？”

“重要的是……我们需要这么做，这是正确的事情，是唯一正确的事情……因为我们相信女孩还是可以得救。”

“因此我们需要尽可能快地派出一个特工，但不能安排大规模的行动。”弗纳说道。

“很显然，我们不知道杰里科·沃尔特会说什么，但这是一个机会……一切都表明这是我们唯一的机会。”

萨迦静静地站着，眼睛闭了很长时间。

“如果我说不的话怎么办？”她问。

“你会让那个女孩死在那个该死的胶囊里吗？”

“我们会去找到另一个特工。”弗纳简明地回答。

“那你们去找吧。”萨迦说着开始走向大厅。

“你不考虑一下吗？”卡洛斯喊道。

她背对着两位警察局长摇摇头，光线穿过她浓密的头发和交织着的缎带。

“不考虑。”她回答说，然后走出了平层。

60

萨迦坐上地铁去斯卢森，然后步行一小段距离到达斯蒂芬位于圣保罗街的工作室。她在索德尔麦斯托格街口买了一束红玫瑰，心想着斯蒂芬是否可能也给她买了玫瑰花。

她很欣慰自己拒绝了渗透杰里科·沃尔特和安全科的艰巨任务。

她迈上台阶，打开门，能听到钢琴的声音。她走了进去，看见斯蒂芬坐在钢琴旁。音乐停止，他的蓝色衬衫脱扣了，身边有一瓶啤酒，房间里有股烟味。

“亲爱的。”她稍稍停顿了一下，“对不起……我需要你知道我对昨天发生的事感到抱歉……”

他继续轻柔地演奏着。

“原谅我。”她严肃地说。

斯蒂芬把脸撇了过去，但她还是听到他说的话。

“我现在不想和你说话。”

萨迦把花束朝他递过来，试着微笑。

“对不起。”她重复说，“我知道我很难弄，但我……”

“我在演奏。”他打断道。

“但是我们需要谈谈发生了什么。”

“走开！”他大声说。

“对不起，我……”

“然后把门关上。”

他站起来，指向大厅。

萨迦把手上的花扔在了地上，走到他跟前，用力推他的胸膛，以至于他不得不后退一步，撞翻了钢琴凳，把乐谱也拉了下来。她欺身向前，如果他打算还手，那她就准备揍他。但斯蒂芬只是站在那里，手垂在一边，直直地看着她的眼睛。

“这不管用。”他说。

“我只是觉得内心不平衡。”她说。

他摆好了钢琴凳子，把散落的乐谱归拢到一起。恐惧在她体内渐渐升起，她退后一步。

“我不想让你难过。”他用空洞的声音说，把她的恐惧变成了恐慌。

“这是干吗？”她问道，突然感到一阵恶心。

“这不起作用，我们不能在一起，我们……”

他沉默了。她试着微笑，但前额却溢出了汗来，头晕随之袭来。

“因为昨晚我表现得很糟糕？”她尽量平复语气说道。

斯蒂芬不情愿地瞥了她一眼。

“你是我见过的最美丽的女人，世界上最美丽的女人……你又聪明又有趣，我应该是最幸福的人……我可能会在余生中都后悔，但我认为我们应该分手。”

“我还是不明白。”她降低了声音，“因为我生气了……因为你演奏的时候我打扰你了？”

“不，不是这样……”

他重新坐了下来，摇摇头。

“我可以改变。”她说，盯着他看了一会儿后继续说，“但是一切都已经太迟了，对吗？”

当他点头时，她转身离开了房间，走出大厅，抄起一把达拉纳省买来的旧凳子，扔到镜子前。碎片散落在地上。她推开前门，从楼梯上跑下来，直奔进蓝色的冬日灯光中。

61

萨迦沿着建筑物和雪堆之间的人行道奔跑，冰冷的呼吸深深地刺痛了她的肺。她穿过马路，跑过迈瑞托格特，然后在霍格斯坦的另一边停下来，从车顶取些雪，把雪压到她那热辣刺痛的眼睛上，然后继续跑完回家的路。

当她打开门时，手在颤抖。她走进大厅，关上身后的门，随即发出一声孤独的呜咽。

萨迦的钥匙掉在了地板上，她踢掉了鞋子，径直穿过客厅来到她的卧室。

她拿起电话，拨号码，然后站着等着。响了六声之后，转接到了斯蒂芬的语音信箱。她不听他预设的留言，用最大的力气把电话扔到了墙上。

她蹒跚着，俯身向前，抓住抽屉柜。

她没有脱衣服就躺在了双人床上，像胎儿一样蜷缩起来。这种感觉很熟悉，当她小的时候，她正是以这种姿势从死去的母亲怀里醒来。

萨迦·鲍尔再也记不起她母亲生病时自己是多大，但当她五岁的时候，她意识到母亲有一个严重的脑瘤，疾病以可怕的方式改变了母亲，病变的细胞使她变得越来越烦躁。

她爸爸几乎从不回家，她不忍思考他是怎么让母女俩陷入绝望的。作为一个成年人，她试着告诉自己他只是人类，他只是变得软弱。她像咒语一样重复它，但对他仇恨的怒火却不会消退。他把负担都交给了年幼的女儿，真是不可思议。她不想去想这件事，也从不谈论它，因为这只会让她生气。

疾病夺去母亲的那晚，她给母亲去拿药，然后帮她服药，再跑去拿水。

“我再也受不了了。”她妈妈低声说。

“妈妈你一定要坚持。”

“打电话给爸爸，告诉他我们需要他。”

萨迦按照她妈妈的要求做了，告诉爸爸他现在必须回家。

“妈妈知道我没法回来。”他回答。

“但你必须回来，她已经受不了了……”

那天晚上晚些时候，母亲变得非常虚弱，她除了吃药之外别的什么也没吃。当她打翻了地毯上的药瓶时，她冲着萨迦大喊大叫。母亲非常痛苦，萨迦试图安慰她。

母亲只是叫萨迦打电话给爸爸，说她在早上就已经死了。

萨迦哭着说她不能死，如果妈妈死了她就不想活了。当她再次打电话给爸爸时，她的眼泪慢慢流到了嘴里。她坐在地板上，听着自己的哭声和父亲的电话留言。

“打电话……给爸爸。”她妈妈低声说。

“我在打。”萨迦抽泣着说。

母亲终于睡着了，萨迦把小灯关掉，在床边站了一会儿。母亲的嘴唇发亮，呼吸沉重。萨迦蜷缩在她温暖的怀抱里，筋疲力尽地睡着了。第二天一早醒来，她发现母亲已经冰凉。

萨迦起床，看了看电话的残骸，脱下外套，让它掉到地上，然后去厨房拿了一把剪刀，向浴室走去。她看着镜子里的自己，看见了一个如约翰·鲍尔画笔之下的美丽公主，想着如何拯救一个孤独的女孩。她看着镜子中自己的镜像，心想也许自己是唯一能拯救菲莉西亚的人。

62

就在萨迦·鲍尔告诉老板她已经改变主意准备接受这份工作的两个小时后，会议就被安排好了。

现在，卡洛斯·埃利亚松、弗纳·赞登、内森·波洛克和乔纳·林纳正在坦托加坦 71 号顶楼的一套公寓中等待，这里可以看到冰雪覆盖的奥斯塔维肯和铁路桥的彩虹拱门。

这是一套现代风格的公寓，有白色家具和内嵌的灯具，客厅里的大餐桌上摆着从酒吧买来的一盘三明治。卡洛斯转过头瞪大眼睛看着萨迦走了进来，弗纳打住了说了一半的句子，脸上似乎带着恐慌，内森·波洛克则一副愁眉苦脸的样子趴在桌子上。

萨迦剃掉了她的长发，头皮上还有几处擦伤。

她的眼睛因哭泣而红肿。

她苍白的面庞上配着小巧精致的耳朵还有长长的脖子，整个人依然美丽。

乔纳·林纳走过来拥抱了她一下。她紧紧地抱着他，把脸颊贴在他的胸前，听着他心跳的声音。

“你不必这么做。”他对着她说。

“我想救那个女孩。”她平静地回答。

她继续抱了几秒钟，然后走进厨房。

“你认识这里的每个人。”弗纳说着拖出一把椅子给她。

“是的。”萨迦点点头。

她把深绿色的皮质外套扔在地上，坐了下来。她穿着一条黑色牛仔裤和拳击俱乐部的运动服，这是她常穿的装束。

“如果你真的准备去杰里科·沃尔特那里做卧底，我们需要立刻行动。”卡洛斯说话时无法掩饰自己的激动。

“我看了你和我们签署的合同，有一些事情还可以更改。”弗纳迅速补充说。

“很好。”她喃喃自语。

“我们可以提高一点儿你的报酬，而且……”

“我现在真的不在乎。”她打断道。

“你知道这项任务有一定的风险吗？”卡洛斯小心翼翼地问道。

“我想去。”她坚定地说。

弗纳从包里拿出一个灰色的手机，放在桌子上他自己的手机边上，然后编辑了一条短信，抬头看着她。

“那么，我们开始安排事项，可以吗？”他问道。

她点头，他点击了发送信息，手机发出了嗖嗖声。

“我们只有几个小时的时间为你即将面对的一切做准备。”乔纳说。

“开始吧。”她平静地说。

这些人迅速拿出文件夹，打开笔记本电脑，翻开文件。当她看到准备工作有多详细时，内心感到一阵颤抖。

这张桌子上覆盖着洛文斯特伦斯卡医院周边地区的地图，以及安全科的详细平面图。弗纳解释说：“你将从乌普萨拉地区法院被定罪，第一件事就是明天早上被送到克罗诺贝格监狱的妇女区，下午你会被转移到卡特琳娜霍尔姆的卡拉登医院，这大概需要一个小时。届时，监狱服务委员将会评估你转移到洛文斯特伦斯卡医院的建议。”

“我已经开始草拟一个你需要看的诊断。”内森·波洛克说道，给了萨迦一个谨慎的微笑，“你会有一份像真的一般的病史，含有青少年精神病记录、紧急治疗记录、安置记录、诊断结果和直到现在的各种药物使用记录。”

“我明白。”她说。

“你有什么过敏或疾病需要告诉我们的吗？”

“没有。”

“肝脏和心脏都没问题吗？”

63

在坦托加坦借来的公寓外面，潮湿的雪开始纷纷扬扬地飘落，当薄薄的雪片击中窗户时，发出了咔嗒咔嗒的声音。在浅色的书架上有一幅一家人在游泳池里的照片，爸爸的鼻子晒得通红，两个孩子抱着充气鳄鱼笑着。

“首先，我们的时间非常有限。”内森·波洛克开口。

“我们甚至不知道菲莉西亚是否还活着。”卡洛斯边说边用钢笔敲着桌子，“但是如果她还活着，她极有可能患上军团病。”

“所以我们可能只有一周左右的时间。”波洛克接道。

“但还有最坏的情况，那就是她已经被遗弃了。”乔纳开口，无法掩饰他的声音中的焦虑。

“什么意思？”萨迦问，“她被囚禁了十多年，然后……”

“是的。”弗纳打断了她的话，“但是米凯尔能够逃脱的一个可能的解释是杰里科的同谋刚好生病了，或者……”

“他可能已经死了，或者就是决定不干了。”卡洛斯说。

“我们没法那么快做到。”萨迦低声说。

“我们必须做到。”卡洛斯快速地说。

“如果菲莉西亚没有水，我们就无能为力了，她在今天或明天就会死去。”波洛克说，“如果她病得像米凯尔一样，可能活不过一个星期，但至少这给了我们机会……有一种假设的可能性，即使可能性很低。”

“如果她只是没有食物，我们可能有三到四周的时间。”弗纳说道。

“我们几乎没什么线索。”乔纳说，“我们不知道同谋犯会当作什么都没发生，还是他会把菲莉西亚活埋。”

“他可能想把她留在胶囊里再待二十年。”卡洛斯的声音有些颤抖。

“我们所知道的是，当米凯尔逃跑时，她还活着。”乔纳继续说。

“我受不了。”卡洛斯说着站了起来，“每当我想起这个时，我只想去躺在床上哭。”

“我们现在没有时间流泪。”弗纳打断了他，并抬高嗓门道，“我想说的是……我知道，我也有同样的感受。但是，监狱服务委员会将在一个小时内召开特别会议，正式决定把病人转移到洛文斯特伦斯卡的安全科。”

“我甚至不知道我应该做什么。”萨迦说。

“在那之前，我们需要完成你的新身份。”弗纳继续说，“我们需要整理你的病史和法医心理学报告，地区法院的判决必须被加进国家司法管理局的数据库中，并且需要将你暂时转移到卡拉登。”

“我们最好加快点儿速度。”波洛克说。

“萨迦想知道她的任务是什么。”乔纳说。

“但这对我来说太他妈……我是说，如果我连你们要我做什么我都不知道，我怎么能对你正在讨论的东西有自己的意见呢？”萨迦说。

波洛克把手里的一个塑料文件夹递向她。

“第一天，你需要在休息室里放一个带有光纤接收器和发射器的微型麦克风。”弗纳说道。

波洛克把装有麦克风的文件夹递给了她。

“偷偷藏在我屁股里面？”她问。

“不，他们一定会对你进行全身搜索。”弗纳回答。

“你需要吞下去，然后在它到达十二指肠之前把它吐出来……然后再吞下去。”波洛克解释道。

“一定不能超过四小时。”弗纳说。

“我得一直吞了吐，吐了吞，直到设法把它装在休息室里。”萨迦说。

“我们将派人坐在一辆货车里，他们会实时地监听所有的声音。”波洛克说。

“好吧，我明白了。”萨迦说，“但为什么要给我一个地区法院的判决，一整套精神病评估和所有这些……”

“我们需要那些是因为……”

“让我先说完。”她打断道，“我明白了……我会有一个连贯的身份背景，我会到那里去，放上麦克风，但是……”

她的眼神坚毅，嘴唇有些苍白，依次看向每一个人。

“但是为什么杰里科·沃尔特会告诉我呢？”

64

内森站了起来，卡洛斯双手托着脸，弗纳则在摆弄他的手机。

“我不明白为什么杰里科·沃尔特会跟我说话。”萨迦重复问道。

“其实我们是在冒险。”乔纳接过话茬儿。

“这个科室内有三个独立的安全病房，一个共用的休息室，里面有一台跑步机和一台隐藏在强化玻璃后面的电视。”弗纳解释说，“杰里科·沃尔特被隔离了十三年，所以我不知道这个休息室被用过几次。”

内森·波洛克把科室的平面图推向她，指着杰里科的房间和隔壁的休息室。

“如果我们非常不走运，工作人员不允许病人互相见面……我们就会毫无收获。”卡洛斯说。

“我明白。”萨迦平静地说，“但是我根本不知道……没有任何头绪怎么才能接近杰里科·沃尔特。”

卡洛斯说：“你可以试着要求和行政法庭的代表见面，并要求进行新的风险评估。”

“我该怎么说？”她问。

“高级主治医生罗兰·布洛林。”弗纳回答道，然后在她面前放了一张照片。

“杰里科的活动受到严格限制。”波洛克说，“所以他会密切关注你，可能会问你问题，因为你的到来将是他了解世界的窗口。”

“我应该期待从他那儿得到什么？他想要什么？”萨迦问。

“他想逃走。”乔纳严肃地回答。

“逃走？”卡洛斯怀疑地重复了一遍，用手在一堆报告上拍了拍，“他从来没有尝试过逃跑。”

“如果他知道自己不会成功，他就不会去尝试。”乔纳说道。

“所以你认为他会在这种情况下说些什么，让你有线索找到胶囊吗？”萨迦直接问道，没有试图掩饰她的怀疑。

“我们现在知道杰里科有同谋……”乔纳说，“这意味着他有能力信任别人。”

“所以他不是偏执狂。”波洛克说。

萨迦笑了，揶揄地说："这让事情变得简单多了。"

"我们都知道杰里科不会轻而易举地说出来。"乔纳说，"但如果你能说服他说话，他迟早会说出能让我们接近菲莉西亚的信息。"

"你跟他说过话？"萨迦对乔纳说。

"是的，他跟我说过话，因为他希望我能改变证词……但在这段时间里，他并没有说任何关于他私人的事情。"

"那他为什么会跟我说？"

"因为你与众不同。"乔纳回答道，直视着她的眼睛。

65

萨迦站起来，搂住自己的胳膊，静静地站着，看着窗外的雨夹雪。

"目前最困难的事情是找到正当的理由以便转移到洛文斯特伦斯卡医院的安全科，同时还要找到一种不需要使用大量药物进行治疗的犯罪前科和诊断报告，如果你在里面穿上一件束身衣，或者进行了电击治疗，那整个任务都可能会失败。"波洛克直言不讳地说。

"妈的。"她低声说了句，转身面对着他们。

"杰里科·沃尔特是个聪明人。"乔纳说，"想要操纵他很不容易，对他撒谎也非常危险。"

"我们需要创造一个完美的身份。"弗纳说着把眼睛盯向了萨迦。

"我一直在想这个问题，我认为把你定位成一个精神分裂人格障碍患者是最好的选择。"波洛克边说边用自己黑色瞳孔的眼睛看向她。

“这足够吗？”卡洛斯问。

“我们可以在症状中加入复发性发作和暴力倾向……”

“好吧。”萨迦点点头，脸颊开始泛红。

“你每天需要用三次八毫克的奋乃静。”他说。

“这个任务到底有多危险？”弗纳看萨迦没有询问，自己忍不住问道。

波洛克诚实地回答说：“杰里科非常危险，另一个和萨迦同时转院进来的病人也很危险，一旦她到了里面，我们就无法控制她的具体治疗。”

“所以你不能保证我的特工的安全吗？”弗纳问。

“我不能。”卡洛斯回答。

“你明白这个状况吗，萨迦？”弗纳问道。

“明白了。”

波洛克说：“只有团队里非常少的人才会知道这次任务的存在，而且我们对安全科内部发生的事情得不到任何消息。所以，不管出于什么原因，如果没有通过麦克风听到你的声音，我们将在二十七小时后中断任务……但在那之前你只能靠你自己。”

乔纳把安全科的详细平面图放在了萨迦的面前，用他的笔指着休息室。

“正如你所看到的，这里有气闸……这里有三个自动门。”乔纳说道，“这并不容易，但在紧急情况下，你可以试着在这里挡住自己，也可以在这里或这里……如果你在气闸外面，手术室和这个储藏室显然是最好的选择。”

“有可能经过这条通道吗？”她指着一点问道。

“是的，但不是在这里。”他回答，“这里的门必须用ID卡和密码，可以把自己锁在里面等待帮助。”

卡洛斯开始翻阅桌子上的文件。

“但是，如果在后面的某个环节出了什么问题，我想告诉你……”

“等一下。”乔纳打断了卡洛斯的话，“你记住这个平面图了吗？”

“是的。”萨迦回答。

卡洛斯拿出医院周围的大地图。他开口道：“首先，我们将在这条路上派出急救车。”他指着医院后面的一条路，“我们会停在这里，在大操场的旁边……但是如果你不能逃到这里，那就直接跑入森林直到你来到这边。”

“好的。”她说。

“他们的应急人员很可能会进入这里……并通过排水管，这取决于警报的性质。”

“只要你没一下子就被抓住，我们就能把你弄出来，让你回到正轨。”弗纳说，“什么都不会发生，我们将国家司法局的记录改回以前的样子，你不会被刑事定罪，而且从来没有在任何地方受到过治疗。”

房间里突然鸦雀无声，似乎完成这项任务的可能性一下子陷入了不吉利的气氛之中。

“你们中有多少人认为我的任务会成功？”萨迦悄悄地问。

卡洛斯不确定地点头，咕哝着什么。乔纳则是摇摇头。

“也许吧。”波洛克说，“但这很困难，而且很危险。”

“尽你最大的努力。”弗纳说着，把手在她的肩膀上放了一会儿。

66

萨迦将内森·波洛克给的整个人物背景资料带入了粉红色的卧室，卧室的墙上挂着贝拉·索恩和珍达雅的照片。十五分钟后，她回到了厨房。她走得很慢，停在地板中央，长长的睫毛投下的影子在她的脸颊上舞蹈着。男人们沉默着转过身来，看着她剪去长发后的苗条身影。

“我叫娜塔莉·安德森，精神分裂人格障碍，这使我有点儿内向。”她坐在椅子上说，“我有过精神病反复发作和极端暴力行为的病史，这就是为什么我需要使用奋乃静的原因，每天需要服用三次，每次八毫克。这些小药丸是白色的……它们使我的乳房疼痛，我不能趴着睡觉。我还服用喜普妙，三十毫克……或赛尔特，二十毫克。”

在说话时，她悄悄地把微型麦克风从裤子的衬里中拿了出来。

“当我因为药物副作用感觉很糟糕的时候，我被注射利培酮……还有奥沙司……”

在桌面的掩护下，她撕掉了塑料保护膜，把麦克风粘在了桌子下面。

“在卡拉登和乌普萨拉地区法院的判决之前，我从波斯塔精神病院的一个非安全病房里逃了出来，在克尼夫斯塔的格里德百学校后面的游乐场上杀了一个人，十分钟后，在达格哈根又杀死了一个正开车回家的男子……”

微型麦克风从桌子底部脱落，掉在了地上。

“在被捕后，我被送往乌普萨拉大学医院的急性精神病科，给我注射了二十毫克的地西泮和一百毫克的西索地诺，穿了十一小时的束身衣，然后给我注射了氯甲噻唑……那天天气非常冷……我全身都痛，尤其头痛得厉害。”

内森·波洛克开始拍手。

乔纳弯下腰把麦克风从地板上捡起来，他微笑着向她伸出手：“胶水需要四秒钟才能凝固。”

萨迦拿了过来，翻开手掌看着麦克风。

“我们是否赞同这个身份？”弗纳问道，“在七分钟内，我必须录入国家司法管理数据库。”

“我认为这听起来不错。”波洛克说，“但是今天晚上，你需要记住波斯塔的规则，学习工作人员和其他病人的名字和身体特征。”

弗纳点头同意波洛克所说，然后站起来，以低沉的声音告诉萨迦，为了不被揭穿，她需要背诵背景资料的每一个细节。

“你必须完全成为一个具有新身份的人，你必须对电话号码、家庭成员、生日、过去的地址、死去的宠物、身份证号码、学校、教师、工作场所、同事、他们的个人习惯等脱口……”

“我不确定这样是否正确。”乔纳打断道。

弗纳张开嘴巴默默地转过身来看着乔纳，卡洛斯紧张地用手擦着桌子上的一些面包屑，波洛克向后仰着头，脸上带着微笑。

“我可以记下所有这些。”萨迦说。

乔纳平静地点头，用自己铅黑的眼睛看着她的眼睛。

“你们都知道塞缪尔·孟德尔已经死了。”乔纳说，“我对他的卧底技术非常了解……他的技术非常厉害。”

“塞缪尔？”卡洛斯用怀疑的口气问。

乔纳说：“我无法解释，但是杰里科知道他在说些什么。”

“他曾经在摩萨德吗？”弗纳问道。

“我只能这样说……当杰里科告诉我他要做的事情时，我确信他是对的，这就是为什么我记得他说的话。”乔纳说。

“我们现在有充分的准备。”弗纳的声音听起来很有压力。

“当你在里面时，你说话要尽可能少，只用简短的句子。”乔纳说。

“为什么要用短句子？”

“这样听起来更真实。”乔纳对萨迦继续说，“永远不要假装不存在的感觉，不要假装生气或高兴，说的话要从心底出发。”

“好的。”萨迦谨慎地说。

“最重要的是，”乔纳继续说，“除了真相，什么都别说。”

“真相。”萨迦重复。

乔纳解释说：“我们会给你诊断书，但是你需要声称你是健康的。”

“因为这是真的。”弗纳低声说。

“你甚至不需要知道犯了什么罪，你需要声称这一切都是谎言。”

“因为那不会是个谎言。”萨迦说。

“该死的。”弗纳骂出声，“该死的。”

当萨迦意识到乔纳的意思后，脸开始慢慢变红。

她吞了一口口水，然后慢慢地说：“所以，如果杰里科·沃尔特问我住在哪里，我就告诉他我住在斯德马尔姆的塔法斯加坦。”

“所以当他不止一次地问你时，你决不会搞错答案。”

“如果他问起斯蒂芬，我说实话吗？”

“这是听起来你是在说真话的唯一方法。”

“如果他问我的工作是什么？”她笑着说，“我该说我是安全局的主管吗？”

“在一个安全科的病房里，这很可能奏效。”乔纳咧嘴笑道，“除此之外……如果你被问到一个真的难以回答的问题，你可以选择忽略它……这看起来是一个完全诚实的反应，你可以不想回答。”

弗纳微笑着搔他的脑袋，房间里的气氛突然活跃起来。

“我现在开始有点儿信心了。”波洛克对萨迦说，“我们会给你心理评估和犯罪记录，但你只要诚实地回答所有问题。”

萨迦在桌前站起来，脸上很平静，她开口道：“我叫萨迦·鲍尔，我非常健康，而且完全无辜。”

67

内森·波洛克坐在弗纳·赞登的旁边，弗纳登录了国家司法管理数据库，输入十二位数的代码。他们一起添加了提出指控的日期，提交审判申请和听证会的时间。他们对罪行进行了分类，制定了法医精神病报告，以及乌普萨拉地区法院认定被告犯有两起异常暴力的预谋、过失杀人罪。与此同时，卡洛斯在国家警察局的犯罪记录登记册中加入了萨迦·鲍尔的罪行和审判记录。

弗纳打开了国家法医学数据库，添加了法医精神病报告的副本和评估测试结果，随后笑了一下。

“时间来得及吗？”萨迦问道。

“我认为我们做得相当不错。”弗纳看了看表，“只需两分钟，监狱服务委员会就会举行特别会议……然后他们将查询国家司法管理数据库中的内容……并决定将两名患者转移到洛文斯特伦斯卡医院的安全科。”

“你从未解释为什么必须有两名新患者。”萨迦说。

“这会让你尽可能地不被暴露。”波洛克回答。

卡洛斯解释说：“我们想象如果只有一位新病人出现，而且是在这么多年后突然出现，那么杰里科·沃尔特就会产生怀疑。但如果来自萨特安全部门的病人首先出现……然后在接下来的一天左右……另一个来自卡拉登的病人又出现……运气好的话你就不会受到太多的审查。”

“你被转移过去是因为你很危险并且有可能试图逃跑……另一名患者则是自己要求转移。”波洛克说。

“时间到了，萨迦得走了。”弗纳说。

“明天晚上你会睡在卡拉登医院。”波洛克说。

“你必须告诉你的家人你在海外执行秘密任务。”弗纳说道，“你需要有人去交日常的账单，照料宠物和室内植物……”

“我会搞定的。”她打断道。

乔纳从地上拿起她的大衣，递给她让她穿上。

“你还记得规则吗？”他悄声问道。

“少说话，用简短的句子，实话实说，只说事实。”

“我还要加另一条规则。”乔纳说，“这可能因人而异，但塞缪尔说你应该避免谈论你的父母。”

她耸了耸肩说：“好。”

“我不知道他为什么认为这点那么重要。”

“听塞缪尔的建议应该是明智的。”弗纳小声同意。

“好的，我会那样做。”

卡洛斯把两个三明治装在了袋子里，递给萨迦。

“我应该提醒你，在那里你会成为一个病人，只有这个身份……你不会获得任何警察的资源或权利。”他严肃地说。

萨迦看着他的眼睛说：“我明白。”

“在任务结束之后，我们就可以保护你。”弗纳说。

“我要回家休息一下。”萨迦静静地说，走向大厅。

当她坐在凳子上绑她的靴子时，乔纳走了出来。

他蹲在她旁边。

“现在改变主意还来得及。”他低声说。

“我想做这个，乔纳。”她微笑着，两人的目光在空中相遇。

“我懂了。”乔纳说，“只要你不忘记杰里科有多危险，那就没事了。

他会影响别人，改变他们，撕裂他们的灵魂，就像……”

“我不会让杰里科钻进我的脑袋。”她自信地说，然后站起来开始系紧她的外套。

“他喜欢……”

“我是一个大人了。”她打断他。

“我知道。”

乔纳为她打开了门，然后和她一起走了出去。他有些犹豫了，她把身体靠在墙上。

“你还想说什么吗？”她温柔地问道。

几秒钟的沉默悄悄滑过，电梯在他们的那层一动不动。一辆汽车在外面经过，警笛声响起。

“杰里科会尽其所能找到逃脱的方法，”乔纳用他那沉重的声音说道，“你不能让这种情况发生。你对我来说就像是妹妹，萨迦，但即使你在里面死了，也不能让他逃出来。”

68

安德斯·罗恩正坐在会议桌旁等待着，现在已经五点半了，这个昏暗的房间里挤满了医院委员会的成员，两名来自普通精神病学的代表，高级主治医生罗兰·布洛林和安保主管斯文·霍夫曼。

医院经理诺拉克·纳格勒一直在通话，他的秘书倒了一杯冰茶。

雪从低空中慢慢落下。

医院经理把空杯子放在桌子上，擦了擦嘴，整个会议室里的谈话都停了下来，陷入了安静。

“感谢你们来参加会议。”他说，“一小时前，我接到了监狱服务委员会的电话。”

人们沉默地坐着等着，等着他继续。

他继续说：“他们已经确定安全科将不得不马上接纳两名新病人，很明显，我们被宠坏了，安全科偌大的一个老房子里只有一个病人。”

“因为他随时都等待着机会。”布洛林严肃地说。

“我召开这次会议是想听听你们对安全和医疗有什么看法。”经理继续说道，没有注意到布洛林的评论。

“他们想送过来什么样的病人？”安德斯问。

“当然，他们都是高危型的病人。”经理回答道，“其中一个在萨特安全精神病科，另一个在卡拉登的精神病病房。”

布洛林说：“这行不通。”

医院管理者耐心地说：“我们的安全科实际上是用来容纳三个病人的。时代变了，我们必须妥协，我们不能……”

“是的，但杰里科……”布洛林沉默了。

“你要说什么？”

“我们不可能再治疗更多的病人。”布洛林说。

“即便这样，我们有直接的义务收治他们。”

“找一些借口。”

经理疲倦地笑了笑，摇摇头：“你总是把他看成怪物，但他……”

“我不怕怪物。”布洛林打断道，“但是我没有蠢到不害怕杰里科·沃尔特。”

经理对布洛林微笑，然后对他的秘书低声说了些什么。

安德斯说：“我才刚来这里不久，不过杰里科·沃尔特曾经有引起过什么问题吗？”

“他让苏珊娜·哈贾姆消失了。”布洛林回答说。

房间里鸦雀无声，一位普通精神病学医生摘下眼镜，然后马上把它放回原处。

“有人告诉我说她当时是要请假……因为一个研究项目，是这样的吗？”安德斯说。

布洛林说：“只是我们称之为‘请假’。”

“我很想听听发生了什么。”安德斯的心里隐隐感到焦虑。

“苏珊娜偷偷地从杰里科·沃尔特那里偷走了一封信，但很后悔……”布洛林闭上眼睛解释道，“她给我打电话，把一切都告诉了我。她崩溃了……我说不清……她只是哭着说她要把信烧掉……我相信她这么做了，因为她害怕了，并且一直说她不会再去看杰里科。”

“然后她请假了。”医院经理一边说一边用手揉搓着纸张。

一些人发出了笑，而其他人看起来有些困惑。安全负责人斯文·霍夫曼在白屏上显示了安全科的平面图。

“从安全角度来说，接收更多病人是没有问题的。”他严厉地说，

“但是我们必须保持一个更高的警戒水平。”

“杰里科·沃尔特一定不能遇到其他人。”布洛林说。

“好吧，因为我们不得不……你需要确保安全。”经理看着其他人说道。

“这行不通……这样我没法对安全科负责，我觉得可以把病人转入普通精神病科，然后进行严密监控，或者成立一个独立的……”

“你不觉得有点儿夸大其词了吗？”

“这正是杰里科·沃尔特多年来一直在等待的。”布洛林的声音激动得有点儿喘不过气来。

他起身，一言不发地离开房间，雪花的影子缓缓地飘落在白板上。

“我相信不管是怎么样的诊断结果，我们有能力照顾三个病人。”安德斯靠在椅子上平静地说。

其他人惊讶地看着他，医院经理放下笔，露出了和蔼的笑容。

“我真的没能理解这个问题。”他看着布洛林消失在门口继续说道。

“继续说下去。”经理点点头。

安德斯说：“这只是药物治疗的问题。”

“我们不能只是简单地让他们安静下来。”霍夫曼笑着说。

“我们当然可以，如果有必要的话。”安德斯带着孩子气的微笑说，“我们只是太紧张了，所以觉得没有能力去应付这种状况。”

他看到医院经理的眉毛扬了起来，然后伸出手来，轻声说：“我们知道过量用药……会让病人觉得不舒服，但如果我负责安全科的话，我不会冒风险……”

69

艾格尼丝穿着画着蜜蜂的蓝色睡衣坐在地板上，紧握着她小小的白色梳子，用指尖摸着每一根发齿，一个接着一个，好像在数数。安德斯坐在她面前的地板上，抱着她的芭比娃娃等待着。

“给娃娃梳头发。”他说。

艾格尼丝没有抬头看他，她只是一排接着一排慢慢地继续数发齿。

他知道她不像其他孩子那样可以自由自在地玩耍，但她有自己的方式玩耍。她很难理解别人的看法和想法，从来不打扮她的芭比娃娃，而是像测试她们的力学性能一般弯曲她们的手臂和腿，并扭转她们的脑袋。

但是他从自闭症和亚斯伯格症协会组织的课程中得知，如果把游戏按顺序拆分成各个环节，她可以被训练着去尝试玩耍。

“艾格尼丝？给娃娃梳一下头发。”他重复说。

她不再摆弄梳子，拉过娃娃的金发梳了一下，然后再重复了两次。

“她现在看起来可爱多了。”安德斯说。

艾格尼丝又开始数发齿了。

“你看到她现在变得多可爱了吗？”他问。

“是的。”她回答，但是没有抬头看娃娃。

安德斯拿出一个辛迪娃娃，还没有开口，艾格尼丝就伸出手来，微笑地抚摩着它的头发。

三小时后，艾格尼丝睡着了，安德斯坐在电视机前的沙发上看着《欲望都市》。大片的雪花从外面的黄色灯光中落下，佩特拉今天去员工聚会，维多利亚五点的时候接走了她。她说她不会回来得太晚，但现在已经快十一点了。

安德斯喝了一口冰茶，给佩特拉发了一个短信，告诉她艾格尼丝梳了娃娃的头发。

他累了，但是他想告诉她医院里的会议，他如何承担起安全科的职责，以及获得了正式的永久职位。

广告打断了安德斯原本想去艾格尼丝房间关灯的步伐，夜灯的形状像一只真人大小的野兔，发出一道可爱的粉红色的光，在床单和艾格尼丝轻松的脸上投射出柔和的光芒。

地板上到处都是乐高玩具、洋娃娃、洋娃娃的家具、塑料食物、钢笔、公主头饰和一整套瓷茶具。

安德斯不明白怎么会搞得这样一团糟。

他必须蹒跚前行，以免踩在任何东西上面。玩具在木地板上滑动时发出轻微的震动，当他伸手去按电灯开关时，好像看见了床旁边的地板上有一把刀。

芭比娃娃的大房子挡住了去路，但他能透过小门口看到钢制品的亮光。

安德斯踮起脚尖，俯下身去，当他看到那把刀子看起来像他在牢房里找到的那把时，心跳开始加快。

他不明白，他已经把刀给了布洛林。

艾格尼丝焦虑地啜泣着，在睡梦中低声耳语。

安德斯爬了过去，用手穿过玩具屋的一楼，把小门打开，伸手去拿刀。

地板嘎吱作响，艾格尼丝一边呼吸一边咳嗽。

床底下有什么东西在黑暗中发光，可能是一只泰迪熊的玻璃眼睛，很难透过娃娃屋的小玻璃窗看清楚。

“哎哟。”艾格尼丝在睡梦中低声说话，“哎哟，哎呀……”

当安德斯正要用手碰到那把刀时，他看见了床底下一张皱巴巴的脸向他眨了眨眼睛。

这是杰里科·沃尔特的脸，他像闪电一样快速移动，抓起了他的手使劲一拉。

当安德斯的手被一把抓住时他整个人醒了过来，他意识到自己在电视机前的沙发上睡着了。他关掉了电视，坐在那里，心脏怦怦直跳。

汽车的前灯透过窗户照进来，一辆出租车转了个弯消失了，然后前门小心地被打开。

是佩特拉。

他听见她去上厕所，然后开始卸妆。他慢慢地走过走廊，向浴室里的光线靠近。

70

安德斯站在黑暗中看着洗手盆上方镜子里的佩特拉。她在刷牙，满嘴泡沫，用手把水举到嘴边漱口，然后再吐出来。

当她看到他时，似乎有点儿惊讶。

“你醒了吗？”

“我在等你。”安德斯用一种奇怪的声音说。

“你真好。”

她把灯关了，他跟着她进了卧室。她坐在床边，往手和胳膊肘上抹润肤露。

“玩得开心吗？”

“还行吧……莱娜找到了一份新工作。”

安德斯抓住她的左手，紧紧地抱住她。她凝视着他的眼睛。

“你知道我们明天必须早起。”

“闭嘴。”他说。

她试图挣脱，但他抓住她的另一只手，把她推到床上。

“哎哟。”

“闭嘴！”

他用一个膝盖压住她的大腿，她试图扭到一边，然后静静地躺在那里看着他。

“我的意思是……我得睡一会儿。”她温柔地说。

“我一直在等你。”

她看了他一会儿，然后点了点头。

“锁上门。”

他从床上下来，听走廊里是否有声音。房子很安静，他关上了门，上了锁。把她推到了床上。

“安德斯，我……”

“别看我。”他打断道。

“对不起……”

“你真漂亮。”他低声说。

71

萨迦放弃了在五点时睡觉的企图。还有九十分钟，他们就会来接她。当她穿上慢跑的衣服离开公寓时，感到身体异常地沉重。

她慢跑了几个街区，然后朝着斯拉德麦拉斯兰德方向跑去。

这么早还没有公共交通。

她沿着寂静的街道奔跑，新鲜的雪是如此的清新，她几乎感觉不到脚下雪的触感。

今天是她放弃自由的日子，但她知道自己仍然可以改变主意。

城市睡着了，街灯下的天空是黑色的。

萨迦跑得很快，想着给她虚构的假身份，她征用了这个名字，但除了服用的药物以外不用记得这个名字背后的任何其他的事情。肌肉注射利培酮，奥沙司用于缓解副作用，司他利德，还有海姆林，她默默地重复着。

波洛克解释说她的诊断无关紧要。“你只需要清楚自己在服用什么药物，”他说，“这关乎你的生死存亡，记住这些药就能让你活下去。”

一辆空荡荡的公共汽车摇晃着驶向明亮却毫无人迹的芬兰渡轮。

“奋乃静，每天八毫克，一天三次。”她继续背诵，“喜普妙三十毫克，赛尔特二十毫克……”

就在到达摄影博物馆之前，萨迦改变了方向，沿着陡峭的台阶离开斯塔德斯莱登。她在卡塔里纳夫的最高点停下脚步，视线穿过整个斯德哥尔摩，然后重复了一次乔纳告诉他的规则。

我必须坚持自己，少说话，只说简短的句子，我必须实话实说，只说真话。

她心想这就是全部，然后继续朝霍格斯坦跑去。

在最后一公里，她再次加速，试图沿着塔法斯加坦冲刺最后一段到达家中。

萨迦跑上楼，在大厅的垫子上踢掉鞋子，径直走进浴室，洗澡。

在没有长头发的情况下头发干得很快，这感觉很奇怪，她所要做的就是用毛巾把脑袋擦一擦。

她穿上内衣，一个白色运动胸罩和一条她只有在经期时才穿的内裤，然后又穿上了一条牛仔裤，一件黑色T恤和一件褪色的运动服。

她通常不会担心，但突然感觉自己的内心变得异常紧张。

差不多六点二十分了，他们在十一分钟后就会来接她。她把手表放在床边的桌子上，旁边是一杯水。她要去的地方，时间是没有意义的。

首先，她要去克伦堡监狱，但是她在那里只需要待几个小时就会被送到卡特里尼霍尔姆。然后，她将在卡拉登医院待上一天左右，之后她会被转送到洛文斯特伦斯卡医院的安全精神病科。

她慢慢穿过客厅，关灯，拔了几个插头，然后走回来，穿上她的绿色大衣。

这并不是一项非常难的任务，她又一次想了想。

杰里科·沃尔特是个上了年纪的人，可能已经服用了很多药，说不定脑子都已经不再受控制。

她知道他犯了可怕的罪行，但她所要做的就是保持冷静，等他接近她，等他说些有用的话。

现在是时候出发了。

萨迦关掉大厅里的灯，走出楼梯井，把所有易腐烂的东西都从冰箱里扔了出来，但她没有找任何人来照看公寓、浇花和收信件。

72

萨迦锁了门，下楼走到楼道的入口处。当她看到监狱的公车已经在黑暗的街道上等待时，一阵焦虑袭来。

她打开门，坐到内森·波洛克身边。

“随便让人搭便车很危险。”她笑着开玩笑说。

“你有没有睡一下？”

“稍微。”她一边回答一边系好安全带。

“我知道你已经心里清楚。”波洛克瞥了她一眼，“但我仍然要提醒你，不要试图通过操纵他来获取任何信息。”

他把车挂好挡位，然后驶进了寂静的街道。

“这几乎是最麻烦的事情。”萨迦说，“如果他只想谈论足球怎么办？如果他根本不说话怎么办？”

“那就没有办法，你将无能为力。”

“但是菲莉西亚可能就只能再活几天……”

“那不是你的责任。”波洛克回答，“这次卧底就是一种赌博，我们心里都明白，也达成了一致意见……我们没法预料到结果。你现在所要做的和初步调查的性质完全不同，我们将继续与米凯尔·科勒·弗罗斯特对话，看看能不能在之前的线索中有所发现，然后……”

“但没有人相信还会有新的发现……除非杰里科开始跟我说话，不然没人相信我们还能救出菲莉西亚。”

“你不应该那样想。”波洛克说。

“好吧，那我现在开始就不想了。”她笑着说。

“很好。”

她的双脚开始打起拍子，然后突然举起手臂打了个喷嚏。她那双淡蓝色的眼睛中有着一丝呆滞，仿佛她身体的一部分抽离到了远处观察着她。

黑暗的建筑物在车窗外飞驰而过。

萨迦把她的钥匙、钱包和其他零碎的东西放在监狱的个人物品袋中。

在他们到达克伦堡监狱之前，波洛克递给她一个包在硅制胶囊里的光纤麦克风和一小块黄油。

“消化富含脂肪的食物需要更长的时间。”他说道，“但我仍然认为你不应该超过四个小时。”

她打开黄油的包装，吞了下去，然后检查了下胶囊中的麦克风，它看起来像琥珀中的昆虫。她挺直身子，把胶囊放到嘴里，向后仰着头咽下。胶囊顺着她的喉咙缓缓下滑，一阵疼痛感传来，她感觉到自己出了一身冷汗。

73

虽然已经是早晨，但天色一如午夜般黑暗，克鲁努贝里监狱妇女区的照明灯散发着光芒。

萨迦向前走了两步，然后按照他们的要求停了下来，她试图使自己的内心远离周围的世界，不去看任何人。

散热器散发着热气，发出滴答的声音。

内森·波洛克把她的私人物品袋放在柜台上，递上了萨迦的文件，然后拿过一张收据后就消失了。

从现在开始，不管发生什么，她都得自己应付。

自动门旋转了一下，然后突然安静下来。

没有人看她，但是当警卫们意识到她是最高的安全等级时，她注意到空气突然变得异常紧张。

她需要被严格隔离直到转移。

萨迦仍然站立着，眼睛盯在黄色的乙烯基地板上，对任何问题都不予回答。

在被带到一个走廊进行全身搜查之前，她被照了相。

两个胖女人正在讨论一部新的电视连续剧，她们领着她穿过一扇不带窗户的门。这个房间看起来像一个小的医疗检查室，窄窄的铺位上铺着一接触就会沙沙作响的纸，边上有锁着的橱柜。

“把你所有的衣服都脱掉。”一个女人戴上一双乳胶手套，一边用一种茫然的声音说。

萨迦照她说的那样，把衣服丢在地板上，堆成了一堆。她赤身裸体，呆站在灯光下，双臂挂在身体两边。

她苍白的身躯苗条、轻柔、健壮。

戴手套的狱卒没继续说话，只是盯着萨迦。

“好吧。”几秒钟后她们中的一个人叹息了一下。

“什么？”

“我们开始例行操作。”

她们用手电筒仔细地检查萨迦的嘴、鼻子和耳朵，在列表中的每一栏打钩，然后让她躺在铺位上。

戴着手套的女人说：“侧过身来，把一个膝盖往上提。”

萨迦顺从地不慌不忙地照做，女人在她后面的铺位和墙之间移动。她的身体在颤抖，似乎感到皮肤上起的鸡皮疙瘩都爆裂了。

她转过身时，干纸在她的脸颊上沙沙作响。她把眼睛闭紧，因为她听到了按压润滑剂的声音。

“这感觉会有点儿冷。”一个女人说着，然后把两个手指尽可能地伸到萨迦的阴道中。

并不痛，但这非常令人不快。萨迦试图均匀地呼吸，但当女人把手指插进肛门时，她忍不住喘气。

检测在几秒钟后就结束了，女人迅速地把手套摘下来扔掉。

她把一张纸递给萨迦让她擦身子，并解释说她一会儿会得到新衣服。

她穿上了一件宽松的绿色囚服和一双白色的体操鞋，被带到了属于自己的牢房。

在关上门并锁上之前，她们亲切地问她是否想要一个奶酪三明治和一杯咖啡。

萨迦只是摇摇头。

女人们离开后萨迦在她的牢房里静静地站了一会儿。

很难知道现在是几点，但为了确保万一，她走到水池边，用手捧了水，喝了一口，然后把手指伸进喉咙。她开始咳嗽，胃部挤压收缩。在经过几次痛楚的胃部抽搐之后，麦克风被吐了出来。

当她把胶囊洗干净，然后冲洗了一把脸，眼角忍不住溢出了泪水。

她躺在床铺上等待着，手里拿着麦克风。

外面的走廊寂静无声。

萨迦盯着天花板，读着多年来刻在墙上的留言和名字，她能闻到马桶和排水管道传来的味道。

太阳光透射进来的长方形开始缓缓向左侧移动，在萨迦听到外面的脚步声时，她迅速地把胶囊放进了嘴里，然后站起来吞下。

锁发出了转动的声音，门打开了。

该是她去医院的时候了。

穿制服的卫兵带她走出牢房，连同着她的财产和转移文件。他们给萨迦戴上了手铐和脚镣，然后在表格上签了名字。

74

专案组总共由三十二人组成，包括来自国家刑事调查局刑侦队和国家谋杀专案组的文职人员和警官。在五楼的一个大办公室里，墙上挂满了标明失踪地点的地图，这些消失的人都可能是杰里科·沃尔特案中的受害者。失踪者的彩色照片周围写着他们家人、同事和朋友的名字。

他们重新梳理了曾经对受害者亲属的访问信息，并展开了新的调查，他们还检查了医疗记录和法医报告，并且与任何认识受害者的人交谈，无论他们的关系多么疏远。

乔纳·林纳和他的团队站在窗边的冬日阳光下，阅读着米凯尔·科勒·弗罗斯特最新面谈的打印稿。阅读时，一种忧郁的情绪笼罩着这个群体。米凯尔的信息中没有什么可以让他们进行调查。

一旦这些分析专家表示出了遗憾和失望，那就真的没什么有用的信息了。

“什么都没有。”彼特·纳斯兰德咕哝着，把打印稿卷成了筒状。

“他说他能感觉到他妹妹的动作，每次她在黑暗中醒来，都会试图去寻找他。”班尼脸上带着悲伤的表情说道，“他能感觉到她多么希望他能回来。”

“我一点儿都不相信。”彼特打断道。

“我们必须假设米凯尔说的是实话。”乔纳说。

“但这次我们面对的是睡魔。”彼特咧嘴笑着说，“我的意思是……”

“即使是睡魔也一样。”乔纳回答道。

“他说的是童话中的人物。”彼特说道，“难道我们需要去审问所有销售气压计的人吗？”

“事实上，我已经汇总了所有生产商和经销商名单。”乔纳微笑着回答。

“你说什么？”

“我知道作为睡魔的晴雨表推销员只是 E. T. A. 霍夫曼笔下故事中的一个人物。”乔纳继续说，“米凯尔的母亲过去常在睡前给他们讲睡魔的故事，但这些都不排除他可能真的存在于现实生活中。”

“我们就是没有任何线索，我们不妨承认这点。”彼特说着把卷起的打印纸扔到了桌上。

“几乎没有线索。”乔纳用平静的语气纠正他。

“米凯尔被移到胶囊时，整个人被麻醉了，当他从胶囊中被转移出来时，人也是被麻醉的。”班尼叹了口气，用手摸了摸他光秃秃的头，“我们甚至不可能确定一个地点，菲莉西亚很可能在瑞典，但也有可能并不在这里。”

玛格达琳娜走到白板前，列出了他们关于胶囊的一些信息：混凝土、电力、水、军团菌。

因为米凯尔从来没有见过那个同伙，或者听过他说话，所以除了那人的性别是男之外，别的一无所知，仅此而已。米凯尔能确信的就是他听到的咳嗽都来自同一人。

描述中的其他东西都可以追溯到童年时关于睡魔的幻想。

乔纳离开房间，乘电梯下来，走出警察总部，向弗莱明加坦走去，他穿过圣埃里克大桥，进入伯克斯坦。

位于罗塞安德加坦 19 号的阁楼是雅典娜·普罗马克的基地所在地。

当女神帕拉斯·雅典娜被描绘成一个手持长矛和盾牌的美丽女孩时，她被称为战争女神雅典娜·普罗马克。

雅典娜·普罗马克也是一个秘密调查小组的名字，这个小组被组织起来分析萨迦·鲍尔在卧底时应该提供的材料。该组织没有任何官方记录，也没有国家刑事调查局或瑞典安全警察的预算。

雅典娜·普罗马克的成员由乔纳·林纳、内森·波洛克和来自安全局的科琳·梅尔罗斯以及法医约翰·乔森组成。

一旦萨迦被转移到洛文斯特伦斯卡医院的安全科，他们将每天二十四小时在那里接收、整理和分析监测记录。

雅典娜·普罗马克还有另外三名成员，他们将负责把来自光纤麦克风的传输数据记录在一辆小客车上。这辆小客车属于地方议会的公园部门，一直被留在医院的广场中。所有的材料将保存在硬盘上，加密后以不超过十分之一秒的延迟发送到雅典娜·普罗马克的计算机上。

75

安德斯·罗恩又看了一遍时间，从萨特监狱来的新病人此时正在转往洛文斯特伦斯卡隔离病房的路上。监狱服务运输公司提醒他，这个人具有很强的攻击性。他们在途中给了他十毫克的地西泮，安德斯·罗恩自己也准备了一个装了十毫升地西泮的注射器。一位名叫列夫·拉贾玛的老看守把注射器的包装扔进了垃圾箱，然后双腿叉开等待着。

“我觉得这就够了。”安德斯说，脸上带着并不在意的微笑。

“我总是试着告诉自己，我的工作是帮助那些日子不好过的人……即使他们实际上并不想要帮助。”

强化玻璃另一边的看守收到了一条信息，说运输车马上就到。金属叮当声从墙上传来，接着是低沉的哭声。

“这只是第二个病人。”安德斯说，“我们不知道事情会怎样，得等到三个人都到齐。”

“不会有事的。”列夫微笑着说。

安德斯从监视器里看着侧面的楼梯，两名看守正架着一名无法独立行走的人，病人是一个留着白色胡子的胖男子，戴着一副从窄窄的鼻子上滑下来的眼镜。他的眼睛闭着，汗水顺着脸颊流下来，双腿弯曲，但保安们把他整个人抬了起来。

安德斯迅速地看了一眼列夫，他们可以听到这个病人在胡言乱语，说着什么关于死去的奴隶和他自己尿在了身上。

“我正站着在尿尿，尿在了膝盖上，还有……”

“别动！”保安命令道，然后把他扔在了地上。

“哎呀，好疼。”他呜咽着说。

玻璃后面的看守现在站起来，从运输官那里接过了转运的文件。

病人躺在地板上，眼睛闭着，喘着气。安德斯平静地告诉列夫他们不再需要用地西泮，然后把他的通行证在读卡器上刷过。

76

杰里科·沃尔特在跑步机上机械地走着，他的脸转向了一边，但他的背部则集中注意力对抗着机器的作用力。

安德斯·罗恩和安全部门负责人斯文·霍夫曼正站在医院的安全控制室里，看着显示休息室内情况的监视器。

“你需要知道如何发出警报和关闭警报。”霍夫曼说，“任何带有通行证的人要进去接触病人都必须有看守陪同。”

“好的。”安德斯的声音里带着一丝不耐烦，“打开第二个安全门时，身后那个安全门必须事先锁好。”

斯文·霍夫曼点点头：“看守会在警铃响起的五分钟内出现。”

“我们不会让这种事情发生。”安德斯一边说一边看着监视器，新来的病人走进了休息室。

他们看着病人坐在棕色沙发上，一只手捂住嘴，好像在阻止自己呕吐一般。安德斯思考着从萨特监狱带来的资料，里面详细描述了这个病人具有攻击性、有反复发作的精神病、自恋和精神分裂人格障碍。

安德斯说：“我们必须进行自己的评估，如果有什么问题的话，我会增加他的用药……”

他面前的大型计算机屏幕分为了九个正方形，分别显示着九个摄像机的位置。气闸、安全门、走廊、休息室和病人的房间都在镜头之下。虽然他们没有足够的人员一整天都看着这些监控，但是一直会有人负责每个时间段科室内的动静。

“你的大部分时间都在办公室里，但若每个人都知道这些东西是如何工作的，那就不用担心了。”斯文·霍夫曼说着向显示器示意了一下。

“当我们有更多的病人时，我们就得人人都会。”

“这里的基本原则是每一个工作人员都应该随时知道所有病人在哪里。”

斯文点击了其中一个方框，图像立即填满了整个显示器，安德斯看到了护士梅正在脱掉她湿漉漉的外套。

更衣室映在屏幕上，非常清晰，五个黄色的金属储物柜，一个淋浴间，还有厕所和走廊的门。

梅的乳房轮廓清晰可见，她的黑色T恤下面有一个死亡天使的文身。她一定是急急忙忙刚赶到那里，因为她的脸颊通红，还有刚融化的雪沾在她的头发上。她拿出制服，放在长凳上，然后把一双勃肯凉鞋放在地上。

斯文点击屏幕，这次放大了休息室的监控。安德斯强迫着自己不去看一旁梅所在的小屏幕，梅正在解开她的黑色牛仔裤。

他坐下来，装出不在意的口气问斯文这些监控记录是否被储存下来。

“我们还没有得到许可……即使在特殊情况下也不例外。”霍夫曼向他眨眼。

“真可惜。”安德斯说着把手伸过他短短的棕色头发。斯文·霍夫曼开始注意查看所有房间的监控。

然后安德斯试着点击监视器，检查走廊和气闸。

“我们监视了所有……”

远处传来门打开的声音，他们听到咖啡机的嗡嗡声，然后梅走进了安全控制室。

“你们缩在这里做什么？”她咧嘴笑着问道。

“斯文正在和我一起检查安全系统。”安德斯回答。

“我猜想你们是在看我脱衣服吧？”她用开玩笑的语气说道。

77

他们沉默不语，看着显示休息室的屏幕。杰里科·沃尔特在跑步机上迈着均匀的步伐，伯尼·拉尔森的身体则在沙发上慢慢地滑下去，直到他的脖子靠在了沙发的底部。他的衬衫耸了起来，肥胖的肚子随着呼吸而移动着。他脸上满是汗水，一条腿紧张地抽动，似乎在和天花板说话。

“他在干什么？”梅看着其他人问道，“他在说什么？”

安德斯耸耸肩：“不知道。”

此时唯一的声音是安全控制室的嘀嗒声，一个太阳能的金色中国猫挥动着爪子。

安德斯回想伯尼·拉尔森的治疗记录。在二十一年前，他被判处精神病治疗，犯下了一系列兽性的强奸案。

现在他瘫倒在沙发上，对着天花板大叫。唾液从他的嘴里喷出，他用双手做有力的切刀手势，然后把垫子扔到了地上。

杰里科·沃尔特对此无动于衷，依旧大踏步地在跑步机上走了九公里，然后停下来，从机器上走下，朝房间的方向走去。

伯尼朝他喊了一声。

杰里科在门口停了下来，又走回到了休息室。

“现在发生了什么？”安德斯焦虑地问。

斯文迅速拿起对讲机，打电话给两个同事，然后匆匆离去。安德斯向前倾身，看着斯文出现在监视器上。他沿着走廊走，一边和其他守卫说话，然后停在气闸外面，评估着情况。

什么也没有发生。

杰里科站在门口，在两个房间中间，确切地说他的脸隐藏在了阴影之中。他一动不动，但安德斯和梅都能看出他在说话。伯尼趴在沙发上，闭着眼睛听着。过了一会儿，他的下嘴唇开始颤抖。整个场景只持续了一分钟，然后杰里科转身消失在了他的房间里。

“回你的狗窝去。”梅喃喃道。

另一个监视器显示上出现了杰里科。他慢慢地走进房间，坐在

CCTV 摄像头正下方的塑料椅子上，凝视着墙壁。

过了一会儿，伯尼·拉尔森从客厅的沙发上站了起来。

他擦了几下嘴，拖着脚步走进了自己的房间。

另一个监视器显示伯尼·拉尔森走到水槽前，倾身向前，冲洗他的脸。他站在那里，让水从他的脸上淌过，然后他走到休息室的门口，用拇指按住门框的内部，用力关门。门反弹回来，伯尼被撞得双膝下跪，发出大声的尖叫。

78

现在是早上十点，当玛格达琳娜·罗南德从瑜伽课回到警察总部时，刺眼的冬日阳光照在她身上。彼特·纳斯兰德站在一幅大比例尺的居民区地图前面，两名弗罗斯特家的孩子就是在这个区域失踪。他皱着眉头，把曾经调查时拍的照片钉起来。玛格达琳娜急忙向他打招呼，把包扔到椅子上，走到白板前。她很快回顾了一遍昨天调查的线索，班尼·鲁宾、约翰·伊萨克森和弗雷德里克·韦尔围坐在会议桌旁做笔记。她说，我们需要重新调查一下与杰里科·沃尔特同时受雇于门格工程车间的每一个人。

“我昨天从理查德·范·霍恩那里开始问询。”约翰开口，他一头金发，身材瘦削，留着和罗德·斯图尔特在 20 世纪 80 年代时一样的发型。

“今天谁去和瑞德·弗罗斯特聊聊？”彼特问道，手指间转动着一支钢笔。

“这个交给我吧。”玛格达琳娜回答。

“不知道他们是否希望我们继续寻找威利温琪。”班尼开口道。

“乔纳要我们大家认真对待整个睡魔的事情。”彼特提醒他。

“我在 YouTube 上发现了一个很棒的视频。”班尼说着开始用他的手机进行搜索。

“我们必须这样做吗？”玛格达琳娜叹了口气，从桌上抄起了一份沉重的文件。

“但是你看过那个在愚蠢的警察中藏起来的小丑视频吗？”班尼放下了手机。

“没有。”彼特回答说。

“因为我可能是这个房间里唯一真正设法去抓住他的人。”班尼笑着说。

玛格达琳娜打开文件时面带微笑。

“谁来帮我找到最后联系阿格妮塔·马格努森的人？”她问。

她是在杰里科·沃尔特被捕时在利尔-詹姆斯根森林里的棺材里被发现的那个女人，而被埋葬在塑料桶里的两具尸体则是她的哥哥和侄子。

“她的母亲几年前就消失了，而她父亲在她被发现后失踪了。”

“他们都失踪了吗？”弗雷德里克·韦尔问道。

“她的丈夫没有。”玛格达琳娜瞥了一眼文件。

“丧心病狂的案子。”弗里德里克低声说。

“但她的丈夫还活着，而且……”

“瑜伽能让你变得更灵活吗？”班尼突然问道，双手砰砰地敲击着桌子。

“你这是干吗？”玛格达琳娜严肃地问道。

79

玛格达琳娜·罗南德向刚刚开门的女士问好。她的眼角有着优美的笑纹，肩上文着索尼娅的名字。

十三年前，任何与阿格妮塔·马格努森有联系的人都被警察调查了一遍。法医搜查了他们所有的房屋和公寓，还有避暑别墅、棚屋、儿童房、篷车、船只和汽车。

“我之前打过电话。”玛格达琳娜说着出示警察身份证。

“哦，是的。”女士点点头，“布鲁尔正在客厅等你。”

玛格达琳娜跟着这个女士穿过了20世纪50年代风格的房子，厨房里有油炸牛排和洋葱的味道，一个坐在轮椅上的男人在客厅里，黑色的窗帘遮蔽了光线。

“是那个警察吗？”他用一种干涩的声音问道。

“是的，是警察。”玛格达琳娜说着把钢琴前的凳子拉过来坐在那人面前。

“我们之前谈得还不够吗？”

自从有人向布鲁尔·恩斯特朗询问利尔-詹姆斯根森林里发生的事情以来，已经过去了十三年了，如今他已经老了。

“我需要知道更多。”玛格达琳娜温柔地说。

布鲁尔·恩斯特朗摇摇头。

“没什么可说的了，几年内每个人都消失了，他们都走了。我的阿格妮塔和……她的哥哥和侄子……自从他的孩子和孙子消失后……我的岳父杰里米……就不再开口说话。”

“杰里米·马格努森。”玛格达琳娜说。

“我非常喜欢他……但是他太想念他的孩子们了。”

“是的。”玛格达琳娜平静地说。

布鲁尔·恩斯特朗闭上了混浊的眼睛，陷入了记忆之中。

“有一天他也走了，然后我的阿格妮塔回来了，但她已经不再是原来的她。”

“是的。”玛格达琳娜说。

“不再是……”他低声说。

她知道乔纳曾无数次去探望那个被关在病房里的女人，她从来没有恢复过说话的能力，她的脑损伤太严重了，任何人都无法再次接触她的内心。在四年前，她去世了。

“我想我应该卖掉杰里米的森林。”那人说，“但我做不到，森林对他来说意味着一切，他总是想让我和他一起去狩猎小屋，但一直没有机会……现在已经太晚了。”

“小屋在哪里？”她拿出了手机。

“在达拉纳，离挪威边境不远……我好像有从地政局拿来的地图，如果索尼娅能找到的话……”

狩猎小屋不在法医搜查的名单上，这可能不是什么线索，但乔纳说过，他们对任何微小的可能都不能放过。

80

一名警官和一名法医专家正用雪地摩托穿越松树林。在一些区域，他们可以利用森林工作者的足迹和被清除出来的小路快速前进，在身后留下一团雪雾。

斯德哥尔摩的总部希望他们赶往狩猎小屋，那是一位在十三年前失踪、名叫杰里米·马格努森拥有的财产。国家刑事调查局要求他们对这个地方进行彻底的法医搜查，并拍摄录像和照片。任何东西都必须被当作证据装好，任何潜在的证据和生物物质都必须被保护。

雪地摩托上的两个人知道斯德哥尔摩警方希望找到一些线索，以揭露马格努森和其他家庭成员的失踪原因。显然，这个小屋应该在十三年前就被搜查，但当时警方还没有意识到这个狩猎小屋的存在。

罗杰·海森和贡纳·恩在闪烁的灯光下并肩行驶在森林边缘的一个斜坡上，映入眼帘的是一片阳光普照的泥塘，那里一切都是泛着白色的光。他们没有驶进，而是继续快速穿过冰层，然后再次向北摇摆着进入茂密的森林。

在塔伦博格特的南侧，森林野蛮生长，以至于他们几乎错过了这座建筑。低矮的木屋完全被雪覆盖着，雪堆得比窗户都高，屋顶上的雪至少有一米厚。

唯一能看见的是几片银灰色的木板。

他们从雪地车上下来，开始把小屋挖出来，透过小窗户可以看见褪色的窗帘。

太阳下山了，轻触树梢后朝着广阔的沼泽地沉没。

他们汗流浃背地忙活了一阵之后，挡住门的雪终于被清理干净了。法医专家贡纳·恩已感觉到他在帽子底下的头皮正在发痒。

两棵树在风中相互摩擦着，发出凄凉的吱吱声。

两人默默地在门前放了一块塑料，然后拿出箱子，铺设好垫板，穿上保护装备，戴上手套。

门上了锁，屋檐下没有藏着钥匙。

“这人的女儿在斯德哥尔摩被活埋了。”罗杰·海森看着他的同伴说道。

“我听说过这件事。”贡纳·恩说道，“但这跟我没什么关系。”

罗杰在锁旁边的裂缝里插进了一根撬棍，然后开始用力。门框发出嘎吱嘎吱的响声，他更加用力，把撬棍深深地插了进去。门框化成了碎片，罗杰猛力对着门一拽，然后尽可能地用力拉。门砰地被打开，然后又弹了回来。

“妈的。”罗杰低声咒骂。

出乎意料的扰动使房子里所有尘埃都飘在了空中，贡纳喃喃自语说没关系。他走进黑暗的小屋，把两块垫板放在地上。

罗杰拿出了摄像机握在手中，贡纳在低矮的门楣下弯下腰，踏进小屋，停在第一块垫板上。

里面太暗了，他一开始什么也看不见。干干的空气中飘荡着旋涡般的尘埃。

贡纳按下摄影机的录像功能，但上面的灯并没有亮。他试图把整个房间录下来，但所得到的只是模糊的轮廓。

整个小屋就像一个阴暗的水族馆。

房间中间有一个奇怪的影子，像一个落地式的大摆钟。

“怎么回事？”罗杰从外面喊道，“把另一个摄影机给我。”

贡纳把摄像机拿了出来，把之前那个放回了原处。他检查屏幕，除了黑色，什么也看不到。他随意地拍了张照片，闪光灯发出了白色的光芒。

当他看到眼前一个又长又瘦的身影时，尖叫起来。他退后一步，失去了重心，摄影机掉到了地上，他立马伸出手臂恢复平衡，撞在了一个衣架上。

“这他妈的是什么？”

他向后退去，头撞在门楣上，之前门框上的碎屑划伤了他。

“发生了什么事？”罗杰问。

“有人在里面。”贡纳紧张地咧嘴回答。

罗杰打开摄像机上的灯，小心地把门打开，弯下腰慢慢地往里走。地板在脚下面吱吱作响，摄像机的光线透过灰尘和家具搜寻着，一根树枝划在了窗户上，听起来好像有人在焦急地敲门。

“好吧。”他喘着气说。

在昏暗的灯光下，他看到一个男人把自己挂在屋顶的横梁上。这具尸体已经在这里很久了，身体变得很单薄，干枯的皮肤耷拉在脸上，黑色的嘴巴张大着，他的皮靴躺在地板上。贡纳也走了进来，警察身后的门发出了吱吱嘎嘎的响声。

太阳从树梢后面落了下去，窗户外面已然一片漆黑。他们小心地在尸体下面摊开一个尸体袋。

树枝再次击中窗户，来回刮擦着玻璃。

罗杰伸手抓住尸体，贡纳割断了绳子，但是当他一触摸到摇摆的尸体时，尸体的头部就从脖子上掉了下来。头部以下也轰地摔到了地上，尘土再次在房间里盘旋，套索无声地摆动着。

81

萨迦坐在车内，凝视着窗外，挂在她手铐上的链条随着车辆的运动而发出摩擦声。

她不想去想杰里科·沃尔特。事实上，自从她接受了这个任务以来，她一直设法远离她所知道的谋杀案。

但这已经是不可能的了。在经过了卡拉登医院三天的单调生活后，监狱的移交决定正在付诸实施。她正在去往洛文斯特伦斯卡医院的安全病房。

她与杰里科的相遇越来越近。

在她的脑海里，她能清楚地看到文件前面的照片，他那皱纹满面的脸和那双清澈苍白的眼睛。

杰里科作为一名技工，直到被捕一直过着孤僻的生活。他的公寓里没有任何东西与他的罪行有关，直到他被当场抓住。

当萨迦读完报告并看完犯罪现场的照片时，她已经是满身冷汗。一张彩色的大照片显示了法医小组在空地上的编号标志，还有一堆潮湿的泥土、一个坟墓和一个敞开的棺材。

在她被活埋了两年后，尼尔斯·阿伦曾对这名妇女受的伤进行了彻底的法医记录。

萨迦感觉有些晕车，抬起眼睛望着道路和树木飞驰而过。

她想到这个女人的营养不良，以及她的压疮、冻伤和脱落的牙齿。乔纳曾经描述过这个虚弱消瘦的女人是如何一次又一次地试图爬出棺材，但是杰里科却一直把她推回去。

萨迦知道自己不应该想这些。

焦虑的颤抖慢慢地从她的胃中扩散开。

她告诉自己，在任何情况下，都不必感到害怕，她能控制局势。

运输车突然一下刹车，手铐随之嘎嘎作响。

塑料桶和棺材地面上都配备了透气用的空气管。

为什么他不直接杀了他们？这真是难以理解。

萨迦接着再想米凯尔·科勒·弗罗斯特关于他被囚禁在胶囊中的事情，当她想到只有菲莉西亚，那个扎着辫子、戴着宽松骑马帽的小女孩，一个人在那儿时，她的心脏不由得加快了跳动。

雪已经停了，但是没有出太阳的迹象，天空阴沉沉的。运输车驶离了旧的主干道，在进入医院时慢慢向右转。

一个四十来岁的女人坐在公共汽车棚里，手里拿着两个购物袋，深深地吸着香烟。

建立安全机构需要政府批准，但萨迦知道立法允许了机构有足够的余地进行自定的评估。

普通的法律和权利在那些锁着的门里不再适用，这里没有真正的监督，只要他们的病人没有逃走，工作人员就是这里的领主哈迪斯。

82

萨迦被两个武装的看守领到一条空走廊，双手和脚踝仍被铐着。他们都走得很快，紧紧地拽着她的上臂。

现在改变主意已经太迟了，她正要去见杰里科·沃尔特。

带着纹理的墙纸已被划得都是口子，踢脚板也磨损了，象牙色板上有一盒旧鞋套，路两边用于关押病人的病房门上有小塑料标牌，上面写着数字。

萨迦感到肚子痛，想要停下脚步休息一下，但却被推着不得不向前。

“继续走。”一个看守说。

洛文斯特伦斯卡医院的隔离病房属于非常高的安全级别，高于一级的要求，这意味着基本没人能闯入建筑，里面的人也难以逃出去。房间有防火钢门，内部的天花板和墙壁都用了三十五毫米厚的金属板加固。

一道沉重的门在他们从楼梯向上走去的时候关上了。

在通往安全病房的气闸前面，看守拿起了萨迦的私人物品袋，检查文件并在计算机上签名。在气闸的另一边可以看到一个带着警棍的老男人，他戴着大大的眼镜，头发卷曲。萨迦通过带有划痕的强化玻璃看着他。

警棍男拿着萨迦的文件，穿过了他们身边，用眼神在她身上瞥了一下，然后继续阅读她的信息。

萨迦的肚子疼得要命，疼到想要原地躺下来。她试图平静地呼吸，但却突然身体抽筋向前倾倒。

“站好！”看守用毫无情感的语气说。

一个穿着医生制服的年轻人出现在气闸外面，把一张通行卡划过了读卡器，敲击了几个密码之后走了出来。

“你好，我叫安德斯·罗恩，我是这里的代理高级主治医生。”他冷冷地说。

经过一番例行的搜查之后，萨迦跟着医生和守卫穿过气闸，在第二扇门打开之前，她可以在密闭空间中嗅到自己身体的气味。

萨迦从她记忆中的平面图里辨认着病房的每个细节。

他们默默地绕过一个拐角，来到病房狭窄的安全控制室。一个脸部有穿刺的女士坐在报警系统的监视器前。当她看到萨迦时脸部一阵潮红，她说了一声你好，然后低下头在记录本中写下了一些东西。

“梅，你能把病人的脚镣拿掉吗？”年轻的医生问。

女人点点头，跪下来解开她的脚镣。她的头发在萨迦的衣服上滑过，由于静电而立了起来。

年轻的医生和守卫跟着她穿过门，等到门发出哔哔的关闭声后继续走到走廊里三个门中的一个面前。

“开门。”医生向带警棍的看守命令道。

看守拿出一把钥匙，打开门，让她进去，然后让她站在地上的红十字上，背对着门。

她按他说的去做，听到钥匙转动时的咔嗒声。

在她前面是另一个金属门，她知道这个门是锁着的，直接通向休息室。

房间里只提供了最基本功能的安全家具，包含一侧固定在墙上的床，一个塑料椅子，一个塑料桌子和一个没有盖子和坐垫的坐便器。

“转过身来，但要站在十字架里面。”

她按照要求做了，看到门上的小舱口是开着的。

“慢慢过来，伸出你的手。”

萨迦走到门口，紧紧地握紧掌心，穿过狭窄的开口。在手铐被打开后她从门前退回到了屋中。

她坐在床上，守卫告知她病房的规则和程序。

“你可以在一点到四点之间看电视，和其他病人在休息室里进行社交活动。”他总结道，然后在关上舱门前往里面看了一会儿。萨迦仍然坐着，她认为自己已经就位，任务正式开始。意识到这点时让她的胃感到一阵刺痛，这种感觉通过她的胳膊和腿传播开来。她知道自己现在已经是洛文斯特伦斯卡医院安全科的一名重点看守病人，她还知道现在自己和连环杀手杰里科·沃尔特非常接近。

她蜷缩身体躺在床上，然后翻过身平躺着，直盯着天花板上的监视器。监视器半球形，黑色，像牛的眼睛一样闪闪发光。

她吞下麦克风已经很久了，她不敢再多等待，她不能让麦克风进入她的十二指肠。当她起身走到水龙头边喝水时，她的肚子又疼了起来。

轻轻地呼吸，萨迦跪倒在地上，背对着监视器，用两个手指下戳入自己的喉咙。她把水吐了出来，然后把手指伸进喉咙的更深处，总算吐出了装有麦克风的小胶囊，然后迅速把它藏在了手里。

83

秘密调查小组雅典娜·普罗马克自抵达洛文斯特伦斯卡医院以来已经坐着听了两个小时萨迦·鲍尔胃中的声音。

“如果有人走进来，他们会认为我们是某种新时代的教派。”科琳微笑着说。

“其实听起来并不赖。”约翰·乔森说。

“放轻松。”波洛克咧嘴笑了笑。

整个队伍都坐在那里，眼睛半闭着，听着轻轻的嗞嗞声。

突然，一个咆哮声几乎打破了扩音器，因为萨迦把麦克风吐了出来。约翰·乔森撞倒了可乐罐，内森·波洛克也一阵发抖。

“嗯，至少我们醒了。”科琳笑着说，她的玉手镯随着食指划过眉毛发出悦耳的声音。

“我打电话给乔纳。”内森说。

“好。”

科琳·梅尔罗斯打开她的笔记本电脑，在记录本中记下时间。科琳现年五十四岁，拥有法国加勒比海的背景，她身材苗条，夹克衫里面总是穿着丝绸上衣。她的表情很严肃，颧骨明显，太阳穴狭窄，黑色的头发中带着灰色的条纹，梳到了脖子后面用一个夹子夹住。

科琳·梅尔罗斯在欧洲刑警组织工作了二十年，和斯德哥尔摩的安全警察一起工作了七年。

乔纳站在米凯尔·科勒·弗罗斯特的病房里。瑞德正坐在一把椅子上握着儿子的手，他们三个人已经谈了四个小时，试图找出任何新的细节，以帮助确定米凯尔妹妹被囚禁的地方。

没有得到新的信息，米凯尔看起来很累。

“你需要睡一觉。”乔纳告诉他。

“不。”米凯尔说。

“只是一会儿。”警探微笑着关掉录音。

当乔纳从大衣口袋里拿出报纸放在瑞德面前的时候，米凯尔的呼吸已经变得非常沉重。

“我知道你叫我不要这么做。”瑞德的目光和乔纳交会，“但是，如果我不能尽我所能，我怎么能给自己一个交代呢？”

“我明白。”乔纳说，“但这可能会带来问题，你必须做好准备。”

这张纸的一整页都被数字图像所覆盖，这是通过软件模拟出来的菲莉西亚如今的模样。

一个年轻女子，与米凯尔的长相有很多的相似之处，颧骨高，黑眼睛，黑发披散在她苍白而严肃的脸上。

大写的字母宣布着瑞德将向任何能够提供发现菲莉西亚信息的人提供两千万克朗的奖励。

乔纳解释说：“我们已经收到了大量的电子邮件和电话，我们试图追踪这些信息，但是……我相信他们中的大多数人都是好人，他们相信自己看到了一些东西，但仍然有很多人只是希望致富。”

瑞德慢慢地折叠着报纸，低声对自己不知说了什么，然后抬起头来。

“乔纳，我要尽我所能，我……我的女儿被囚禁了这么久，她可能会就这样死去……”

他的声音撕裂了，然后盯着乔纳看了一会儿。

“你有孩子吗？”他问道，声音几乎听不见。

乔纳正打算撒谎，他的电话铃声在夹克里响了起来。他说了声不好意思，接了起来，他听到了波洛克说雅典娜·普罗马克开始正常接收消息。

84

萨迦躺在床上，背对着天花板上的监视器，小心翼翼地剥掉光纤麦克风上的硅制壳，然后悄无声息地把它滑进了裤子的衬里。

突然，从门到休息室之间传来了电子嗡嗡声，然后是开锁声。

门被打开，萨迦坐了起来，心脏因为紧张而剧烈跳动。

麦克风需要马上安装在一个合适的位置，她可能只有一次机会，一定不能错过。如果她此时被搜身，他们就会发现麦克风的存在。

她不知道休息室现在处于怎样一种情况，是否有其他病人在那里，或者有监视器和看守。

也许那里会是一个陷阱，杰里科·沃尔特正在等着她。

不，他不可能知道她的任务，萨迦把硅制壳扔进马桶里冲走，然后走到门口，从门缝里听到远处传来有节奏的音乐，是电视里播出的欢快节目混着嗞嗞的噪声。

她记得乔纳的建议，强迫自己回到床上坐下。

千万不能表现出任何紧迫感，她告诫自己，除非你有正当理由去做，否则永远不要做任何事。

透过门缝她可以听到电视里的音乐声，跑步机发出的嗞嗞声，还有沉重的脚步声。

有一个尖嗓子的人偶尔说话，但从未得到任何回应。

看样子两个病人都在外面。

萨迦知道她必须进去安装麦克风。

她站起来，又走到门口，在那儿站了一阵子，试着慢慢呼吸。

一阵须后水的味道袭来。

她抓住门把手，深吸一口气，把门打开。当她低着头走进休息室时，她能更清楚地听到有节奏的撞击声。她不知道是否有人在监视她，但她决定得先让他们习惯她的存在，然后再去寻找时机。

一个拿着绷带的男人坐在电视机前的沙发上，另一个人则在跑步机上大步走着。机器上的那个男人在她的正前方，但她只能看到他的背部和颈部，她肯定他就是杰里科·沃尔特。

他正向前行进，有节奏的脚步声充斥着整个房间。

沙发上的男人打嗝吞咽了几次，擦了擦脸颊上的汗，一条腿开始紧张地抖动着。他四十多岁，肥胖，头发稀疏，金色的胡子，戴着一副眼镜。

“奥布希姆。”他咕哝着，眼睛盯着电视机。

他突然弹了下腿，指向着电视屏幕。

“他在那儿。”他大声说，“我会把他变成我的奴隶，我的骷髅奴隶。该死的地狱……看看那些嘴唇……我会……”

当萨迦走过房间时，他突然安静下来。萨迦停在一个角落里看着电视，电视正在重播位于谢菲尔德的欧洲滑冰锦标赛，强化玻璃使声音和图片都很不清晰。她能感觉到沙发上的男人在看着她，她不和他有目光接触。

“我先鞭打他。”他继续说，仍然面对着萨迦，“我会让他很害怕，像妓女一样……我是说……该死的地狱……”

他开始咳嗽，脑袋向后仰，闭上了眼睛，好像在等待疼痛过去，然后用手摸自己的脖子，躺在那里喘气。

杰里科·沃尔特仍在跑步机上大步行走，他看起来比她想象的还要魁梧。在机器旁边的一个盆子里有一棵假的棕榈树，上面的灰随着他在跑步机上的节奏而轻轻震动着。

萨迦环顾四周，想找个地方藏麦克风。最好是远离电视机，这样就不会干扰到其他声音的接收。沙发的背面是个不错的选择，但她觉得杰里科不是那种会坐着看电视的人。

沙发上的男子试图站起来，但似乎又打算在这种努力中放弃。他把手放在嘴巴上，咽了几口唾沫，然后又转回头看电视。

“从腿开始。”他说，“切下所有的东西，剥去皮肤、肌肉、肌腱……他可以留下双脚，这样就还能安静地走路……”

85

杰里科停止了跑步，离开房间，一眼也没有看那两个人。另一个病人慢慢站起来。嘴上还在嘟囔着：“再普乐让你感觉像屎一样……吐来抗对我一点儿效果都没有……只会把我的身体搞得一团糟……”

萨迦原地待了一会儿，面对着电视，看着花样滑冰者加速，听见冰鞋划过冰的声音。当另一个病人慢慢靠近她时，她能感觉到他盯着自己的目光。

“我叫伯尼·拉尔森。”他用一种亲切的声音开口，“他们不觉得我可以打败我身体里的那些王八蛋，他们他妈的什么都不懂……”

他用手指戳她的脸，她一动不动地站着，但心脏怦怦直跳。

“他们他妈的什么都不懂。”他重复说，“他们的脑子他妈的都坏了……”

他陷入了沉默，蹒跚地走到一边，大声地打嗝。萨迦在想是不是应该把麦克风放在跑动机器旁边的那棵假棕榈树中。

“你叫什么名字？”伯尼气喘吁吁地问道。

她没有回答，只是低垂着眼睛站在那里看着电视，想着自己要没时间了。伯尼走在她身后，很快地用手握住她的手，又用力捏住她的乳头。她推开他的手，感到愤怒开始在她体内沸腾。

“小白雪公主在。”他带着满脸汗水笑了笑，“你怎么啦？我能摸摸你的头吗？看起来他妈的很软，像一个剃了毛的婊子……”

从刚才观察杰里科·沃尔特而言，跑步机是他在休息室里最感兴趣的东西，他至少在上面做了一个小时的运动，然后径直回到自己的房间。

萨迦慢慢地走到跑步机前，伯尼跟着她，咬着指甲，扯下了一个尖锐的指甲碎片，汗水从他脸上滴落在了肮脏的乙烯基地板上。

“你刮你的阴毛吗？你一定那么做了，对吧？”

萨迦转过身来，目不转睛地盯着他。他的眼睑很沉重，眼睛给人一种麻木的感觉，金色的胡须遮住了腭裂留下的疤痕。

“你不准再碰我。”她回答说。

“我可以杀了你。”他说着用锋利的指甲划过她的脖子。

她感觉到了一个刺耳的声音，然后一个响亮的声音从扬声器里发出回声：

“伯尼·拉尔森，退后！”

当门打开时，他正试图去摸她的腿，一个带警棍的看守走了进来。伯尼离开萨迦，举起双手示意投降。

“不准接触！”看守严厉地说。

“好吧，我知道，该死的。”

伯尼重重地在沙发上坐了下来，疲倦地靠在扶手上，然后闭上眼睛打嗝。

萨迦从跑步机上下来，转向看守。

“我希望有一个法律监察员。”她说。

“待在原地。”看守瞥了她一眼。

“你能传递这个信息吗？”

看守没有回答就向气闸走去，就好像她什么都没说似的，仿佛她的话在他到达之前就已经停止了。

萨迦转身离开，慢慢接近假棕榈树。她坐在跑步机的边缘，看着一片就在她身边的叶子。叶子的下面不能太脏，麦克风上的胶水需要在四秒才能凝固。伯尼凝视着天花板，舔着嘴唇，然后闭上了眼睛。

萨迦把手指伸进裤子的衬里，把麦克风拿出来藏在她的手里。她扯下一只鞋子，前倾着身体去调整鞋舌，从而可以将棕榈树藏在监视器看不见的地方。她稍稍挪动一下姿势，伸手打算将麦克风粘在棕榈树叶的背面。这时沙发发出了嘎吱嘎吱的声响。

“我监督着你，白雪公主。”伯尼用疲倦的声音说。

看到伯尼坐在那里看着她，她冷静地收回手，把脚放回鞋里，把尼龙搭扣搭好。

86

萨迦开始在跑步机上走了起来，想着她必须等他走进房间后才能去把麦克风安装好。伯尼从沙发上站起来，朝她走了几步，然后稳稳地靠在墙上。

“我来自萨特。”他微笑着低声说。

她不看他，但知道他走近了。

汗水从他脸上滴到地板上。

“你来到这里之前，关在哪里？”他问道。

他等了一会儿，狠狠地打了一拳墙壁，然后又看了她一眼。

“卡拉登。”他用吱吱的声音回答，“我当时在卡拉登，我搬到这里是因为我想和伯尼在一起……”

萨迦转过身，看到一个阴影穿过第三个门，她意识到杰里科·沃尔特刚才站在那里倾听他们讲话。

“你一定是在卡拉登遇见了叶卡特丽娜·斯哈尔。”伯尼用他正常的声音说。

她摇了摇头，记不起那个名字的人，她甚至不知道他是在说病人还是看守。

“没有。”她诚实地回答。

“因为她在圣西格弗里德。”他咧嘴笑了，然后往地上吐口水，“那么，你遇见了谁？”

“没有人。”

他咕哝着说着什么骷髅奴隶，然后站在了跑步机的前面看着她。

“如果你撒谎了，我就可以从你这个婊子身上感觉到。”他说着搔他的胡子，“这就是你想要的吗？”

她停止跑步，站在那里思考了一个事实：她必须坚持说真话，她确实在卡拉登待过。

“那么，格克·路德呢？如果你在那儿，你一定见过格克·路德。”他的脸上带着笑意，“高个子，一米九，额头上留有疤痕。”

她点点头，不知道该说些什么，考虑就此默不作声，但她仍然选择回答：“没有。”

“他妈的真怪！”

“我坐在房间里看电视。”

“房间里没有电视，你他妈在撒谎，你是个……”

“那里都是隔离的。”她打断道。

她说不出他是否知道这件事。他有些呼吸困难，盯着她，咧嘴笑了笑，然后舔舔嘴唇，又走近了些。

“你是我的奴隶。”他用缓慢的语调说，“该死的地狱，太棒了……你躺在那里，吮吸我的脚趾……”

萨迦从跑步机上下来，回到她的牢房。她躺在床铺上，听到伯尼站在她病房前叫她，然后又回到了沙发上。

“浑蛋！”她低声说。

她明天得快点儿坐在跑步机的边上，然后调整她的鞋子，装上麦克风。她会大步在跑步机上运动，不看任何人，而当杰里科出来时，她会从跑步机上下来，然后离开休息室。

萨迦考虑了沙发和靠近强化玻璃罩着的电视和墙之间的角度。监视器的视野一定会被凸出的物体所遮住，当伯尼捏她的乳头时，她就站在阴影里，这就是员工们没有反应的原因，因为那里是盲区。

她在洛文斯特伦斯卡医院待了五个多小时，已经感到筋疲力尽。

金属墙的房间让她感觉到了强烈的封闭感。她闭上眼睛，思考自己为什么在这里。她心中想着照片里的女孩，这一切都是为了她，为了菲莉西亚。

87

雅典娜小队的成员都静坐着，实时收听来自休息室的电波。声音质量很差，时断时续，都是噪声。

“会一直都是这样吗？”波洛克问。

“她还没有装好麦克风，也许是放在她的口袋里。”约翰·乔森回答道。

“只要她不被搜身……”

他们开始继续听录音，只能听到来自萨迦裤子的摩擦声，她浅浅的呼吸，跑步机上的脚步声和电视机的嗡嗡声。就像一群盲人一样，雅典娜·普罗马克的成员只能在听力的帮助下被引导进入位于封闭世界的安全科。

“奥布希姆。”一个含混不清的声音说。

整个团队变得全神贯注，约翰·乔森稍微增加音量，并增加了一个过滤器来减少呲呲声。

“他在那儿。”那人继续说道，“我会把他变成我的奴隶，我的骷髅奴隶。”

科琳说：“一开始我以为这是杰里科在说话。”

“该死的地狱。”那个声音继续说，“看那些嘴唇……我会的……”

他们默默地倾听着另一个病人滔滔不绝的言辞，听到一个看守走了进来，驱散了对抗。看守干预后有一段时间的沉默，然后病人开始以一种奇怪的方式询问萨迦在卡拉登的事情。

“她处理得很好。”波洛克咬紧牙关说。

最终他们听到萨迦离开了休息室，却没能安装好麦克风。

她默默地咒骂着自己。

她被一片寂静包围，直到门上的电子锁咔咔作响。

“至少我们知道这技术能起作用。”波洛克说。

“可怜的萨迦。”科琳低声说。

“她应该把麦克风安装好。”约翰·乔森喃喃自语，“这次肯定是她没有办法。”

“但是如果她被发现了，那么……不会不会，她不会被发现的。”科琳说。

她微笑着，然后伸出双臂，身上的香水味散发到了空气中。

“到目前为止还没有杰里科的信息。”波洛克说着瞥了乔纳一眼。

“如果他被完全隔离了怎么办？那这一切就都是徒劳的。”约翰·乔森叹息道。

乔纳什么也没说，但他认为录音中已经表达了什么东西。在其中的几分钟，他仿佛感觉到了杰里科身体的存在，杰里科就在休息室里，尽管他什么也没说。

“让我们再听一遍。”他看着钟表说。

“你要去什么地方吗？”科琳问，抬起她那整洁的黑眉毛。

“我要和某人见面。”乔纳笑着说。

“听起来有点儿浪漫呀……”

88

乔纳走进一间白色瓷砖的房间，墙上装有一个长长的洗脸盆，水从橙色的软管流到地板上的排水沟里。位于达拉纳的狩猎小屋里的尸体躺在一张塑料覆盖的尸体解剖桌上，他凹陷的棕色胸部已经被割开，黄色液体慢慢滴入不锈钢槽中。

“拉拉拉拉……我们会抓住彩虹。”尼尔斯·阿伦对自己唱道，“拉拉拉拉……太阳……”

他掏出一副乳胶手套，正对着他们吹气，这时他看见乔纳站在门口。

乔纳微笑着说：“你应该录一张法医唱片。”

“弗利普是个很好的贝斯手。”阿伦回答道。

他的法医外套里面穿着白色的 Polo 衫，护目镜反射着从天花板上照射下来的强光。

他们听到走廊里沙沙作响的脚步声，不一会儿，卡洛斯·埃利亚松走了进来，脚上裹着浅蓝色的鞋套。

“你弄清死者的身份了吗？”他问道。当他看到桌子上的尸体时，突然停了下来。

凸起的边缘使尸检台看起来像一块排水板，在那里有人留下了一块干肉，或者说像是一块已经发黑的奇怪植物的根。尸体干燥而扭曲，掉下来的头放在脖子的上方。

“毫无疑问，这是杰里米·马格努森。”阿伦回答，“我们的法医牙医，顺便说一句，他弹吉他弹得不错。他把尸体的口腔特征和马格努森的牙科记录进行了对比。”

阿伦倾斜身体，双手拿过尸体的头，打开了杰里米·马格努森嘴里的皱褶，露出一个黑洞。

“他有一颗阻生的智齿。”

“别给我看这些。”卡洛斯的额头上闪耀着汗珠。

“上颚已经没了。”阿伦一边说一边迫使嘴又张开了一点儿，“但是如果你用手指感觉……”

“好好好，很好。”卡洛斯打断说，然后看着时间，“我们知道他在那儿待了多久吗？”

“干燥过程很可能会受到低温的轻微阻碍。”阿伦说，“但是如果你看眼睛，结膜很快就会干涸，眼睑下面也一样。皮肤如羊皮般的质地是均匀的，除了在脖子上与绳子接触的部分。”

“这意味着什么？”卡洛斯问。

“死后身体变化的过程可以说形成了一种日记……我估计杰里米·马格努森把自己挂在那儿已经……”

“十三年，一个月加五天。”乔纳说。

“猜得好。”阿伦说。

“我刚刚从法医的扫描中看到了他的遗书。”乔纳拿出他的手机。

“自杀。”卡洛斯说。

“一切都指向这一点，即使当时杰里科·沃尔特确实可以在那里。”阿伦回答。

“杰里米·马格努森是杰里科最有可能的受害者。”卡洛斯慢慢地说，“如果我们能把他的死亡归结为自杀……”

一种无法确定的想法在乔纳的脑海中掠过，似乎是某种隐藏的联系，一种他很难诉诸语言的东西。

“他在信里说了什么？”卡洛斯问。

“就在塞缪尔和我在利尔-詹姆斯根森林里找到他的女儿阿格妮塔

之前三个星期，他上吊自杀了。”乔纳说着举起了法医给他寄来的遗书的照片。

“我不知道为什么失去了所有人，我的孩子，我的孙子和我的妻子。

“我就像约伯，但没有得到补偿。

“我等了很久，等待必须结束。”

他相信自己所爱的人都被剥夺了生命。

如果他再忍受一段时间的孤独，他就能把女儿救回来。阿格妮塔·马格努森又活了好几年心脏才停止跳动，她住在扈特金医院的一个长期病房里接受看护。

89

瑞德·弗罗斯特已经从面馆里订购了晚餐，并把它送到了斯德马尔姆医院的大厅。蒸汽从肉末芫荽点心、闻起来有姜味的春卷、辣椒蔬菜炒米粉、炸猪肉片和鸡汤中升起。

因为他不知道米凯尔喜欢什么，他点了八种不同的菜。

就在他从电梯里出来沿着走廊走的时候，手机响了。

瑞德把晚餐放在他的脚边，看到是个隐藏号码给他打来的，急忙接起说道：“我是瑞德·弗罗斯特，是谁？”

有人发出了嘟囔。

“喂？”

他正要结束通话时，有人低声说：“爸爸？”

“喂？”他重复说，“这是谁？”

“爸爸，是我。”一个带着奇异的尖声语调传来，“我是菲莉西亚。”

地板在瑞德的脚下开始旋转。

“菲莉西亚？”

几乎没法再听清她的声音。

“爸爸……我太害怕了，爸爸……”

“你在哪里？求你了，亲爱的……”

突然他听到咯咯的笑声，感到全身一阵寒战。

“亲爱的爸爸，给我两千万克朗……”

很明显，这是一个男人伪装的声音，他试图使声音的音调更高。

“给我两千万，我就给你……”

“你知道我女儿的情况吗？”瑞德问。

“你真是个蹩脚的作家，真让我恶心。”

“是的，是的，我是……但是如果你知道任何关于……”

电话被挂断了，瑞德的手颤抖得很厉害，甚至无法拨通报警的电话号码。他试着振作起来，告诉自己要去报告这个电话，即使他们没法查到这个电话，即使这一切都是他自己找的。

90

虽然已经很晚，但安德斯·罗恩仍然在医院。他想要检查新进来的第三个患者，那位年轻的女士。

她直接从卡拉登医院转来，没有丝毫想要和医护人员交流的欲望，考虑到精神病学评估的结果，她所使用的药物非常保守。

列夫已经回家了，一位身材姣好名叫皮亚·麦德森的女士正在值晚班。她话不多，大多数时候坐在那里阅读惊悚故事和打哈欠。

安德斯发现自己又盯着屏幕在看那个新病人。

她非常漂亮。当天早些的时候，他长时间盯着她，以至于眼睛都开始变干。

她被列为危险等级，有逃跑风险，她在地方法院被判的罪行令人不寒而栗。

当安德斯看着她时，他无法相信这是真的，尽管他知道这一切都是板上钉钉的事情。

她像芭蕾舞演员一样轻盈，剃了光头使她看起来似乎很脆弱。

也许就是因为她太漂亮了，卡拉登医院只给她开了奋乃静和地西泮。

在与医院管理层开过会议后，安德斯几乎拥有高级主治医生对安全科的管理权。

在可预见的将来，他将会有权力做出对于患者的决定。

他在30号病房咨询了玛丽亚·戈麦斯医生，通常在最初仅仅观察病人状况即可，但他现在也可以对病人进入肌内注射氟哌啶醇。这种想法使他感到有些激动，心里充满了一种带有分量的非凡期待感。

皮亚·麦德森从厕所回来，眼睑半闭着，一小片卫生纸粘在她的一只鞋子上。她沿着走廊慢吞吞地走过来，脸色昏昏沉沉。

“我没有那么累。”她看见了他向自己看来的目光，露出了笑容。

她从脚上取下卫生纸并将其扔进垃圾箱，然后坐在他旁边的控制台上，看着时间。

“我们要唱一首《摇篮曲》吗？”她问道，然后登录电脑并关掉病房里的灯。

三名患者的形象在安德斯的视网膜上停留了一段时间。在一切都变黑之前，杰里科已经躺在床上。伯尼坐在地板上，把他绑着绷带的手放在胸前。萨迦正坐在床边，脸上看起来一半生气一半无助。

“他们已经成了这个家庭的一部分。”皮亚打着哈欠，然后打开了书。

91

九点，工作人员把天花板的灯打开。萨迦坐在床边上，她又把麦克风塞进裤子的衬里。在她能把它安装在合适的位置之前，让它不离身似乎是最安全的。没有麦克风，整个任务将毫无意义。她等待着，过了一会儿，灰色的长方形在黑暗中变得逐渐可见，那是门上厚厚的玻璃窗。不久之后，房间变得如同雾中的风景。萨迦站起来，走到最黑暗的角落，躺在冰冷的地上开始做仰卧起坐。做三百个后，她开始拉伸，慢慢地伸展她的腹部肌肉，开始做俯卧撑。

突然她感觉到有人在监视她，有一种异样感。她停下来，抬起头。玻璃窗暗了下来，有一个阴影。她急忙把手伸进裤子的衬里，想要拿出麦克风，但它掉在了地上。

她听到脚步声和移动，然后听到一道金属刮擦声。

萨迦迅速地将手扫过地面，找到麦克风，把它放进嘴里，这时天花板上的灯亮了起来。

“站在十字架上。”一个女人用严厉的声音说。

萨迦的四肢还躺在地上，嘴里还含着麦克风。她一面试图快速分泌唾液，一边慢慢从地上站起来。

“快点儿。”

她慢慢地向十字架走去，抬头望了下天花板，然后又低下头，把目光盯在地板上。她停在十字架上，冷漠地转身背对着门，抬起眼睛看着天花板咽下了麦克风。麦克风慢慢滑下去时，她的喉咙被刮得生疼。

“我们之前见过面。”一个男人轻声说，“我是这里的高级主治医生，负责你的药物治疗。”

“我需要找律师。”萨迦说。

“把你的上衣脱掉，慢慢地走到门口。”第一个声音说道。

她脱下她的上衣，让它掉到地上，转身，只穿着洗旧了的胸罩朝门口走去。

“停下，举起双手，张开双臂，张开你的嘴。”

金属舱门被打开，她伸出手拿过药丸和一个杯子。

“顺便说一下，我已经换了你的药。”那个高级主治医生说道。

当她看到医生用乳白色的乳状液填充注射器时，萨迦突然领悟到这些人手中权力的全部意义。

“把你的左臂穿过舱口。”女人说。

她意识到她不能拒绝，但她的脉搏随着她的顺从而加快。医生用一只手抓住她的胳膊，用拇指搓揉她肌肉。一股惊慌在她体内自由地向她袭来。

“我知道你一直在服用奋乃静。”医生看了她一眼，她没能懂里面的意思，“八毫克，一天三次，但我想试试……”

“我不想试。”她说。

她试图缩回她的手臂，但看守紧紧地抓住，看守用力很重，使劲地拉着她的胳膊，让她不得不踮起脚尖。

萨迦迫使自己放松呼吸。他们打算给她注射什么？一滴混浊的液体从针尖滴下。她试图再次缩回她的手臂，她能感觉到手指划破了手臂上薄薄的皮肤，然后有东西刺了进去。她没办法动胳膊，寒战在她身上蔓延开来。当医生拔出针后，她看到自己的手臂上多了一小块棉花来阻止扎针处的出血。然后他们放开了她，她拉回胳膊，从门口向后退。玻璃后面的两个身影清晰可见。

“现在坐到床上去。”看守用一种强硬的声音说。

她手臂被扎针的地方像烧伤一般疼痛，巨大的疲乏在身上蔓延开来。她没有力气从地上捡起她的短衫，只能蹒跚着，朝床走了一步。

“我注射了地西泮帮你放轻松。”医生说。

房间摇晃着，她摸索着想要支撑，但没法用手触摸到墙。

“可恶！”萨迦喘息着。

疲劳席卷而来，她心想现在最好是躺回到床上去，但腿却不受控制。她瘫倒在地上，一阵颤抖穿过了她的身体，一直传到脖子处。

“我一会儿就进来。”医生继续说，“我在想我们可以试试一种抗精神病药，效果有时很好，叫作氟哌啶醇。”

“我不要。”她试图使自己翻过身去。

她睁开眼睛，试图克服袭来的头晕。摔倒时她撞到了一侧的臀部，一种麻刺感从她的脚底升起，使她昏昏欲睡。她试图站起来，但没有力气。她的思维变得越来越慢了，她又试了一次，但完全无能为力。

92

她的眼皮很重，但依旧强迫自己睁开眼，天花板上的灯发出混浊的光线。金属门开了，一个穿白大褂的人走了进来，是那位有着长而纤细的手的年轻医生。门在他身后关上，门锁咔咔地响了几下。她眨了眨眼睛，看见医生在桌上放了两瓶黄色的油，小心地打开注射器的塑料包装。萨迦试图爬到床下，但她的速度太慢，医生一把抓住了她的一个脚踝，开始把她拉过去。她试图紧贴在地面上翻过自己的身体，她的乳罩被往上拽一节，乳房露了出来。

“你看起来像个公主。”她听见他低声说。

“什么？”

她抬起头来，看见了他潮湿的目光。她试图用手遮盖自己的胸部，但根本没法控制手臂。

她又闭上眼睛，静静地躺在那里等待着。

医生突然把她拉过来，肚子朝上，脱下了她的裤子和内裤。她感到极度的困倦，随后被右臀部上的一阵锋利的刺痛唤醒，然后困倦又一次袭来。

萨迦在黑暗的地上醒来，意识到她身上有一条毯子。她感到头痛，双手几乎没有感觉。她坐起来，调整她的胸罩，思考她胃中的麦克风。

时间已经很紧急。

她可能已经睡了好几个小时。

她爬到地上的排水沟里，用两根手指深入喉咙，吐出了一些辛辣的液体。她使劲吞咽，又试了一下，胃抽筋了，但什么也没有吐出来。

"可恶……"

在明天之前她必须拿到麦克风，这样才能把它放在休息室里，它不能消失在她的十二指肠中。她摇摇晃晃地站起来，从水盆的水龙头里喝了些水，然后又跪下来，向前探身，两根手指伸进喉咙。水涌了出来，但她坚持把手指放在喉咙里，从胃中泛上来的液体顺着下臂上滴了下来。她气喘吁吁地把手指伸到更深的地方，又重新开始了呕吐反射。她吐出一些胆汁，嘴里充满了苦味。她咳嗽着，又把手指伸了下去，这次她终于感觉到麦克风从喉咙里传到嘴里。她用手抓住它，然后站起来，拿到水龙头下清洗，再把它塞进裤子里。她吐出嘴里的胆汁和黏液的混合物，漱口，吐水，再喝了点儿水，然后回到床上。

她的脚和指尖冰冷麻木，脚趾隐隐作痛。当萨迦躺在床上调整她的裤子时，她意识到她的内裤正反搞错了。她不确定是自己不小心穿反了，还是发生了别的什么事。她蜷缩在毯子下面，小心翼翼地把一只手放在裤裆上，那里不痛，但感觉很麻木。

93

米凯尔·科勒·弗罗斯特坐在医院餐厅的一张桌子旁，当他和国家刑事调查局的玛格达琳娜·罗南德讲话时，一只手握着一杯热茶。瑞德的内心躁动不安以至于无法安坐，他站在门口看了一会儿自己的儿子，然后下楼去见维罗妮卡·克里姆特。

玛格达琳娜对米凯尔微笑着，然后拿出一大沓采访协议放在桌子上，整整装满了四个文件夹。她转过身去，问他是否准备好继续。

“我只见过胶囊的内部。”米凯尔解释说，这些话他已经说过了很多遍。

“你能再描述一下门吗？”她问。

“它是金属做的，非常光滑……开始时你可以用指甲抠下一些油漆的碎片……没有钥匙孔，没有把手……”

“它是什么颜色的呢？”

“灰色……”

“那么那个舱口……”

当她看到他擦掉脸颊上的泪水，转过脸去时，她停止了询问。

“我不能告诉爸爸。”他的嘴唇颤抖着，“但是如果菲莉西亚不回来……”

玛格达琳娜站了起来，绕着桌子走了过去拥抱他，并重复说一切都会好起来的。

“我知道。”他说，“我知道我会自杀的。”

自从米凯尔回来后，瑞德·弗罗斯特几乎没有离开过医院。他在医院租了一个房间，和米凯尔同住一层，所以可以一直陪着儿子。

即使瑞德知道这样做不会有什么作用，但这是他唯一能阻止自己跑出去寻找菲莉西亚的方法。他每天都在全国的报社购买广告，恳求民众提供信息并承诺奖励。他雇用了一队全国最好的私人侦探去找她，但是没有消息使他心烦意乱，无法入睡，迫使他日复一日地在走廊上闲逛。

唯一让他感到平静的是看着米凯尔一天天变得强壮起来。乔纳·林纳说如果他能和儿子在一起，让他按照自己的节奏说话，倾听并写下每一个记忆，每一个细节，这将会是巨大的帮助。

当瑞德下楼到入口时，维罗妮卡已经在通往停车场的玻璃小屋里等他了。

“现在送米凯尔回家不觉得早了一点儿吗？”她问道，手里拎着个袋子。

“他们说没关系。”瑞德微笑着说。

“我买了一条牛仔裤和一些柔软的裤子、衬衫、T恤衫、一件厚毛衣和几件其他的衣服……”

“家里的事情怎么样？”瑞德问。

“很多雪。”维罗妮卡笑着说，然后她告诉他最后几位客人都离开了，“我告诉伯齐利厄斯，他们不能来这里，但是他们很想见到米凯尔。”

“你要上来看看吗？”瑞德微笑着，调整了下衣领。

“下一次吧。”维罗妮卡看着他的眼睛回答。

94

瑞德开车时，米凯尔穿着新衣服坐在一旁换着电台。他突然停了下来。萨蒂的芭蕾音乐在车中响起，如温暖的夏雨。

“爸爸，住在庄园里是不是有点儿太夸张了？”米凯尔微笑着问。

“是有点儿。”

事实上，他买下这里的房子是因为他再也不能忍受蒂勒瑟的邻居。

积雪覆盖的田野展现在他们面前，然后景色转为了一条长长的大道，瑞德的三个朋友等在车道尽头，点燃着火把。当他们停下来下车时，威利·斯特兰德贝里、伯齐利厄斯和戴维·西尔凡走上台阶。

伯齐利厄斯向前迈了一步，有一会儿，他似乎不知道该拥抱还是握手。然后他咕哝了几句，紧紧抱住了米凯尔。

威利在眼镜后面擦干眼泪。“你长大了，米凯尔。”他说道，“我……”

“我们进去吧。”瑞德打断他的话，“我们得吃顿饭。”

戴维羞愧地耸耸肩说：“我们组织了一个逆向派对。”

“那是什么？”瑞德问。

“你先从吃甜点开始，然后最后吃前菜。”西尔凡有些尴尬地微笑着。

米凯尔穿过了威严的大门，走廊上宽阔的橡木地板闻起来就像最近被擦洗过一样。

餐厅的天花板上挂着气球，桌上摆着一个大蛋糕，上面有用彩色的杏仁糖装饰着的蜘蛛侠。

“我们知道你已经长大了，但你以前喜欢蜘蛛侠，所以我们想……”

“我们一定记错了。”威利说道。

“我想尝尝。”米凯尔温柔地说。

“这才对！”戴维笑着说。

“然后是比萨……最后喝汤。”伯齐利厄斯说。

他们坐在巨大的椭圆形桌子边。

“我记得有一次，你说过在客人到来之前你会负责看管厨房里的蛋糕。”伯齐利厄斯一边说一边给米凯尔切了一大块，“当我们点燃蜡烛的时候，上面已经全是被吃过的洞了……”

瑞德道了个歉后站起来离开桌子，他试着对别人微笑，但内心却充满了焦虑。他非常想念他的女儿，这让他的内心在尖叫。米凯尔坐在那个带着孩子气的蛋糕前，仿佛他从死亡中得到了复活。瑞德深吸几口气，走进大厅，回忆起那天他把孩子们的空棺材埋在洛斯安娜的骨灰旁边，然后他回家，邀请大家参加聚会，日日陷入酒精之中。他站在大厅里，回头看着餐厅里的米凯尔正在吃蛋糕，而瑞德的朋友们试图和他交谈，哄他笑。瑞德知道他不应该继续这样做，他拿出电话给乔纳·林纳打电话。

“我是瑞德·弗罗斯特。”他开口道，感到胸口一阵微弱的压力。

“我听说米凯尔出院了。”乔纳说。

“但是菲莉西亚，我必须知道……她……她。”

“我知道，瑞德。”乔纳用温和的口气说。

“你在做你能做的事。”瑞德低声说，感觉自己此时必须坐下来。

他听到乔纳问了些什么，但他仍然在句子没说完时就结束了通话。

95

瑞德一次又一次地用力吞咽，靠在墙上，感觉到手下壁纸的质感，注意到灯的底座上有着几只死去的苍蝇。

米凯尔说菲莉西亚不认为他会去找她，她确信他不在乎她的失踪。

他是个不公平的父亲，他知道，但他无法控制，这并不是说他对孩子们的爱是不同的，但是……

他胸部的压力感增强了。

瑞德向走廊里瞥了一眼，他装着硝酸甘油喷雾剂的外套之前被扔在了那里。

他试着平静地呼吸，迈出几步，停下来想，他应该回过头来面对自己的回忆，让自己被罪恶感压倒。

菲莉西亚在那年的一月时已经八岁了，那年三月天气渐渐解冻，突然又来了倒春寒。

米凯尔总是那么敏锐和警觉，他会直截了当地看着你，做到你所期望的事。

但菲莉西亚则不一样。

瑞德在那时有很多工作要做，他常常终日写作，回复读者的来信，接受采访、拍照，去其他国家参加发布会。他的时间总是不够用，而且不喜欢有人让他久等。

菲莉西亚总是迟到。

那天，当不可思议的事情发生的时候，当星星排列得非常整齐的时候，当上帝抛弃瑞德的时候，其实是一个非常普通的早晨，阳光灿烂，孩子们需要去上学。因为菲莉西亚总是慢吞吞的，注意力不集中，洛斯安娜已经给她准备好了要穿的衣服，而瑞德的工作是确保孩子们准时到校。

洛斯安娜早早就出门了，她常常在交通高峰之前开车去斯德哥尔摩，不然她就需要花费五倍的时间才能到达。

当菲莉西亚坐在厨房餐桌旁的时候，米凯尔已经准备好了。瑞德为她涂了黄油烤面包，给她倒了些麦片，拿出巧克力粉、牛奶和玻璃杯。她坐下来，读着麦片盒背面的内容，扯下面包片的一角，把它揉成一个黄褐色的小块。

“我们需要加快速度了。”瑞德用一种谨慎的语调说。

她从包装袋里舀了一些巧克力粉，但没有把玻璃杯移到边上，大部分巧克力粉洒在了桌子上。她弯下身子，开始用手指蘸倒出来的粉末。

瑞德叫她把桌子擦干净，但是她没有回答，只是舔了舔她蘸过的手指。

“你知道如果我们要准时到达，我们必须在八点十分前出门。”

“别唠叨了。”她咕哝着，然后从桌子边站起来。

“刷牙！”瑞德说，“妈妈把你的衣服放在你的房间里了。”

他决定不再命令她清理杯子或擦桌子。

瑞德整个人跌跌撞撞，灯被撞倒在地上熄灭了。他感到自己胸部一阵阵紧缩，胳膊也很痛，几乎不能呼吸。米凯尔和戴维·西尔凡突然出现在他身边。他想要告诉他们别管他。伯齐利厄斯带着外套跑了过来，他们在口袋里搜寻他的药物。

他拿着瓶子，在舌头下面喷了些药，然后躺在地上感觉着胸前的压力渐渐减轻。在远处，他听到他们在讨论是否应该叫救护车。瑞德摇摇头，意识到硝酸甘油喷雾剂让他的脑袋疼痛无比。

“回去继续吃饭吧，”他跟他们说，“我没事，我只是……我需要单独待一会儿。”

96

瑞德坐在地上，背对着墙，用颤抖的手擦拭自己的嘴，强迫自己再次面对记忆。当他走进菲莉西亚的房间时已经八点，她正坐在地上看书，头发乱蓬蓬的，嘴里叼着巧克力，还沾在了脸上。为了使自己更舒服，她把新熨过的衬衫和裙子揉成一个坐垫，只有一条腿穿进了裤袜里，而且还在吮吸着她那黏糊糊的手指。

“你需要在九分钟内骑上你的自行车。”他告诉她，“你的老师说过你这个学期不能再迟到了。”

“我知道。”她用单调的语气回答，没有从书本上抬起头来。

“把你的脸洗干净，脏兮兮的。”

“别唠叨了。”她喃喃自语。

“我不是在唠叨。”他尝试解释，“我只是不想让你迟到，你不明白吗？”

“你唠叨得太多了，这让我恶心。”她对那本书说。一定是长时间以来因为写作和记者们给他的压力，他突然爆炸了。他受够了，使劲抓住她的胳膊，把她拖进洗手间，打开水龙头，擦洗她的脸。

“你想干吗？菲莉西亚！你为什么不能乖乖的？”他大声喊道，“你的哥哥早准备好了，他在等你，他会因为你而迟到。但你一点儿都不懂事，你只是一个肮脏的小怪物，跟这个整洁的家一点儿都不配！”

她哭了起来，这使他更生气了。

“你脑子有什么毛病？”他抓过一把刷子，“你这个没用的东西！”

“住手！”她抽泣着，“你太可怕了，爸爸！”

“我很可怕？你的行为像个白痴！你是白痴吗？”

他用手猛拽她的头发。她尖叫着咒骂他，他停下了手上的动作。

“你说什么？”

“没什么。”她小声喃喃道。

“听起来你很有意见。”

“也许是你的耳朵出毛病了。”她低声说。

他把她拖出洗手间，打开前门，使劲把她推出来，结果她摔倒在路上。

米凯尔站在车库门前，站在两辆自行车旁等待着。

瑞德意识到如果妹妹不去，米凯尔也拒绝骑自行车去上学。

瑞德坐在大厅的地上，双手捂着脸。菲莉西亚只是个孩子，当然表现得像个孩子，准点和梳头对她来说并不重要。

他还记得菲莉西亚穿着破旧的衣服站在车道上的样子。她的右膝在流血，眼泪因为哭泣而通红，脖子上还沾着一点儿巧克力粉。瑞德气得直发抖，他回到屋子里，拿出她的衬衫、裙子和夹克，扔在她面前的地上。

“我做错了什么？”她抽泣着。

“你毁了这个家。”他说。

“但是我……”

“说对不起，立即给我道歉！”

“对不起……”她哭了，“对不起……”

她看着他，泪水顺着面颊流下来，从她的下巴滴下。

“给我把衣服换好！”他命令道。

他看着她穿衣服，肩膀随着哭泣而上下起伏。他看着她擦去脸颊上的泪水，爬上自行车，半卷上衣，敞开着外套。他站在那里怒气难消，听着小女儿哭着骑去学校。

他写了一整天，感到很满意。他不需要穿正装，只穿着睡衣坐在电脑前，没有刷牙或刮胡子，甚至没有整理床铺或清理早餐用品。他以为他会对菲莉西亚说这一切，并解释说他和她其实一样，但他再也没得到这个机会。

晚上他和德国出版商共进晚餐，当他回到家时，孩子们已经上床睡觉了。第二天早上，他们发现了空荡荡的床，他一生中没有什么比他对待菲莉西亚的不公平更后悔的事情。

想到她独自一人坐在那间恐怖的房间里，认为他根本不在乎她，只会去找米凯尔，瑞德的心中充满了悔恨。

97

第二天早晨当天花板上的光线亮起时，萨迦醒了过来。她感到头很重，注意力无法集中。她依旧躺在毯子下面，用她麻木的指尖感觉到麦克风依旧安全地藏在裤子里。

一个面部有穿刺的女人站在门外喊，已经到吃早餐的时间。

萨迦从床上站起，从窄窄的舱口拿过了餐盘，坐回到床上。她慢慢地强迫着自己咀嚼三明治，心里想着如今的情况已经变得无法忍受了。

她觉得自己已经无法再应付。

她小心翼翼地触摸麦克风，想着是否要中断任务。

吃完午饭后，她摇摇晃晃地走到水槽边，刷牙，用冰凉的水洗脸。

我不能抛弃菲莉西亚，她心想。

萨迦坐在床上，盯着门，直到她病房和休息室之间门锁开始旋转。

门锁发出咔咔的声音，随后悄然打开。她数到五，站起来去喝水龙头里的水，让自己看起来不是那么急切。她疲倦地用手捂着嘴，然后径直走到了休息室。

她第一个走进休息室，但强化玻璃后面的电视机却开着，好像它从来没有被关闭。她能听到伯尼·拉尔森房间里愤怒的叫喊声，听起来他好像想弄毁他的桌子。她听见他的早餐盘掉到了地上，当他把塑料椅子扔到墙上时，他又尖叫起来。

萨迦走上了跑步机，打开它，迈了几步，然后停了下来，坐在靠近棕榈树的边上，脱下一只鞋，假装内底出了问题。她的手指冰冷，麻木感还没有消失。她知道她必须快点儿，但她也不能动作太快。她用身体挡住摄像机的视线，颤抖的手从裤子里拽出麦克风。

“该死的婊子！”伯尼大声喊道。

萨迦把微型麦克风的保护膜剥开，小小的麦克风在她麻木的手指间滚动了一下。她急忙用手把它按在大腿上，抓住后翻在掌心中。她能听到从地上传来的脚步声，萨迦向前倾斜，将麦克风压在一片树叶的背面，在放手前停留了几秒。

伯尼拉开房门，走进客厅。棕榈叶仍然由于她的触摸而左右摇摆，但麦克风总算是安上去了。

“奥布希姆。”他低声嘟囔，但当看到她时闭上了嘴。

萨迦仍然坐着，拉着她的袜子抚平皱褶，然后又重新穿上鞋子。

“该死的地狱。”他骂完后一阵咳嗽。

她不再注视那棵人造棕榈树，她的双腿颤抖着，心跳得比往常要厉害得多。

“他们拍了我的照片。”伯尼坐在沙发上气喘吁吁地说，“我讨厌那些该死的家伙……”

萨迦感到全身非常疲惫，汗水从她背上淌下来，她的脉搏在耳边怦怦直跳，这个一定是新药的缘故。她减慢了跑步机的速度，但仍然难以跟上。

伯尼闭着眼睛坐在沙发上，一条腿不安地抖动着。

“妈的！”他突然大声喊叫起来。

他站起来，摇摇晃晃地走到跑步机前，站在萨迦面前很近的位置。

“我是班上成绩最好的。”他的口水喷到了萨迦的脸上，“老师经常在休息时给我喂葡萄干。”

“伯尼·拉尔森，后退！”一个声音从扩音器中传来。

他蹒跚地走到一边，靠在墙上，咳嗽了一阵，然后退了一步，直接走向装着麦克风的人造棕榈树。

98

伯尼差点儿摔倒，脚踢到了棕榈树。他绕过跑步机，再次接近萨迦。

“他们对我如此恐惧，他们让我充满了优越感……因为我是一个真正的机器，他妈的大屁股……”

萨迦看着监视器，意识到自己是对的。电视前凸出的强化玻璃挡住了监视器的视线，这里有一个窄窄的盲带，差不多有一米的距离监视器无法看到。

伯尼绕着棕榈树走，差点儿把它撞翻，然后绕过了跑步机，停在萨迦后面。她不理睬他继续跑步，但能感觉到他在身后的呼吸。

“白雪公主，你的屁股在冒汗。”他说，“我给你拿些纸巾来……”

电视机的屏幕上一个穿着厨师服的人在烧烤螃蟹时放了一些作料。

远处的门开了，杰里科走进了休息室。萨迦瞥见了他皱巴巴的脸，然后关闭了跑步机。她从跑步机上走下来，用力地喘着气，朝沙发走去。杰里科好像什么都没看见似的爬上了跑步机，打开开关，然后迈开大步开始行走。

他沉重的脚步声回荡在休息室中。

萨迦看着电视中的厨师，他正用一个平底锅在煎红洋葱圈。伯尼走近了些，擦去脖子上的汗，靠近她的身边来回踱步。

“当你成为我的骷髅奴隶时，你可以保持你的秘密。”他在她身后说，“我要把你所有的肉都剪下来。”

“安静！”杰里科开口。

伯尼立刻沉默下来，看着她，用嘴巴无声地说着“妓女”这个词，然后舔了下自己的手指，向她的乳房抓去。她立刻做出反应，抓住他的手，后退一步，把他拉进监视器的盲点，狠狠地向他的鼻子上打了一拳。她能感觉到软骨开裂，他的鼻子断了。她转过身来，顺势一个闪电般的右勾拳打在了伯尼的耳边。当他正要进入监视器的范围，她又用左手拦住了他。他透过被打得歪歪扭扭的眼镜盯着她，咕噜咕噜的血流从他嘴里冒了出来，流过了胡须。

萨迦仍然被愤怒吞噬着，把他留在盲点上，用另一个右勾拳打他。这一拳非常重，他的头被甩到一边，脸和眼镜都甩到了左边。

伯尼跪在地上，头垂了下来，血滴在他面前的地上。

萨迦抬起头，看到他快要失去意识了，又狠狠地揍了他一拳。

“我警告过你。”她低声说道，然后放开了他。

伯尼向前倒下，伸出双臂撑住自己，然后就这样待着，血从他的脸上流下来，流过他的双手滴到乙烯基地板上。

萨迦气喘吁吁地走开。

杰里科·沃尔特从跑步机走了下来，站在那里用苍白的眼睛看着她。他脸上没有任何表情，整个身体显得异常放松。

当她走过杰里科身边回到自己房间的时候，萨迦有一瞬间认为自己毁了整个任务。

99

安德斯登录电脑后，主机的风扇开始嗡嗡作响。时钟的分针在钟面上那张辛普森的疲惫面庞上急促地移动着。安德斯提醒自己今天必须早点儿离开，因为他正在自闭症教育中心上苏格拉底对话课。

键盘旁边贴着一张便条，上面写着“回收周”三个字，他不知道这意味着什么。

打开安全科的记录程序，他输入他的用户 ID 和密码。

他检查日志，然后点击萨迦·鲍尔的身份证号码来记录她的药物。

他写道：“二十五毫克氟哌啶醇，臀肌区外侧两次注射。”

他认为这是正确的决定，在他脑海中浮现出了她露着乳房在地板上慢慢扭动的模样。

她苍白的乳头变得僵硬，嘴巴因害怕而颤抖。

如果这对她没有帮助，他可以尝试氯噻吨，虽然有时会产生严重的副作用，包括锥体外系症状，结合视力、平衡和性高潮的障碍。

安德斯闭上眼睛，想着他在病房中把病人内衣拉下的情景。

“我不想要。”她哀求了好几次。

但他不必在意她的话，他做了他必须做的事。

皮亚·麦德森一同监督了整个过程。

他给了她两剂臀部注射。

安德斯去了监视室，梅正坐在控制台前。当他走进来时，她友好地看了他一眼。

“他们在休息室里。”她说。

安德斯靠在她身上，看着屏幕。杰里科·沃尔特迈着单调的步子在跑步机上行走。萨迦站着在看电视，似乎没有受到新药物的影响。伯尼走到她身边，说了些什么，站在她身后。

“他在干什么？”安德斯轻声问道。

“伯尼好像很不安。”梅皱着眉头说。

“昨天我真的很想增加他的剂量，也许我应该这么做……他一直跟着那个新病人，疯狂地喋喋不休地说‘该死的地狱’。”安德斯让自己的话听起来有点儿紧张。

“我和列夫会进去干预的。”梅安慰他。

“但你没必要那么做。”他说，“这意味着药物用错了，今天晚上我将他每两周的剂量从二百毫克提高到四百毫克……”

安德斯陷入沉默，看着伯尼在电视前抱起了萨迦·鲍尔。

其他摄像机正展示着房间、安全门、走廊和空病房。在一个屏幕上，斯文·霍夫曼手里拿着一杯咖啡两腿分开站在气闸外面和两个守卫谈话。

“该死的！”梅突然喊道，并启动了紧急警报。

100

一个刺耳的警铃声响起，安德斯凝视着展示休息室的屏幕，天花板上的光线从满是尘土的玻璃上反射出来。他向前倾身仔细看，却只能看到两个病人，杰里科正站在电视旁边，萨迦则在她的病房里。

“发生了什么？”他问道。

梅站了起来，向紧急无线电装置呼喊着什么。桌上的台灯被打翻，她的办公椅向后移到了身后的文件柜旁。她叫喊着伯尼·拉尔森受伤了，应急小组必须马上进去。

直到此时，安德斯才注意到伯尼藏在墙突出部分的阴影之中。

他能看到地上伸着一只血淋淋的手，位置就在杰里科·沃尔特的前面。

“你必须进去！”梅重复了几次广播，然后冲了出去。

安德斯仍然坐着，看着杰里科俯下身去，拖着伯尼的头走到休息室的中央，然后放开他。

一道血迹在地上散发着光芒。

他在屏幕上看着列夫给气闸外面的两个看守指示，然后看到梅跑步加入了他们。

警铃还在响。

伯尼的脸上满是血，他的眼睛抽搐似的眨着，手臂在空中晃动。

安德斯锁上了3号病房的门，然后通过无线电与斯温报告，一队看守从30号病房赶了过来。

有人把警铃关了。

安德斯的无线电接收器发出哔哔声，他能听到有人沉重的呼吸。

“我现在开门，重复，开门。”梅的声音传来。

休息室监视器上可以看到杰里科那面无表情的脸，他站着一动不动，看着伯尼一边咳嗽一边在往地上吐血。

看守和护卫员正在进入气闸，他们的表情看起来很紧张。

杰里科对伯尼说了些什么，然后跪在地上狠狠地打了他一巴掌。

“我的天。”安德斯倒吸一口气。

急救小组进入了休息室，呈扇形散开，杰里科挺直了背，甩着手上的血，后退了一步，等待着。

“给他四十毫克地西泮。”安德斯告诉梅。

“我的四安瓿地西泮。”梅在无线电里重复道。

三个看守拿着警棍向不同的方向靠近，他们冲着杰里科喊叫，让他后退趴在地上。

杰里科看着他们，慢慢地跪下来，闭上眼睛。列夫快速向前，用警棍击中了杰里科的脖子后方。这是相当沉重的一击，杰里科的头向前倾，身体随之倒在了地上，整个人躺在了那里。

第二个看守过去抱住他的脊梁，抓住他的胳膊，把它们反扣在了背后。梅打开注射器，安德斯可以看到她的手在颤抖。

杰里科趴在地上，两个看守在上面按着他，他们铐住了他的手腕，把他的裤子拉了下来，这样梅就可以直接给他进行肌肉注射。

101

安德斯看着急诊医生的棕色眼睛，默默地感谢她，她的白大褂上此时沾满了伯尼的血。

“他的鼻骨已经复位了，我缝合了他的眉毛，别的地方简单包扎就没问题了……他可能得了脑震荡，所以你们需要密切注意他。”

“我们一直都会密切监视。”安德斯回答，在监视器上瞥了伯尼一眼。

他躺在床上，脸被绷带缠住，嘴半张着，鼓胀的胃随着呼吸而上下伏动。

“他一直在说那些令人反感的话。”医生说完后走了出去。

列夫·拉贾玛为她打开了防护门，一个显示屏上能看到他在挥手，另一个屏幕上可以看到医生上楼时摆动的外衣。

列夫回到了监视室，用手摸了摸他波浪形的头发，说他真的没想到会这样。

“我读过记录。”安德斯说，“这是杰里科·沃尔特十三年来第一次暴力事件。”

“也许他不喜欢有伙伴。”列夫建议。

“杰里科是个老人，他已经习惯了按自己的方式做事，但是他必须明白，从现在起这种方式行不通。”

“我们怎么才能让他明白这一点？”列夫笑了。

安德斯把卡片从读卡器中拉了出来，让列夫走在他前面。他们经过3号和2号病房，停在最后一个前，这里是杰里科·沃尔特的病房。

安德斯朝房间里张望，杰里科躺在床上，被捆了起来，鼻子里的血块凝结了，这使得他的鼻孔看起来很奇怪。

列夫从口袋里掏出一副耳塞给安德斯，但安德斯摇摇头。

“我一进门，就把门锁上，如果有问题就拉警铃。”

“去吧，做你需要做的事，别跟他说话，假装你听不懂他在说什么。”列夫说着打开了门。

安德斯走进来，听见列夫很快就把门锁上了。杰里科的手腕和脚踝被固定在床的边缘，厚厚的织物肩带横跨大腿、臀部和躯干。在注射了药剂后，他的眼睛显得很疲倦，一滴血从一只耳朵里淌了出来。

“我们决定根据休息室发生的变化来改变你的药物。”安德斯冷冷地说。

“是的……我正在想我的惩罚怎么还没来。”杰里科·沃尔特用嘶哑的声音说。

“我很遗憾你做出了这样的选择，但作为高级主治医生，这是我的责任，防止这里发生暴力事件。”

102

安德斯把装有黄色注射液的安瓿放在桌上，杰里科躺在床上，眼睛疲倦地看着他。

“我的手指没有知觉。”他试图挣脱自己的右手。

安德斯说：“你知道我们有时不得不采取紧急措施。”

“我们第一次见面的时候，你看起来很害怕……现在的你却在我眼中寻找恐惧。”杰里科说。

“你为什么会这么想？”安德斯问。

杰里科做了几次呼吸，用舌头湿润自己的嘴唇，然后看着安德斯的眼睛。

“我可以看到你正在准备三百毫克氯噻吨，尽管你心里明白这个剂量太多了……这与我正常用药结合起来还有不少风险。”

“别瞎猜，你懂什么。”安德斯感觉到脸颊开始发红。

“不过，你会在我的记录上写你只用了五十毫克。”

安德斯没有回答，只是准备好注射器，并确保注射针表面完全干燥。

“你知道药物中毒是致命的。”杰里科继续说道，“但是我很强壮，所以可能会挺过去……我会尖叫，遭受可怕的痉挛，会失去知觉……”

“这个总会有副作用的风险。”安德斯简洁地回答。

“我并不害怕疼痛。”

安德斯把几滴药水挤压到针尖，反射的光芒闪过他的脸。一滴药水流了下来，闻起来有点儿像芝麻油。

“我们注意到其他病人让你心烦意乱。”安德斯说话时没有看着杰里科。

“你不必找借口。”杰里科说。

安德斯将针头压入杰里科的大腿，注射了三百毫克氯噻吨，然后等待着。

杰里科喘息着，嘴唇颤抖，瞳孔收缩。

唾液从嘴里淌下来，然后淌过他的脸颊和脖子。

他的身体开始抽搐，然后突然变得完全僵硬。他的头向后紧绷，后背从床上弯了起来，身上的带子被拉紧到了极限。

他保持着这个姿势，长久没有呼吸，床架发出嘎嘎的声音。

安德斯睁大眼睛盯着他，他经历了一段异常长时间的痉挛发作。

突然，强直状态结束，杰里科的身体开始无法控制地抽搐，他咬着自己的舌头，发出痛苦的声音。

安德斯试图收紧他身体上的束身带，杰里科的胳膊正在使劲拉拽，手腕开始流血。

他终于缩回到了床上，开始呜咽和喘息，血从他的七窍流了出来。

安德斯走开了，忍不住露出微笑，因为他看到眼泪从杰里科的脸颊上淌下来。

“很快就会好起来的。”他轻声地说。

“你却不会好起来。”杰里科喘息着说。

“你说什么？”

“当我砍下你的头的时候……”

杰里科的话被一阵袭来的痉挛所打断，他的头扭到了一边，尖叫起来；脖子上的青筋恐怖地凸起着，颈骨开始发出咔咔声。他的全身又开始颤抖，使得床吱吱作响。

103

萨迦让冰冷的水漫过她的双手，肿胀的指关节阵阵酸痛，身上有三处小伤口。

一切都出了问题。

她失去控制，打了伯尼，而且杰里科得到了惩罚。

她从门里听到护卫把他拖进病房后注射了四安瓿的氯噻吨。

他们以为他是袭击伯尼的那个人。

萨迦关掉水龙头，坐在床上，让手上的水滴落在地上。

肾上腺素的快速分泌使她昏昏欲睡，肌肉颤抖。

一位急诊医生被叫来治疗伯尼，她听见他疯狂地喋喋不休，直到最后病房的门被关上。

萨迦很沮丧，几乎要哭了出来。因为她无法控制她那该死的感情，以至于把一切都毁了。为什么她不能躲开？她怎么可能让自己被激怒到和他打斗？

她颤抖着，紧咬着下巴。杰里科·沃尔特很可能会因为他受到惩罚而报复自己。

安全门咔嗒咔嗒响了几声，能听到走廊里的快速脚步声，但是没有人来到她的病房。

沉默如迷。

萨迦坐在床上闭上眼睛，呼叫声开始穿过墙壁回荡，她的心跳开始快速跳动。突然，杰里科·沃尔特发出一声号叫，那是因为疼痛而发出的尖叫。她觉得自己听到了他用裸露的脚跟敲击地面的声音，有点儿像用拳头打拳击袋。

萨迦盯着门，心想他们是不是对他的脑子使用了电击治疗。

杰里科还在尖叫，他的声音颤抖着，然后她听到一记沉闷的声音。

一切又陷入了沉默。

她现在只能听到墙上水管发出的轻微咔咔声。萨迦站起来，透过门上厚厚的玻璃窗向外凝视。年轻的医生刚刚走过来，他停下来看着她，脸上露出茫然的表情。

她坐回到床上，直到天花板上的灯熄灭。

在安全科的生活比她想象的要难得多，她没有哭，而是在头脑中梳理了任务，思考长期潜伏的规则以及整个行动的目的。

菲莉西亚·科勒·弗罗斯特独自一人待在锁着的房间里，她可能会饿死，很可能患有军团病。

时间不多了。

萨迦知道乔纳正在寻找这个女孩，但是到现在为止他们没有从杰里科·沃尔特这里得到任何信息，而且她觉得在这里获得突破的机会并不高。

萨迦必须坚持下去，她必须试着再忍受一段时间。当光线熄灭时，她闭上眼睛，感到身体传来的刺痛。

她心想着她抛弃自己原本的生活来到这里时，其实生活早已率先抛弃了她。斯蒂芬走了，她不再有家人。

104

乔纳·林纳在国家犯罪总部的一个大型办公室里，这里同时也是调查小组的基地之一。墙壁上挂着地图、照片和线索的信息，在利尔-詹姆斯根森林的大型地图上，各种发现点被清晰地标了出来。

乔纳用一支黄色的钢笔沿着铁路线划过，从港口穿过森林，然后指向了大家。

“杰里科·沃尔特过去的工作之一就是修理机车变速箱。”他说，“可能被害者被埋在利尔-詹姆斯根森林是因为这条铁路线。”

“就像安米尔·拉米雷斯。”班尼·鲁宾说道，然后无缘无故地露出了笑容。

“那我们为什么不进去审问杰里科·沃尔特呢？”彼特·纳斯兰德大

声地质疑。

“这行不通。”乔纳耐心地说。

“彼特，我想你已经看过精神病报告了吧？”玛格达琳娜·罗南德说，“难道拷问一个精神分裂症患者能得到有用的信息吗？”

“瑞典有一万八千公里的铁路线。”他打断道，“我们不妨挖一下。”

乔纳禁不住想彼特·纳斯兰德说得有道理。杰里科·沃尔特是唯一能及时把他们带到菲莉西亚面前的人。他们正在检查从前调查中得到的每一条线索，以及所有的小道消息，但是仍然没有取得任何进展。萨迦·鲍尔是他们唯一的希望。昨天她打了一个病人，杰里科·沃尔特受到了惩罚。乔纳认为这不一定是件坏事，甚至可以帮助他们团结起来。

外面天渐渐黑了，当乔纳下车匆匆赶到医院时，零零散散飘零的雪花打在他的脸上。他从接待处发现艾玛·古德温正在急诊室加班。他一走进去就认出了她。一个诊室的门是开着的，里面一个嘴唇裂开的女人静静坐着，下巴上的伤口咕噜咕噜冒着血。艾玛·古德温正在和她说话。

空气里有一股湿羊毛的味道，地板上沾满了泥泞。一个建筑工人坐在一条长凳上，一只脚放在一个塑料袋里。

乔纳等待着，直到艾玛·古德温从房间里出来，然后陪她沿着走廊走到另一个治疗室。

“这是最近几个月来她第三次来这里。”艾玛说。

“你应该把她带到一个妇女庇护所。”乔纳说。

“我已经这么做过了，但这有什么用呢？”

“这会有帮助。”乔纳坚持说。

“那么，我能为您做点儿什么呢？”她问道，停在了门外。

“我需要知道军团病情的进展……”

“他会好起来的。”她打断她，打开了门。

“是的，但是如果他没有得到治疗该怎么办？”乔纳说。

“这是什么意思？”她看着他的灰色眼睛问道。

“我们正在找他的妹妹。”乔纳说，“她很可能像米凯尔一样被感染了……”

“在那种情况下，情况会很糟糕。”艾玛说。

“有多糟糕？”

“如果没有治疗……显然，这还得取决于她的身体状况，但她现在可能已经开始发高烧了。”

“然后呢？”

“她会开始咳嗽，呼吸困难……当然，这没办法描述得非常准确，但到周末，我觉得她会有脑损伤的危险……呃……你知道军团病是致命的。”

105

第二天早上，萨迦对于昨日休息室内所发生的事情更加担心了，她没有一丁点儿胃口，坐在床上一直等到午饭时间。

如果失败了，她是不会饶了自己的。

她不仅没有和杰里科建立起信任，反而引起了冲突。她打了另一个病人，而他却受到了惩罚。

他现在一定恨她，一定会报复他所遭受的一切。

她并不是特别害怕，因为病房里有着很多看守。

但她必须非常小心，需要为任何会发生的事情做好准备，不能露出任何恐惧的神情。

当门锁发出开门的响声后，她站起来走进了休息室，不让任何其他的想法进入她的脑袋。电视已经打开，屏幕里有三人坐在舒适的工作室里谈论着冬天的花园。

她是第一个走进休息室的人，径直走到跑步机上开始运动。

她的双腿感觉十分笨拙，指尖也很麻木，每走一步她的手掌都会碰到人造棕榈树的叶子。

伯尼在房间里大声喊叫，但很快就安静下来了。

有人把地板上的血清理干净了。

突然，杰里科的门开了，门口有一个影子。萨迦强迫自己不要看他，他跨着大步穿过地板，径直走向跑步机。

萨迦停止了机器，走了下来，站到一边让他上去。她发现他的嘴唇上有黑痂，脸色苍白，他步履沉重地爬上了机器，然后一动不动地站着。

“你为我所做的受到了惩罚。”她说。

“你是那么认为的？”他开口，但眼睛并没有向她看去。

当他启动机器时，她看到他的手在颤抖。机器发出了嗖嗖的摩擦声，他每走一步，整个机器都会颤动。她能感觉到地上的震动，粘着麦克风的棕榈树移动着，一点点靠近着跑步机。

“你为什么不杀了他？”他瞥了她一眼问道。

“因为我不想。”她诚实地回答。

她看着他苍白的眼睛，能感觉到自己身体中血液的流动，因为她意识到自己正与杰里科·沃尔特在直接接触。

“看着你这样做很有意思。”他平静地说。她能感觉到他用天真的好奇心看着她，也许她应该去坐在沙发上，但她决定再站一段时间。“你能在这里，这意味着你已经杀过人了。”他说。

“是的，我杀了人。”她停顿后回答。

他点点头：“这是难免的。”

“我不想谈这件事。”萨迦喃喃自语。

“杀人没什么好坏。”杰里科平静地说，“但最初几次的感觉会很奇怪……你会觉得自己变得喜欢吃你认为不好吃的东西。”

萨迦突然记起了她第一次杀死人的时间，他的血喷射在一棵桦树的树干上。尽管没有必要，她还是开了第二枪，看着子弹落在了第一枪上方不到一厘米的地方。

“我做了我必须做的事。”她低声说，“就像昨天一样。”

“是的，但我不是因为你才得到那些惩罚的。”

杰里科停下机器，站在那儿看着她。

“我一直在等着……等了很长一段时间，我不得不那么说。”他解释道，“看着门没有办法关闭是一件很有趣的事情。”

“我可以听到你的尖叫声穿过墙壁。”萨迦平静地说。

“是的，那些尖叫声。”他忧郁地回答，“那是因为我们的新医生给我用了过量氯噻吨的结果……这是大自然对疼痛的反应……有些东西受伤了，身体就会尖叫，尽管没有任何意义……在这种情况下，它实际上就像是一种放纵……因为我知道门会再次关闭……”

“你一直在说的是什么门？”

“我不相信他们会让我去见律师，所以门是关着的……但可能还有其他人。”

他看着她的眼睛。他的目光透着一种奇异的苍白感，仿佛是一种金属。

“你认为我能帮助你。”她低声说，“这就是为什么你要为我所做的事承担责任。”

“我不能让医生害怕你。”他解释说。

“为什么？”

“任何在这里的人都是暴力的。”杰里科说，“工作人员知道你是危险的，在你的医学诊断和法医精神病医生的报告中都写着……但这不是任何人看到你时所想到的。”

“我没那么危险。”

即使她没有说过任何令她后悔的话，她只说了实话，而且没有透露任何东西，但她感到自己已经暴露了。

“你为什么在这里？你做了什么？”他问道。

“什么都没做。”她简短地回答。

“他们说你做了什么……在法庭上。”

“什么也没有。”

他眼中闪烁过一丝微笑：“你真是个迷人的家伙……”

106

在公寓里，雅典娜·普罗马克的成员偷偷地监听着休息室里的谈话。

乔纳站在音响的旁边，再次听着杰里科的声音，研究着他选择的词语、措辞、呼吸、声音的细微差别。

科琳·梅尔罗斯坐在桌子旁，把对话记录在笔记本电脑上，这样他们就可以在大屏幕上看到所有说话的内容。她的长指甲敲击着键盘发出咔嗒声，让人的心身感到舒缓。

内森·波洛克的银色马尾辫挂在西服的背面，约翰·乔森在自己的电脑上监听音频质量，他边听边做着笔记。

休息室的谈话在进行，小组全员一言不发。阳光透过阳台倾泻而入，映出了外面盖着雪的屋顶。

他们听到杰里科·沃尔特说萨迦是一个迷人的家伙，然后就离开了房间。

沉默了几秒钟后，内森仰靠在椅子上，拍了拍手。科琳则只是摇头。

“萨迦真聪明。”波洛克喃喃自语。

“即使我们没有发现任何能更接近菲莉西亚的信息。”乔纳转过身来面对其他人说，“但联系已经建立了起来，这是非常好的进展……我觉得她让他感到了好奇。”

“我得承认，当她让另一个病人激怒时，我有点儿担心。”科琳说道，然后往杯子里挤了些青柠檬，递给了波洛克。

“但是杰里科故意承担了惩罚。”乔纳慢慢地说。

“是的，但他为什么要这么做呢？他一定是在昨天听到了她告诉看守她想见律师。”波洛克说，“这就是为什么杰里科不能让医生对她感到害怕的理由，因为那样她就不会被允许去见律师……”

“他是新来的。”乔纳打断他的话，“杰里科说医生是新来的。”

“那又怎样？”约翰·乔森开口问道。

“当我和高级主治医生布洛林交谈时……那是星期一，他说安全科没有任何变化。”

“是的。”波洛克应和。

“这可能并没什么。”乔纳说，“但是为什么布洛林没有告诉我他们换了主治医生？”

107

乔纳·林纳正沿着 E4 高速公路向北行驶，一首马克斯·布鲁赫柔和的小提琴奏鸣曲正在电台播出，汽车疾驰的影子和雪花融合在了音乐中。当他经过诺维肯时，科琳·梅尔罗斯打来了电话。

她用快速的语调告诉他在过去的两年里，洛文斯特伦斯卡医院增加的所有医生中，只有一位是精神病学领域的专家。

“他的名字叫安德斯·罗恩，刚刚得到行医资格不久，他在韦克舍的一家精神病院曾有个临时职位。”

“安德斯·罗恩。”乔纳重复了一下这个名字。

“他与佩特拉·罗恩结婚，妻子在委员会做娱乐管理工作……他们有一个女儿，患有轻度自闭症。我不确定这些资料是否有用，但你还是知道一下为好。”她笑着说。

“谢谢，科琳。”乔纳从高速公路的乌普兰斯韦斯比出口驶出。他开车经过一家名叫索哈根的连锁餐馆，他爸爸还活着的时候曾带他去那里吃过午饭。

通往乌普兰斯的路在黑橡树林的一旁，可以觉察到树木覆盖的雪逐渐向湖面的方向倾斜。

乔纳把车停在医院主入口的外面，然后走了进去，向左拐，匆匆经过无人的接待台，向普通精神病科走去。

乔纳没有去找秘书，直接走向高级主治医生的办公室。他打开门走了进去，罗兰·布洛林从电脑前抬起头来，摘下了他的眼镜。乔纳微微低下了头，但仍然把顶灯碰得摇晃起来。他抽出警察身份证，拿在布洛林面前一两秒分钟，然后开始像以前一样问同样的问题。

“病人怎么样了？”

“恐怕我现在很忙，但是……”

“杰里科·沃尔特最近做了什么奇怪的事吗？”乔纳用刺耳的语气打

断了他的话。

“我已经回答了这个问题。”布洛林说着转向他的电脑。

“你们改了安全程序？”

那个矮胖的医生从鼻子里叹了口气，疲倦地看着他：“你要问什么？”

“他还在继续被进行肌内注射利培酮吗？”乔纳问。

“是的。”布洛林叹息道。

“安全科的人员配置没有改变吗？”

“是的，我已经告诉过你了。”

“安全科的员工没有变化？”乔纳打断了他的话。

“是的。”布洛林露出了微笑，但里面带着一丝犹豫。

“有一个叫安德斯·罗恩的新医生在安全科工作吗？”乔纳用一种强硬且沙哑的声音问道。

“这个，是的……”

“那你为什么说员工没有变化？”

医生疲倦的眼睛下面出现了轻微的红晕。

“他只是个临时员工。”布洛林慢慢地解释道，“你肯定明白我们有时会引进临时工，对吗？”

“他现在代替谁的位置？”

“苏珊娜·哈贾姆，她请假了。”

“她走了多久了？”

布洛林深呼吸后回答：“三个月。”

“她为什么请假？”

“我不知道……员工不必给出请假的原因。”

“安德斯·罗恩今天工作吗？”

布洛林看了看表，冷冷地说：“今天他恐怕已经下班了。”

乔纳离开房间，掏出了手机，当他和秘书擦身而过时，安雅·拉尔森接起了电话。

“我需要安德斯和苏珊娜·哈贾姆的地址和电话号码。”他简短地说。

108

乔纳刚从医院出来，沿着来时的路往回开，安雅就打来了电话。

“乌普兰斯韦斯比的巴德斯瓦根街 3 号。”她告诉他，“这就是安德斯·罗恩的住址。”

“我会去找的。”他说着踩下了油门，一路向南走。

“你愿意为我而皈依吗？”

“什么意思？”

“当我们结婚的时候……我只是在想，如果我碰巧是天主教徒，或者……”

“但你都不是。”

“是的，你说得对……没有什么能阻止我们，我们可以举行一个合适的夏季婚礼。”

乔纳笑着说：“我不确定自己是否已经成熟到可以进行这步。”

“我也没有，但我有一种感觉，我可能会和你……”安雅在电话里轻声耳语。

然后她清了清嗓子，换了口气，冷冷地说她要去看看苏珊娜·哈贾姆。

乔纳回到 E4 号公路上乌普兰斯韦斯比的路口，在安雅再次打电话时，他刚刚转入巴德斯瓦根街寻找安德斯·罗恩的家。

“这有点儿奇怪。”她严肃地说，“苏珊娜·哈贾姆的手机关机了，她丈夫也是，而且她丈夫过去三个月都没有到保险公司工作，他们的两个孩子也没有上学。说是两个女儿都生病了，有医生的请假条，社工服务中心还曾联系过学校……”

“他们住在哪里？”

“比斯科普尼尔街 23 号，在思达科特，位于去孔森恩的途中。”

乔纳在路边停了车，让后面的卡车驶过，雪从后侧袭来。

“派一个巡逻队到那个地址。”乔纳说着把车掉了头。

前侧右轮驶上了路边的石头，汽车的悬架摇晃着，汽车仪表盘上的储物箱“啪”的一声打开。

他试着不做过多考虑，但车的速度在不断加快。他忽略了红绿灯，穿过交叉路口，绕过了环形交叉口。当车子驶上高速公路时，时速已达一百六十公里。

109

267 号公路被雪覆盖着，汽车的尾气搅起了一团白色的雾气。乔纳超过了一辆旧款的沃尔沃，沃尔沃的轮胎在车行道之间的雪地上缓缓向前滚动。他把大灯开到最亮，荒芜的道路瞬间变成了一个有着黑色屋顶和白色地面的隧道。他驾车穿过一片田野，在越来越深的黑暗中，雪呈现出了一种泛蓝的色调。道路穿过茂密的森林，直到思达科特的灯光在他的前方闪烁，风景沿着莫拉伦湖慢慢展开。

精神科医生的家人发生了什么?

乔纳刹车后右转，开进一个小住宅区，屋前的草坪上有着兔子窝和被雪覆盖的果树。

天气变得越来越糟，从湖的方向吹来斜斜的厚雪。

比斯科普尼尔街 23 号是位于住宅区最后的房子之一，再过去就只有森林和崎岖不平的土地。

苏珊娜·哈贾姆的家是一幢白色的大别墅，窗户上有淡蓝色的百叶窗和一个红瓦屋顶。

所有的窗户都没有灯光，车道上全是厚厚的积雪。

乔纳刚刚把车停在房子外面，还没拉起手刹，警察的巡逻车就停在了离他不远的地方。

乔纳从车里出来，从后座抓起外套和围巾，一边整理外套，一边走向身着制服的同事。

“乔纳·林纳，国家刑事调查局。”他说着伸出他的手。

“爱略特·伦斯坦。”

爱略特剃着一个光头，下巴上有一条笔直的胡须，他还有着一双忧郁的棕色眼睛。

另一位军官紧紧地握了握手，自我介绍为玛丽·弗兰岑。她有一张欢快且满是雀斑的脸，金色的眉毛，头后高高地竖着一条马尾辫。

“很高兴在现实生活中见到你。”她笑着说。

“你们能来得这么快真是太好了。”乔纳说。

“因为我得赶回家去给埃尔莎做头发。”她轻快地说，“她希望明天顶着一头鬈发去学前班。”

“那么我们最好快点儿。”乔纳说着朝房子走去。

“我是开玩笑的，不用那么急……我有鬈发钳以备不时之需。”

“玛丽带她的女儿已经五年了。”爱略特解释说，“她从来没有请过病假，或者早退。”

“考虑到你是摩羯座，能说出这样的话已经很可爱了。”她的声音中蕴含着真正的温暖。

房子后面的森林挡住了从湖上吹来的风，而雪则在树梢上翻滚着落在了住宅区的地面上。马路上大多数房子的窗户都有灯光，但 23 号的窗户却一片漆黑。

“这可能会有合理的解释。”乔纳告诉两位警官，“但是不可能在过去两个月中父母都没有工作，孩子们也因病没有上学。”

面向道路的低矮篱笆被雪覆盖，电表旁的绿色塑料邮箱里挤满了信件和广告。

“社工参与了吗？”玛丽严肃地问。

“他们已经来过了，但是一直没人在家。”乔纳回答，“我们试着敲敲门吧，然后我们可能得问问邻居。”

“我们是怀疑有犯罪事件吗？”爱略特望着行车道上的积雪问道。

乔纳情不自禁地想起了塞缪尔·孟德尔。他全家都消失了，睡魔接走了他们，正如杰里科预言的那样。不过这次不一样，苏珊娜·哈贾姆报告孩子们生病了，她自己还签了病假条并送到了学校。

110

两名警官平静地跟着乔纳来到房子跟前，雪在他们的靴子下面嘎嘎作响。

看起来已经有好几个星期没人来过了。

一圈浇花的软管堆在沙坑旁边的雪中，他们走上阶梯来到门廊前按响了门铃，等一会儿，又按了一次门铃。

他们听着是否有任何声音从房子里传来。嘴中喷出的热气袅袅升起，门廊的木板在他们脚下发出吱吱的响声。

乔纳又按响了一次门铃。

他无法抹去心中不祥的预感，但他什么也没有表现出来，没必要让身边的两位同事也担心。

“我们现在该怎么办？”爱略特轻声问道。

乔纳弯下腰，把脑袋凑向了狭窄的大厅窗户。他能看到棕色的石头地砖和条纹壁纸，悬挂在壁灯上的玻璃棱镜显得毫无生气。他重新看了下地面，灰尘积得厚厚的。他觉得屋内的空气似乎是静止的，但却又看到一团灰尘滚到梳妆台下面。乔纳斜靠在玻璃边，把手伸向窗格，这时，他看见了大厅里有一个人影。

有人正举起手站着。

乔纳过了一会儿才意识到，他在大厅的镜子里看到了自己的影子，但是肾上腺素已经在他的身体里横冲直撞。

他看见了门边上放着伞，门内侧挂着的安全链，地上有红色的大厅地毯。

没有任何鞋子或户外服装的迹象。乔纳敲了敲窗户，什么也没发生。

灯的棱镜一动不动地挂着，屋里的一切仿佛陷入了没有时间的维度。

“好吧，我们去找边上的邻居聊聊吧。”他说。

他没有回到马路上，而是绕着房子周围走了一圈。他的同事们站在车道上，好奇地看着他。

乔纳看到一个被雪覆盖的蹦床，停了下来，有几处动物的足迹穿过了花园。隔壁房子的窗户发出的光像一张金色的薄片在雪地上伸展开来。

一切都寂静无声。

在花园的尽头连接着森林，松果和针叶落在树下稀薄的雪上。

“我们不是要和邻居谈谈吗？”爱略特困惑地问道。

“我来了。”乔纳平静地回答。

“什么？”

“他说什么？”

“等等……”

乔纳在雪地上用力踩了踩，感觉到脚底和脚踝开始变凉。花园的喂鸟器在黑暗的厨房窗户外面晃荡着。

他在房子的拐角处转来转去，觉得有些东西不对劲。

雪被房子的墙阻挡了飘落的轨迹。

闪闪发光的冰柱悬挂在离森林最近的窗户下面的窗台上。

但是为什么只有那个窗户？他问自己。

当他走近时，他看到邻居们的室外灯反射的光线。

有四个长长的冰柱和一些较小的冰柱。

他几乎凑到了窗前，他注意到雪在此处有些下沉，这意味着不时有温暖的空气从紧靠着地面的排气口出来。

这就是那个地方有冰柱的原因。

乔纳俯身倾听，能听到的只是风在树梢缓缓移动的声音。

隔壁房子的声音打破了寂静，两个孩子怒气冲冲地互相喊叫，一扇门“砰”的一声关上，随后一切又陷入了安静。

一声微弱的刮擦声使乔纳又向排气口弯下腰来。他屏住呼吸，感觉听到了一句轻微的话语，就像一条在耳旁传达的命令。

他本能地退了回去，不知道自己刚才是不是幻听，然后转过身来，看到另外两个警察站在车道上。黑色的树和雪晶在空中闪闪发光，他突然意识到刚才他看到的东西。

当他透过狭窄的大厅窗户，在镜子里看到自己时，他过于惊讶，以至于错过了最重要的细节。

门的安全链挂着，这意味着肯定有人在房子里面。

乔纳穿过深雪，回到屋前。松散的雪花在他的腿上飞扬，他从衣服里面的口袋里掏出撬锁工具，走上门廊。

“里面有人。”他轻声说。

他的同事们只是惊讶地看着他。他拿起撬锁工具，小心地打开门，然后用力推开安全链。

乔纳示意他们跟在身后。

“警察！”他一边大声喊一边走进屋中，“我们进来了！”

111

三名警官走进大厅，旧垃圾的熏天臭气立刻扑面而来。屋子里静悄悄的，冷得像外面一样。

“有人在家吗？”乔纳喊道。

他们能听到的只有自己的脚步声，隔壁房子的声音传不到屋内。乔纳伸手去打开灯，但灯并没有亮。

玛丽在他身后打开手电筒，光在不同的方向上紧张地飘动着。他们又向里走了些，乔纳看到他自己的影子在闭着的窗帘上生长和移动。

“警察！”他又喊道，“我们只想来谈谈。”

他们走进厨房，看到桌子底下有一堆玉米片、面条、面粉和糖的空包装袋。

“这到底是什么？”爱略特低声说。

冰箱和冷藏室黑黝黝的，空无一物，所有的厨房桌椅都不见了，室内的植物也都枯萎了。

若只是从外表来看，是搬家了。

他们继续走进一个有着电视和角落有着沙发的房间。乔纳一脚踩在一个靠垫上。

玛丽低声说了一些他没听清楚的话。

覆盖窗户的厚窗帘一直延伸到地板上。

穿过通往走廊的门，他们可以看到通往地下室的楼梯。

他们停下了脚步，因为看到了一条死去的狗，它的头上缠着一个塑料袋，躺在电视柜前的地上。

乔纳继续走向走廊和楼梯，他能听到身后同事们小心翼翼的脚步声。

玛丽的呼吸加快了，手电筒发出的光在颤抖。

乔纳走到一边，这样他就可以看清走廊。沿着走廊向前，他看见浴室的门半开着。

乔纳示意其他人停下，但玛丽已经走到了他身边，拿着手电筒指向楼梯。她走近了一步，试图往下看。

“那是什么？”她低声说，无法控制声音中的紧张。

浴室的地板上躺着什么东西。她把手电筒指向那个方向，是一个金色长发的洋娃娃。

灯光在娃娃的塑料脸上反射着光芒。

突然，娃娃被拉到了门后。

玛丽对自己笑了一下，然后向前迈了一大步，但同时她的心脏也紧张得怦怦直跳。

手电筒发出的光芒掠过整个走廊。

看起来玛丽后侧受到了重重的撞击，有什么东西从她的脖子上掠过。

她的头往后倒去，血液从喉咙的伤口中喷出来。

手电筒击中了地面。

玛丽死了，她最后踉跄了一步，脑袋一歪瘫倒在地，一条腿折在了她的身体下面，把臀部抬成了一个奇怪的角度。

乔纳拔出手枪，松开保险栓，转身。通往楼梯的走廊空无一物，那里没有人，开枪的人一定消失在了地下室里。

血从玛丽脖子上冒出来，在寒冷的空气中冒着热气。

手电筒慢慢地滚过地板。

“我的天！我的天！”爱略特低声说。

他们的耳朵因枪声而嗡嗡耳鸣。

一个怀里抱着娃娃的小孩突然出现，从血泊中走过，消失在了楼梯远处的黑暗中。啪嗒啪嗒的脚步声从楼梯传来，然后又陷入了沉寂。

112

乔纳跪下来，快速地看了玛丽一眼，已经无力回天，猎枪击中了她的肺和心脏，颈动脉也已经被撕裂。

爱略特·伦斯坦用他的无线电对讲机大声呼叫救护车和支援。

“警察！”乔纳大声喊道，“把武器放下！”

猎枪声从地下室响起，子弹击中了楼梯的木头，迸发出了一连串的碎片。

当枪响时，乔纳听到金属的咔嗒咔嗒声。他冲过楼梯，听到远处传来轻微的声响。

乔纳举起手枪，一步一步地走下黑暗的楼梯。

爱略特·伦斯坦拿起手电筒给他照亮，光束到达楼梯底部，乔纳停下脚步，差一点儿他就被捅成了窟窿。

在楼梯底部，厨房的椅子被堆起来形成了路障。伸出的椅子腿被磨成尖锐的矛，厨房的刀也被管道胶带固定在了椅子上。

乔纳把手枪伸过这些路障，瞄准了一个有着一张台球桌的房间。

没有任何人的迹象，沉默如谜。

他体内流转的肾上腺素使他异常平静，仿佛他整个人进入了另一种状态。

慢慢地，他把手指从扳机上拿开，松开系在路障末端的绳子，让自己绕了过去。

“我们到底要做什么？”当爱略特下楼时，他惊恐地低声耳语。

“你穿着防弹背心了吗？”

“是的。”

“把手电筒再向里面照一下。”乔纳边走边说。

地上有两个空的猎枪子弹，周围有碎玻璃和空食物罐。爱略特急速地呼吸着，把手电筒放在手枪旁边，让光线照向角落里。这里比较暖和，而且有汗液和尿液的强烈气味。

在脖子的高度有着一条电线，这迫使他们蹲下来。

突然他们听到窃窃私语，乔纳停下来向爱略特发信号。

滴答声，接着是脚步声。

“跑，跑。”有人低声说。

冷空气冲了进来，乔纳急忙向前走，爱略特·伦斯坦的手电筒发出的光晃动着扫过地窖。在他们左边有一个锅炉房，在另一个方向，台阶通向了一个敞开的地下室门。

台阶上飘着雪。

当手电筒的光照在刀刃上发出反光时，乔纳看见了隐藏的身影。

他又向前迈进了一步，听到了快速的呼吸声，接着是一阵呜咽。

一个身材高大的女人，一张脏兮兮的脸，手里拿着刀冲了过来，乔纳本能地用手枪瞄准她的躯干。

“小心！”爱略特哭叫道。

这是一个不超过一秒钟的瞬间，但乔纳还是有时间决定是否开枪。

他不假思索地朝她走去，她蹦到一边。他拦住她的胳膊，用右下臂打在她脖子的左侧。这突然的一击是如此猛烈，她的后背被击中。

乔纳按着她握着刀的胳膊，她的肘部发出一阵破碎的声音，如同两块石头在水下彼此敲击了一下。女人摔倒在地，痛苦地号叫着。

刀子哗啦一声掉在地上。乔纳把它踢开，然后把手枪对准锅炉房。

113

一个中年男子身上被绳子和胶带绑住，嘴里塞着一块抹布，躺在地热泵上。

爱略特·伦斯坦把女人铐在水管上，乔纳小心翼翼地接近那个男人，解释说他是警察，然后把堵嘴拿开。

“女孩们。”男人喘着气说，“她们跑出去了，你不能伤害那些女孩，她们是……”

“这里还有其他人吗？”

爱略特确保女人被锁好了。

“只有女孩。”

“多少？”

“两个……苏珊娜把猎枪给了她们，她们只是害怕，从来没用过枪，你不能伤害她们。”那人拼命地恳求着，“她们只是太害怕了……”

乔纳跑上台阶，走出了后花园。在他身后，那个男人一再地叫他们不要伤害女孩。

乔纳穿过花园，直奔森林。一束光在树林中闪烁。

“爱略特。”乔纳喊道，“孩子们在森林里！”

他沿着小道进入森林，感到脸上的汗水在冷却。

“她们有武器！”乔纳又说道。

他向树林间的光跑去，落在雪上的树枝在他的体重下发出脆裂的声响。在他前面，可以看到爱略特拿着手枪和手电筒向前探索。

“等等！”乔纳喊道，但爱略特似乎听不见。松软的大雪从树上落下。

在微弱的光线下，他可以辨认出孩子们在树丛中行走的轨迹，还有艾略特跟随她们的脚步的足迹。

“她们只是孩子！”乔纳再次大叫，然后从陡坡上滑下来。

他滑到底部，松动的石头和松果顺着滚了下来，摩擦着他的后背，到达底部后他又站了起来。

透过茂密的树叶，他可以辨认出手电筒的探照光束，在树旁站着一个瘦削的女孩，手里拿着猎枪。

乔纳跑着穿过干枯的树枝。他试图遮住自己的脸，但脸颊仍然被划伤。他看见艾略特的身躯在树干之间移动，然后树后的小女孩走了出来，向他开枪。

子弹击中了一个木桶前方一米处的积雪。女孩因为后坐力猛地往后一跳，瘦瘦的身躯摇晃了一下。她跌倒了，爱略特转过身来，把手枪瞄准了她。

“等等！”乔纳大声喊道，想要强行穿过树枝。

他浑身都是雪，连衣服里都进了雪，缠住人的树枝总算屈服了，他走了出来。他停下脚步，看见爱略特·伦斯坦坐在地上，双臂搂着哭泣的女孩。

在几步远的地方，她的妹妹站在那里呆呆地望着他们。

114

苏珊娜·哈贾姆的手臂在背后被铐了起来，她折断的手肘以一个奇怪的角度突出着。当两名穿制服的警察把她拖到地窖台阶上时，她歇斯底里地尖叫起来，并做出了强烈的抵抗。应急车辆发出的蓝光使雪景如水般荡漾，邻居们在远处观看着这一事件，就像无声的幽灵。

当苏珊娜看见乔纳和爱略特从森林里出来时，她停止了尖叫。乔纳抱着小女孩，爱略特的手牵着另一个。

苏珊娜的眼睛睁得大大的，嘴在冰冷的冬夜里困难地呼吸着。乔纳把女孩放在地上，这样她就可以和她姐姐一起去看看母亲。她们拥抱了很长时间，她试图让她们平静下来。

“现在一切都会好起来的。”她用一种破碎的声音说，“一切都会好起来的……”

一位年长的女警官开始和女孩们交谈，试图解释她们的母亲需要和警察走一趟。

她们的父亲由医护人员从地窖里用担架抬了出来，他的身体很虚弱。

乔纳跟着警察领苏珊娜穿过深雪，朝车道上的一辆警车走去。他们把她放在后座，一位高级官员通过电话与检察官交谈。

“她需要去医院。”乔纳说着跺了跺鞋子，掸了下裤子上的雪。

他向苏珊娜·哈贾姆走去。她静静地坐在车里，脸朝着房子，试图瞥见她的女儿们。

“你为什么这么做？”乔纳问。

“你永远不会明白。”她咕哝着，“没人能理解。”

“也许我可以。”他说，“我是十三年前逮捕杰里科·沃尔特……”

“你应该杀了他！”她打断他的话，第一次看着他的眼睛。

“发生了什么事？你在安全科做了那么多年的精神病医生……”

“我不该跟他说话。”她咬牙切齿地说，“我不应该这样做，但我从未想象过……”

她陷入了沉默，又抬头看了看房子。

“他说什么？”

“他……要求我寄一封信。”她低声说。

“一封信？”

“那里有很多规则限制他做什么，所以我做不到……但我……我……”

“所以你没能寄出？那封信现在在哪里？”

“也许我应该先和律师谈谈。”她说。

“你还收着那封信吗？”

“我把它烧了。”她说完又转过身去。

泪水从她疲惫、肮脏的脸上流淌下来。

“信里说了什么？”

“在我回答更多问题之前，我想找个律师。”她坚决地说。

“这很重要，苏珊娜。”乔纳用坚持的语气说，“你现在要去医院治疗，你可以去找律师，但是首先我需要知道信要寄到哪里……给我一个名字……一个地址。”

“我不记得了……那是一个邮政信箱。”

“在哪里？”

“我不记得了……有个名字。”她摇摇头说。

乔纳看着她的大女儿被抬到担架上，正向救护车抬去。她看起来很害怕，正试图解开她的背带。

“你记得那个名字吗？”

“那不是俄语。”苏珊娜低声说，“是……”

她的女儿突然在救护车里尖叫起来。

“艾伦！”苏珊娜哭着说，“我在这里，我在这里！”

苏珊娜想要下车，但乔纳强迫她待在里面。

“放开我！”

她挣扎着逃出了警车，此时救护车的门已经关上了，一切又安静了下来。

“艾伦！”她喊道。

救护车开走了，苏珊娜闭上眼睛，转过头去。

115

当安德斯·罗恩参加完了自闭症和阿斯伯格综合征协会组织的家长会回家时，佩特拉正坐在电脑旁对账单。他走过来亲吻她的脖子，但她耸了耸肩。他试着微笑，拍拍她的脸颊。

“住手！”她说。

“我们能重归于好吗？”

“你太过分了。”她疲倦地对他说。

“我知道，对不起，我以为你也想要……”

“好吧，别再想了。”她打断道。

安德斯看着她的眼睛，点了点头，然后走到艾格尼丝的房间。她坐在洋娃娃的小房子边上，对着她的背部。他可以看到她手里拿着梳子，给所有娃娃梳了头发，然后把娃娃们放在一张床上。

安德斯说：“你做得真棒。”

艾格尼丝转过身，向他展示了梳子，有几秒钟和他的目光进行了接触。

他坐在她旁边，搂着她瘦瘦的肩膀。

她慢慢地向旁边挪开。

“现在他们都睡在了一起。”安德斯用兴高采烈的声音说。

“不。”她用单调的声音说。

“那么他们在做什么呢？”

“他们在看。”她指着洋娃娃睁得老大的眼睛。

“你是说如果他们在看东西，所以睡不着？但是你可以假装……”

“他们在看。”她打断他的话，脑袋开始焦虑地摆动。

“我看到了。”他用安慰的声音说，“但是他们乖乖躺在床上，这样很好……”

“哦，哦，哦……”

艾格尼丝猛烈地开始摇头，然后很快地拍了三下她的手。安德斯把她抱在怀里，吻了吻她的头，低声说她和娃娃玩得很好。终于，她的身体又放松了，开始在地板上竖起几块乐高积木。

这时门铃响了，安德斯离开房间，最后一次瞟了一眼艾格尼丝。

外面的灯光下站着了一个高个子的男人，他上身穿着西装，下身则是一条破了口袋的湿裤子。那人的头发蓬乱地卷曲着，脸颊凹陷，眼睛看起来很严肃。

“安德斯·罗恩？”他有芬兰口音。

“有什么我能为您效劳吗？”安德斯用一种温和的语调说。

“我来自国家刑事调查局。”他说着出示了自己的警察证件，“我可以进来吗？”

116

安德斯盯着门外的高个子，心中一瞬间感到恐惧。他打开门让那人进来。他问他的客人是否想喝咖啡，千思万绪爬上了他的心头。

佩特拉曾给一个女性求助热线打过电话。

布洛林递交了几次关于他的投诉信。

他们认为他并没有合格的资质在安全科工作。

高个子警探说他的名字叫乔纳·林纳，并礼貌地拒绝了咖啡的提议。他走进起居室，坐在扶手椅上。他给了安德斯一个友好的眼神，使他觉得自己像个客人。

“你在安全科里暂替了苏珊娜·哈贾姆。”警探开口道。

“是的。”安德斯回答，试图弄清楚眼前这人的意图。

“你对杰里科·沃尔特怎么看？”

杰里科·沃尔特，安德斯想着，他的意图是为了杰里科·沃尔特吗？他放松下来，设法使自己的嗓音变得冷漠。

“我不能在私下讨论病人。”他严厉地说。

“你跟他说过话吗？”那人用灰色的眼睛锐利地问道。

“我们安全科没有对话治疗的手段。”安德斯说着用一只手捋过他的短发，“但是很明显，病人在说话……”

乔纳·林纳向前倾了倾身体。

“你知道最高法院把杰里科·沃尔特认定为极度危险吗？并实施了特别限制。”

“是的。”安德斯说，“但是作为一个负责任的医生，我总是不得不权衡限制和治疗彼此之间的矛盾。”

警探点点头，然后说：“他要你寄一封信，不是吗？”

安德斯在一瞬间失去了对自己的控制，然后他提醒自己，我是那个可以对病人做出决定的人。

“是的，我给他寄了一封信。”他回答，“我认为这是我们之间建立信任的重要途径。”

“你在寄信之前看过信的内容吗？”

“是的，当然……他知道我会看，这没什么大不了的。”他说话的时候瞳孔渐渐扩大，而警探眼睛中的灰色则越变越深。

“他写了什么了？”

安德斯不知道佩特拉是不是进来了，但感觉好像她站在背后看着他们。

“我记不清了。”他有些不安，脸红了起来，“这是一封给律师事务所的信……我认为是一个人所拥有的权利。”

“你说得对。”警探赞同，没有把目光从他身上移开。

“杰里科·沃尔特想要一位律师来安全科见他，帮助他理解在最高法院获得重审的可能性……这大概就是他想要的……如果要重审，就请一位私人辩护律师。”

客厅里寂静无声。

“什么地址？”警探平静地问。

“罗森哈恩法律服务公司……在滕斯塔的一个邮政信箱。”

“你能重新写出这封信里确切内容吗？”

“其实我只看过一次，就像我说的，内容非常正式和有礼貌……即使有很多拼写错误。”

“拼写错误？”

“更像是阅读障碍。”安德斯解释道。

“你和罗兰·布洛林讨论过那封信了吗？”

“没有。”安德斯回答，“我为什么要那么做？”

117

乔纳回到车上，向斯德哥尔摩出发。他打电话给安雅，要求她检查罗森哈恩的法律服务。

“你知道现在几点了吗？”

“现在几点……”他重复了一遍，然后突然想起来，现在是玛丽·弗兰岑被枪杀后的几个小时，“我……对不起，我们明天再查吧。”

他意识到她已经结束了通话，过了几分钟后她又给他打了回来。

“没有罗森哈恩。”她说，“没有法律公司，也没有律师。”

“有一个邮政地址。”乔纳坚持说。

“是的，在滕斯塔，我查到了。”她温柔地回答，“但是已经关闭了，也没有哪个律师租用过。”

“我明白了……”

“罗森哈恩是一个已经绝种了的贵族家庭的名字。”

“对不起，我这么晚还打电话来。”

“我是开玩笑的，你随时都可以给我打电话。我的意思是，我们很快就结婚了，不管什么……”

这个地址是一条不通向任何地方的线索，乔纳正在思考。

没有邮政信箱，没有法律公司，没有名字。

他突然想到安德斯·罗恩称杰里科·沃尔特有阅读障碍。

我曾经看过他写的东西，乔纳想了起来。

安德斯·罗恩解释的阅读障碍可能是长期服药的结果。

他的思想又一次被苏珊娜·哈贾姆所杀害的玛丽·弗兰岑所打断。现在这个世界上有一个孩子正在等待一个永远不能回家的母亲。

她本不该冲向前去，但他知道，如果不是因为他得到过非常严格的训练，他可能很容易犯同样的错误，然后他就会像自己的父亲一样被杀害。

也许玛丽·弗兰岑的女儿现在已经知道了这个消息，她的世界将再也不会像从前一样了。十一岁时，他的父亲也是被猎枪所射杀。他也是一名警官，去一个公寓出勤，因为有人投诉那里发生了骚乱。那一天的情景乔纳永远记得，当校长走进来时，他坐在教室里，世界从此再也不同以往。

118

现在是早晨，杰里科在跑步机上大步走着，萨迦可以听到他沉重的呼吸声。在电视上，一个人正在制作自己的橡皮球，五彩缤纷的球漂浮在各种玻璃杯中。

萨迦感受到了一种混合的情感。她的自我保护本能告诉她应该避免与杰里科有所接触，但是她与杰里科的每次谈话都能增加同事们找到菲莉西亚的机会。

电视上的人警告观众不要使用太多的闪光粉，因为这会破坏球的弹性。

慢慢地，萨迦走到杰里科身边。他从跑步机上走下来，示意让她上去。

她说了声谢谢，站到了跑步机上开始走路，杰里科站在旁边看着她。她腿部的肌肉还很累，关节也酸痛。她试图加速，但一小会儿就已经感到呼吸困难。

“你注射过氟哌啶醇吗？”杰里科问。

“是第一次。”她回答说。

“那个医生给的？”

“是的。”

“是他进来把你的裤子拉下后注射的吗？”

“他先给了我地西泮。”她平静地回答。

“他做了什么不合理的事情吗？”

她耸耸肩。

“他经常去你的房间吗？”

伯尼走进休息室，径直走到跑步机旁。他被打碎的鼻子用白色的布料胶带固定着，一只眼睛因为肿胀而不得不闭着。他在萨迦面前停下来，看着她，轻轻地咳嗽。

“我现在是你的奴隶了……该死的地狱……我在这里，我将永远跟随你，就像教皇的管家一样……直到死亡将我们分开……”

他擦拭上唇的汗水，似乎情绪很不稳定：“我将服从每一个……”

“去坐在沙发上。”萨迦没有正眼看他就打断了他。

他打嗝和吞咽了好几次。

“我会躺在地板上温暖你的脚……我是你的狗。”他叹了一口气，双膝下跪，“你想让我做什么？”

“去坐在沙发上！”萨迦重复说。

她在机器上慢慢地走着，棕榈叶在摇曳。

伯尼爬过去，歪着头，抬头看着她。

“任何事，我都会服从你的。”他说，“如果你的乳房出汗，我可以擦……”

“去坐在沙发上。”杰里科用一种超然的声音说。

伯尼立刻爬了起来，到沙发前的地上躺了下来。萨迦不得不稍微降低跑步的速度，强迫自己不要看摇曳的棕榈叶，尽量不去想麦克风和发送器。

杰里科一动不动地站着看她，他擦了擦嘴，然后把手捋过他那短短的金属灰色头发。

“我们可以一起走出这个医院。”他平静地说。

“我不知道我是否愿意。”她诚实地回答。

“为什么不愿意？”

“我在外面没什么牵挂的东西。”

“牵挂？”他静静地重复着，“回去并不是一种选择……不是为了任何事，但外面有比这更好的地方。”

“可能更糟。”

他看上去真的很吃惊，叹了口气转身走开了。

“你说什么？”她问。

“我只是叹了口气，因为我突然想到，实际上我确实记得一个更糟糕的地方。”他用带着梦幻般的神情凝视着她。

“空气中充满了高压电线的嗡嗡声……道路被大挖掘机挖开了……满是红色而黏稠的水，一直没到你的腰部…………但我仍然可以张开嘴呼吸。”

“什么意思？”

“那些更坏的地方……”

“你在想你的童年吗？”

“我想是的。”他低声说。

萨迦停止了跑步，倾身向前，把身体的重量靠在手柄上。她满脸通红，好像跑了十公里。她知道她应该继续谈话，又要不显得太急切，好让他多说些什么。

“所以现在……你有藏身之地，还是要找个新的？”她问道，但眼睛没有看着他。

这个问题太直截了当了，她立刻意识到，她只好强迫自己抬起脸去面对他的目光。

“如果你愿意，我可以给你整个城市。”他严肃地回答。

“在哪里？”

“你挑吧。”

萨迦微笑着摇摇头，但突然想起了一个她多年没想到的地方。

“当我想到有哪里可去时……我只想到我祖父的房子。”她说，“我在树上荡秋千……我不知道……但我还是喜欢秋千。”

“你不能去那儿吗？”

“不能。”她从跑步机上下来。

119

在罗塞安德加坦19号的阁楼里，雅典娜·普罗马克的成员正在聆听杰里科·沃尔特和萨迦·鲍尔之间的对话。约翰·乔森坐在他的电脑前穿着灰色运动服上衣。

科琳在她的办公桌前，将整个谈话转录到她的笔记本电脑上。内森·波洛克在他的笔记本边缘画了十朵鲜花，并写下了“高压电线、大型挖掘机、红土”等字样。

乔纳只是站在喇叭的旁边，当萨迦谈到她的祖父时，他感到一阵颤抖。他想，她绝不能让杰里科进入她的脑海。苏珊娜·哈贾姆在地窖中肮脏的脸庞和她眼中的惊恐表情在他的记忆中掠过。

“如果你愿意，为什么不能去那里？”他听到杰里科问道。

“现在那是我爸爸的家。”萨迦·鲍尔回答。

“你有一段时间没有见过他吗？”

“我不见他。”她说。

·

“如果他还活着，他会等你再给他一次机会。”杰里科说。

“不。”她回答道。

“显然这取决于发生了什么，但是……”

“在我很小的时候，我不记得太多了。”她解释道，“但我知道我曾经一直打电话给他，说如果他回家的话，我不会讨厌他……我睡在自己的床上，坐在桌子旁……我不想再提了。”

“我理解。”杰里科说，但是他的话几乎被嘎嘎作响的声音淹没了。

扩音器里发出呜呜声，然后传来跑步机的节奏。

120

杰里科正在跑步机上走着，他的身体看起来已经恢复了原有的强壮。他的步伐沉重而有力，但苍白的脸上一派平静。

“你对你父亲感到失望，因为他没有回家。”他说。

“我记得我打电话给他的那些时候……我的意思是，我需要他。”

“那你母亲……她在哪里？”

萨迦停顿了一下，心里想她说的话太多了，但同时她必须对他的坦率做出回应。这是交换，否则谈话就会变得肤浅。现在是她说些个人隐私的时候了，但是只要她坚持说真话，就不会有什么危险。

“我小时候妈妈身体就不好……我只记得最后那些时光的事情。”萨迦回答。

“她死了？”

“癌症……她有一个恶性脑瘤。”

“对不起。”

萨迦记得眼泪滴进嘴里的味道，电话听筒的气息，她热热的耳朵，还有透过肮脏的厨房窗户的光线。也许是因为药物，她的神经，或者是杰里科敏锐的目光。她多年来一直没有找人说这些话，她不知道为什么一直这样。

“爸爸……他无法应付她的病，他没办法待在家里。”

“我能理解你为什么生气。”

“我太小了，不能照顾妈妈……我试图帮助她服药，我试图安慰她……晚上她会头痛，躺在卧室里哭。”

伯尼爬过来，试图在萨迦的腿间嗅来嗅去。她把他推开，他直接滚到了人造棕榈树旁边。

“我也想逃走。”他说，“我跟你一起去，我可以咬……”

“闭嘴。”她打断道。

杰里科转过身来看着伯尼，他坐在那里咧嘴笑着，凝视着萨迦。

“你需要我再次把你撂倒吗？”杰里科问他。

“对不起，对不起。”伯尼低声说，从地上爬了起来。

杰里科又开始在跑步机上行走，伯尼走到沙发上看电视。

“我需要你的帮助。”杰里科说。

萨迦没有回答，但不禁想到，如果她说她想逃跑，她就是撒谎，她想待在这里，直到菲莉西亚被找到为止。

“我认为人类比其他任何动物都更能与家人联系在一起。”杰里科继续说道，“我们竭尽全力避免分离。”

“也许吧。”

“你当时只是一个小孩子，但是你照顾了你的母亲……”

“是的。”

“她能自己进食吗？”

“大多数时候可以……但是在最后的时候，她没有什么食欲。”萨迦诚实地回答。

“她做过手术吗？”

“我想她只是做了化疗。”

“用片剂的？”

“是的，我以前每天都帮她……”

伯尼正坐在沙发上，却不停地瞥他们，不时地小心碰着鼻子上的绷带。

“那些药片看起来像什么？”杰里科问道，并稍稍加快了速度。

“就像普通药片一样。”她回答。

她突然感到不安，他为什么要问药的事情？他没有理由问这些细节，也许他在考验她？她的脉搏加快了，她反复重复说这不是问题，因为她只是在说真话。

“你能描述一下吗？”他平静地继续问道。

萨迦张开嘴说那是很久以前的事了，但是突然间，她想起了毛绒地毯上长长的棕色绳索中的白色药片。她把罐子撞倒，然后在床旁边爬来爬去，把药片捡起来。

记忆非常生动。

她把药片放在她的手上，把上面的绒毛吹掉。她手里拿着十粒小药片，药片的一面上有着两个字母。

“白色，圆形。”她说，“一边写着字母……KO……我不知道为什么我会记得这些。”

121

杰里科把跑步机关掉，然后站在那里微笑着，花了很长时间平复呼吸。

“你说你给了母亲细胞抑制剂，化疗……但是你没有……”

“不，我给了。”她说。

“你所描述的药物是磷酸可待因片。”他说。

“止痛药？”她问。

“是的，不过给癌症患者开可待因没什么用，只有强效鸦片，比如吗啡和酮咯酸才有用。”

“但是我能完全记起这些药片……它的一边有一个沟槽……”

“是的。”他直言不讳地说。

“妈妈说……”

她沉默不语，心脏跳动得很厉害，她害怕脸上显露出来自己的恐怖。乔纳警告过自己不要谈论父母的事情。

她咽了一口唾沫，然后看着地面。

没关系，她心想，然后朝房间走去。

她说得太多了，但她一直坚持只说事实。

她没有选择的余地。不回答他的问题就太明显选择回避了，这是一次必要的交流，但她现在不会再说了。

“等等。”杰里科轻轻地说。

她停了下来，但没有回头。

“这么多年来，我没有一个机会逃走。”他说，“我知道对我判刑以确保精神病治疗的决定永远不会被复审，而且我意识到我永远不会得到假释……但现在你在这里，我终于可以离开这家医院了。”

萨迦转过身来，直视着他瘦削的脸庞，望着他苍白的眼睛。

“我能做什么？”她问。

他回答说：“我需要几天时间来准备所有的事情，但是如果你能找到一些安眠药……我需要五片地西泮。”

“我怎样才能把它们藏起来？”

“你保持清醒，说你睡不着，要十毫克地西泮，然后藏好药片，上床睡觉。”

“你为什么不自己做呢？”

杰里科咧着嘴露出了笑容。

“他们永远不会给我任何我想要的东西，他们太害怕我了。但你是一个迷人的家伙……每个人都看到你是多么美丽，而不是多么危险。”

萨迦认为这可能是胜过杰里科的关键。她会按照他说的去做，只要他的计划不太冒险，就加入他的计划。

“你为我的所作所为承担了惩罚，所以我会尽力帮助你。”她平静地回答。

“但是你不想出去？”

“我无处可去。”

“你会有的。”

“那你告诉我。”她大胆地笑了笑。

“休息室要关门了。”他说着走了回去。

她感到奇怪的是，在她告诉他之前，他好像已经知道了她的一切。

当然这不是化疗药物。她只是假想那些药片就是化疗用的，没有真正地去思考，她不可能有资格去接触这类需要严格服用的化疗药物。癌症发展得太迅速，剩下能做的就是减轻痛苦。

当她回到自己的病房里时，感觉好像自己自从遇见杰里科·沃尔特以后一直屏着呼吸。

她躺在床上，筋疲力尽。

萨迦认为从现在起她应该保持被动，让杰里科自己向警方透露他的计划。

122

早上八点差五分，雅典娜小组的所有成员都已经在阁楼的公寓中。内森·波洛克洗了杯子，把它们倒扣在一个蓝色的茶巾上。

昨天在休息室的门关闭后，他们开始分析收集到的丰富材料，一直讨论到晚上七点。他们倾听杰里科·沃尔特和萨迦·鲍尔之间的对话，对信息进行整合和评估。

“我担心萨迦掺入太多私人感情了。”科琳对向自己递来一杯咖啡的内森报以微笑，“显然这是一个走钢丝的活儿，若不自愿做点儿什么，她就无法建立任何信任……”

“她控制了局面。”波洛克说着打开了他的黑色笔记本。

“希望如此。”乔纳喃喃自语。

“萨迦很聪明。”约翰·乔森说，“她成功地让他开始说话。”

“但我们对杰里科·沃尔特依旧一无所知。”波洛克用钢笔轻敲桌子，“除了知道他的真实姓名并不是……”

“还有他想逃走。”科琳说着扬起眉毛。

“是的。”乔纳说。

“可是他脑子里想的是什么计划？为什么要五片安眠药？他要给谁吃药？”科琳皱着眉头问。

“他没办法让员工……因为他们不允许触碰任何他递来的东西。”波洛克说。

“只有让萨迦继续做下去。”科琳稍作停顿后说。

“我不喜欢这样。”乔纳说。

他站起来，走到窗前，又开始下雪了。

“早餐是一天中最重要的一顿饭。”约翰·乔森说着拿出了一条能量棒。

“在我们继续之前。”乔纳转身面对房间说，“我想再多听一次录音……萨迦说她不想离开医院。”

“到目前为止，我们已经听了三十五遍。”科琳无奈地说。

“我知道，但我有一种感觉，我们忽略了一些东西。”他用一种深信不疑的声音解释，“我们还没有谈到这件事，但到底发生了什么？首先，当杰里科说有比安全科更好的地方时，听起来和往常一样……但当萨迦回答说可能有更糟糕的地方时，她设法让他失去内心的平衡。”

“也许吧。”科琳低头说。

“不是也许。”乔纳坚持说，“我曾花了几个小时和杰里科交谈，我能听出他的声音有变化，他陷入了沉思，仅仅片刻，就是当他描述那个红土的地方的时候……”

“还有高压电线和大挖掘机。”波洛克说。

“我知道这里有隐情。”乔纳说，“这是杰里科开始讲真话的时候，等他意识到自己在讨论记忆的碎片时也感到惊讶。”

“但这些信息没法告诉我们任何有用的东西。”科琳打断说。

“我想再听一遍录音。”乔纳转过身看着约翰·乔森。

123

约翰·乔森移动了屏幕上的光标，把声波的播放进度拖到了最前端。扬声器在发出一阵噼啪声和滋滋声后，开始正式播放跑步机上的脚步声。

“我们可以一起逃出医院。”杰里科说。

有敲门声，然后沙沙声越来越响。

“我不知道我是否愿意。”萨迦回答。

“为什么不愿意？”

“我在外面没什么牵挂的东西。”

他们能听到背景音中电视上的笑声。

“牵挂？回去并不是一种选择……不是为了任何事，但外面有比这更好的地方。”

“可能更糟。”萨迦说。

一阵敲门声，然后一声叹息。

“你说什么？”她问。

“我只是叹了口气，因为我突然想到，实际上我确实记得一个更糟糕的地方。”

他的声音带着一种奇异的柔软感和犹豫，他继续说道：“空气中充满了高压电线的嗡嗡声……道路被大挖掘机挖开了……满是红色而黏稠的水，一直没到你的腰部……但我仍然可以张开嘴呼吸。”

“什么意思？”萨迦问。

电视里传来了掌声和更多的笑声。

“那些更坏的地方……”杰里科用几乎难以听清的声音回答说。

呼吸声和沉重的脚步声伴随着哀鸣般嗞嗞的声音。

“你在想你的童年吗？”萨迦·鲍尔问。

“我想是的。”杰里科低声说。

他们坐在那里一言不发，约翰·乔森停止了录音的播放，皱着眉头看着乔纳。

“我们没法从中再得到任何消息了。”波洛克说。

“说不定杰里科说的东西我们没能理解。”乔纳指着屏幕说，“这里有个停顿，不是吗？就在萨迦说医院外面有更糟糕的地方之后。”

“他叹了口气。”波洛克说。

“是杰里科自己说他叹了口气，但我们确信这就是他所做的吗？”乔纳问。

约翰·乔森抓了抓他的肚子，又移动光标，提高音量再次播放这个片段。

“我需要一支香烟。”科琳说着从地上捡起她那闪亮的漆皮手提包。

扬声器发出一阵嘘声，然后又响起了一阵高音的吱吱声，接着发出了一声呼呼的叹息声。

“你看我说得对吧。”波洛克笑着说。

“试着慢一点。”乔纳坚持说。

波洛克紧张地在桌上搓着手掌，剪辑的音频再次以一半的速度开始播放，这次的叹息声听起来更像是一场席卷海岸的风暴。

“他确实是在叹气。”科琳说。

“是的，但是这个停顿和后来的说话声代表着什么？”乔纳说。

“告诉我应该去找什么。”约翰·乔森用沮丧的语气说。

“我不知道……我想让你想象他可能在说什么……即使我们没法听见。”乔纳回答道，然后觉得自己的回答有些好笑。

“好吧，我当然可以试试。”

“难道我们不能提高或降低声音，然后找到中间那个沉默中究竟是否有信息吗？”

“如果我把声压和强度增加几百倍，跑步机上的脚步声就会把我们的耳膜爆裂。”

“所以能不能剔除这些脚步声？”

约翰·乔森耸耸肩，把那段声音画成一个圈，扩展出来，然后把声音分成三十条不同的曲线，按赫兹和分贝的顺序排列。他鼓起腮帮子，选中了一些曲线，把它们去掉。

每个删除的曲线出现在了另一个较小的屏幕上。

科琳和波洛克站起来，走到了阳台上吸着冷气看着远处的屋顶和教堂。

乔纳仍然坐在那里，看着约翰的工作。

三十五分钟后，约翰·乔森向后靠在椅背上，以不同的速度循环听着剩下的音频，又移除另外三条曲线，然后播放最后的结果。

剩下的声音就如同一块沉重的石头被拖过水泥地面。

“杰里科·沃尔特的叹息。”约翰·乔森宣布，然后按下了停止键。

“这些线难道不用加进去吗？”乔纳指向较小屏幕上三条被删除的曲线。

“不，那只是我去除的回声。”约翰说，然后突然沉思起来，“但实际上我可以尝试听一下把所有其他声音移除后的回声。”

“他可能正面对着墙壁。”乔纳说道。

约翰·乔森再次选中并移动回声曲线，将声压和强度乘以 300 并循环回放。现在拖曳的声音有一种摇摇欲坠的感觉。

“那里是不是有什么东西？”乔纳集中精神听了后问道。

“可能有。”约翰·乔森低声说。

“我听不见。”科琳说道。

“嗯，现在听起来不像是叹息。”约翰·乔森承认，“但是我们没有别的什么办法了，因为在这个层面上，纵向声波开始与横向相互干扰……因为它们以不同的速率运行，它们只能互相抵消。”

“再试试！”乔纳有些不太耐烦地说。

124

约翰·乔森紧紧地抿着嘴唇观察十五条不同的曲线，整个人看起来就像奥古斯特·斯特林堡。

“这么做估计不行。”他喃喃自语。

他用指尖调整着曲线的时间，并将一些峰拉长。

他试着回放音频，房间里充满了一种奇怪的水下声音。科琳站在那里，用手捂住嘴，乔森停了下来，做了一些调整，把某些部分拉得更长，然后又播了一遍。

内森·波洛克的额头上冒出了汗水。

扩音器内部发出了一个隆隆声，接着是一个长长的呼气，分成了两个不明显的音节。

"听。"乔纳说。

他们能听到的是一种缓慢的叹息，由一种无意识的思想所形成。杰里科·沃尔特没有用他的喉咙，而只是移动他的嘴唇和舌头呼出了一口气。

约翰·乔森轻轻地移动了一条曲线，然后从椅子上站起来，咧嘴一笑，音频一遍又一遍地重复着。

"他在说什么？"波洛克用紧张的声音说，"听起来有点儿像列宁？"

"列宁斯克。"科琳睁大眼睛说。

"什么？"波洛克大叫道。

"有一个叫列宁斯克-库茨涅茨基的城市。"她说，"但因为他只是在谈论红土，我想他是指那个秘密城市。"

"秘密城市？"波洛克咕哝道。

"就是众所周知的贝康诺太空发射场。"她解释说，"但五十年前，这个小镇被称为列宁斯克，当时是高度机密。"

"列宁斯克在哈萨克斯坦。"乔纳平静地说，"杰里科的童年回忆来自列宁斯克……”

科琳坐在桌旁，竖直了背，把头发捋在耳朵后面，解释道：“当时哈萨克斯坦是苏联的一部分……而且人口稀少，他们可以在其他国家毫不知情的情况下建造一个城镇。当时由于军备竞赛正在进行，他们需要研究基地和火箭发射场。”

“哈萨克斯坦是国际刑警组织的一员。”波洛克说。

“如果他们能告诉我们杰里科·沃尔特的真名，我们就可以揭开他的背景。”乔纳说，“然后狩猎就真的开始了……”

“这不是没有可能。”科琳说，“我是说……现在我们有了他的出生地和大概的时间，我们知道他于1994年抵达瑞典，我们有他的照片，还记录了他身体上的伤疤，还有……”

“我们甚至有他的DNA和血型。”波洛克微笑着说。

“因此，要么杰里科的家人属于哈萨克斯坦当地居民，要么他们属于从俄罗斯被派往哈萨克斯坦的科学家、工程师或军人……”

“我会把所有的资料整合到一起。”波洛克快速地说。

“我将设法和哈萨克斯坦的国家安全委员会取得联系。”科琳说，“乔纳，你需要我这么做吗？”

没有回应，她不再说话，神情古怪地看了他一眼。乔纳缓缓站起来，迎接了她的目光然后点点头。他在椅子上拿起他的外套，开始朝大厅走去。

“你去哪儿？”波洛克问。

“我需要和苏珊娜·哈贾姆谈谈。”乔纳喃喃自语，继续往前走。

125

当科琳谈论被送往哈萨克斯坦测试设施的科学家时，乔纳突然想起他和苏珊娜·哈贾姆在警车里的谈话。就在女儿开始从救护车里喊叫之前，他问苏珊娜是否记得杰里科信上的地址。

她说这是一个邮政地址，至于收件人的名字，她说那不是俄罗斯人的名字。

她为什么那么说？

乔纳向看守出示了身份证件并解释他想见谁，他们一起穿过了克罗诺贝格监狱的妇女区。

全副武装的看守停在一扇厚厚的金属门外面。乔纳透过窗户往里看，苏珊娜·哈贾姆端坐着，闭着眼睛，她的嘴唇在动，仿佛在低声祈祷。

看守打开了门锁，她睁开眼睛。当她看到乔纳进来时，她开始摇晃上身，她的断臂已经被固定住了，另一只胳膊缠在她的腰上，整个姿势仿佛像是在拥抱自己。

“我需要和你谈谈……”

“谁来保护我的女儿？”她绝望地问。

“她们现在和父亲在一起。”乔纳看着她痛苦的眼睛告诉她。

“不，不……他不明白，他不知道……没有人知道，你必须做些什么，你不能离开他们。”

“你读过杰里科的那封信吗？”乔纳问。

“是的。”她低声说，“读过。”

“那是写给律师的吗？”

她看着他，开始平静地呼吸。

“是的。”

乔纳坐在她旁边的铺位上，“你为什么不寄出去？”他平静地问。

“因为我不想让他出去。”从她的声音中可以感到她心烦意乱，“我不想给他一点儿机会，你永远不会懂，没人懂。”

“是我逮捕了他，但……”

“每个人都恨我。”她没有听他说话，继续说道，“我恨我自己，我什么也看不见，我并不想伤害那个警察，但是你们不应该去那里，你不应该试图找到我，你应该……”

“你还记得那封信上的地址吗？”乔纳打断了她的话。

“我把它烧掉了，我想如果我这么做一切都会结束，我不知道在想什么。”

“他想把它寄到法律公司吗？”

苏珊娜·哈贾姆的身体剧烈地摇晃，她被汗水浸湿的头发打在前额和脸颊上。

“我什么时候可以见到我的孩子？”她哭泣着，“我必须告诉她们，我为她们做了一切，即使她们永远不明白，即使她们恨我。”

“罗森哈恩法律服务公司？”

她目不转睛地看着他，好像已经忘了他在那儿似的。

“是的，就是这个。”她用轻蔑的语气说。

“当我问你之前，你说这个名字不是俄语。”乔纳说，“为什么会有可能是俄语？”

“因为杰里科曾经跟我讲过俄语。”

“他说了什么？”

“我再也受不了了，我受不了了……”

“你肯定他说的是俄语吗？”

“他说了这么可怕的话……”

126

苏珊娜在床边站了起来，一边抽泣，一边转身面对墙壁，试图用那只没断的好手遮住脸。

“请坐下。”乔纳温和地说。

“他不可以，他不可以……”

“你把你的家人关在地窖里，因为你被杰里科吓到了。”

苏珊娜看着他，开始在床边踱来踱去。

“没有人会听我的，但我知道他说的是真话……我能在他脸上感觉到他的火焰……”

“如果是我的话，我会和你做同样的事。”乔纳严肃地说，“如果我相信我能用这样的方式保护我的家人，我会做同样的事情。”

她用好奇的目光看了乔纳一眼，擦了擦嘴巴：“我本来应该给杰里科注射奥氮平，我们先给他用了镇静剂……他躺在床上没法移动。斯文·霍夫曼打开了门，我进去给杰里科进行臀部肌肉注射……当我给他皮肤消毒的时候，我简单地解释说我不想与他的信有任何关系，所以我不会把信寄出去。我没有说我已经把信烧了，我只是说……”

她一时陷入了沉默，试着振作起来想要继续说话。

她有片刻用手捂住了嘴，然后把手放下：“杰里科睁开眼睛直视着我，开始讲俄语……我不知道他是否知道我能理解，我从未告诉过他我曾经住在圣彼得堡。”

“他说了什么？”

“他说他会把艾伦和安雅开膛破肚……然后让我选择哪一个先流血致死。”她用一种诡异的微笑阻止着自己内心的崩溃，“精神病人经常会说一些可怕的事情，你必须忍受各种各样的威胁，但他们与杰里科不同。”

“你确定他说的是俄语，不是哈萨克语吗？”

“哈萨克虽然很近，但是……杰里科·沃尔特讲了一口异常优雅的俄语，仿佛他是洛莫诺索夫的一名教授。”

“你告诉他你不想和他的信有关。”乔纳说，“还有其他信件吗？”

“还有一封是他的回信。”

“所以他先收到了一封信？”乔纳问。

“是写给我的……一位律师打算审查他的权利和选择。”

“你把它给了杰里科？”

“我不知道为什么，我想我认为这是人权，但他不……”

她开始哭起来，然后向后退了几步坐在了床垫上。

“试着记起……”

“我要我的孩子，我受不了。”她呜咽着，又站起来在床前踱来踱去，“他会伤害她们的。”

“你知道杰里科现在还被关在安全科……”

“那是因为他没想逃出来。”她打断了他的话，脚步有些跌跌撞撞，“他能愚弄每一个人，他可以随意进出……”

“那不可能，苏珊娜。”乔纳温和地说，“杰里科·沃尔特十三年来从未离开过安全科。”

她看着他，然后用她那惨白开裂的嘴唇说：“你什么都不知道。”有那么一会儿，她似乎要开始笑了。“没离开过？”她说，“你真的什么都不知道。”

她眨着干涩的眼睛，然后举起颤抖的手捋了下挂在脸上的头发。

“我在医院前面的停车场看见过他。”她平静地说，“他只是站在那儿看着我。”

床在她脚下吱吱作响，她伸出手来扶在墙上。

乔纳试图让她平静下来：“他的威胁能使你产生……”

“你是个白痴。”她喊道，“我在玻璃上看到过你的名字……”

她向前迈了一步，从床上滑了下来，脖子撞在床边，瘫倒在地上。

127

科琳·梅尔罗斯把她的手机放在桌子上摇了摇头，把一瓶昂贵的香水递到了波洛克旁边。他一直坐在那儿等她结束电话，想着她是否愿意和他共进晚餐。

“我没能得到香肠。”她说。

“香肠？”他苦笑着重复道，“你这个比喻很奇特呀。”

“平常来说这种信息应该并不难，但是……”

“我和哈萨克斯坦安全委员会的安东·塔基洛夫沟通了一下。”她说道，“只花了一秒钟，他告诉我杰里科·沃尔特不是哈萨克公民，回答得比我打开笔记本还要快。我很有礼貌地要求他们重新查一下，但塔基洛夫似乎感到被侮辱了，说他们在哈萨克斯坦还是有电脑的。”

“也许他不擅长和女人说话。”

“当我试图告诉塔基洛夫基因匹配可能需要一点儿时间时，他打断了我，并解释说，他们拥有世界上最先进的系统。”

“所以基本来说是他们不想帮忙。”

“与俄罗斯联邦安全局形成鲜明对比，如今我们和他们有很好的关系。德米特里·尤格洛夫刚刚打电话给我，他们没有找到相符的信息，但是说他会亲自要求国家警察检查照片并检查他们的DNA登记册……”

科琳闭上眼睛，用手按摩她的脖子。波洛克看着她，竭力抑制向她伸出援手的冲动。若是可以，他会非常高兴地站在她身后，温柔地用手软化她背部的肌肉。

“我的手很暖和。”波洛克这么说的时候刚好乔纳·林纳走了进来。

“我来帮你捏捏？”他用深沉的芬兰口音问道。

“哈萨克斯坦估计是想刁难我们。”科琳说，“但是我……”

“杰里科·沃尔特来自俄罗斯。”乔纳说，从碗里拿出一把糖果。

“俄罗斯？”她茫然地重复了一遍。

“他说了一口很好的俄语。”

“难道德米特里·尤格洛夫在对我撒谎吗？……不可能，我认识他，我不相信……”

“他大概什么都不知道。”乔纳说着把糖果放进口袋里，“根据杰里科·沃尔特的年纪，他的信息一定是在克格勃时代。”

128

波洛克、乔纳和科琳靠着桌子总结目前的状态。不久前，他们什么信息都没有。现在，多亏萨迦的渗透，他们有了一个地址。当杰里科·沃尔特低声说列宁斯克的时候终于说漏了嘴。他在哈萨克斯坦长大，但是因为苏珊娜·哈贾姆听到他说过只有受过高等教育才会说的俄语，所以他的家人似乎很有可能来自俄罗斯。

“但那里的联邦安全局什么都不知道。”科琳重复说。

乔纳拿出手机，开始找一个他多年没有联系的人。当他突然意识到可以找他时，不由得兴奋了起来，也许他们这次可以找到杰里科·沃尔特神秘的过去。

“你在干什么？”科琳问。

“我要和一位老熟人谈谈。”

“你要打电话给尼基塔·卡宾！”波洛克惊叹道，“我没说错吧？”

乔纳从他们身旁走开，把手机放在耳朵上。电话响了，发出滋滋的回声，一会儿又发出噼啪声。

“我有没有因为你帮助普希金而感谢你？”卡宾突然问道。

“是的，你送了一些小肥皂……”

“这还不够吗？”他打断道，“你是我见过的最执着的年轻人，所以我猜你会打电话来打扰我。”

“我们正在追踪一个非常复杂的案子……”

尼基塔又打断道：“我从来不在电话里讨论案子。”

“如果我搞一条加密线怎么样？”

“没有什么是我们不能在二十秒内破解的。”俄国人边说边笑，“不过这不是重点……我现在不干了，我帮不了你。”

“但是你一定有着私人关系对吧？”乔纳尝试着问。

“没有人留下……他们对列宁斯克一无所知，如果他们知道的话，他们不会这样回复你们。”

“你已经知道我要问什么了。”乔纳叹息着说。

“当然知道，这个国家不大。”

“如果我需要答案，我应该和谁去谈谈？”

“你可以跟俄罗斯联邦安全局试试……对不起……”卡宾打了个哈欠，“但我得带泽安出去散步了，我们一般沿着克利亚济马河的冰面走，直到走到码头。”

“我明白了。”乔纳回答。

他结束了电话，回味着这位前克格勃特工的语气，他似乎不相信俄罗斯已经有所改变，也许他说得有道理，世人所看到的俄罗斯只是一种表象。

虽然这不是一个正式的提议，但既然出自尼基塔·卡宾，这就可以算作一个慷慨的邀请。

尼基塔的老萨摩耶泽安在乔纳八年前来访时就去世了。他曾被邀请参加过三次关于杰里科·沃尔特被捕的演讲，当时莫斯科警方正在寻找连环杀手亚历山大·普希金。

尼基塔·卡宾当然知道乔纳明白狗早死了，他知道乔纳会沿着克利亚济马河的冰面一直找到他。

129

晚上七点差十分，乔纳·林纳坐上了去莫斯科的最后一班飞机，当飞机降落在俄罗斯的时候已经午夜了。这个国家此时处于寒冷的夹缝中，低温使雪非常干燥。

乔纳坐的出租车驶过广阔而单调的郊区，在经过了一大片杂乱的住宅区后，最终迎来了这座城市焕然的改变。在出租车转向后街停在酒店外面之前，他瞥见了斯大林的“七姐妹”之一——美丽的摩天大楼。

他的标间灯光昏暗，天花板很高，墙壁是黄色的，仿佛嵌入着香烟烟雾。桌子上有一个棕色的塑料茶壶，门后部紧急出口上方的防火逃生通告有着圆形烧焦的痕迹。

乔纳站在唯一朝着小巷的窗前，他可以透过玻璃感受到冬天的寒意。他走回来躺在粗糙的棕色床单上，凝视着天花板。他能听到隔壁房间里低沉的笑声和谈话声。心想着现在打电话给迪莎说晚安有些太晚了。

一阵思绪掠过他的脑海，影像伴随着他进入了梦乡。一个女孩在等妈妈梳头，萨迦·鲍尔看着他，头上满是伤口，迪莎躺在浴缸里，两眼半闭哼着歌。

早晨五点半，乔纳的手机在床头柜上震动。他穿着睡衣，身上盖着毯子和被子。他感觉自己的鼻尖已经被冻住了，必须对着手指哈气才能把闹钟关上。

透过窗户向外看去，天还是黑的。

乔纳走到门厅，请接待处的年轻女子为他租了一辆车。他在一张铺得很整齐的桌子边坐了下来，喝着茶，吃着融化的黄油和厚厚的奶酪。一个小时后，他驾驶着一辆全新的宝马 X3 飞驰在莫斯科的 M2 高速公路上。维德诺伊的交通很拥挤，当他离开高速公路转入蜿蜒的白色道路时，已经八点了。

桦树的树干看起来像雪地上的小天使，俄罗斯简直美得吓人。

天气晴朗而冷冽，万事万物沐浴在冬天的阳光下。乔纳把车停在了屋前空旷的院子里，关上了车门。曾经有人告诉他这个地方是俄罗斯戏剧界的传奇人物斯坦尼斯拉夫斯基的避暑别墅。

尼基塔·卡宾走了出来。

“你还记得我那只肮脏的老狗。”他微笑着和乔纳握手。

尼基塔·卡宾是一个矮矮胖胖的男人，有着一张苍老而迷人的面容，钢铁般的目光和军人发型。当他还是特工时，是一个令人害怕的存在。

尼基塔·卡宾不再是俄罗斯联邦安全局的一员，但仍在司法部任职。乔纳知道如果有人能知道杰里科·沃尔特是否与俄罗斯有任何联系，那个人只能是卡宾。

“我们对连环杀手有共同的兴趣。”尼基塔说着让乔纳进屋。

“就我而言，他们可以被视作用于填补空荡荡监牢的家伙……这当然是非常实用主义的。但另一方面，为了不显得我们是无能的一方，我们不得不逮捕他们，这使得整个过程变得更为复杂……”

乔纳跟着卡宾走进一个宽敞而漂亮的房间，仿佛从20世纪初开始，房间的内部装饰就一直没有改变过。

陈旧的墙纸像厚厚的奶油一样泛着光芒，斯坦尼斯拉夫斯基的画像悬挂在一架黑色的大钢琴上方。

特工从一个磨砂的玻璃罐里倒了一杯饮料，桌子上有一个灰色的纸板盒子。

“接骨木花糖浆。”他说着拍了拍他的肝脏。

当乔纳拿过了杯子和他面对面坐下时，尼基塔的脸色变了，他友好的笑容消失得干干净净，仿佛从未存在过似的。

“我们之前的最后一次见面，大部分事情依旧是机密，不过在那些日子里，我负责一个受过专门训练的小组，这个小组名叫‘小棍’。”尼基塔低声说，“我和我的人当时用了不少手段……”他仰靠在了椅子上，椅子发出吱吱的响声，“也许我会为此而下地狱。”他说得很认真，“但除非有一个天使来保卫祖国的人民。”

尼基塔纹丝不动的双手放在灰色盒子和杯子之间的桌子上。

“我看过你们秘密警察发给联邦安全局的资料……乔纳·林纳，你们没能找到很多信息。”

“是的。”乔纳耐心地说。

“我们过去常把年轻的工程师和工人召集到列宁斯克火箭燃料公司的航天飞机上。”

“火箭燃料？”

“所有围绕太空计划的一切都必须保密，所有的报告都经过仔细的加密，意图是让工程师永远不会从那里回来。他们都是受过良好教育的科学家，但却被当作牛群来对待。”

克格勃的特工沉默不语。乔纳举起杯子喝了一口。

“我奶奶曾教我怎么把接骨木花糖浆做得好喝。”

“确实很好喝。”

“你来找我是做了对的选择。”尼基塔·卡宾说着擦了擦嘴，“我从

‘小棍’的档案里借来了一个文件。”

130

卡宾从灰色的纸板箱里拿出一个同样灰色的文件夹打开，把一张照片放在乔纳面前的桌子上。这是一组二十二个人站在一些抛光石阶前的照片。

“这是 1955 年在列宁斯克拍摄的。”卡宾说道。

坐在前排中间的是传说中的谢尔盖·科罗廖夫，他带着冷静的笑容坐在一张长椅上，首席工程师站在太空第一人和世界第一颗卫星的后面。

“看看后面的人。”

乔纳转移目光，看着一张张面孔。一个头发蓬乱的男人背后隐藏着一个瘦骨嶙峋的男人，有着瘦削的脸庞和苍白的眼睛。

乔纳猛地把头往后一仰，好像闻到了氨气。他找到了杰里科·沃尔特的父亲。

“我看见了。”乔纳说。

尼基塔平静地说：“斯大林政府挑选了最年轻、最有才华的工程师。毫无疑问，瓦蒂姆·勒瓦诺夫是其中最棒的。”

当他打开护照时，乔纳感觉到自己的脉搏快速跳动。

这张黑白相片上的人非常像杰里科·沃尔特，但他的眼睛比较温暖，脸上没有皱纹。所以，杰里科·沃尔特父亲的名字叫瓦蒂姆·勒瓦诺夫，乔纳思索着。

他的这趟远行没有白来，现在他们可以开始研究杰里科·沃尔特的过去了。

尼基塔拿出了一套十指指纹，一些关于杰里科父亲洗礼和上学时的私人照片，初中教科书，还有一幅孩子画的带烟筒的车。

“你想知道关于他的什么？”卡宾笑了，“我们有很多东西……他所住过的每一个地址，和艾琳娜·米沙依诺娃结婚前的女朋友的名字，还有给他在新西伯利亚父母的信，那时他是党内的积极分子。”

“我想知道他的儿子。”乔纳低声说。

“他的妻子也是一名工程师，但她在结婚两年后就死于分娩。”卡宾继续说道。

“儿子。”乔纳重复说。

卡宾站起来，打开盒子，拿出一个沉重的箱子放在桌子上。当他打开盖子时，乔纳发现里面是一部16毫米胶片的电影放映机。

尼基塔·卡宾让乔纳拉上窗帘，然后从他的灰盒子里拿出了一卷胶卷。

“这是一部来自列宁斯克的私人电影，我想你应该看看……”投影仪开始转动，图像直接投射到了墙纸上。卡宾调整焦点，然后再次坐下。

图像的饱和度很差，但没有别的问题，摄影机当时一定是放在支架上进行的拍摄。

乔纳意识到他正在看一部由杰里科·沃尔特的父亲在列宁斯克拍摄的电影。

墙上的图像显示了房子后面的一个花园，阳光透过树叶，树的远处可以看见一个电力塔。

图像摇晃了一下，然后杰里科的父亲出现了。他把一个沉重的箱子放在草地里，然后打开，拿出四把宿营椅。一个头发梳得整整齐齐的男孩从左边进入了图像。他看上去大约七岁，有着一个鲜明的特征，一双苍白的大眼睛。

毫无疑问，这是杰里科，乔纳看到这里几乎不敢呼吸。

男孩说了些什么，但能听到的只有投影仪转动胶片的声音。

父子两人一起折起了金属制的椅子腿，翻过来的时候，它变成了一个木顶的桌子。年幼的杰里科从视野中消失了，一会儿从画面的另一侧回来，手上拿着一个水壶。这一切发生得如此之快以至于乔纳认为里面可能有什么诡计。

杰里科咬着嘴唇，紧握着手，父亲在跟他说话。

他又看不见了，他的父亲跟着他大步走去，水壶里的水在阳光下闪闪发光。

过了一会儿，杰里科拿着一个白色的纸袋回来了，然后他的父亲又抱着另一个孩子回来了。

父亲摇着头，像马一样小跑。乔纳看不到另一个孩子的脸。

孩子的头不在框里，但杰里科向他挥着手，孩子脚上的小鞋子踢在他父亲的胸前。

杰里科喊着什么。

当他的父亲把第二个孩子放在桌子前面的草地上时，乔纳又看到了一个杰里科。

同一个男孩严肃地盯着摄影机，一道阴影掠过花园，父亲拿着纸袋从屏幕中消失了。

“同卵双胞胎。”卡宾微笑着，停止了放映。

“双胞胎。”乔纳重复说。

“这就是为什么他们的母亲难产去世的原因。”

131

乔纳直视着壁纸，默默地重复着睡魔就是杰里科的孪生兄弟。

那就是囚禁菲莉西亚的人。

那就是卢米在花园里看到猫时向它挥手的人。

这就是为什么苏珊娜·哈贾姆在医院外面停车场的黑暗中能看到杰里科·沃尔特的原因。

温热的投影机发出小小的咔嗒声。

乔纳拿着杯子站起来，走过去打开窗帘，然后站在窗前，凝视着外面冰封的克利亚济马河面。

“你是怎么找到这些的？”当他确信自己的声音能准确传递信息时开口问道，“你要查阅多少文件和电影？我的意思是，你必须有着数百万人的材料。”

“是的，但我们只有一个从列宁斯克叛逃到瑞典的人。”卡宾平静地回答。

“他们的父亲逃到瑞典去了？”

“1957 年 8 月是列宁斯克艰难的一个月。”尼基塔用神秘的口气说道，然后点燃了一支香烟。

“发生了什么事？”

“我们做了两次发射尝试。第一次辅助火箭起火了，导弹在四百公里外坠毁，第二次也是同样的惨败。我被派到那里去带走负责人，给他们尝尝‘棍子’的厉害。别忘了，苏联不低于百分之五的 GDP 都花在了列宁斯克。第三次发射终于成功了，工程师们可以呼口气了，直到三年后的尼德林灾难。”

“这件事情我知道一点儿。”乔纳说。

“米特罗凡·尼德林急于研制洲际火箭。”尼基塔看着燃烧的香烟头说道，“它在人造卫星发射基地爆炸，超过一百人被烧死。瓦蒂姆·勒瓦诺夫和那对双胞胎下落不明，在开始的几个月，我们以为他们和其他人一起被杀了。”

“但他们没有。”乔纳说。

“没有。”尼基塔说，“他逃走是因为害怕被报复，他的下场肯定会是被送去古拉格，也许是西布拉格工场……但他却逃到了瑞典。”

尼基塔·卡宾陷入了沉默，慢慢地把烟头用力按在一个小瓷碟上。

“我们一直监视着瓦蒂姆·勒瓦诺夫和这对双胞胎，显然我们已经准备好了要清算他。”卡宾平静地继续说，“但我们不需要这样做……因为瑞典对待他就像对待垃圾一样，可以说是给他安排了一个特别的古拉格……他能得到的唯一工作就是在砾石采石场做劳力。”

尼基塔·卡宾的眼睛掠过一丝奇异的光芒。

他笑道：“如果你们对他所知道的一切感兴趣，瑞典可能就是第一个进入太空的国家了。”

“也许吧。”乔纳平静地回答。

“这不是开玩笑。”

“那么杰里科和他的兄弟到达瑞典的时候差不多十岁？”

“但他们只待了几年。”尼基塔笑着说。

“为什么？”

“你不会无缘无故成为一名连环杀手。”

“你知道发生了什么事吗？”乔纳问。

“是的。”

尼基塔·卡宾凝视着窗外，擦了下嘴唇，冬天的光线透过模糊的玻璃照了进来。

132

今天，萨迦第一个走进了休息室，她马上走到跑步机上。她跑了四分钟，当伯尼从他的房间出来时，她刚刚降低了速度开始走路。

“当我出去之后，我会去开出租车……该死的，像他妈的菲蒂帕尔迪……你可以免费乘坐，我会抚摸你的……”

“闭嘴！”她打断了他的话。

他点了点头，表情看起来像是受了委屈，然后径直走到棕榈叶旁，把叶子翻过来，咧嘴笑着，指着麦克风。

“现在你是我的奴隶了。”他笑着说。

萨迦狠狠地戳了他一下，使他跌倒在地。

“我也想逃走。”他咝咝地说，“我想开出租车。”

“闭嘴！”萨迦说着转动肩膀向外看有没有看守要通过气闸进来。

似乎没有人在安全控制室的监视器上监视他们。

“当你逃跑的时候，你会带着我，你听见了吗？”

“闭嘴。”杰里科打断他们的话。

“对不起。”伯尼坐在地板上低语。

萨迦没有听到杰里科走进客厅，她意识到他可能看到了棕榈叶下面的麦克风时，她的脊梁一阵寒战。

也许她的卧底身份已经暴露了？

她一直在担心的危机可能就要在此时发生了。她感觉到肾上腺素在体内奔跑，她回忆着安全科的平面图。在她的记忆中，她需要快速移动穿过有标记的门，不同的区域，找到最好的临时避难所。

如果伯尼让她暴露，她将不得不在她的病房前做好路障。理想情况下，她得拿过麦克风来大声呼救，让他们来救她。

杰里科站在伯尼面前，他躺在地板上低声道歉。

“你要把跑步机上的电线拆下来，然后回到你的房间，把自己挂在门顶上。”杰里科告诉他。

伯尼恐惧地抬头看着杰里科："什么？你说什么……"

"把电线拴在外面的把手上，把它扔到门上，把塑料椅子拉过去。"杰里科简短地解释道。

"我不想，我不想。"伯尼的嘴唇颤抖着。

"我们不能再让你活着了。"杰里科平静地说。

"但是……他妈的，我只是开玩笑，我很清楚我不能跟你们一起走……我知道这只是你们的事……你们的事情……"

133

内森·波洛克和科琳·梅尔罗斯从桌旁站了起来，休息室内的情况变得严峻异常。

他们意识到杰里科决定杀死伯尼，并希望萨迦没有忘记她此时没有警察的责任或权力。

"我们无能为力。"科琳低声说。

喇叭里传来雷鸣般的缓慢隆隆声。约翰·乔森调节着声音，焦虑地搔搔自己的脑袋。

"给我一个惩罚代替吧。"伯尼呜咽着说，"我应该受到惩罚……"

"我可以把他的两条腿都打折。"萨迦说。

科琳搂住自己的手臂，试图控制她的呼吸。

"什么都别做呀。"波洛克低声对着扩音器说，"你需要相信守卫，你只是一个病人。"

“为什么没有人进来？”约翰·乔森说，“看在上帝的分儿上，看守一定注意到发生了什么事吧？”

“如果她采取行动，杰里科马上就会杀了她。”科琳低声说，在压力下她的法国口音凸显出来了。

“不要做任何事。”波洛克忍不住祈祷道，“什么都不要做！”

134

萨迦的心脏在胸膛里怦怦直跳，当她从跑步机上下来时她无法理解自己的想法。保护其他病人不是她的职责，她知道自己不能脱离精神分裂症患者这个角色。

“我可以打破他的膝盖。”她试着说，“我可以打折他的胳膊和手指。”

“如果他死了，那就更好了。”杰里科下了结论。

“快点儿。”她对伯尼说，“这里监视器看不到……”

“白雪公主，你想干吗？”伯尼啜泣着向她走近。她抓住他的手腕，拉近他，掰折了他的小指。

他尖叫着跪在地上，紧紧抓住自己的手。

“下一根手指。”她说。

“你们俩都疯了。”伯尼呜咽着说，“我会喊救命的……我的骷髅奴隶会来的……”

“安静点儿。”杰里科说。

他走到跑步机前，把电线从踢脚线上拽出来，一阵混凝土的灰尘撒在了地板上。

“下一个手指。”萨迦又说了一遍。

“你向后退。”杰里科看着她的眼睛说。

萨迦依旧站着，一只手靠在墙上，没有后退。

她看着杰里科把电线系在休息间门的把手上，然后又把它扔到了门上。

她觉得这样的情形很荒唐，想歇斯底里地大叫。

当伯尼爬到塑料椅子上，把绳索套进脖子里时，他恳求地看着她。

他试着和杰里科说话，一再露出微笑。

她站在那里，一动也不动，以为工作人员一定会看到他们。但是没有看守赶来。杰里科已经在这里待了很长的时间，长到已经记住了他们的习惯。也许他知道这时正是他们休息的时候，或者正要换班。

萨迦慢慢地走向自己的病房，她不知道她要做什么，不明白为什么没有人进来。

杰里科对伯尼说了些什么，等了一会儿，又重复了几句话，但伯尼在摇着头，眼里涌出了泪水。

萨迦向后走去，心脏怦怦直跳，一种不真实的感觉正在她的身体中蔓延。

杰里科把椅子踢开，然后径直穿过客厅走进自己的房间。

伯尼在空中晃来晃去，他的脚刚好离开地面，他试图用电线拉起自己，但他不够强壮。

萨迦走进她的病房，面对着门和上面的强化玻璃窗使劲地踢，但她能听到的只是一声闷闷的声音。她向后退了几步，转身又踢，后退，再踢。坚实的门发出轻微震动，沉重的声音被混凝土墙吸收了。她继续踢，直到最后她听到走廊里传来了激烈的声音，接着是急速的脚步声和电锁打开的嗖嗖声。

135

天花板上的灯熄灭了，萨迦睁着眼睛躺在床上。

上帝，我该怎么办？她的内心因痛苦而燃烧起来。她的腿、脚踝和膝盖因刚才的踢踹而疼痛。

她不知道是否可以通过干涉来拯救伯尼。也许她可以，也许杰里科不会阻止她。

但毫无疑问，她会暴露在危险中，毁掉任何拯救菲莉西亚的机会。

于是她走回病房，只能绝望且可悲地踹门。

她尽可能用力地踹门，希望看守们想知道噪声是从哪里来的，最后注意到显示器。

但什么也没发生，他们没有听见她发出的声音，她应该踢得更用力些。

在声音和脚步声出现之前，她感觉迈入了永恒之境。萨迦躺在床上，试图告诉自己工作人员及时赶到了那里，伯尼现在正在接受重症监护，他的病情恢复了稳定。

这一切的结果取决于压迫他脖子动脉上的电线。

她希望杰里科系了一个松散的套索，尽管她知道情况并非如此。

自从萨迦回到自己的病房后她所做的就是躺在床上，感觉着彻骨的冰冷。晚餐从舱口送了进来，但她只吃了鱼排里的豌豆和两口土豆。

萨迦在黑暗中想着伯尼的脸，他摇着头，眼里充满了百分之百的无助。杰里科像影子一样移动着，冷静地执行着死刑，仿佛只是在做他必须做的事，把椅子踢开，然后不慌不忙地走向他的病房。

萨迦在床边打开灯，然后坐起来，把脚放在地上。她把脸转向天花板上的摄像头，朝着它的黑色镜头望去。

像往常一样，乔纳是对的，她凝视着镜头心想道，他认为杰里科会找机会来接近她。

事实上，当他开始以这种个人的方式和她交谈时，乔纳也觉得出乎意料。

萨迦想着她是如何打破了不谈论父母和家人的规则，希望监听的人不会认为她失去了对局势的控制。她说服自己，这是一次进行深入谈话的尝试。当她向连环杀手杰里科·沃尔特讲述自己一生中最困难的时期之一时，她非常清楚自己在做什么。

她从来没有忘记杰里科·沃尔特做过什么，但她没有感到来自他的威胁。她认为这可能得益于一种过滤作用，她更害怕伯尼，直到杰里科用电线把他吊死的那一刻。

萨迦用手按摩着自己的脖子，继续盯着监视器的镜头，她已经就这样坐了一个多小时。

136

安德斯·罗恩坐在他的办公室里，登录了电脑，在科室的日志中总结当天的事件。

为什么现在一切问题都发生了？

每月同一天，工作人员需要清点药房和其他易腐烂的物品。

这个过程的时间不超过四十分钟。

他、梅和列夫在药房外面突然听到了奇怪的噪声。

深沉的隆隆声在墙内回响。梅把清单放在地上，跑向监控室，安德斯跟着她。梅看着大监视器，当她看到 2 号病房的图像时突然大声叫了起来。伯尼此时对着客厅的门毫无生气地挂着，尿从脚趾上滴下来，在脚下形成一个水坑。

安德斯的皮肤起着鸡皮疙瘩，由于病房里发生了自杀事件，他被召集到医院委员会的危机会议上。医院经理从一个儿童聚会上直接赶了过来，为此很恼火。经理看了他一眼，说让一个没有经验的医生担任高级主治医生可能是个错误。说这些话时他那圆圆的脸和深凹的下巴微微颤抖着。

安德斯回忆起他是如何站了起来道歉，结结巴巴地试图解释，根据他的医学诊断，伯尼·拉尔森抑郁症非常严重，他转院到这里来后十分不适应。

“你还在？”

他抬头看见梅正站在门口，疲倦地朝他微笑。

“医院管理层明天早上第一件事就是要这份报告，所以你可能要再忍受我几个小时。”

“真是浑蛋。”她打着哈欠说。

“如果你想的话，可以去休息室休息一下。”他说道。

“别担心。”

“我是认真的，反正我都要在这里。”

“你确定吗？你真是太好了。”

他对她微笑。

“去睡几个小时吧，当我准备走的时候会去叫醒你的。”

安德斯听见她沿着走廊经过了更衣室，走入休息室。

电脑屏幕在安德斯小小的办公室中泛着光，他打开日志，然后添加了一些与护理工作者和亲属安排的见面会议。

当他再次想起那个新病人时，在键盘上敲击的手指停了下来。他在她房间里的那一幕，当他拉下她的裤子和内衣，看着她在注射后白皙的皮肤渐渐变红的过程，他以医生的身份抚摸着她的大腿和私密处。

安德斯记下一个重新安排的会议，然后打开一份过去的诊断，无法集中自己注意力。

他读了社会服务报告，然后站起来，去监控室。

当他坐在大屏幕前看着九个正方形时，立刻注意到萨迦·鲍尔醒了。她的床头灯打开着，她静静地坐着，直愣愣地凝视着镜头。

安德斯感觉到他身体内涌起了一股奇特的力量，他看了其他屏幕。1号和2号病房都是一团黑暗，气闸和休息室也很安静。梅所休息的房间外面的监视器只显示了一扇关着的门，保安公司的员工则在第一道安全门外。

安德斯放大了3号病房，图像立刻充满了另一个屏幕。监控室天花板上的灯反射着屏幕上的灰尘，他把椅子挪得更近些。萨迦仍然坐在那里，仿佛盯着他。

他想知道她想要什么。

她的脸色苍白，脖子上的皮肤绷紧着。

她用一只手按摩脖子，从床上站起来，向前走了几步，一直看着摄像头。

安德斯把图像缩小成原来的尺寸，站起来，看着屏幕上的看守和休息室紧闭的门。

他走到安全门前，把他的卡从读卡器上划过，走进了走廊。夜间的照明灯发出灰色的光芒，把三个病房的门照射出铅一般的光泽。他走到她的病房门口，透过强化玻璃往里看。萨迦仍然站在房间的中央，但当他打开舱门时她转过身朝向了门的位置。

床头灯的光照在她身后，照在她的双腿之间。

“我睡不着。”她瞪着一双又黑又大的眼睛说。

“你害怕黑暗吗？”他笑了。

“我需要十毫克的地西泮，以前我在卡拉登的时候都可以得到。”

他感觉着现实中的她显得更加美丽。她有着一种对自己身体的奇妙自信，仿佛是一名优秀的体操运动员或芭蕾舞演员。他可以看出她的紧身薄背心被汗水湿透了，可以看见肩膀完美的曲线，可以看见衣服下面的突出的乳头。

他试图回忆起她在卡拉登时诊断书中所写的睡眠问题，然后意识到这跟他没关系，如今他才是负责如何进行药物治疗的人。

“等一下。”他说完后去拿来了一个药片。

当他回来时，他能感觉到他肩胛骨之间的汗水。他拿着塑料杯给她看，她伸手从舱口探过来想要接过去，他忍不住说道：“你可以笑给我看看吗？”

“把药给我。”她用单调的语气说道，仍然伸着她的手。

他把塑料杯举在她伸手无法够到的位置。

“只要一个小小的微笑。”他一边说一边挠着她的手掌。

137

萨迦对着医生微笑，并保持着和他的目光接触，直到她拿到塑料杯。他关上舱门，但依旧站在舱门外面。她退到病房里，假装把药丸放进嘴里，喝了一点儿水装作吞咽的样子，向后仰了仰头。她没有看着他，不确定他是否还在那里。她在床上坐了一会儿，然后关了灯。在黑暗的掩护下，她快速地把药片塞进一只鞋的鞋底，然后再躺回到床上。

在她睡着之前，她又看到了伯尼的脸，他把套索套到脖子上，眼里溢满了泪水。

他安静地抽搐着，脚跟撞在了门上，她跟随着这样的想象慢慢睡着了。

萨迦沉入了深度睡眠，开始疗愈。

过了一段时间，温暖的空气拂来，她慢慢地清醒过来，在黑暗中睁开眼睛。她不知道是什么把她吵醒了，在她的梦中，伯尼还在无助地蹬着脚下的空气。

好像是一种遥远的嘎嘎声，她慢慢察觉道。

此时，她眨着眼睛聆听，能听到的只有她体内深处涌动的脉搏。

病房门上的强化玻璃逐渐变成了一汪矩形的冻结海水。

她闭上眼睛试着继续睡去，她的眼睛因疲劳而刺痛，但整个人却无法放松下来，有什么东西正一步步增强了她对周围的感知。

金属墙在咔嗒咔嗒响，她又睁开眼睛，凝视着灰色的窗户。

突然，一个黑影出现在玻璃上。

她立即惊醒，冰冷向整个人袭来。

一个男人透过强化玻璃正看着她，是那位年轻的医生。他一直站在那儿吗？

他在黑暗中什么也看不见。

但他仍然在半夜时分站在那里，发出着微弱的咝咝声。

他微微点了点头。

现在她意识到唤醒她的嘎吱声是滑进锁里的钥匙。

空气涌进，声音膨胀，越来越低，逐渐消失。沉重的门被打开了，她知道她必须静静地躺着。

因为药效的关系，她要装作已经沉沉入睡。走廊上的夜光照在年轻医生的头顶和肩膀上。

她不知道他是否看到她只是假装服用了药，他是要从她的鞋子里把药拿出来吗？但她记得这里规定员工不能单独一人进入病人的房间。

一瞬间，她恍然大悟，医生独自一人进来是因为他认为她吃了药，此时已经进入了梦境。

138

这真是疯了，安德斯关上他身后的门时心想道。现在已经是半夜，他来看一位病人，现在正站在她黑暗的病房里。他的心在胸膛里怦怦直跳，甚至传来一丝疼痛。

他只能看到她在床上的影子。

她会无知无觉地昏睡好几个小时。

梅睡觉的休息室的门是关着的，最远的安全门那里有两名看守，其他人都睡着了。他其实不知道自己在萨迦的房间里干什么，他无法提前考虑，他所知道的只是他必须进来再看看她，必须找个借口让他感觉到从她皮肤传入他指尖的那种温暖。

他没有办法让自己停止想象，她汗津津衣服下的乳房和打算挣脱他时被他扯下的内衣。

他反复重复说，他只是来确认一个刚服用过镇静剂的病人一切都安好。

如果有人发现他，他可以说他检测到了她睡眠呼吸暂停的迹象，所以决定进去看看，因为她的药量很大。

他们会说不叫梅一起来是一个错误的判断，但是及时采取措施本身会被认为是正当的抉择。

他只是想确保一切都正常。

安德斯向病房内走了几步，突然意识到这似乎是一个渔网、一个龙虾罐，一个捕鱼器，大大的开口把你引向内部，直到最后没有办法回来。

他使劲咽了口唾沫，告诉自己没有做错什么。他非常关心病人的状态，仅此而已。

他无法停止去想他给她强行注射的回忆，她的背部和臀部的记忆就像成了他身体的一部分。

他慢慢地走过去，在黑暗中看着她，他能看到她朝一侧躺着睡觉。

他小心翼翼地坐在床的边缘，把被子从她腿和背上折了起来。他试着倾听她的呼吸，但是他的心跳在耳朵里咚咚作响使他无法听清。

她的身体散发着温暖的气息。

他轻轻地抚摸她的大腿，这是任何医生都可以做的动作。

他的手指伸进她的棉内裤。

他的手很冷，手指在颤抖，他太紧张了，以至于没有产生性兴奋。

这里太暗了，天花板上的摄像头无法记录下他在做什么。

他让手指小心地在内裤和大腿之间滑动，感觉到她私密处传来的热度。

轻轻地，他把手指压在内裤上，沿着阴唇滑动。

他想把她抚摸到高潮，即使她睡着了，也想让她的身体渴望交合。

他的眼睛已经适应了黑暗，现在能辨认出萨迦光滑的大腿和臀部的完美线条。

他提醒自己，她睡得很熟，他直接把她的内裤拉下。她在睡梦中呻吟了一声，但身体完全静止不动。

她的身躯在黑暗中闪耀着光芒。

敏感的大腿内侧，平坦的腹部。不管他做什么，她都睡得死死的。

她不会有丝毫感知。

她不会拒绝，她不会向他开枪，或者恳求他停下来。

一阵强烈的性冲动笼罩着他，使他兴奋不已。

他能听到自己的呼吸和心跳声。他必须进入她体内，他的双手摸索着她的膝盖，试图把大腿分开。

她翻了个身，在睡梦中轻轻地踢了一下。

他放慢了速度，靠在她身上，双手交叉在大腿之间，试图掰开。

他没法得逞，感觉到好像她在抵抗。

他把她翻了过来，想让她面朝上，但她顺势跌到了地上，然后坐了起来，睁大眼睛看着他。

安德斯急忙跑出病房，告诉自己她没有完全清醒，她什么都不会记得，她会以为自己只是在做梦。

139

雪在路边咖啡馆外的高速公路上呼呼飘过，轰隆而过的车辆使得玻璃窗嘎吱作响，乔纳杯子里的咖啡随着震动而颤抖。

乔纳看着桌子旁的人，他们的脸平静而疲惫。自从拿走了他的手机、护照和钱包后，他们似乎在等待指示。

咖啡厅散发着荞麦和炸猪肉的味道。

乔纳看了看手表，发现他的飞机将在九分钟后离开莫斯科。

菲莉西亚的生命正在一分一秒地消失。

其中一名男子正在玩数独，另一个人则在读一份报纸上关于赛马的信息。

乔纳一边看着柜台后面的女人，一边回忆着和尼基塔·卡宾的交谈。

这个老人表现得好像他们在这个世界一直与世无争，直到有人打断了这份宁静。他平静地笑了笑，用拇指擦了擦水壶的污垢，说杰里科·沃尔特和他的孪生兄弟只在瑞典待了两年。

“为什么？”乔纳问。

“你不可能无缘无故变成一个连环杀手。”

“那你知道发生了什么吗？”

“我知道。”

老人摸了摸那灰色的档案，又开始谈论那位受过高度训练的工程师，看样子他要出售脑子里的机密了。

“但是瑞典的移民局只关心瓦蒂姆·勒瓦诺夫是否能工作，他们什么都不懂……他们派一名世界级的导弹工程师去砾石坑里工作。”

“也许他意识到你们一直在监视他，所以他理智地对他所知道的事情保持沉默。”乔纳说。

“如果不离开列宁斯克，那就更明智了……他可能会在劳改营工作十年，但是……”

“但他不得不为他的孩子们着想。”

“那么他就更应该留下来。”尼基塔说着迎上了乔纳的目光，“两个男孩在瑞典被引渡了，瓦蒂姆·勒瓦诺夫无法追踪他们的信息。他联系了所有他能找到的人，但依旧没有消息，他的能力有限。他当然知道如果他回到俄罗斯，我们就会逮捕他，然后他绝对不可能再找到他的儿子，所以他只能等他们回来……他一定认为如果男孩子们想找到他，他们就会去最后一次大家在一起的地方找他。”

“那是在哪里？”乔纳问道，这时他注意到一辆黑色的汽车驶近了房子。

“访问工作者的住所，军营四号。”尼基塔·卡宾回答，“那也是他后来自杀的地方。”乔纳还没来得及问他们父亲工作的砾石坑的名字，尼基塔·卡宾就有了更多的来访者。一辆黑色克莱斯勒在屋前转过身停了下来，毫无疑问，谈话结束了。非常自然的，老人把桌上关于杰里科父亲的所有资料都换成了关于亚历山大·普希金的信息，亚历山大·普希金一个被称为“棋盘杀手”的连环杀手，他在被捕时乔纳提供了一点儿帮助。

四个人走进来，平静地走向乔纳和尼基塔，礼貌地握了握手，用俄语交谈了一会儿，然后其中两个人把乔纳领到黑车上，而另外两个人留在尼基塔身边。

乔纳被要求坐在后座上，其中一人的脖子很粗，眼睛又黑又小，用一种不友好的声音要看他的护照，然后要走了他的手机。他们查看了他的钱包，打电话给他的旅馆和租车公司。他们向他保证他们会开车送他去机场，但不是现在。

现在他们坐在咖啡馆里的一张桌子旁等待着，乔纳又喝了一小口冰凉的咖啡。

如果他有电话的话就可以打电话给安雅，让她去搜索杰里科·沃尔特父亲的信息。一定能查出一些关于孩子，关于他们住处的信息。他抑制着想要掀翻桌子、跳上车赶去机场的冲动。他们拿走了他的护照，还有他的钱包和手机。

那个粗脖子的男人轻轻地敲着桌子，哼着歌。另一个灰白色头发的家伙已经看完了报纸，正在用手机发短信。

厨房里传来哗啦哗啦的声音。

突然，俄罗斯人的手机铃声响起，灰白头发的男人站了起来，走了几步才接起。

过了一会儿，他结束了电话，解释说该走了。

140

米凯尔正坐在房间里和伯齐利厄斯一起看电视。瑞德正朝楼下走去，透过一排窗户望着外面的雪，就像灰色的光。今天太阳没有出来，整个天气从早上开始就一直灰蒙蒙的。

桦木在敞开的壁炉里燃烧着，各式不同的信件堆在桌子上，贝多芬的钢琴奏鸣曲正从音响中流淌出来。

瑞德坐了下来，迅速地扫视了一下信件。他的日本译者需要知道各种角色的准确名称和年龄，这样才能改编成漫画书。一家美国电视公司的制片人想讨论一个新想法。在信件的底部他看到一个没有寄件人地址的普通信封。收件人的地址好像出自一个孩子之手。

他不知道为什么他的心脏开始快速跳动，他打开信封，读着内容：

“菲莉西亚此刻睡着了。我是在一年前来到卡法斯特玛卡贝肯 1B，菲莉西亚在这里待的时间比我长得多。我已经厌倦了给她食物和水，如果你愿意的话，可以把她接回去。”

瑞德站了起来，用颤抖的双手打电话给乔纳，但他的电话关机了。瑞德朝大厅走去，显然，他知道这可能是另一个骗局，但他必须去！他必须马上去！他从大厅桌子上的碗里拿出车钥匙，检查他的硝酸甘油喷雾剂是否在外套口袋里，然后冲了出去。

当他开车去斯德哥尔摩时，他又试着打电话给乔纳，然后设法接通了乔纳的同事玛格达琳娜·罗南德。

“我知道菲莉西亚在哪儿！”他喊道，“她在南城，在卡法斯特玛卡贝肯的一个公寓里。”

“你是瑞德吗？”她问。

“为什么找你们那么麻烦！”瑞德咆哮道。

“你是说你知道菲莉西亚在哪里？”玛格达琳娜问。

“卡法斯特玛卡贝肯 1B。”瑞德试图使自己平静下来，“今天早上我收到了一封信。”

“我们需要看看这封信。”

“我需要和乔纳谈谈。”瑞德打断道，随后电话从手中滑落。

手机掉到了他的座位旁边，他撞上了一辆灰色的铰接式卡车，车头的挡风玻璃被积雪所覆盖，车轮发出诡异的轰鸣声。

141

瑞德把车停下，不管开着的车门，径直向卡法斯特玛卡贝肯的红色栏杆走去。他的电话在座位底下响了起来，但他没有要去捡回来的意思。他爬过篱笆，穿过厚厚的积雪，用颤抖的腿朝被清除了积雪的入口跑去。

编号 1B 是一座古老的石头建筑，它独自矗立在一座小山上。除此之外，这里就是工业区和穿插其中的一条条马路。瑞德在陡峭的石阶上滑了一跤，膝盖重重地磕到了石阶，差点儿让他哭了出来。

他试图平复呼吸，一边因为疼痛而呻吟，一边在台阶上跛行。

他倚在铁栏杆上，感觉到膝盖上的血从裤子里淌下来。

一个编号为 1B 的照明标志从入口处发出暗淡的黄光。

瑞德“砰”的一声撞到门上，一边的窗发出吱吱的声响，仿佛有人正在推开它。

“你在干什么？”一个秃头老人从缝隙里问道。

“开门。”瑞德喘息着说。

“我女儿在这里。”

“哦……”老人说着关上了窗户。

瑞德又开始敲门，过了一会儿，锁开始转动。瑞德猛地推开门呼啸般地跑了进去。

“菲莉西亚！菲莉西亚！”

老人看上去很害怕，背朝门口走去，瑞德跟着他。

“你是谁？”他问道。

“这封信是你写的吗？”

“我只是……”

瑞德强行从那人身边走过，径直走进他的公寓。左边是一个狭小的厨房，有一张桌子和一把椅子。瑞德走进隔壁房间时，这个人仍然站在门口。房间的前面是一个红色的沙发，毯子上有一台电视。瑞德的脚在油毡地板上留下湿漉漉的痕迹，他打开了衣柜，打量着挂在里面的衣服。

“菲莉西亚！”瑞德一边大喊，一边朝浴室望去。

老人在瑞德冲向楼梯间时挡住了他。

“打开地下室！”

“不，我……”

瑞德跟着他，他的眼睛在墙壁、门和向下的石阶上打量着。

“给我打开！”瑞德喊道，抓住那个男人的无袖汗衫。

“求求你。”那人乞求着，从裤兜里掏出钥匙。

瑞德拿起钥匙跑下台阶，一边打开钢门一边哭，一边冲进储藏室。

“菲莉西亚！”他哭喊道。

他绕着铁丝网墙寻找着，一边咳嗽，一边叫女儿，可是那儿没有人，他又跑回楼上。他的胸口开始传来疼痛，他走到下一楼，一脚踢在门上，然后打开信箱的小缝，叫菲莉西亚的名字，然后又走到下一楼，按响门铃。

这座建筑物散发着潮湿和腐烂的木头气味。

汗水从他的背上渗出，他开始呼吸困难。

一个头发染红的年轻女子打开门，瑞德一言不发地强行从她身边挤了进去。

“你他妈的在干吗？”她喊道。

“菲莉西亚！”

一个身穿皮背心，留着长长的黑发的男人拦住瑞德并推倒了他。瑞德伸出一只胳膊，设法把日历摔到地上。他试图再从那个男人身边挤过，但是又被重重地击中了，然后一个踉跄摔倒，后脑勺撞到了门阶上。他在一小段时间内失去了知觉，然后他翻过身，听到女人喊着他们需要报警。

瑞德站了起来，又差点儿跌倒，把一件外套从衣架上拉了下来。他一面背对着公寓门，一面回头喃喃地道歉。

“我必须进去看看。”他擦了下嘴，有血。

那个留着长长的黑发的人双手捧着曲棍球棍，正目不转睛地盯着他。

“菲莉西亚。”瑞德低声说，感觉眼泪刺痛了他的眼睛。

“它在我这儿，但我觉得它的身体不太好。”一个女人从背后发出声音。

瑞德转过身来，看见一位戴着金色假发的红唇老妇人。她站在昏暗的楼梯上，抱着一只条纹猫。

“你说什么？”他喘息着。

“你不是在叫菲莉西亚吗？”她笑着说。

“我的女儿……”

“它偷了我的食物。”

他朝楼梯上的女人走去。她皱着眉头，把猫抱在面前。现在他可以看到猫的脖子断了。

“菲莉西亚。”女人说，“当我搬进来的时候，它就在公寓里，我一直在照顾它。”

“你说是这只猫？”

“它的项圈上写着菲莉西亚……”

142

医生夜访后的不安就像窗外的雨，没有湿意，但把她关在了里面。

药物治疗让萨迦觉得自己奇异地脱离了现实，但仍然有一种强烈的感觉，她的卧底身份即将被拆穿。

她想如果当时我真的睡着了，医生就会强奸我。

我绝对不能再让他碰我！

她只是需要多一点儿时间来完成她的使命。她已经接近了目标，杰里科正在和她谈论逃跑计划。如果她的卧底身份没有被揭穿，那他很快就会给她一个位置，一个线索，一个可以找到菲莉西亚的信息。

他昨天差点儿就要向她吐露心事了。只要麦克风依旧工作着，也许今天就会成功。

一次又一次，萨迦思索着菲莉西亚。

她需要专注于她来这里做的事情，不要为自己的遭遇而感到难过。

她要去救那个被俘虏的女孩。

规则很简单，在任何情况下她都不能让杰里科逃走，但她可以和他一起计划逃跑，她可以表现出兴趣并提出问题。

逃犯最常面临的问题是一旦逃了出去却发现自己无处可去。杰里科不会犯这个错误的，他知道他要去哪里。

通往休息室的门发出了声响，萨迦从床上起来，活动着自己的肩膀，然后走了出去。

杰里科·沃尔特站在对面的墙边等着她，她不明白他怎么能这么快就走进了休息室。现在她已经没有理由再靠近跑步机了，因为电线已经被拔掉。她只能希望麦克风的收音范围能够宽。

电视没有打开，但她走了过去坐在沙发上。

杰里科站在她面前。

她感觉自己似乎失去了皮肤，好像他有一种奇怪的能力能直视她的血肉。

他坐在她旁边，她小心翼翼地把药片递给他。

“我们还需要四片。”他用那双苍白的眼睛看着她。

“是的，但是我……”

“然后我们可以离开这个可怕的地方。”

“也许我不想去。”

当杰里科·沃尔特伸出手抚摸她的手臂时，她几乎跳了起来。他注意到她的恐惧，茫然地望着她。

“我有一个地方，我想你会喜欢的。”他说，“离这儿不远，是一座旧砖厂后面的老房子，但晚上你可以出去荡秋千。”

“真的秋千？”她问道，并试图微笑。

她认为杰里科需要继续跟她说话。他的话是一小片一小片的拼图，最终乔纳可以把它们拼成完整的图案。

“只是一个普通的秋千。”他回答道，“但是你可以在水面上荡秋千。”

“什么？湖，还是……”

“你会看到的，很有意思。”

“我还喜欢苹果树。”她平静地说。

143

萨迦的心跳得如此厉害，她觉得杰里科一定意识到了她的异常。如果麦克风正常工作，那么她的同事们将开始寻找每一个被遗弃的砖厂，他们甚至可能已经在赶去的路上了。

“那是一个藏身的好地方，直到警察放弃搜捕。”他继续看着她，“如果你喜欢的话，你可以待在家里。”

“但是你会继续向前？”她问。

“我必须这么做。”

“我不能和你一起去吗？”

“你想吗？”

“取决于你要去哪里。”

萨迦知道她可能会把他推得太远，但现在他似乎很想让她参与他的逃跑计划。

“你必须相信我。”他简短地说。

“这听起来好像你打算把我扔进你刚才说的那个房子里。”

“不是的。”

“听起来很像。”她坚持说，声音听起来好像很伤心，“我想我会留在这里，直到我出院。”

“那会是什么时候？”

“我不知道。”

“你确定他们会让你出去吗？”

“是的。”她诚实地回答。

“因为你是一个会帮助你生病的妈妈的好女孩……”

“我不是好人。”萨迦打断他，把自己的胳膊拉了回来，“你认为我当时想做那些事情吗？我只是个孩子，我只是在做我必须做的事。”

他仰靠在沙发上点了点头：“所以你是被强迫的。”

她抗议道：“我并不是被迫这样做的。”

他对她微笑，“你刚才说你是。”

“不是那样的……我的意思是，我主动去做。”她解释道，“她只有在傍晚和晚上的时候才感到痛苦。”

萨迦陷入了沉默，想着在一个特别困难的夜晚之后的早晨，她母亲正在为她做早餐。她在煎蛋，做三明治，倒牛奶。然后她们穿着睡衣走出去，花园里的草被露水沾湿了，她们把垫子拿到吊床上。

“你给了她可待因。”杰里科用奇怪的语调说。

“这能帮她止痛。”

“但是药效并不强，她最后一个晚上吃了多少？”

“很多……她疼得厉害……”

萨迦用手擦过额头，意识到她正在出汗。她不想谈这件事，多年来她一直没有想过。

“我想应该超过十片吧？”杰里科轻轻地问。

“她一般只吃两片，但那天晚上她吃了很多……我把它们撒在地毯上了……我不知道，我一定给了她十二，也许是十三片药。”

萨迦脸上的肌肉绷紧了，她害怕自己若再在这待下去就会哭，所以她很快地站了起来，走回自己的病房。

“你妈妈没有死于癌症。”杰里科说。

她停下来，向他转过身来。

“够了。”她厉声道。

“她没有脑瘤。”他平静地说。

“她去世的时候我和她在一起，你对她一无所知，你不能……”

“头痛。”杰里科打断道，“如果你有肿瘤，第二天早上头痛不会消退。”

“但她当时就是那样。”她坚定地说。

“疼痛是由于肿瘤生长时对大脑组织和血管的压力造成的，这不会好转，只会变得更糟。”

她看着杰里科的眼睛，感到一阵颤抖从脊梁骨一直传到下身。

“我……”

她的声音只不过是耳语，但她的内心感觉则像是在大喊大叫，她在一瞬间失去了所有的力量。

扪心自问，她总是觉得她的记忆有些奇怪。她记得自己十几岁时对父亲大喊大叫，说他对什么都撒谎，说他是她见过的最大的骗子。

他告诉她母亲没有癌症。

她总是以为他在对她撒谎，为的是找一个理由原谅他背叛了她的母亲。

现在她站在这里，不再确定母亲脑瘤的想法是从哪里来的。她不记得她的母亲曾经说过她得了癌症，而且她们从未去过任何医院。

但是如果她没有生病的话，为什么妈妈每天晚上都哭？这没有道理。为什么她让我一直打电话给爸爸，告诉他必须回家？如果妈妈没有病痛，为什么要服用可待因呢？她为什么让自己的女儿给她所有的药片？

杰里科的脸犹如一个阴沉而僵硬的面具。萨迦转身向门口走去，她想逃跑，不想听到他要说的话。

“你杀了你自己的母亲。”他平静地说。

144

萨迦停了下来，她的呼吸变得又浅又快，但强迫自己不表露出内心的感情。她提醒自己必须要掌控现在的局面，他可能相信他现在已经可以愚弄她，但实际上她才是那个掌握着一切的人。

萨迦慢慢地转过头面对着他。

“可待因。”杰里科冷冷地笑着说，“磷酸可待因每一片是二十五毫克……我确切地知道杀死一个人所需要的剂量。”

“是母亲叫我给她药片。”她用空洞的语气解释道。

“但我想你知道她会死的。”他说，“我肯定你妈妈以为你知道……她以为你要她死。”

“滚！”她低声说。

“也许你应该永远被关在这儿。”

“滚！”

他的眼神中充满了一种可怕的力量，如金属一般。

“也许你再多拿到一片安眠药就足够了。”他说道，“因为昨天伯尼说他在一张纸里藏了一些地西泮，藏在了他的水槽里……除非他这么说只是为了让我饶他一命。”

她的心跳加速了，伯尼把安眠药藏在了病房里？她现在打算做什么？她必须阻止这一切。她不能让杰里科找到安眠药，说不定他真的会有机会执行他的逃生计划。

“你要进他的病房吗？”她问。

“门是开着的。”

“我觉得让我去更适合。”她快速地说。

“为什么？”

杰里科给了她一个看起来饶有趣味的表情，而她却拼命地想出一个合理的答案。

“如果他们抓住我。”她说，“他们就会认为我是对药物上瘾，而且……”

“那样他们就不会再给我们药了。”他反驳道。

“我想我可以从医生那里再搞到一些。”她说道。

杰里科考虑了一下，然后点点头。

“他看着你，就好像他是被你俘虏的一样。”

她打开了伯尼房间的门，走了过去。从休息室里可以看出他的病房和自己的如出一辙，当门在她身后关上时，一切都变黑了。她走到墙边，摸索着四周，从马桶里可以闻到尿臭味，她走到水池前，水盆的边缘是湿湿的，好像刚刚被洗刷过。

通往休息室的门被关上了。

她告诉自己不要去想她母亲，要专注于手头的工作。她的下巴开始颤抖，但她努力使自己振作起来，抑制住眼泪，即使她的喉咙感觉好像要撕裂了。她跪下来，把手指伸进水池的下水管中。她触碰到了管壁，感觉到了硅酮密封圈，但找不到任何其他东西。一滴水落在她的脖子上，她在黑暗中眨眼，再往下探索着。另一滴水落在她的肩胛骨之间，她突然意识到水池微微有些倾斜，这就是为什么顶部的水会滴落在她身上而不是洗手盆中。

她用肩膀推着洗手盆，沿着墙的下边探索。她的手指发现了一个裂缝，就在那里，有一个小包藏在里面。汗水从她的腋下渗出，她把水盆顶得更开一些，当她试图抓住小包时，水盆开始发出吱吱的声音。她小心地把它抠了出来，杰里科是对的，药片被紧紧裹在卫生纸里。她气喘吁吁地站了起来，把纸包塞进了裤子里。

当她摸索着走到休息室的门口时，她想着要告诉杰里科她什么也没找到，伯尼一定是在撒谎。她来到墙边，迅速地走了几步，来到门前，然后走进了休息室。

在明亮的灯光下，只有萨迦一个人，杰里科并不在那里，他一定已经回到自己的病房了。强化玻璃后面的钟告诉她，休息室的门会在几秒钟内被锁上。

145

安德斯·罗恩轻轻地敲了敲监控室的门，梅坐在那里，在大监视器前看世博会的录像带。

“你是来道晚安的吗？”她问。

安德斯对她微笑，在她旁边坐了下来，看着萨迦离开休息室走进自己的病房。杰里科已经躺在床上了，伯尼房间的光线很暗。梅打着哈欠，然后靠在旋转椅上。

列夫站在门口，正在把可乐罐中的最后一滴可乐倒出来。

“男性的前戏一般是什么样子的？”他问道。

“男的还要前戏吗？”梅问。

“需要一个小时的祈求。”

安德斯笑了，梅笑得更厉害，她甚至感受到了来自舌头的刺痛。

“今晚30号病房的人手有点儿短缺。”安德斯说。

“有趣的是，我们现在这么缺人，但社会上的就业率竟然还那么低。”列夫感叹道。

“我和他们说过可以把你借过去。”安德斯说。

“我们中的两个人不管怎样都得在这儿。”列夫说。

“是的，我反正得在这里待到一点。”

“好的，那我一点回来。”

“没问题。”安德斯说。

列夫把可乐罐子扔到垃圾桶里，离开了房间。

安德斯静静地坐在梅旁边，他没办法把目光从萨迦的身上移开。她焦急地在病房里踱来踱去，瘦弱的手臂环抱在身上。

图像是如此清晰，他可以看到她背上的汗水。

他因欲望而感到痛苦，现在他唯一能想的就是如何再次进入她的病房，这次他要给她二十毫克的地西泮。

他做了决定，毕竟他是主治医生，他可以让她穿上一件紧身衣，被绑在床上，他可以做任何他想做的事。她是精神病患者、偏执狂，没有人能为她说话。

梅又打了个哈欠，伸了个懒腰，说了些安德斯没注意听的话。

他看了下时间，还有两个小时就该熄灯了，然后他可以让梅去睡一会儿觉。

146

萨迦在她的病房里踱来踱去，感觉着从伯尼病房里拿到的小纸包在口袋里摩擦着。在她的背后，她听到电子锁旋转的声音。她应该洗个脸，但想想又算了。她走到门口，透过强化玻璃看是否能看到任何东西，然后把前额靠在凉爽的玻璃上，闭上眼睛。

如果菲莉西亚在砖房后面的房子里，那她明天就可能被解救。否则，我还要花几天时间忍受这一切，然后我必须停止一切，计划从这里脱身。

她的面部肌肉传来阵阵酸痛，努力保持着内心不崩溃。

她没有让痛苦完全主宰内心，她所能思索的就是完成她的使命。

她的呼吸开始变快，于是她轻轻地用脑袋敲击冰冷的玻璃。

我能控制目前的情况，她告诉自己。杰里科认为他在控制我，但我用伎俩让他吐露了信息。他需要安眠药才能逃脱，是我走进伯尼的房间，找到了那个纸包，我要把它藏起来，说并没能找到。

她的内心焦灼，但依旧使自己露出微笑，手掌被汗水浸得湿漉漉的。

只要让杰里科相信他在操纵我，他就会继续一块一块地把信息交代出来。

她确信他明天会讲述他的逃跑计划。

我只需要再多待几天，我需要保持冷静，不要再让他进入我的脑海。

她不明白这是怎么发生的。

他说她故意杀了她母亲，是她的内心想杀了她。

她感到眼泪涌了上来，喉咙开始哽咽，汗水从背后往下流。

萨迦的双手砰砰地撞在门上，她的妈妈真的觉得她是……

她转过身，抓住塑料椅子的后背，用它打击着水池。她失去了重心，椅子旋转着，她再次抓住它，砸在了墙上，然后又砸在了水池上。

她气喘吁吁地坐在床上。

“我会没事的。”她自言自语地说。

她能感觉到自己正处于失控的边缘，她无法停止思考。她的记忆只是向她展示着长长的地毯，药片，母亲湿润的眼睛，眼泪顺着她的脸颊流下，她吞下药片时牙齿碰到了玻璃的边缘。萨迦记得妈妈喊她时，她说爸爸不能来，她记得虽然她不愿意但妈妈强迫她打电话给他。

也许我对妈妈生气了，她想，是自己厌倦了她。

她站起身来，试图镇静下来，反复对自己说她被骗了。

她慢慢地走到洗脸盆前洗脸，小心地洗净她疼痛的眼睛。

她必须重新寻找回原来的自己，把破碎的自己再次拼好，现在她就好像在自己的身体之外乱爬乱窜，无法找到回到身体的入口一般。

也许注射神经降压素可以阻止她哭泣。

萨迦躺在床上，决心藏好伯尼的纸包，告诉杰里科她什么也没找到，这样她就不用从医生那里骗吃安眠药了，她可以把从伯尼房间里拿来的药片给杰里科。

一次一片，每晚一次。

萨迦翻了个身，让自己的后背面对着天花板上的监视器，把藏在裤子里的纸包拿了出来，小心翼翼地打开，然后她看到里面竟然是三片口香糖。

口香糖？

她强迫自己控制呼吸，让自己的目光转移到墙上的污垢痕迹，然后以一种奇异且空洞的思绪意识到她一点儿不差地做了乔纳警告她不要做的事情。

我把杰里科放进了脑子里，一切都变了。我该怎么样才能拯救自己？

这样想是不对的，但我知道我受骗了，这是内心实实在在的感受。

当她想起母亲那日早晨冰冷的身体时，内心酸痛难忍。已死亡的母亲有着一张悲伤的、失去生气的脸，嘴角上还有一堆奇怪的泡沫。

她感觉好像要摔倒了。

我不能失去自我，她告诫自己，努力恢复对呼吸的控制，然后思考出一个有效的应对策略。

我没有生病，她提醒自己。我在这里只有一个原因，我必须考虑的是找到菲莉西亚。来这里的目的不是关于我自己，我是卧底，我得按照计划行事，我收集安眠药，假装按照计划行事，尽可能长时间地谈论逃生路线和藏身之处。我得尽我的职责，即使死了也没关系。想到这里，她突然松了口气。

147

乔纳·林纳被俄罗斯联邦安全局的人从尼基塔·卡宾的家里请出来已经接近二十四小时了。这是俄罗斯新的安全部门，他们还没有问任何问题，也没有解释为什么他的护照、钱包和手机被没收了。

他们在咖啡馆里坐了几个小时后，他被带到一个荒凉的混凝土公寓楼里，来到一间两居室的公寓。

里面有一张肮脏的沙发、一张桌子、两把椅子，和一个隐藏在壁橱后方的卫生间。铁门在他身后被锁上，然后什么也没发生，直到几个小时后，他们给了他一个温暖的纸袋，里面装着已经潮了的麦当劳。

乔纳必须与他的同事取得联系，并要求安雅寻找瓦蒂姆·勒瓦诺夫和他的双胞胎儿子伊戈尔和罗曼。也许这两个真名会指引着他们找到新的线索，也许他们能找到勒瓦诺夫所工作的砾石坑。

金属门仍然锁着，时间在流逝。他听到男人们打了好几次电话，但除此之外，他们一直保持着沉默。

乔纳蜷缩在沙发上，时不时打瞌睡。当隔壁房间里传来脚步声时，他立马醒了过来。

他打开灯，等着他们进来。

有人在咳嗽，他听到有人用很不耐烦的声音说着俄语。突然门开了，前一天那两个人走了进来。他们的手枪都别在枪套中，用俄语快速地对话着。

银灰色头发的男人抽出一把椅子放在中央。

“在这里坐下。”他的英语说得很好。

乔纳从沙发上站起来，慢慢走到椅子前坐下，注意到男子向后退了一步。

“你来这里不是办公事。”那个有着粗壮脖子和黑色瞳孔的男子说道，“告诉我们你为什么去找尼基塔·卡宾。”

“我们在讨论连环杀手，亚历山大·普希金。”乔纳用一种无力的声音回答。

“那你们得出了什么结论？”那个银发的男人问。

“第一个受害者是他假定的同谋。”乔纳说，“我们在谈论……米哈伊尔·奥迪库克。”

那人歪着脑袋，点了几次头，然后用和蔼的口气说：“你在撒谎。”

那个脖子粗的人转身把手枪拔了出来。从这个角度很难看清，但应该是一把高质量的格洛克。他把枪上了膛。

“尼基塔·卡宾告诉你什么了？”那个头发灰白的人继续问道。

“尼基塔认为帮凶的角色是……”

“别撒谎！”另一个人咆哮着，转身把手枪顶住他的后背，“尼基塔·卡宾早就不拥有任何权力，他已经不在安全部门工作。”

“你早就知道，不是吗？”黑眼睛的男人问。

乔纳在想他可能可以搞定眼前的两个家伙，但是她没有护照和钱包就不可能离开这个国家。

两人用俄语交换了几句话。

白头发的男人深吸一口气，然后用尖锐的语气说：“你们讨论了保密资料，在我们带你去机场之前必须知道你知道了什么信息。”

很长一段时间里他们都没有移动。白发男人看着他的电话，用俄语对另一个人说了些什么，然后摇了摇头。

“你必须告诉我们。”他说着把手机放在口袋里。

“不然我会把你的膝盖打出一个洞。”另一个人说。

“所以，你开车去见尼基塔·卡宾，然后……”白发男人在电话铃响的时候停了下来。他接起电话，神色看上去很紧张，交换了几个简短的语句，然后对他的同事说了些什么，两人开始激烈地争论。

148

黑眼睛的人一脸紧张，然后用手枪瞄准着乔纳，地板在他脚下吱吱作响。灯光射到他的手上，一道阴影随之移来。乔纳现在可以看出这是一把黑色的阿森纳手枪。

白发男人用一只手摸了摸头，下了一个命令，然后看了乔纳几秒钟，离开了房间，锁上了门。

另一个人走到了乔纳的身后。

他显得有些呼吸急速，“老板正在路上。”他低声说。

大门的后面传来了愤怒的叫喊声，手枪上的油脂和汗水所混合的味道在空气中飘散着。

“我必须知道……明白吗？”那人说。

“我们谈论的是连环杀……”

“别放屁！”他喊道，“我必须知道卡宾说了什么！”

乔纳可以听到背后他的不耐烦，他走近了些，一条影子横亘在地上。

“我现在必须回去了。”乔纳说。

那个黑眼睛的男人动作迅速，把枪管紧紧地压在乔纳脖子的后面。

他呼吸急促。

一个连贯的动作，乔纳把他的头向一边掰，身体随之一扭，右臂向后移动，把枪敲到一边，然后站了起来。他把那人摔得失去了平衡，然后抓住手枪的枪管，把它拧了下来，随之向上猛拉，打断了那人的手指。

那人号叫着，乔纳用膝盖剧烈地撞击他的肾脏和肋骨。这个男人的一条腿被抬了起来，向后摔了一跤，把下面的椅子摔得粉碎。

乔纳已经从一边闪开，用他的手枪指着他。他侧身咳嗽，睁开了眼睛，试图站起来，但又一阵咳嗽，只好躺在那里，他的脸贴在地面上，看着自己受伤的手指。

乔纳把弹夹卸下来放在桌子上，把子弹从里面拿了出来，然后把整个手枪拆开。

“坐下。”乔纳说。

那个黑眼睛的男人站了起来，痛苦地呻吟着。他的额头上满是汗珠，坐了下来，对着解体的手枪皱起眉头。

乔纳把手伸进口袋掏出一颗糖果。他用芬兰语说：“这是我的最爱。”

那人惊奇地看着乔纳撕开糖纸，把糖果丢进嘴里。

门开了，两个人走了进来，一个是银灰色头发的男人，另一个是满脸胡须的老人，穿着灰色西装。

“对不起，误解了。”老人说。

“我必须马上回去。”乔纳说。

“当然可以。”

留胡子的男人陪乔纳走出公寓，他们乘电梯下去，一辆车已经等在那里，然后一起驶向机场。

司机提着乔纳的包，留胡子的男人跟着他一起办了手续、安检，一路到登机口。直到登机完成后，乔纳才把手机、护照和钱包拿了回来。

在胡子男离开之前，他递给乔纳一个纸袋，里面有七小块肥皂和一块印有弗拉基米尔·普京的冰箱磁铁。

乔纳几乎没有时间发短信给安雅，他被告知要把手机关闭。他闭上眼睛，想着那块肥皂，想知道整个审讯过程是不是尼基塔·卡宾安排的测试，目的就是看看乔纳是否有意识保护他的消息来源。

149

乔纳的飞机在哥本哈根转机后降落在斯德哥尔摩时已经是晚上了。他打开电话，从卡洛斯那里读到一条消息，告诉他正在进行大规模的警察行动。

也许菲莉西亚已经找到了？

乔纳试图给卡洛斯打电话，他匆忙经过免税商店，下到行李提取区，来到大厅，然后穿过天桥到达停车库。在后备厢的内嵌层有着一个枪套，里面有着他的黑色柯尔特战斗手枪。

他开车向南行驶，一边拨打内森·波洛克的电话。尼基塔·卡宾说瓦蒂姆·勒瓦诺夫曾希望孩子们能到他们最后在一起的地方去找他。

“那会是在哪里？”乔纳当时问道。

“访问工作者的住所，军营四号，这也是他自杀的原因。”

乔纳正以每小时一百四十公里的速度从高速公路向斯德哥尔摩行驶。拼图的各个部分向自己袭来，他有信心很快就能看到整个画面。

双胞胎兄弟被迫离开这个国家，还有一个自杀的父亲。

父亲是一名受过高等教育的工程师，但在瑞典的砾石坑里从事体力劳动。

乔纳再次试图给卡洛斯打电话，然后又给玛格达琳娜·罗南德拨了过去。

在他打算拨通内森·波洛克的电话前，电话铃率先响了起来，他立刻按下了通话键。

“你应该感谢我在这里。”安雅说，“整个斯德哥尔摩的每一个警察都去了诺拉尤尔格丹……”

“他们找到菲莉西亚了吗？”

“他们正忙着搜索阿尔巴诺工业区以外的森林，他们带了狗和……”

“你读了我的短信吗？”乔纳打断她的话，下巴紧绷着。

“是的，我一直在努力弄清楚到底发生了什么。”安雅说，“这并不容易，但我想我已经设法找到了瓦蒂姆·勒瓦诺夫，即使他的名字的拼写已经被西化了。看来他是 1960 从瑞典到芬兰的，没有护照。”

“那孩子们呢？”

“恐怕记录里没有提到任何孩子。”

“他有机会把他们偷偷带进来吗？”

“在50年代和60年代，瑞典吸收了大量的来访工人，福利政策一直在优化……但这些规定仍然很陈旧，来访工人被认为不能照顾他们的孩子，社会服务机构过去把他们安置在寄养家庭或儿童之家。”

“但是这两个男孩被引渡了。”乔纳说。

“这并不罕见……明天我要和国家档案馆谈谈……那时候没有移民局，所以警察、儿童福利委员会和外籍事务部常常武断地做出决定。”

他在哈格维克关了引擎，给油箱加满油。

安雅的呼吸声从电话里传来，他不允许线索就此结束，必须得找到一些东西引导他们向前。

“你知道他父亲在哪里工作吗？”他问道。

“我已经开始调查瑞典所有的砾石坑，但可能需要一段时间，这些都是古老的记录。”她疲惫地说。

乔纳谢了安雅好几次，然后结束了通话，在红灯处停了下来，看到一个年轻人推着一辆婴儿车沿着路边的人行道前行。

雪沿着车道吹来，卷到了人的脸上和眼睛里。他眯起眼睛，把婴儿车转过来，拉着它越过一堆雪。

乔纳突然想起了米凯尔说睡魔能在天花板上行走，以及他会喃喃自语。他曾三次说过睡魔来时能闻到沙子的味道。这可能只是一些古老童话故事中的东西，但这些描述会不会和砾石采石场有关，说不定是一个沙坑。

乔纳后面响起了汽车喇叭，他松开刹车，随后很快就把车停在路边，打电话给瑞德·弗罗斯特。

“发生了什么事？”瑞德问。

“我想和米凯尔谈谈，他怎么样？”

“他为不能记起更多事情而感到难过，每天警察都会过来几小时。”

“每一个细节都很重要。”

“我不是在抱怨。”瑞德忙说，“我们愿意做任何事情，你知道，这就是我一直在说的，我们一天二十四小时都在这里。”

“他醒了吗？”

“我能叫醒他，你想问什么？”

“他说睡魔身上有沙子的味道……胶囊有没有可能靠近砾石坑？在一些砾石坑里，他们把石头碾碎，而另一些……”

“我生长在一个砾石坑附近，在斯德哥尔摩山脊上。”

“你在一个砾石坑附近长大的？”

“在安图那。”瑞德略带疑惑地回答。

“哪个坑？”

“罗勃诺……在安图那路北边的一个巨大的砾石厂，要经过斯迈德比。”

乔纳把车开到对面的车道，返回到高速公路，再次向北驶去。他离罗勃诺不远，他要去看看砾石坑。

乔纳一边听着瑞德疲倦而刺耳的声音，一边同时听米凯尔特有的记忆片段：“睡魔闻起来有沙子的味道……他的手指尖是陶瓷做的，当他把沙子从袋子里拿出来时，它们互相叮当作响……片刻之后，你就会睡着……”

150

当他向北行驶时，车辆变得稀少了。乔纳的车开得越来越快，心想经过这么多年，三个拼图终于能拼合在一起了。

杰里科·沃尔特的父亲在一个砾石坑里工作，然后在家里自杀了。

米凯尔说睡魔闻起来有沙子的味道。

瑞德·弗罗斯特在罗勃诺的一个旧砾石坑附近长大。

会不会是同一个砾石坑？这不可能是巧合，碎片必须结合在一起。他认为在这种情况下，这就是菲莉西亚所在的地方，而不是他的其他同事在搜索的地方。

车道间的积雪迫使汽车曲折向前。

污浊的水溅到了挡风玻璃上。

乔纳超过了一辆机场巴士，沿着小道继续向前，经过了一个大型停车场。他按响喇叭，一个男子手上的食品袋被吓得掉在了地上，然后从路上让开。

两辆车在红灯前停了下来，但乔纳向左急转弯，转向另一条车道。轮胎在潮湿的路面上滑动，汽车摇晃着穿过积雪覆盖的草地，直直地穿过一排雪。密实的雪和冰使得车很颠簸。他继续加速，穿过罗勃诺购物中心，驶入了与高岭平行的一条狭窄公路。

街灯在风中摇曳，照亮了雪地。

他爬上山顶，当看到砾石工地的入口时天色已经有些晚了。他急转弯，在两个金属栅栏前使劲刹车。车轮在雪地上滑行，乔纳扭动方向盘，汽车旋转，后端撞到了其中一个栏杆上。

刹车灯的红色玻璃碎裂划破了雪地。

乔纳把车门推开，从车里跳下来，跑过了办公室的蓝色营地。

他沉重地喘着气，沿着陡峭的斜坡向那几年来被挖掘出来的巨大缺口走去。高塔上的灯光照在静态挖掘机和大量堆积的沙子上，照亮了这个奇怪的景观。

乔纳认为没有人会被埋在这里，因为这里的一切依旧在不断地被挖掘。砾石采石场是一个每天都变得越来越深的洞。

大雪从灯光中落下。

他跑过巨大的碎石机和履带式牵引机。

砾石坑里最新被挖掘的部分看起来很新，看样子这里每天都在工作。

除了机器之外，还有一些蓝色的集装箱和三辆大篷车。

乔纳的影子从地面上飞过，另一处的灯光从一堆沙子后面照到了他身上。

半公里外，他可以看到在陡峭的斜坡前积雪覆盖的地区，那一定是砾石坑曾经的部分。

他爬上一个陡峭的斜坡，人们把垃圾、旧冰箱和破烂的家具倾倒在地上。他的脚在雪上滑了一跤，他把石块丢到身边，继续往前走，直到把一辆生锈的自行车推到一边，爬到顶端。

他现在在山脊的位置，离地面高四十多米，能看到砾石坑凹凸不平的景色。寒冷的空气在他的肺中流淌，视野中有着巨大的机器、临时道路和一堆被挖掘的砾石坑。

他开始沿着一条被雪覆盖的窄窄小道向下跑去。

在铁丝网栅栏前面的路边有一辆皱巴巴的汽车残骸，上面有警示标志和保安公司的通知。乔纳停下来，凝视着飘落的雪。在砾石坑最古老部分的最远角落有一块柏油路面，顶部是一排单层建筑，与之前的营地一样狭长。

151

乔纳跨过了生锈的铁丝网，朝着那些有着破窗户和涂鸦砖墙的老建筑走去。

天已经完全黑了，乔纳把手电筒拿了出来，把光束对准地面，继续前行，然后在低矮的建筑物之间探索。

第一栋楼没有门，渗入的雪已经在木制地板上堆了几米深，手电筒的光束迅速扫过了旧啤酒罐、脏床单、避孕套和乳胶手套。

他穿过深雪，挨家挨户地从破窗向内张望。老房子已经被遗弃多年，只有各种污垢，一些房屋的屋顶已经塌陷，还有的一整段墙都消失不见了。

当看到最后一栋楼的窗户完好无损时，他放慢了脚步，一辆超市的旧手推车靠在墙上。

在建筑物的一侧，地面陡峭地向采石场底部倾斜。

乔纳把手电筒关上，贴近墙壁后停下来仔细聆听，然后又打开了手电筒。

他只听到了掠过屋顶的风声。

在不远处的黑暗中，他可以看到最后一座建筑，如一座被积雪覆盖的废墟。

他走到窗前，透过脏玻璃打开手电筒。光束慢慢地穿过一个肮脏的连接着汽车电池的加热板，一张铺着粗毛毯的窄床，一台带着天线的收音机，几罐水和十几罐食物。

当他到达门口时，他能在左上角看到一个几乎难以辨认的“4”。

这可能是尼基塔·卡宾提到的四号工人营地。

乔纳小心地推开把手，门悄然滑开。他溜进去，把门关上。屋内散发着陈旧衣物的气味，一本《圣经》放在一个摇摇晃晃的架子上。这里只有一个房间、一扇门和一扇窗。

乔纳意识到他现在很容易暴露自己，木地板在他的重压下嘎吱嘎吱作响。

他举着手电筒沿着墙壁向前，看到一堆被水浸烂了的书。走到角落时，手电的光向他反射了回来。

他走近一看，发现有成百上千个细小的玻璃瓶排列在地板上。

暗色的玻璃瓶，带着橡皮膜。

是七氟醚，一种高效镇静剂。

乔纳拿出电话，打电话给紧急控制室，要求警察支援和救护车赶来他的位置。

然后一切都安静下来了，他能听到的只有自己的呼吸和地板吱吱嘎嘎的声音。

突然，他从眼角看到窗外有动静，他拔出了手枪，松开保险栓。

那里什么也没有，只是一些松散的雪从屋顶上吹下来。他又放下手枪。

床边的墙上有一张泛黄的报纸，上面写着关于太空第一人的文章，特快专栏的头条作者这样描述他："太空俄罗斯人。"

这一定是杰里科父亲自杀的地方。

乔纳正想着他应该去其他的建筑物找找，这时他看见脏兮兮的破布地毯上有个轮廓，下面有什么东西向外突起着。他把毯子拉到一边，在木地板上露出一个舱口。

他小心翼翼地躺下，把耳朵贴在舱口上，但什么也听不见。

他向窗子望去，然后把地毯推到一边，打开沉重的木制舱口。

一股尘土从黑暗中升起。

他倾身向前，把手电筒照进洞口，看到一段陡峭的混凝土台阶。

152

当乔纳走进黑暗中时，台阶上的沙子在他的鞋子底下嘎吱作响。走了十九级楼梯后，他发现自己在一间大水泥房里。手电筒的光在墙壁和天花板上移动，房子中间有一张凳子，一面墙上有着一张聚苯乙烯板，上面有几个图钉和一个空的塑料套。

乔纳意识到这一定是在冷战期间在瑞典建造的庇护所之一。

这里有一种可怕的寂静。

房间稍微变窄了一些，在楼梯下面有着一扇沉重的门。

一定是这个地方。

乔纳把保险栓卡回到安全处，再次把手枪放进枪套中，把自己的双手腾了出来。钢制的大门有着一个很大的螺栓，当轮子转动到中央时它就会滑开。

他逆时针方向转动轮子，沉重的螺栓从外壳上滑落，产生金属的隆隆声。

门很难打开，金属门大概有十五厘米厚。

他把手电筒照进避难所，看到地上有一个脏床垫和一个沙发，墙上有一个水龙头。

这里没有人。

房间里的老尿臭气熏天。

他把手电筒放在沙发上，小心翼翼地走过去。他停下来聆听，然后又走近了些。

她可能躲起来了。

突然他感觉到有人在跟踪他，意识到自己会被困在同一个房间里。他转过身来，看到那扇沉重的门正在关上，巨大的铰链在咔咔作响。他立刻做出反应，向后倒下，把手电筒塞进缝隙。嘎吱嘎吱痛苦的声音传来，手电筒的玻璃被挤碎了。

乔纳用肩膀推开门，再次拔出手枪，走进黑暗的房间。

那里没有人。

睡魔安静地遁于无形。

奇怪的光线在他眼前闪烁，试图在昏暗中画出奇异的形状。

手电筒只能发出微弱的辉光，隐隐约约照出事物的形状。

他只听到了自己的脚步声和呼吸声。

他朝着通往楼上楼房的混凝土台阶看去，舱口还开着。

他摇动手电筒，但它在继续变暗。

突然，乔纳听到一种叮当作响的声音，他屏住呼吸，因为他意识到这就是米凯尔说的陶瓷的指尖。同时，他感觉到一块冷布压在他的嘴巴和鼻子上。

乔纳转过身来，猛烈地撞击，但什么也没击中，他失去了平衡。

他又转身，拿出手枪，枪托擦在了水泥墙上。但是那儿没有人。

他气喘吁吁地背靠在墙上，把手电筒伸向黑暗。

叮当的声音一定来自那小小的药瓶，是睡魔把挥发性的镇静剂倒在布上时发出来的。

乔纳感到头晕，他用力吞咽，强迫自己不要朝黑暗射击。

他拼命想出去呼吸新鲜空气，但却强迫自己待在原地。

这里一片寂静，没有人。

乔纳等了几秒钟，然后回到胶囊。他的动作产生了奇异的延迟，目光也一直不受控制地向四处离散。

在他进去之前，他转动门锁的轮子，让螺栓滑出，防止门再次关上。

在微弱的手电筒光中，他又向前走了一步，光线在灰色的墙壁上弹跳。他走到沙发边，小心地把它从墙上挪开，看见一个瘦骨嶙峋的女人躺在地板上。

“菲莉西亚？我是警察。”他低声说，“我现在就把你带出去。”

当他触摸到她时，能感觉到她整个人仿佛沸腾一般。她发了高烧，神志不清。当他从地上把她抱起时，她浑身发抖。

乔纳放下手电筒抱着她上楼，嗒嗒的声响从脚底传来。他意识到除非他设法使她退烧，否则她很快就会死去。她的身体仿佛失去了所有的气力，他甚至怀疑当他走出舱口后她是否还在呼吸。

乔纳跑出了那座小房子，踢开门，把她放在雪地上，看到她还在呼吸。

“菲莉西亚，你烧得很厉害……可怜的家伙……”

他用雪覆盖她，用一种安抚的声音和她说话，同时他的一只手一直放在手枪上以防万一。他说：“救护车马上就来了，一切都会好起来的，我保证，菲莉西亚。你哥哥和你爸爸会很高兴，他们非常想念你，你听到我说的吗？”

153

救护车来了，车顶上蓝色的光在雪地上闪耀着。乔纳站了起来，他向护理人员解释情况，但整个过程他的手枪一直瞄准着四号营房的入口。

“快点儿。”他喊道，“她烧得很厉害，你们得先把她体温降下来……我想她已经失去知觉了。”

两名医护人员把菲莉西亚从雪中抬起，她湿漉漉的黑色头发披在苍白的额头上。

“她得了军团病。”他边说边举起手枪向敞开的门口走去。

他正要回去，看到救护车摇曳的蓝光照射在最后一座建筑的残骸上。雪地上有新的脚印，从建筑延伸出来，进入黑暗。

乔纳朝脚印跑去，一定是有另一个出口，这两座建筑共有着一个地下掩体。

他跟着脚印一路小跑，穿过了小块的草和灌木丛。

当他绕过一个旧的柴油罐后看到了一个瘦小的身影沿着坑边快速地走着。

乔纳尽可能地减少自己发出的声音。

这个人靠在拐杖上，跛行着，然后意识到自己在被追赶，试图沿着陡峭的坑壁加快脚步。

远处传来警笛声。

乔纳穿过深雪，手里握着枪。

他心想，我要抓住他，逮捕后押入警车中。

他们正在接近一个大混凝土工厂砾石坑中有照明的区域，一盏大灯照亮了坑底。

这个身影停了下来，转过身来，看着乔纳。他站在坑的边缘，拄着拐杖，张着嘴喘息。

乔纳慢慢靠近，手枪指向地面。

睡魔的脸和杰里科长得几乎一样，只是瘦得多。

远处，乔纳可以听到警车到达了营房，视线中只能看到微弱的蓝色光亮。

“乔纳，一切都因为你而毁了。”睡魔说，“我的兄弟设法让我带走苏玛和卢米，但她们在我找到机会之前就死了……命运有时会选择自己的道路……”

警官的手电筒光亮在营房周围盘旋。

“我写信给我的兄弟，告诉他关于你的事，但我不明白他是否想让我从你身上拿走任何别的东西。”他平静地说。

乔纳停下来，感觉着手枪给自己疲惫的手臂所带来的重量，他直勾勾地盯着睡魔苍白的眼睛。

“我确定你会在车祸后自杀，但你却还活着。”瘦骨嶙峋的男人说，慢慢地摇了摇头，“我一直等着，但你却继续活着……”

他沉默不语，然后突然微笑起来，抬起头说：“你还活着，因为你的家人并没有真的死去。”

乔纳举起手枪，瞄准睡魔的心脏射出三枪。子弹直射入他瘦骨嶙峋的身躯，黑色的血从肩胛骨处喷出。

三声枪响在砾石坑周围回响，杰里科的孪生兄弟向后倒去。

他的拐杖没有移动，竖立在雪地里。

睡魔死了，他瘦弱的身躯从斜坡上滚下来，直到碰到一个旧炊具。薄薄的雪花从黑色的天空中飘落下来。

154

乔纳闭着眼睛坐在自己车的后座上，他的老板卡洛斯·埃利亚松开车送他回斯德哥尔摩，和他说话的样子就像是他的父亲一样。

“她会没事的……我给卡洛林斯卡的一位医生聊过了……菲莉西亚的病情很严重，但并不是没得救了……他们虽然没有做出任何承诺，但即便如此，这还是个好消息……我想她会挺过去的，我……”

“你告诉瑞德了吗？”乔纳睁开眼睛问道。

“医院会处理这个问题的，你需要回家休息一下，然后……”

“我之前想联系你。”

“是的，我知道，我看到你的未接电话……你可能听说杰里科跟萨迦提到了一个古老的砖厂。我们这里的砖厂并不多，在阿尔巴诺曾经有过一个。当我们走进森林时，狗发现到处都是坟墓，我们正忙着搜索那整块该死的区域。”

“但是你们没有发现任何活着的人？”

“还没有，但我们会继续寻找。”

“我想你会找到很多人的尸体……”

卡洛斯小心地开着车，车内现在非常暖和，乔纳不得不解开外套。

“噩梦结束了，乔纳……明天第一件事就是向监狱服务委员会再次递交转移萨迦的决定，我们可以去接她，从数据库中清除她的所有内容。”

他们到达斯德哥尔摩，街灯周围因为雪的缘故看起来像雾一般。一辆公共汽车停在他们旁边，等待红绿灯。疲倦的面孔透过满是氲气的窗户向外望去。

“我和安雅谈过了。”卡洛斯说，“她没耐心等到明天……她在儿童福利委员会的档案中找到了杰里科和他弟弟的档案，并追踪了外籍事务部的决定。”

“安雅真聪明。”乔纳自言自语地说。

“杰里科的父亲有临时工作许可证，可以在乡下工作，但是他没有得到允许让男孩子们和他一起生活。当他们被发现后，儿童福利委员会派人把他们带走了，因此男孩们是被别人照顾长大的。”卡洛斯说，“据推测，当局认为他们做的是正确的事情。这项决定仓促通过，但由于其中一个男孩病了，所以分别进行了处理……”

“他们被送到不同的地方。”

“外籍事务部把健康的男孩送到了哈萨克斯坦，然后另一位社工决定把另一个男孩送到俄罗斯，确切地说，送到 67 号儿童之家。”

“我明白了。”乔纳低声说。

“杰里科·沃尔特于 1994 年 1 月越过边境进入瑞典，也许那时他的哥哥已经在采石场了，也许不是……但那时，他们的父亲已经死了。”

卡洛斯在达拉加坦空荡荡的停车场上停了车，这里距乔纳在瓦林加坦31号的公寓不远。他们都下车，沿着雪覆盖的人行道走到了楼门外。

“正如我提到的，我认识洛斯安娜·科勒。”卡洛斯叹了口气说，“当他们的孩子失踪时，我尽我所能，但这并不够……”

“是的。”

“我告诉她关于杰里科的事，她想让我告诉她一切，想看他的照片……”

“但瑞德不知道。”

“是的，她说那样更好。洛斯安娜搬到巴黎后总是打电话过来，她总是喝得醉醺醺的……我并不是担心我的事业，但我认为这对她和我来说都很尴尬……”

卡洛斯说完后沉默不语，一只手搓着脖子。

“什么？”乔纳问。

“有一天晚上，洛斯安娜从巴黎给我打电话，尖叫着说她在酒店外面看见了杰里科·沃尔特。但我没有相信她……那天晚上晚些时候，她自杀了……”

卡洛斯把车钥匙交给了乔纳。

“睡一会儿吧。”他说，“我要去诺拉班多特，去叫辆出租车回去。”

155

安德斯觉得当他告诉梅可以再在休息室里睡一会儿的时候，她看起来有点儿困惑。

“我看不出有什么理由需要我们俩都醒着。”他用一种谨慎的语气说，“我得再花几个小时的时间才能做完工作，没别的选择，在那之后，你和列夫可以再按照你们喜欢的方式分配时间。”

现在他只有独自一人了。他沿着走廊走到休息室的门外，屏息敛气地听着。

沉默如谜。

他走到监控室，坐在操作员的座位上。终于到了熄灯的时候，大屏幕显示了九个不同的场景。杰里科很早就上床睡觉了，安德斯可以看到他被子下的人形轮廓。杰里科·沃尔特全身僵硬地躺着，就好像他不需要呼吸一样。萨迦坐在床边，双脚放在地上，她的椅子倒在地板上。

他靠在屏幕上看着她，眼睛紧盯着她头的轮廓，纤细的脖子和肩膀，还有手臂上的肌肉。

没有什么可以阻止他。

他不明白为什么他昨晚在她的病房里会那么害怕。监控室里没有人，即使有，房间那么暗，他们也什么都看不见。

他可以和她睡十次，他可以做任何他想做的事。

安德斯深吸一口气，把 ID 卡插入电脑，输入密码并登录。他打开该科室的操作程序，点开了夜间照明。

三个病人的房间都变黑了。

几秒钟后，萨迦打开床头灯，抬起她的脸朝摄像机走去。

就好像她在看着他，因为她知道他也在看着她。安德斯检查了两个看守的位置，他们正站在门口互相交谈。这个男的说了一些让高个子女看守觉得好笑的话，他一边模仿着拉小提琴一边微笑。

安德斯站起来，再次看向萨迦。

他从药柜里拿了一粒药片，放在一个塑料杯里，走到安全门前，把他的 ID 卡划过读卡器。

当他走近她的门时，心开始怦怦直跳。透过厚厚的玻璃，他可以看到她坐在床上，眼睛盯着监视器，仿佛一条小美人鱼。

安德斯打开舱门，看见她朝他的方向转过来。

她站起来，慢慢地向他走去。

“昨晚睡得好吗？”他友好地问。

当她把手伸进舱口时，他握了一下她的手指，然后给了她塑料杯。

他关上舱门，看见她走回房间。她把药片放在嘴里，把杯子装满水，吞下它，然后关了灯在床上躺下。

安德斯离开，拿了一卷绑人的带子回来，取下了外层的塑料包装，然后站在强化玻璃外看着她。

156

在黑暗的掩护下，萨迦把药片藏在了她的鞋子里，然后躺到了床上。她不知道那位年轻的医生是否还站在门口的玻璃外面，但她确信他计划着一旦她睡着就走进病房，她可以很清楚地感觉到他还没有达到目的。

昨天他对权力的滥用使她感到吃惊，今天她甚至不知道自己是否还在乎发生类似的事情。

她是来救菲莉西亚的，也许她还要再忍受几天。

她告诉自己，明天或后天，杰里科会向她透露一切，然后一切都会结束，她可以回家忘记自己经历了什么。

萨迦翻过身，瞥了一眼门，立刻瞥见了玻璃背后的轮廓。她的心脏开始剧烈地跳动，年轻的医生正在门外等待着，等待着她被药物带入无意识的境地。

她有准备让自己被强奸来隐藏任务吗？这其实并不重要，她现在的脑子太混乱了，无法为发生的事情做好准备。

就让它快点儿结束吧。

当钥匙滑进锁里时，发出了金属刮擦的声音。门开了，冷空气穿梭而入。

她懒得假装睡着了，眼睛睁着，看着医生关上门走到床边。

她闭上眼睛倾听，什么也没有发生。

也许他只是想看看她。

她试着无声地呼气，然后等了十秒钟，再次吸气，等待着。

医生把手放在她的肚子上，跟着她的呼吸而运动，然后他的手滑到了她的臀部，抓住她的内裤。她静静地躺着，让他把裤子脱到了脚踝上。

她现在可以清晰地感受到他身体的温暖。

他小心地抚摸她的右手，轻轻地举过头顶。起初她认为他要测量她的脉搏，然后她意识到她不能移动。当她试图拉开手时，他把一条宽皮带套在她的大腿上，在她有机会从床上扭下来之前，用可怕的力量把它绷紧。

“你到底要干什么？”

她不能踢开他，意识到他一定是绑住了她的脚踝。她试图用自己的左手把右手上的皮带解开。他打开床头灯，看着她，睁大了眼睛。她的手指颤抖着，厚厚的带子在手腕上滑动着，她必须再试一次。

医生阻止了她，快速地把她的左手拿开。她扭动身体想要挣脱，但已经为时已晚。

当她的身体扭回来的时候，他开始把另一条皮带绑在她肩上。萨迦这个角度几乎不可能对他实行攻击，但是当他靠在她身上时，她用紧握的拳头猛击了他的嘴巴。他踉踉跄跄地后退，单膝跪在了地上。她摇晃着，开始解开她右手腕上的带子。

他回到了床边，推开她的手。

他怒吼着让她躺下，他的下巴流淌着鲜血。他又把她右手腕上的带子勒紧，然后在她身后移动。

“我要杀了你。”她喊道，用眼睛盯着他。

他很快用双手抓住她的左臂，但她挣脱了，抓住他的头发，向他猛扑过去。她使劲地把前额贴在床框上，她又把他拉了过去，试图咬他的脸，但他用手重重地打在她脖子上和前胸上。

她喘息着，挣扎着再次抓住他，用尽全力试图扭动身体，想要把背后的手解放出来，但她整个人完全被绑住了。

医生抓住她的头，用力掰到一边，几乎把她的肩膀掰脱臼了。关节软骨发出咔咔的声音，她痛苦地号叫，挣扎着要拉起一条腿，脚踝发出咔咔的响声，带子刺破了她的皮肤。她用唯一未被束缚的手打在他的脸颊上，但这没有多少的力量。他把她的手推到床的顶部，用皮带固定在手腕上并收紧。

年轻的医生喘着气，用手背擦了擦嘴里的血，然后走远几步看着她。

157

医生慢慢地走到她身边，把最后一根带子放在胸前固定好。她绝望地扑腾着，刺痛从左手传来。他站了一会儿，又盯着她看，然后走到床脚。鲜血从他的鼻子上流下，淌过他的嘴唇。她能听到他轻轻的、兴奋的呼吸声。他从容地拉紧了踝关节的带子，把她的大腿拉得更近。她看着他的眼睛，心想着不能让这一切发生。

他用颤抖的双手抚摸她的小腿，目光一直盯着她的大腿。

“不要这样。”她试着用镇定的声音说。

“闭嘴。”他说着把医生的大衣脱下，眼睛一直没有从她身上移开。

萨迦把她的脸转向一边，不想看他，不敢相信这正在发生的一切。

她闭上眼睛，拼命想办法。

突然，她听到床下有一种奇怪的嘎吱声。她睁开眼睛，在不锈钢的池盆里看见了一个影子。

“你应该马上离开。”她喘着气说。

医生把她的裤子从脚踝上取下来，粗暴地塞进她嘴里。当她意识到池盆的金属反射时，她试着尖叫。

是杰里科·沃尔特。

他一定是在她寻找伯尼的安眠药时就藏在了自己的房间里。

随着内心恐慌的升级，她更加剧烈地想要挣脱出来。

她可以听到杰里科衬衫的纽扣在床垫下敲打着。

一个纽扣松了，飞到了地板上。医生惊奇地看着它，它滚动着绕了一个大圈，然后停了下来。

“杰里科。”医生咕哝了一声。有一只手抓住了他的腿，把他拖倒在地。

安德斯·罗恩后脑勺着地摔倒在了地上，气喘吁吁，但是他翻了个身，挣脱抓住他的手，向前爬去。

快跑！萨迦内心叫道。

锁上门，叫警察。

杰里科滚到地上，和医生同一时间站了起来。安德斯·罗恩想要去开门，但杰里科抢先到了那儿。

萨迦想要努力把内裤从嘴里拿出来。她忍不住咳嗽，然后深呼吸，感到一阵恶心。

安德斯·罗恩侧着身子，径直走到塑料椅子边，转过身凝视着杰里科。

“别伤害我。”他恳求道。

“不要伤害？”

“求求你，我愿意做任何事。”

杰里科走近了些，他皱起了完全没有表情的脸。

“我要杀了你，我的孩子。”他说，“但首先你会经历很多痛苦。”

萨迦尖叫着，想要挣脱身上的皮带。

她不明白发生了什么，为什么杰里科躲在她的房间里，为什么他改变了他们的计划。

塑料椅子倒在地板上。

医生摇着头向后退缩，试图用一只手把杰里科挡住。

他的眼睛睁得大大的。

汗水从他的脸颊上流下来。

杰里科慢慢地跟着他，突然，他抓住他的手，把医生摔倒在地上。他用可怕的力量拽着他的胳膊，然后在紧挨着肩膀的地方用力。发出了咔嚓一声，年轻的医生大声尖叫。杰里科随后朝相反的方向转动，把他的手臂转了一圈。它现在完全脱臼了，成了一段悬挂着的肌肉和皮肤。

杰里科把医生拽起来，把他抱到墙上，扇了他的脸几下，防止他失去知觉。

在他松弛的手臂处，渐渐显现出了从内部向外渗出的暗血。

萨迦咳嗽着，呼吸困难。

医生哭得像个筋疲力尽的孩子。

萨迦设法稍微改变一下姿势，用力拉她的左臂，终于在疼痛让她失去知觉之前把手臂拉了出来。

她把内裤从嘴里拽出来，喘着气，又咳嗽起来。

“我们现在逃不掉了……伯尼的房间里没有安眠药。”萨迦快速地对杰里科说。

她刚刚拉出来的手疼得要命，虽然看起来伤得并不怎么严重，手指传来如火一般的燃烧。

杰里科开始穿上医生的衣服，找到了门的钥匙，并把它们放进口袋里。

“你想看我砍下他的头吗？”他快速地瞥了一眼萨迦。

“请不要这样做……没有必要，不是吗？”

“永远没有非做不可的事情。”杰里科说着抓住了医生的脖子。

“等等。”

“好的，那我等一下……就两分钟，这是为了你，小警官。”

“你这是什么意思？”

“你犯的一个错误是你只弄断了伯尼的一根手指。”杰里科说着拿出了医生的通行证。

“我想慢慢地杀死他。”她试着解释，尽管知道没有意义。

杰里科又打了医生一个耳光。

“我只需要两个密码。”他说。

“密码。”医生咕哝着，“我记不起来了，我……”

萨迦试图松开其他皮带，但她的左手手指受伤严重，她办不到。

“你是怎么知道的？”萨迦问。

“我收到了一封信。”

“不……”医生呜咽着说。

“说米凯尔·科勒·弗罗斯特逃走了，被发现还活着……所以我认为警察会派人来的。”

杰里科找到医生的手机，把它扔在地上，用脚踩碎。

“但是为什么呢……”

“我没有时间。”他打断道，“我得去毁灭乔纳·林纳。”

萨迦目睹着杰里科·沃尔特带着医生走出病房，听到他们在走廊里的脚步声，然后是通行证划过读卡器的声音，按代码的声音，接着是锁旋转的声音。

158

乔纳按了自己公寓的门铃，听到地板上传来的脚步声。他笑了，锁嘎吱作响，门摇晃着被打开。他走进昏暗的大厅，脱下鞋子。

“你看起来虚脱了。”迪莎说。

“没什么。”

“你想吃点儿什么吗？还剩一些……我可以热一下……”

乔纳摇摇头，拥抱了她一下。他以为他已经累得说不出话来，但之后他跟她说了可以取消去巴西的安排，她现在没有必要走了。

她帮他脱掉衣服，一堆沙子落在了地上。

“你一直在沙坑里玩吗？”她笑着说。

“只玩了一会儿。”他回答。

他走进浴室，冲了个澡，热水冲到身上，身体的疼痛一阵阵袭来。他靠在瓷砖上，肌肉开始慢慢放松。

他感觉自己的手在燃烧，这只拿着枪的手扣下扳机打死了一个手无寸铁的人。

尽管乔纳知道睡魔已经死了，即使他看到子弹直接穿过了他的身体，即使他看到他的尸体跌入采石坑，摔进了乱葬坑，他还是跟着走了下去。他滑下陡峭的斜坡，试图阻止自己向尸体的方向走得太快。他把手枪对准了那个人的脑后，用另一只手摸摸他的脖子。

睡魔死了，他的眼睛没有欺骗他，三颗子弹全部穿过他的心脏。

他再也不必害怕杰里科的同谋，他感到了一阵温暖和安慰，以至于忍不住发出轻轻的呻吟。

乔纳擦干自己，刷牙，然后突然停下来聆听，听起来好像迪莎在打电话。

当他走进卧室时，他看到迪莎正在穿衣服。

“你在干什么？”他躺在新换的床单上问道。

“我老板打电话来了。”她带着疲倦的微笑说，“显然他们在洛顿找到了一个遗址，地面已经进行了清理，听起来他们发掘出了一个西洋双乐棋，我必须赶过去。”

“不要走。”乔纳用乞求的语气说道，他觉得自己的眼睛累得刺痛。

迪莎自言自语，从身前的抽屉里拿出一件折叠好的毛衣。

“你已经开始用我的抽屉了吗？”他咕哝着，闭上了眼睛。

迪莎在房间里来回走动。他听见她在梳头，然后把衣裳从衣架上拿走。

他翻了个身，感觉记忆和梦想开始融合到一起，如雪花一般。

睡魔的身体从陡峭的斜坡上滚下来，撞到一个旧炊具时停了下来。

塞缪尔·孟德尔搔着头说：“根本没有什么线索可以暗示杰里科·沃尔特有同谋。但现在你想伸出一根手指说‘איפכא ודילמא’。”

159

萨迦试图重新解开她右手腕上的带子，但还是失败了。

她心中一想到杰里科·沃尔特正在出逃就一阵惊慌。

她必须警告乔纳。

萨迦扭动着身体，但依旧没有结果，她可以听见远处传来了声音。

她屏住呼吸倾听。

有一声吱吱的声音，接着是几声沉重的声音，然后一切都安静下来。

看样子杰里科从来不需要这些药片，他只想让她引诱医生进入她的病房。杰里科看穿了安德斯·罗恩的意图，意识到如果她要安眠药，他就无法抵挡住走进她病房的诱惑。

这才是一直的计划。

这就是为什么他替她接受了惩罚，因为必须掩盖住她是个危险人物的事实。

她要成为一个迷人的家伙，就像他在第一天所说的那样。

杰里科需要引诱医生进入她的病房，并且没有看守或医生注视着整个过程。

她的手指伤得很厉害，当她伸到肩膀边去抓住肩上的带子时，痛得呜咽起来。

现在她可以让她的肩膀和头抬起来了。

所有人都走进了他的圈套，我们以为在欺骗他，但他对一切都了如指掌。他知道有人会被派来，而我就是他的特洛伊木马。

她静静地躺了几秒钟，屏住呼吸，感觉着体内的内啡肽在分泌和聚集。她集中力量，然后把头伸到一边，试图用嘴巴咬住她右手腕上的带子。

没有成功，她缩回脑袋喘息着，心想必须提醒员工，让他们报警。

萨迦深呼吸，再试一次。她用力地保持自己的姿势，然后设法用牙齿咬住厚皮带，松开里面的钩子。皮带松开了大约一厘米。她躺回原来的姿势，心中传来阵阵恶心，然后扭动并拉着手，成功地把它松开了。

剩下的带子没有花费她太久的时间就逐一被解开，她把腿并在一起，踩在了地上，穿上衣服，大腿内侧传来疼痛，肌肉不受控制地紧绷着。

她赤脚跑进走廊，医生的一只鞋卡在门口，防止安全门关上。

她小心翼翼地打开门，听了片刻，然后匆忙向前跑去。安全科一片沉寂，仿佛被遗弃一般。当她走进右边房间并来到接线员的桌子前，能听到脚粘在塑料地板上的声音。屏幕一片漆黑，报警装置上的灯都被关了，整个安全科的供电已被切断。

但是一定有紧急电话或紧急警报器。萨迦继续向前，经过了一排关闭的门，直到到达员工厨房。餐具的抽屉是敞开的，地上有一个被掀翻的椅子。

水槽里有一把蔬菜刀和一些褐色的苹果皮。萨迦快速抓起小刀，发现刀片很锋利，然后继续前进。

她能听到奇怪的嗡嗡声。

她停下来仔细倾听，然后继续往前走，她的右手紧紧握着刀子。

这里应该有保安或者看守，但她不敢大声叫喊，她害怕杰里科听到她说话。

走廊里传来嗡嗡声，听起来像是一只苍蝇粘在了一张捕蝇纸上后的挣扎。她蹑手蹑脚地走过问询室，感到越来越担心。

她在黑暗中眨了下眼，然后又停下来。

嗡嗡声越来越近。

员工室的门是敞开的，灯亮着。她伸出手，把门开得更宽些。

片刻的寂静后她又听到了嗡嗡声。

她走得更近些，视野的尽头有一张床。有人躺在上面，脚趾在抖动，两只脚穿着白袜子。

“喂！”她试探性地说。

萨迦确信那个看守躺在那里听音乐，在走进房间之前，她已经错过了发生的所有事情。

床上全是血。

那个脸颊上有穿刺的女孩仰卧着，她的身体在颤抖，眼睛盯着天花板，但她很快就会失去知觉。

她的脸在抽搐，一股血和空气的混合物从她的嘴中冒出，发出嗞嗞的声音。

“我的天……”

女子的胸部有十几道刀伤，深深地扎进了她的肺和心脏。萨迦对此无能为力，她需要尽快得到医治。

血滴落在地上，女孩被踩碎的手机留在一旁。

“我会去找人来救你。”萨迦说。

女孩的嘴唇嗞嗞地冒着血泡。

160

萨迦离开房间的时候内心漾起了一阵可怕的空白，她默念着“我的天哪，我的天哪”。

她沿着走廊向前跑，身体有一种奇异的麻木感，当她接近安全气闸时，看守坐在门的另一边，透过钢化玻璃使他的轮廓显得模糊不清。

为了不吓到他，她把小刀藏在手里，萨迦放慢了脚步，试图控制自己的呼吸，走到面前敲着玻璃。

“我们需要帮助！”

她敲得更用力，但对方没有丝毫反应。她向一边走去，来到门口，看见门开着。

所有的门都开着，她边走边想。

萨迦看到看守已经死了，他的喉咙被划得一塌糊涂，连颈椎骨也被搞断了。他的头看上去好像是从扫帚柄上垂下来一般，血顺着他的身体流下来，在他椅子周围聚集成了一个血池。

“好吧。”她自言自语道，手里拿着刀跑过了湿漉漉的地板，然后走上台阶，穿过敞开的大门。

她走到安全科的30号精神病房，门是锁着。现在已是半夜，她轻轻地敲了几下门，然后沿着走廊往前走。

“有人吗？”她大声喊道。

医生的另一只鞋躺在地上，暴露在荧光灯刺眼的亮光之下。

萨迦向前跑去，看到了远处几个窗格玻璃之外有一个人影在移动。这是一个站着抽烟的人，他轻弹香烟，然后消失在了左侧。萨迦尽可能快地奔向出口，通向通往医院大楼的通道。她转过弯，突然注意到脚下的地板是湿的。

光线使她眼花缭乱，起初看起来地板是黑色的，然后血的味道变得如此明显，她只能强忍着不让自己呕吐。

这是一个大血坑，带血的脚印向门口延伸而去。

她几乎以一种梦游般的状态向前继续追行，她看到年轻医生的脑袋躺在她右侧垃圾桶旁边的地上。

杰里科说到做到了。

她继续往前走，而她的思想却空洞地飘移着，无法理解眼前的事物。

她想不通这种情况为什么会发生，他为什么要花时间做这些事？

因为他不仅仅是想逃出去，她告诉自己。他想要的是报仇。

突然，她听到通往主楼的通道传来沉重的脚步声。两个看守朝她跑来，穿着防弹背心，手里拿着枪支。

“我们需要医生封锁整个科室！”

“给我趴在地板上。”小个子说，走近了些。

“她只是一个小姑娘。”另一个说。

“我是警察。”她说着把刀扔了。

小刀在地面上弹跳了一阵，停在了他们前面。他们看了一眼，拔出手枪。

“趴在地板上！”

“我会趴下！”她快速地说，“但是你得警告……”

“妈的！”年轻一点儿的那个看守大声叫道，“妈的……”

“我要开枪了。”另一个人用颤抖的声音说。

萨迦慢慢跪下，看守急忙跑过去，从腰带上拔出手铐。另一个看守走开了，萨迦伸着她的手站起来。

“给我老实点儿，慢慢移动！”看守用沙哑的声音说。

她闭上眼睛，听到地上靴子传来的声音，感觉到向后退了一小步。卫兵向前倾身，要来铐住她的手，就在这时，萨迦睁开了眼睛，用一个右勾拳打了过去。他的耳朵被重重一击，她转过身，用左手肘再次猛击了他的头。

在一阵短暂的砰砰声后，唾液从他张开的嘴巴里喷出。

这两次打击是如此之大，以至于看守的瞳孔一瞬间收缩成了一个小点。

他的双腿不自觉地分开，他没有注意到萨迦从他手中抢过他的手枪，在他摔倒在地面之前打开了手枪的保险栓并开枪。

萨迦向另一个看守开了两枪，打在他防弹背心的右侧。

枪声在狭窄的通道中回响，看守的身体向后摇晃。萨迦冲了过去，用她的屁股撞击对方的手，使得手枪飞了出去。

掉落的手枪滑到了血迹斑斑的脚印处，一路发出哗哗的摩擦声。

萨迦向他的双腿各踹了一脚，他一阵呻吟，背部着地跌倒。另一个看守一只手捂着他的脸痛苦地翻了一个身。

萨迦抓起了掉落在几步之外的无线电对讲机。

161

电话铃声响起，乔纳从梦中惊醒。他甚至没有意识到刚才自己竟然那么快睡了过去，在迪莎换工作服的时候，他就陷入了沉睡之中。卧室很暗，他的手机发出的光在墙上投射出一个苍白的椭圆形。

“乔纳·林纳。”他叹了口气接起电话。

“杰里科逃跑了，他设法……”

“萨迦？”乔纳跳下了床。

“他杀死了很多人。”她的声音中充满了歇斯底里。

“你受伤了吗？”

乔纳穿过公寓，萨迦所说的话让肾上腺素开始在他体内快速分泌。

“我不知道他在哪里，他只是说他要去找你算账，他说……”

“迪莎！”乔纳大叫道。

他看见她的靴子不见了，打开前门，在楼梯间喊她的名字，他的声音在黑暗中回荡。他试图回忆起在睡前所说的话。

“迪莎去了洛顿。”他说。

“对不起……”

乔纳挂了电话，穿上衣服，拿起手枪和枪套离开公寓，连门都没来得及锁。

他跑下楼梯，走到人行道上，然后向前奔跑。

卡洛斯把他的车停在达拉加坦。他一边跑一边打电话给迪莎。她没有接电话，雪下得很大，都堆在了人行道上，他想可能把车开出来并不容易。

路上一辆公共汽车迎面驶过，地面微微震动。

风把一堵又低又宽的墙上的雪吹了下来。

乔纳冲向车子，爬了进去，径直开过雪堆。车刮擦到了别的停着的车，但他依旧把油门狠狠地踩了下去。

他加速开过了泰格恩伦登，然后朝着斯瓦夫山的方向驶去，松软的雪在软软的云层中飞舞而下。

乔纳突然意识到他害怕的一切都会在今晚爆发。

转变是瞬间的，从一个瞬间到另一个瞬间。

迪莎独自一人在她的车里。

乔纳能感觉到他的心脏在撞击他的手枪套，大雪落在了挡风玻璃上。

他开得很快，想着迪莎的老板怎么会在这个时间打电话来让她去看挖掘出来的东西。

塞缪尔的妻子丽贝卡那次是接到木匠的电话，要她早点儿去他们的避暑别墅。

睡魔一定是在苏珊娜·哈贾姆给杰里科的信中提到了迪莎。他的手颤抖着，他把迪莎的名字从联系人中调出来，又打了个电话。电话发出嘟嘟声，他觉得汗水从他背上淌下来。

她没有接，乔纳只好尽可能地加速。

这可能是虚惊一场，他试图说服自己。他必须找到迪莎，让她回家。他会把她藏起来直到杰里科被抓到为止。

汽车在柏油碎石路面上的褐色泥泞中滑行，一辆卡车突然转了个身。他又拨去电话，但还是没有应答。

道路上布满了肮脏的积雪，街灯映在潮湿的柏油路上。

他又打电话给迪莎。

红绿灯已经变红了，但是乔纳右转进入了瓦哈拉瓦根。一个水泥搅拌车突然转向，一辆红色的车突然刹车。当司机按响喇叭时，迪莎突然接起了电话。

162

迪莎开车小心翼翼地越过生锈的铁路轨道，驶向满是渡轮和集装箱的弗利哈能码头。夜空低沉，雪从黑暗的空中旋转飘落。

悬挂的街灯泛着黄色的光芒，照在形如吊架般的建筑之上。

路人走路时低着头，抵御着严寒，防止雪飘入他们的眼睛。在雪地的远处，她只能辨认出一艘亮着灯的塔林渡船，但又不真切，如梦境中的事物一般。

迪莎向右转弯，凝视着远处的黑暗，驶离了一家大型橡胶进口公司，开车经过一连串低矮的工厂车间。

铰接式卡车正在开上渡轮，它们要驶往圣彼得堡。一群码头工人站在空荡荡的停车场吸着烟。

黑暗和雪使周围的世界显得阴沉而孤立。

迪莎开车经过五号仓库，并通过集装箱码头的大门。每个集装箱都有一个小屋那么大，重量可以超过三十吨。它们互相叠在一起，大概有十五米高。

一个塑料袋被风吹起，水坑上冻结的冰在汽车轮胎下面嘎吱作响。

集装箱所构成的网状结构成了大型卡车和拖拉机的行驶通道。迪莎驶入了一条异常狭窄的通道，她能从雪中的痕迹看出另一辆汽车刚刚驶过这里。大约前方五十米，通道向岸边敞开，可以依稀看到起重机的远处有着大量的油箱，而这些起重机正在将集装箱装载到船上。

发现西洋双陆棋的人可能已经在等着她了。

雪吹过挡风玻璃，她放慢速度，把雨刷打开刷掉积雪。

远处，一台像蝎子的大机器在一次侧向运动中停了下来，然后把一个红色的容器静静地放在地上。

驾驶室里没有人，车轮很快被雪覆盖了。

她的手机突然响起，她用明亮的语气应道：“你应该睡着了。”

“告诉我你现在在哪里？”乔纳的声音洪亮。

“我在车里，在去的路上。”

“不要去会面！直接回家！”

“发生了什么事？”

“杰里科·沃尔特从安全科逃跑了。”

“你说什么？”

“我要你马上回家。”

汽车的前灯发出着水族箱一般的光，打转的雪在汽车前方飞舞。她放慢了速度，注视着被机器抓着的红色容器，上面的字写着“汉堡”。

“你必须听我的！”乔纳说，“回头！开车回家！”

“那好吧。”

他在电话里等着听她说话，“你掉头了吗？”

“我现在没办法……我需要找个能掉头的地方。”她平静地说。

突然她发现一些奇怪的东西。

“迪莎，我知道我这样说有点儿……”

“等等。”她打断道。

“你在干什么？”

她慢下速度，看到一捆东西躺在通道中间。它看起来像一条灰色的毯子，上面缠着胶带，慢慢地要被雪覆盖了。

“发生什么事了，迪莎？”乔纳问道，声音有些激动，“你掉头了吗？”

“路上有什么东西。”她停下来说，“我没法开过去。”

“你可以倒车！”

“给我一点儿时间。”她说着把手机放在了座位上。

“迪莎！”他大声叫道，“你不能下车！立即倒车！迪莎！”

她听不见他，她已经下车走了过去。雪在空气中轻轻旋转，这里十分安静，高高的起重机所发出的光不能到达集装箱之间的空隙处。

风在高耸的集装箱之间行进，她的脚底发出奇怪的声音。

在远处，她能看到一辆巨大叉车的警示灯，飘落的雪中可以看到黄色灯在闪烁。

在默默走着的时候，迪莎充满了一种阴郁的仪式感。她在想她可以把那捆东西拖到一边，这样就可以开车过去。

她停下了脚步，集中目光向前看去。

叉车在前方很远的一个拐角处消失了，只剩下了车前灯冰冷的灯光和无尽的雪花。

看起来好像有什么东西在灰色毯子下面移动。迪莎眨了眨眼，犹豫着。

此刻的一切荡漾着一股奇异的宁静。

雪花密密麻麻地从天空中缓缓地飘落下来。

迪莎静静地站着，感觉她的心脏在胸膛里剧烈地跳动，然后继续向前。

163

乔纳在环形交叉路口左转时开得太快了，前保险杠撞上了积雪，轮胎压在冰上咔咔作响。他猛打方向盘，让车子向侧面滑动离开人行道，继续向前行驶，整个过程没有让车下降多少速度。

广袤的草地上覆盖着一层雪，像一片白色的大海一样伸展到诺拉尤尔格丹。

他在一条直路上超过了一辆公共汽车，以每小时一百六十公里疾驰，飞一般地把一幢黄砖块制成的公寓甩到了身后。向左转的时候乔纳一个刹车，雪和冰被甩到了挡风玻璃上。透过环绕港口的高铁丝网，他看见了一艘狭长的渡轮在起重机发出的模糊灯光下装满了集装箱。

一辆锈褐色的货物列车正在驶向弗利哈能码头的途中。

在纷飞的白雪中，乔纳凝视着荒芜的仓库所投下的阴影。他急急忙忙地驶进海港，驶过安全岛时车辆一阵颠簸，泥泞的土地和轮胎的旋转纠缠到了一起。

铁路护栏已经开始关闭，但是乔纳加速越过铁轨，护栏刮到了车顶。

他驶入了弗利哈能码头，有人正在离开塔林渡轮，一排排的黑色人影消失在夜幕中。

一定是有人改了会面地址，才使得她来到这种地方。她不可能在很远的地方，刚才她停车走了下去。

他打开了警笛，人们纷纷让开路。一个女人放开了行李手推车，乔纳直接开了过去。

一辆铰接式卡车正在缓慢地驶下坡道，往圣彼得堡的渡轮方向开去。它在地面上留下了厚重的棕色雪块。

乔纳开车经过了五号和六号仓库间的一个空停车场，然后穿过集装箱码头的大门。

这个地区就像一座城市，有一条条狭窄的小巷和高大的无窗建筑。他从眼角看到了什么东西，在刹车的瞬间，轮胎发出了尖叫声。

迪莎的车正挡在他前面的通道上，一层薄薄的雪积在车顶上。驾驶位的门是开着的，乔纳停车跑过去。发动机还是热的，他向里面看，没有暴力斗争的迹象。

他把冰冷的空气吸入肺部。

迪莎从车里出来，往前走了，新雪正在慢慢填满她的足迹。

“不。”他低声说。

在她的车前十米处有一片被踩踏的雪，有什么东西被拖到了一米之外的集装箱边上，留下了一条轨迹。

一条带着血的项链在刚下的雪中透露着粉色隐隐可见。

除此之外，其他的雪都是展平的，没有被踩过。

乔纳不再叫喊迪莎的名字。

冰晶落在集装箱上，发出沙沙的声音。他向后走了几步，看到五个ISO集装箱悬挂在空中二十米处。集装箱底部的红色背景上有白字写着：汉堡特区。

他记得迪莎在他们的谈话被打断时念出了这个名字。

乔纳穿过通道，朝着吊起集装箱的起重机走去。雪很深，他一不小心滑了一跤，肩膀撞在了一个黄色集装箱上。

他登上五号码头，环顾四周，心脏跳得很快，一个戴着头盔的码头工人正在对着对讲机说话。雪花从大灯的炫光中落下，旋转至黑水之中。

一艘巨大的吊车正在装载一艘驶往鹿特丹的集装箱船，红色集装箱上面写着“汉堡特区”。

乔纳迈开步子向前跑去。

数以百计被装满的集装箱颜色各异，名称各异。

两名码头工人沿着码头快速行走，穿着明亮的黄色束腰外衣，他们中的一个正指着远处一座高耸的桥。

164

乔纳在大雪中前行，跳过混凝土的底座到达码头的边缘。泥泞的冰漂浮在黑水中，拍打着船体。海水的气味和四辆卡特彼勒卡车的柴油烟雾混合在一起。

乔纳爬上了船，沿着栏杆疾跑，推开一个挡路的盒子，顺手抄起了一把铲子。

“喂！你在干吗？”后面有个人对他喊道。

乔纳径直冲过一个潮湿的纸板箱，发现栏杆周围堆着的扳手、吊钩和生锈的链条，中间有着一把大锤。他放下铲子，拿起大锤，向红色的集装箱跑去。集装箱足足有四辆车那么大，他用手击打着箱体，金属发出迟钝的回声。

“迪莎！”他边跑边喊。

沉重的集装箱锁被固定在双门上，他摇动着手中的大锤，然后用不可思议的力量把锁砸碎了。

他放下大锤，打开集装箱门。

迪莎不在那里。

在黑暗中他能看到的只有两辆宝马跑车。

乔纳不知道该怎么办。他向岸边望去，看到了一大堆集装箱。

一个码头上拖拉机闪烁着灯光正在搬运松散的货物。

远处，油箱在大雪中几乎难以看清。

乔纳擦了擦嘴，开始往回走。

一台移动式起重机正在将一些集装箱装上货车，在三百多米外的码头尽头，一辆挂满脏油布的铰接式货车正向开往圣彼得堡的滚装渡轮驶去。

卡车后面的坡道上有着另一辆车，它的后面拉着一个红色的ISO集装箱。

集装箱的一侧写着“汉堡特区”，乔纳试图找出能最快到达那里的路径。

“你不能在这里。”一个男人在他身后喊道。

乔纳转过身来，看见一个码头工人戴着头盔，身穿明亮的黄色外套，戴着沉重的手套。

“国家刑事调查局警察。”乔纳迅速解释说，“我正在找……”

“我不在乎你是谁。”那人打断道，“你不能爬上船……”

“打电话给你的老板告诉他……”

“你要在这里等着，向保安人员解释一切……”

“我没有时间做这个。”乔纳说着转过身去。

码头工人抓住了他的肩膀。乔纳摇了下自己肩膀，把自己的手臂裹在男人身上，开始扭动胳膊肘。

一切如行云流水。

码头工人因为肩膀疼痛被迫向后靠去，乔纳同时向他的脚踢了一脚，他开始失去平稳。

乔纳没有进一步对码头工人下手，而是放开了手，让他瘫倒在甲板上。

大型起重机隆隆作响，万物突然变暗，这时大灯耀眼的光被悬挂在他头顶起重机上的货物遮住了。

乔纳拿起大锤，快速地走开，但是一个年轻码头工人挡住了他的路，手里拿着一个大扳手。

“你小心点儿。”乔纳用一种不祥的口气说道。

“你需要等保安到达这里。”码头工人跟他说，他的眼睛里露出忧虑的神情。

乔纳用一只手推了他的前胸，迫使他让开。码头工人退了一步，然后举起扳手作势敲过来。乔纳用胳膊挡住了他的攻击，但仍然被击中了肩膀。他痛苦地呻吟了一声，放开手中的大锤，它“砰”的一声落到甲板上。乔纳抓住那个人的头盔后部，把它拉下来，然后用力打他的耳朵，使他跪倒在地，痛苦地号叫。

165

乔纳沿着码头的边缘跑入雪中，他的一只手拿着大锤，他能听到身后的叫喊声。破碎的冰在海水中翻滚。不时地撞击码头，从碰撞的缝隙中喷出海水。

他穿过一排排热气腾腾的私家车、拖车和卡车。光从舱壁上射出来，在一个灰色的集装箱后面，他终于看到了那个红色的集装箱。

一个人试图从车上下来，但乔纳一把把门关上，这样他可以率先通过。他用大锤击中了船舱壁上的螺栓，震动通过他的手臂和肩膀传来。

汽车下面的钢桥面被融化的雪弄湿了，乔纳踢开了一些挡住他的路障，继续前进。

他到达了红色的集装箱前，砰砰地敲门，大声喊叫。锁太高了，他必须爬上后面的那辆黑色奔驰车才能够得到。他站在引擎盖上，汽车外壳的油漆裂开。他挥动大锤，一下就把锁砸碎，回声从四周传来。乔纳把大锤扔在汽车引擎盖上，打开了集装箱，其中一扇门摇晃着，刮掉了汽车保险杠。

“迪莎！”他向集装箱内部喊道。

集装箱里堆满了白色的盒子，每个盒子上面都印着伊凡尼克的名字。它们被紧紧包装着，捆扎在托盘上。乔纳又拿起锤子，经过汽车和卡车朝船尾走去。他能感觉到自己有些累了，手臂因为过度的用力而微微颤抖。渡轮的装载工作已经完成，船首正在下降，机器隆隆作响。渡船在拉开时甲板发出着震动，冰撞击着船体。当他来到船尾时，又看到另一个红色的集装箱，它的一面上有着“汉堡特区”的字样。

“迪莎！”他喊道。

他绕过出租车，停下来，看着集装箱上的蓝色锁。他擦去脸上的水，抓起铁锤，没注意到从后面走过来了一个人。

乔纳举起大锤，就在他要用力砸开锁的时候，自己的后背受到了狠狠的一击。疼痛猛烈袭来，他感到肺部一阵咆哮，整个人差点儿昏了过去。锤子从他的手中跌落，人往前倒去，前额撞到了集装箱，整个人瘫倒在甲板上。他滚到一边，站起来。血液流进一只眼睛，他跌跌撞撞地扶住附近的一辆汽车做支撑。

在他面前是一位身材高大的女子，肩上扛着一个棒球棒。她呼吸急促，胸前的夹克绷紧着。她向旁边走了一步，从脸上吹起一绺金发，再次瞄准乔纳。

“不准砸我的东西！”她喊道。

她又向乔纳打来，但是乔纳动作很快，冲向她，用一只手抓住她的喉咙，用他的脚踩在她膝盖的后面，这样她的腿就会被扣住，然后把她扔到甲板上，用手枪指着她。

“国家刑事局。”他说道。

她躺在甲板上，一边啜泣一边看着他拿起大锤，用双手握住，砸碎了锁。一块金属壳咔嗒一声掉在了她的脸的一侧。

乔纳打开了门，但集装箱里装满了电视机的箱子。他拉了几个出来，迪莎不在里面。他擦了擦脸上的血，跑到两辆车中间，经过一个黑色的集装箱，然后匆匆地走到了敞开的甲板上。

他冲到栏杆上，在寒冷的空气中喘息着。在船的前面，他能看到一个破冰船穿过群岛向大海驶去。

一团破碎的冰在浮标周围摆动。

渡船现在离码头有二十米远，乔纳可以看到整个港口的全景。天空是黑色的，但是港口被灯照亮着。

在大雪中，他看见一辆大吊车正在往一列火车上装载货物。当乔纳意识到类似的红色集装箱遍布了整个港口时，他的内心一阵痛苦。

他朝船尾走去，把手机拿出来，呼叫紧急控制室。他要求斯德哥尔摩禁止弗利哈能港口的所有车辆通行。值班人员知道乔纳是谁，把电话接到地区警察局局长那里。

“所有来自弗利哈能的交通都必须停止。”他重复着。

“那是不可能的。”她平静地回答。

在巨大的集装箱码头上，大雪纷飞。

他爬上系泊绞车，走到栏杆上，能看见一个搬运集装箱的人把一个红色的集装箱运到一辆等候的卡车上。

“我们必须禁止所有的车辆。”乔纳再次说。

“这是不可能做到的。”专员回答，“我们最多能做的就是……”

“那我就自己去做。”乔纳突然说道，然后跳了下去。

落入冰冷的水中就感觉像被冰冷的闪电击中，如同把肾上腺素直接注射到了心脏一样。他的耳朵嗡嗡作响，身体受不了突然的寒气而瑟瑟发抖。乔纳在黑水中沉没，失去了几秒钟的意识，他的脑海中浮现出了用桦树根编织的新娘头冠。他感觉不到自己的手和脚，但知道自己必须浮出水面，他迫使自己踢动双腿，设法阻止自己向更深处沉去。

166

乔纳浮到了水面，穿过寒冷的冰沼，竭力让自己保持冷静，让空气进入肺部。

丧心病狂的寒冷。

零下的温度使他的脑袋内部宛如有东西在重击，但他此时非常清醒。

他曾经作为伞兵的经历救了他，他努力控制着自己的呼吸，维持身体正常的机能。

他穿着厚厚的衣服，用麻木的手臂在黑水中游动。到码头边不远时，他的体温已经急速下降。一团冰块在他周围的海面翻着，他已经感觉不到自己脚的存在，但大脑依旧发出继续蹬腿的命令。

波浪翻滚，拍打着他的头。

他咳嗽了数声，觉得自己的体力正在耗尽。他的视力开始衰退，但仍强迫自己继续向前，再多游一点儿，再多游一点儿，最后到达码头的边缘。他用颤抖的双手试图抓住两个混凝土块之间的狭窄缝隙。一阵喘气后，他侧身移动到金属梯子旁边。

当他开始攀登时，水在他身下飞溅。他的手终于握住了金属，他快要晕倒了，努力逼迫着自己一步一步向上爬去。

他呻吟着滚到码头上，站起来，向卡车走去。

当他检查自己有没有丢失手枪时，他的手忍不住地颤抖。

雪落到湿漉漉的脸上传来刺痛感，他的嘴唇麻木，腿也颤抖得厉害。

他跑进两个黑色集装箱之间的狭窄通道，在卡车离开港口之前追了上去。他的双脚麻木，脚步蹒跚着，走路时撞到了肩膀，但是仍然前行，他一边倚着其中一个集装箱，一边爬过一堆雪。

他出现在载有红色“汉堡特区”字样集装箱的卡车前面，沐浴在炫目的大灯之中。

当乔纳走近时，司机正在车后面检查刹车灯是否正常工作。

“你刚从水里出来？”他问道，退了一步，“我的天，如果你不到屋里去的话会冻死的。”

“打开红色的集装箱。”乔纳说道，“我是警察，我需要……”

“这得得到海关的命令，我不能打开……”

“我是国家刑事调查局的。”乔纳用微弱的声音打断了他的话。

他难以集中注意力，而且当他试图解释自己来自国家刑事调查局时，他意识到这听起来有多么不连贯。

“我连钥匙都没有。”司机亲切地看着他，“我只有一把螺栓切割器。”

“快点儿。”乔纳说道，然后疲倦地咳嗽。

司机绕过卡车，爬上车，向驾驶室走去，然后探身到乘客座位后面。当他拿出一把长柄螺栓切割器时，一把伞滚到了地上。

乔纳砰砰砰敲着集装箱，喊着迪涉的名字。

司机跑回来，他的脸颊变红，双手握着螺栓切割器的手柄。

锁嘎吱嘎吱地碎了。

集装箱的门在吱吱作响的铰链上摆动，里面装满了木托盘，整整齐齐地塞满了整个集装箱。

乔纳没有对卡车司机说一句话，而是拿着他的切割器往前走。他冻得浑身发抖，双手疼得厉害。

“你得去医院。”那人在后面叫他。

167

乔纳尽可能快地向铁路线走去。沉重的切割器随着他手臂的晃动一下一下地打击着覆雪的路面。仓库里的货物列车刚开始移动，车轮向前滚动时发出了尖叫声。乔纳试着跑起来，但是他的心脏跳动得很慢，胸部感觉像是在燃烧。他爬上积雪覆盖的铁路路堤，滑倒在地上，膝盖撞在了碎石上，切割器也掉在了地上。他踉踉跄跄又站起来，再也感觉不到自己的手和脚。他摇摇晃晃得无法控制自己的身体，整个人正经历着一种可怕的混乱感，冰冻已经侵蚀到了他的体内。

他的思维变得奇异、零散且缓慢，他所知道的是他必须让火车停下来。

这辆重型列车开始加速行驶，车轮和轨道之间发出的声音越来越尖锐。乔纳站在轨道的中央，抬起眼睛看着列车的灯光，举起手来打算阻止它。火车鸣响了汽笛，他可以辨认出里面司机的轮廓。轨道在他的脚下震动，乔纳拔出手枪，向列车的挡风玻璃开了枪。

玻璃碎片飞到了列车顶上，然后消失在黑暗中。子弹的回声在堆叠的集装箱之间迅速而剧烈地回响。司机的脸完全没有表情，乔纳又举起手枪瞄准他。火车开始刹车，发出雷鸣般的声音，终于停在离他三米远的地方，发出着咝咝声。

乔纳从轨道上走下时险些跌倒，他拿起切割器，转向火车司机。

“打开红色的集装箱。”他说。

“我没有权利……”

“按我说的做！”乔纳大声喊道，把切割器扔在地上。司机爬了下来，拿起切割器。乔纳和他一起走上火车，指着第一个红色的集装箱。司机一言不发地爬上锈迹斑斑的褐色联轴器，撬开了锁。门开了，集装箱里装满了电视机。

“下一个。”他低声说。

乔纳向前走，手枪从手中跌落，他从雪地上又捡起来，继续向火车后部走去。他们经过了八个集装箱，然后到达下一个红色的集装箱，上面写着“汉堡特区”。

他用切割器敲击它，金属和金属撞击的声音在港口周围凄凉地回响。

乔纳蹒跚前行，用切割器使劲拧开了锁，巨大的金属门摇晃着打开。

迪莎躺在锈迹斑斑的集装箱里。她面色苍白，睁大了眼睛，显得茫然不知所措。她丢了一只靴子，头发硬硬地冻在头上。

迪莎的嘴巴冻结成了一种混合了恐惧和抽泣的状态。

她细长的脖子右侧有一道深深的伤口。喉咙和脖子下面的血已经被一层冰覆盖。

乔纳轻轻地把她从集装箱上抬下来，走离了火车几步。

“我知道你还活着。”他跪下把她抱在怀里。

他的手上流下一些血，但她的心脏已经停止了跳动。

结束了，再也回不去了。

“不要这样。”乔纳低声地对着她的脸颊说，“不要是你……”

随着雪的下落，他慢慢地摇晃着她，没有注意到有汽车停下来，也不知道萨迦·鲍尔向他跑来。她赤脚，只穿着裤子和T恤。

“我们的人已经在路上。”她边跑边说，“天哪，你怎么了？你需要帮助……”

萨迦对着无线电扯着喉咙大喊，仿佛这一切都是在梦中。乔纳听到她强迫火车司机脱下他的夹克，然后把它披在他的肩膀上。她蹲在他身后，抱着他，警车和救护车塞满了港口。

当黄色救护直升机着陆时，周围一大圈的雪都被吹散了。声音震耳欲聋，火车司机向后退去，坐在那里的乔纳抱着死去的女人。

当医护人员跳出来跑到跟前时，直升机的旋翼还在转动，他们身上的衣服因为掀起的风而哗哗拍动着。

直升机的气流把垃圾吹向高高的栅栏，感觉好像所有的氧气都被吹走了。当医护人员强迫他放开迪莎的尸体时，乔纳失去了知觉。他的眼睛睁不开，双手冻得发白，不连贯地喃喃自语，反抗着他们让他躺下的要求。

当萨迦看着他被担架抬到直升机上时，终于哭了起来。

她意识到现在很紧迫。

旋翼的噪声随着直升机从地面上升起，在风中摇曳。

旋翼的角度移动，直升机倾斜向前，消失在城市上空。

当他们把他的衣服剪开时，乔纳已经陷入一种死一般的麻木状态。他的眼睛仍然睁开，但是瞳孔已经扩大，并且固定了下来，不再对光做出反应，也无法检测到任何脉搏或呼吸征象。

当他们降落在卡洛林斯卡医院 P8 大楼的直升机坪上时，乔纳·林纳的体温已经下降到不足 32 摄氏度。

168

警方迅速赶到弗利哈能港口的现场，几分钟后他们就发出对一辆银灰色雪铁龙的警报。杰里科·沃尔特的车在迪莎的车到达前十五分钟驶入港口，一路被几个不同的监控摄像机拍了下来。在乔纳·林纳到达那里的七分钟后，同样的摄像机记录了他的车离开了该区域。

斯德哥尔摩的每辆警车都参与了搜寻，还有两架直升机也参与了搜寻。这是一次大规模的部署，在警报响起十五分钟后，警方在中央大桥上看到了这辆车，然后它就消失在索德莱登的隧道中。

警车拉着警笛闪着灯追了过去，在出口处设置了路障，这时巨大的爆炸产生的冲击波从隧道入口喷出。

直升机悬停在上方，飞行员设法避开了爆炸冲击波。灰尘和碎片散落在马路和铁轨上。

现在是凌晨四点半，萨迦·鲍尔坐在一张诊疗沙发上，医生正在缝合她的伤口。

“我必须要走。”她凝视着墙上沾着尘土的平板电视说。

当重大交通事故发生时，医生刚刚开始包扎她的左手腕。

一位声音阴沉的记者解释说，警方在斯德哥尔摩市中心的追捕发生了相撞，并导致索德莱登隧道内发生了致命事故。

“事故发生在今天凌晨两点半。”记者说，“这也许解释了为什么没有其他车辆被卷入其中，警方已做出保证，道路将在上午高峰时间之前重新开放，但拒绝对此事发表任何评论。”

屏幕上显示出一股浓烟从隧道入口处以惊人的速度滚滚而出。尘云笼罩了整个希尔顿大酒店，然后慢慢地在斯德哥尔摩的上空散开。

萨迦在确认杰里科·沃尔特已经死了之前拒绝去医院，两位同乔纳一同来自国家刑事调查局的同事告诉她，为了节省时间，他们的法医专家陪同消防人员一同进入隧道。猛烈的爆炸把杰里科·沃尔特的胳膊和头从他的身体上撕了下来。

在屏幕上，一位政治家坐在演播室和一位女主持人对坐着。他们的脸上带着浓重的睡意，讨论着警察追踪犯人时的安全问题。

“我必须得去。”萨迦说着站了起来。

“你腿上的伤口需要……”

“别麻烦了。”她说着离开了房间。

169

乔纳在医院醒来，感觉很冷，手臂上一种温热液体正在慢慢注入他的身体，带来一种瘙痒。一名男护士站在床边，他睁开眼皮朝他微笑。

“你感觉怎么样？”护士前倾着身子问道。乔纳试着读出他名牌上的名字，但是没能看清楚。

“我快要冻僵了。”他说。

“在两个小时内，你的体温应该会恢复正常，我给你拿一些热果汁……”

乔纳试图坐起来喝果汁，但突然感到膀胱一阵疼痛。他把毯子掀开，看到两根粗针扎进他的腹部。

“这是什么？”他虚弱地问。

“腹腔灌洗。”护士说，“我们正在从内部变暖你的身体……你现在肚子里有两升温热的液体。”

乔纳闭上眼睛试着回忆。红色的集装箱，冰冷的泥泞，以及他从船上直接跳进令人难以置信的冷水中的冲击。

“迪莎。”乔纳低声说，感觉鸡皮疙瘩在他的手臂上突起。他仰靠在枕头上，抬头看着上面的暖气。除了寒冷，他什么也感觉不到。

过了一会儿，门开了，一个高个子的女人走进来，她盘着头，穿着一件紧身丝质毛衣。是丹妮娜·理查德，他以前见过她很多次。

“乔纳·林纳。”她用沉重的声音说，“我很抱歉……”

“丹妮娜。”乔纳用嘶哑的声音打断了她，“你对我做了什么？”

“你差一点儿就要冻死了，当你被带进来的时候，我们以为你已经死了。”

她坐到了床边上。

“你不知道你有多么幸运。”她慢慢地说，“从外面看你没受什么伤……我们正在给你的内脏做检查。”

“迪莎在哪里？我必须去……”

他的声音失去了控制，他的思维，他的大脑，他不能正确地把这些词拼在一起，他所有的记忆就像在黑水中破碎的冰块。

医生垂下了目光，摇摇头，她脖子上戴着一条镶着小钻石的项链。

“我很抱歉。”丹妮娜慢慢地重复着。

当她开始谈论迪莎的时候，脸因为悲伤而微微颤抖。乔纳看着她手上的静脉，看到她的脉搏在跳动，她的肋骨在她的绿色毛衣下起起伏伏。他试着理解她说的话，闭上眼睛，突然间一切发生的事情都进入了他的意识。迪莎苍白的脸，脖子上的伤口，她那可怕的嘴巴，她只穿着尼龙裤袜，还有她赤裸的脚。

“让我静一静。”他用沙哑的声音说。

170

乔纳·林纳静静地躺在床上，感觉到葡萄糖流过他的静脉，床头可以看到吹来的腾腾暖气，但是他并没有感到暖和。

寒潮正从他的身体里滚动，每隔一段时间，他的视线就会熄灭一次，一切都会变黑，变成耀眼的黑暗。

有一种冲动想让他取出自己的枪，把枪管塞进嘴里，结束一切。

杰里科·沃尔特逃走了。

乔纳知道他再也见不到他的女儿或妻子了，她们从他身上被夺走了，就像迪莎在他的手中被硬生生撕走一般。杰里科的孪生兄弟看出了破绽，他知道卢米还活着。乔纳知道杰里科意识到这一点也只是时间问题。

乔纳试图坐起来，但没有力气。

他无法逃脱自己在每一秒钟都越来越深地陷入冰窟的感觉。

他无法停止身体上感觉到的寒冷。

突然门开了，萨迦·鲍尔走了进来，她穿着黑色夹克和深色牛仔裤。

“杰里科·沃尔特死了。”她说，“结束了，我们在索德莱登的隧道里找到了他。”

她站在床脚，看着乔纳·林纳，他又闭上了眼睛。她感到心脏快要停止了，他看上去病得很厉害，脸色如白纸一般，嘴唇没有丝毫血色。

“我现在要去看瑞德·弗罗斯特。”萨迦继续说，“他需要知道菲莉西亚还活着，医生说她会挺过去的，你救了她的命。”

他听见她说的话，把脸转向一边，闭上眼睛忍住眼泪，突然他明白了杰里科的模式。

杰里科正在结束自己血腥的复仇循环。

乔纳重复着自己的想法，他用舌头舔了下嘴唇，深呼吸，然后平静地说："杰里科正在去找瑞德的路上。"

"杰里科·沃尔特已经死了。"萨迦重复说，"现在已经结束……"

"杰里科又要去把米凯尔带走了……他不知道菲莉西亚已经获得自由……他不应该知道……"

"我正要出去找瑞德，告诉他你救了他的女儿。"她又说。

"杰里科只是把米凯尔借出来而已，他要把他再带回去。"

"你在说什么？"

乔纳看着她，灰眼睛里的冰冷使她颤抖。

"受害者不是被关起来就是已经葬身坟墓。"他说，"受害者都是被遗弃的人，等待的人……直到他们再也忍受不了。"

她把一只手放在他的手上："我得走了……"

"确保你带了武器。"他说。

"我只是去告诉瑞德……"

"照我说的去做。"他打断道。

171

在萨迦到达庄园时离清晨还有一段时间，这座古老的房子坐落在寒冷和黑暗的黎明深处。一楼的窗户里可以看见一盏亮着的灯。

萨迦从车里出来，穿过车道。雪静静地躺着，从黑暗延伸到远古的田野之中。

没有星星在夜空中闪烁。

唯一的声音来自附近一片开阔的水域。

她走近房子，看见一个人背着窗户坐在厨房的桌子旁。他旁边的桌子上有一本书，他慢慢地举起一个白色杯子喝着什么。

萨迦走上了积雪覆盖的砾石，走了几级石阶来到大门口，按响门铃。过了一会儿，坐在厨房里的那个人起来打开了门。

是瑞德·弗罗斯特。

他穿着条纹睡裤和白色T恤，两颊留着白色的碎胡茬儿，脸上的表情又疲惫又脆弱。

“你好，我叫萨迦·鲍尔，我在安全局工作。”

“进来吧。”他用一种近乎破碎的声音说。

她走了几步进到昏暗的大厅，宽阔的楼梯通向楼上。瑞德向后移动，他的下巴开始颤抖，他一只手捂着嘴。

“不，不会是菲莉西亚，不会是……”

“我们找到她了。”萨迦立即说，“她还活着，她应该会没事……”

“我……我必须……”

“她病得很重。”萨迦解释说，“你的女儿得了晚期军团病，但她会挺过去的。”

“她会没事的。”瑞德低声说，“我得走了，我得去见她。”

“她会在早上七点钟从重症监护室转到传染病病房。”

他泪流满面地看着她。

“这样我还有时间穿衣服，然后叫醒米凯尔……”

萨迦跟着他穿过房间来到厨房，这就是几分钟前她透过窗户看见的地方。天花板上的灯在咖啡桌上洒上了一层宜人的光，咖啡杯端坐在上面。

收音机开着，演奏着轻柔的钢琴音乐。

她说："我们一直给你打电话，但是你的手机……"

"那是我的错。"瑞德擦拭着脸颊上的泪水，"我不得不在晚上关掉电话，我不知道会有那么多疯狂的人不停地打电话来告诉我……"

"我明白。"

"菲莉西亚还活着？"瑞德又用试探性的语调问。

"是的。"萨迦说。

他的脸上绽开了笑容，用充血的眼睛看着她。他开口欲言，但只是摇摇头笑了。他从黑火炉上拿起一大杯咖啡，倒了一杯给萨迦。

"要加热牛奶吗？"

"不，谢谢。"她说着拿起杯子。

"我要去叫醒米凯尔……"

他开始朝大厅走去，但停下来，回头看着她。

"我需要知道……你抓到睡魔了吗？"他问道，"米凯尔称他为……"

"他和杰里科都死了。"萨迦说，"他们是孪生兄弟。"

"双胞胎兄弟？"

"是的，他们是同伙……"

突然天花板上的灯光熄灭了，收音机里的音乐安静了下来。漆黑一片，寂静无声。

“断电了。”瑞德咕哝着试了几次开关，“我的碗橱里有蜡烛。”

“菲莉西亚被关在一个旧的防空洞里。”萨迦解释说。

过了一会儿，外面雪的光芒开始穿透厨房的黑暗，萨迦可以看到瑞德摸索着走向一个大碗柜。

“避难所在哪里？”他问道。

当瑞德在抽屉里搜寻时，萨迦听到了嘎吱嘎吱的声音。

“在罗勃诺的旧采石场。”她回答。

萨迦看到他停下来，后退一步转身。

“那是我曾经生活的地方。”他慢慢地说，“我还记得那对双胞胎。我不知道为什么，但一定是杰里科·沃尔特和他的兄弟……我小时候还和他们玩过几个星期……但为什么，为什么呢……”

他沉默不语，站在那里，凝视着黑暗。

“这种事情没有什么答案。”她说道。

瑞德找到了火柴点燃蜡烛。

“我小时候住在离采石场很近的地方，这对双胞胎比我大一岁。”他说，“有一天，当我在钓鳊鱼的时候，他们正坐在我身后的草地上……那里有一条河……”

瑞德从水槽下面拿了一个空酒瓶，把点燃的蜡烛放了进去，放在桌子上。

“他们有点儿古怪……但是我们一起玩耍了，我还和他们一起回家。

我记得那是春天，他们给了我一个苹果……”

蜡烛发出的光穿过房间，无法穿透窗户，使得窗户看起来一片漆黑。

“他们把我带到采石场。”瑞德继续说，显然是他刚刚又记起了什么，“是在外围区域，他们在篱笆上发现了一个洞，我们每天晚上都会在那里玩。我们玩得很开心，会爬上土墩，在沙石上滚下去……”

瑞德突然沉默不语。

“你想说什么？”

“我从来没有想过，但是有一天晚上，我听到他们互相呼喊，然后他们就消失了……我从土堆上滚下来，正要去找他们。这时工头突然出现了。他抓住我的胳膊，大喊起来……你知道的，他说会去我父母那里告状……我吓坏了，说我不知道这是不允许的，男孩们说我们可以在那里玩……他问我是什么男孩子，我指了指他们的房子……”

瑞德点燃了另一支蜡烛，光线在墙壁和天花板之间反弹，厨房里弥漫着蜡的气味。

“在那之后我再也没见过这对双胞胎。”他说着离开了厨房去叫醒米凯尔。

172

萨迦正站在厨房的桌子边喝着浓咖啡，看着窗外双层玻璃中两根蜡烛的倒影。

乔纳伤得很重。当她说杰里科已经死了的时候，他甚至没能听到她说的话。他只是重复说杰里科正在去抓米凯尔的路上。

萨迦转过疲惫的身躯，感觉到格洛克 17 式 9mm 手枪的重量抵在她的身上。她离开窗户，听到大房间里传来了声音。

这使她突然警觉起来。

她朝门口走了几步，停下来，似乎感觉到能听到微弱的金属刮擦声。

这可以是任何东西发出的声响，比如一个没扣紧的窗户因风而移动，或者一根树枝擦在了窗户上。

她等了一会儿，然后又回到桌子旁喝了些咖啡，然后看了看时间，拿出手机，给尼尔斯·阿伦的手机打电话。

“尼尔斯·阿伦，法医部。”铃声响了几次后他接起。

“萨迦·鲍尔。”她说。

“早上好，早上好。”

一阵冷风突然席卷了萨迦的腿，她背靠墙站了起来。

“你看了索德莱登隧道的尸体吗？”她一边问一边看着闪烁的烛光。

“是的，我已经到医院了，他们把我拖下床去对付一个尸体……”

烛光又闪烁了一下，她听到了阿伦的鼻音在卡洛林斯卡医院尸检室的瓷砖墙上回响。

“尸体严重烧伤，身体都爆开了，烧成了煤焦。头部失踪，以及……”

“但是你能认出他来吗？”

“我才到这里一刻钟，大概要过几天才能找到任何可靠的证据来证明身份。”

“我知道，但我想知道……”

“我现在只能说。”阿伦接着说，“这个人大约二十五岁，他是……”

“那不是杰里科·沃尔特吗？”

“杰里科·沃尔特？不不不……你认为他是杰里科？”

楼上有脚步声。

萨迦抬起头，看见厨房的灯在颤抖，在烛光下，它在天花板上投下了一个摇曳的影子。她从枪套里拿出手枪，低声说：“我在瑞德·弗罗斯特的家里，你得尽快帮我叫救护车和警察来这里。”

173

瑞德正在楼上寂静的房间里走动，他的左手遮挡着烛光以防它跳动，光线在墙壁和家具上闪烁，重影反射在了黑色的窗户上。

他觉得自己听到了身后有脚步声，但是当他停下来转过身时，看到的只有反着光的皮制家具和玻璃门的大书架。

他刚刚走进门的起居室是一个巨大的黑色方块，没法看见有没有人在里面。他向前迈了一步，阴影中有什么东西闪了一下，然后消失了。

瑞德转过身来，看到窗外有微弱的灯光。他继续前进，热蜡从他的手指间流了下来。

地板在他脚下嘎吱作响，当他停在米凯尔的房间外面时，感到了一阵异样的不安。

他回头望着那条长长的走廊，上面摆着一排排的旧画像。在他的每走一步之后，地板就发出吱吱嘎嘎的声音。

瑞德小心地敲了敲米凯尔的门，等了一会儿，然后伸手推开。

“米凯尔？”他向黑暗的房间问道。

他把蜡烛举到床边，墙壁在黄光中摇晃。被子被卷了起来，耷拉在床边，一半落在了地毯上。

他凑近看了看，米凯尔已经消失了。

瑞德弯腰往床底下看时，额头上冒出了汗珠。

突然，他听到身后沙沙作响，他立即转身，蜡烛差点儿熄灭。

火焰在再次生长之前收缩并转动成颤抖的蓝色。他的心跳加快，胸部开始隐隐作痛。

那里没有人。

他慢慢地向门口走去，试图从黑暗中找到什么。

衣柜里有刮擦声传来，嘎吱嘎吱。瑞德看着关着的门，然后走过去，犹豫着，伸出一只手，打开一扇门。

米凯尔坐在衣服中间挤成一团。

“睡魔来了。”他低声说，又向衣柜里侧缩去。

“只是停电了。”瑞德说，“我们要去……”

“他就在这里。”米凯尔低声说。

“睡魔死了。”瑞德伸出手说，“你明白我说的话吗？菲莉西亚安全了，她会好起来的，她会得到跟你一样的治疗，我们现在就去看她。”

尖叫声穿过墙壁，声音低沉，但听起来像野兽似的，像一个男人在可怕的痛苦中的哭声。

“爸爸……”

瑞德把儿子从衣柜里拉出来，蜡滴掉在了地上。

一切又陷入了沉默。发生了什么事？

米凯尔试图蜷缩在地板上，但瑞德拖着他站了起来。

汗水从瑞德的背上流下来。

他们一起离开卧室，沿着走廊向前走。

一股寒风吹过地面。

“等一下。”瑞德低声说，从他们前面客厅的地板上可以听到嘎吱嘎吱的声音。

走廊尽头的门口出现了一个瘦削的身影。是杰里科·沃尔特，他的眼睛在屠夫般的脸上闪着幽光，右手拿着一把泛着冷光的刀。

瑞德踢掉了自己的拖鞋，把蜡烛往杰里科身上扔去，蜡烛飞在半空中，然后跌到了地上。

他们转过身，头也不回地向走廊跑去。一片漆黑，米凯尔撞倒了椅子，又差点儿因撞到墙而摔倒，他的手在墙纸上胡乱抓着。

一幅画坠到地上，玻璃碎了，碎片散布在屋里。

他们推开一扇沉重的门，跌跌撞撞地撞进了一间接待室。

瑞德不得不停下来，他咳嗽着，摸索着找什么东西支撑自己。

脚步声沿着走廊快速逼近。

“爸爸！”

“关上门，关上门！”他急喘道。

米凯尔“砰”的一声关上沉重的门，把钥匙转了三圈。片刻后，门把手开始震动，门框发出嘎吱嘎吱的声响。米凯尔向后退，坐在地板上，盯着门。

“你拿了你的手机吗？”瑞德一边咳嗽一边说。

“在我的房间里。”米凯尔低声说。

疼痛从瑞德的胸部传来，慢慢蔓延到他的左手。

“我得休息一下。”他虚弱地说，感觉已经无法站稳。

门上厚重的木头被一次次撞击着，但还没有被撞开。

“他进不来的。”瑞德低声说，“我只要稍稍休息一下……”

“你的硝酸甘油喷雾剂在哪里？爸爸？”

瑞德此时已经汗流浃背，胸膛传来巨大的压力，几乎无法说出话来。

“在楼下大厅里，在我的外套……”

174

萨迦拿着手枪走过走廊，蹑手蹑脚地走向大厅的楼梯。

她必须找到米凯尔和瑞德，然后把他们带到车上。外面的天空此时已经稍微变亮了些，因为现在肉眼已经可以分辨墙上的画和家具。

她体内的肾上腺素使她保持着警觉。

脚步声消失了，她走过地毯，走过黑色的钢琴，眼角瞥见有什么闪烁的东西。她转过头，看到一个拉长了的大提琴阴影。

墙壁在咔嗒咔嗒地响，好像外面的温度突然下降了好几度。

萨迦用手枪瞄准了地面，慢慢地把手指伸向扳机，小心地用力，把扳机按在第一格槽中。

她停下来仔细听，屋子里一片寂静，她前面的门厅比其他房间更黑暗。

当萨迦继续向前走时，她听到身后传来一阵急促的声音。她快速转身，看到屋顶的雪沿着玻璃窗滑落下来。

她的心怦怦直跳。

当她转身走向大厅时，看见一只手放在了门上。

一根瘦骨嶙峋的手指按在门的边缘。

萨迦把手枪对准门口，准备开枪，但是突然一声可怕的尖叫声传来，手向下滑去，然后消失了。接着是“砰”的一声，有东西掉到了地板上。

一个人躺在地板上，他的一条腿痉挛性地抽搐着。

她走过去，发现是演员威利·斯特兰德贝里，他快速喘息着，用手抓着肚子，指尖冒着血。

他困惑地看着萨迦，眨着眼。

“我是警察。”她说话的时候听到楼梯在某人的重压下发出吱吱嘎嘎的声响，“救护车正在路上。”

“他要抓走米凯尔。”演员呻吟着说道。

175

米凯尔盯着锁着的门，嘴中自言自语着什么。这时钥匙突然被推了出来，掉在了镶花的地板上，发出一声闷响。

瑞德站在那里，用手按住疼痛的胸口。他汗流浃背，很痛苦。他试了好几次想要叫米凯尔快跑，但他一点儿声音也发不出来。

“你还能走路吗？”米凯尔轻声问。

瑞德点点头，迈出了一步。米凯尔把父亲的胳膊放在他的肩膀上，试图带他走向书房。在他们身后，门锁传来一阵刮擦声。

他们慢慢地走过一个高高的橱柜，沿着一面有着挂毯的墙向前，墙上挂满了木制的框架。

瑞德又停了下来，咳嗽，喘着气。

“坚持住。”他说。

他用手指沿着第三条挂毯的边缘移动，打开一扇隐蔽的门。这是仆人用的楼梯，可以直通厨房。他们蹑手蹑脚地走进狭窄的通道，轻轻地关上了门。

瑞德靠在墙上，轻声咳嗽，感觉着从手臂上传来的疼痛。

“继续下楼。”他低声说。

米凯尔摇摇头，正要说些什么，这时外面房间的门被撞开了。

杰里科闯了进来。

他们站在那里，好像瘫痪了一般，看着他越来越靠近面前的挂毯。

他匍匐向前，蹲下来，手里拿着一把长刀，像一只捕食者一般。

他轻声的呼吸能从门里被清晰地听见。

瑞德咬紧牙关靠在墙上，胸口疼得厉害，疼痛一直蔓延到了他的下巴。

杰里科现在离他们非常近，甚至能通过挂毯闻见他的汗味。

他们都屏住呼吸，杰里科走过隐藏地门，向书房走去。

米凯尔试图在杰里科意识到自己被骗之前让瑞德走下狭窄的楼梯。

瑞德摇摇头，米凯尔看着他痛苦的脸。他憋着咳嗽，想迈一步，但身体一阵踉跄，地板在他右脚下吱吱作响。

杰里科转过身来直视着那扇隐藏的门，当他意识到自己在看什么时，苍白的眼睛变得异常平静。

走廊里传来一声巨响，碎片越过高高的柜子飞在空气中。

杰里科像影子一样溜到一边隐蔽了起来。

米凯尔拉着瑞德一起沿着狭窄的楼梯朝厨房走去。

在他们后面，伯齐利厄斯走进通向书房的通道，手里拿着瑞德的老式柯尔特手枪。他矮矮的个子，脸颊红红的，眼镜推在了鼻子上，向前走着。

“放开米凯尔！”他喊道，走过高大的橱柜。

死亡来得如此之快，以至于伯齐利厄斯只来得及惊讶。

起初，他觉得握着手枪的手腕被紧紧地抓住了，然后当那把刀片刺穿他的肋骨并击中他的心脏时，他感到一阵剧痛。

没有太多的痛苦。

这更像是一阵全身的抽筋，但与此同时，当刀刃再次滑出时，大量的热血顺着他的臀部流下。

他跪倒在地上，意识到自己已经失禁。他突然想起了自己追求妻子安娜·卡琳的时光，那时在他们还没离婚，她也没有生病之前。当他早早地从奥斯陆回到家时，她站在低矮的阳台上，脸上满是惊喜和幸福，怀里抱着四袋薯片，唱着《温柔地爱我》。

伯齐利厄斯一头栽倒在地上，以为自己应该能爬到什么地方躲起来，可是一阵强烈的疲倦像暴风雨一样席卷了他。

他甚至没有注意到杰里科第二次把刀子刺进他的身体。刀片以不同的角度进入，直接穿过他的肋骨，并停留在了那里。

176

萨迦到达宽阔楼梯的顶端，匆匆穿过楼上的房间。那里没有人，没有声音。在策略上，她试图避开每一个危险的角度，在穿过时确认每一个区域安全，但是她不得不冒进，这样才可以更快地移动。

她把手枪瞄准一个质地光亮的皮沙发，当她经过时，又瞄准着门口，然后左转，走了进去。

挂着画像的长长走廊的地上有着一根蜡烛。

一间卧室的门是敞开的，床上用品掉在了地上。萨迦匆匆走过，在左边窗户里瞥见了自己的影子。

这时前面的一个房间里传来一声枪响。萨迦紧靠在右边的墙壁上，举起手枪朝着枪声跑去。

“放开米凯尔！”一个男人大喊。

萨迦奋力奔跑，跳过一个仰椅，停在一个关着的门前。

她小心地把门把手按下去，门摆动着打开。

空气中弥漫着火药的气味，房间里漆黑而安静。

萨迦变得更加谨慎。

她开始感觉到手枪压着肩的重量，手指在扳机上颤抖。她调整自己，进行平稳的呼吸，然后向右倾斜以获得更好的视野。

传来一阵闷闷的砰砰声，然后是轻微的金属回声。有东西在移动，阴影消失了。

她看见一个高高的橱柜旁边的地板上有着一大摊的血正在暗暗发出着微弱的光。

向前一步，她看见一个男人躺在地上，身上插着一把刀。他一动不动地躺着，嘴唇露出奇异的笑容。她的第一个冲动是冲到那个男人身边，但是有什么阻止了她。

房间里很难看清楚。

她放下手枪，把胳膊放松了几秒钟，然后又举起手，向右移了几步。

墙上挂着一段挂毯，通过它有一条通向狭窄楼梯的短通道。她可以听到从下面传来的脚步拖曳声，她抬起手上的格洛克对着通道，慢慢靠近。

房间的另一端的门开着，通向一个黑黝黝的书房。

有微弱的咔咔声，好像有人在用舌头润湿她的嘴。

她什么也看不见。

手枪在她手中颤抖。

她面前的窗户一片漆黑，她向前迈了一步，屏住呼吸，然后听到身后有人在呼吸。

萨迦立即转身，左右探查。但是太晚了，一只强有力的手抓住了她的喉咙，她被用力地朝着橱柜的角落撞去。

杰里科紧紧地抓着她的脖子，以至于她大脑的血液供应被切断了。他平静地看着她，紧紧地卡着她。她的视力开始变黑，格洛克从她手中掉了下来。

萨迦试图扭动身体挣脱，就在她失去知觉之前，她听到了杰里科的耳语："迷人的家伙……"

他把她猛撞到柜子上，她的头撞到了柜角，然后他又把她的太阳穴撞在石墙上。她跌倒在地上，眼冒金星，看见杰里科俯身在死人身上把刀从身体里拔出来。过了一会儿，眼前的一切就变黑了。

177

他们不再管是不是发出声音，米凯尔扶着瑞德从狭窄的仆人通道走下楼梯。他们向左拐，沿着它慢慢向前走，穿过圣诞橱柜，走进厨房。

瑞德不得不停下来，他不能再往前走了，他需要躺下，胸口一阵阵紧缩，让他无法忍受。

“你必须离开这里。”他喘息着，然后微弱地咳嗽，“跑，跑到大路上去。”

在厨房的桌子上，蜡烛还在燃烧，火焰在闪烁，蜡从瓶子的一边流到亚麻桌布上。

“不能就我自己。”米凯尔说，“我不能……”

瑞德深吸了一口气，又开始迈步。他斜靠着墙壁，眼睛中有着火的感觉，把一幅卡尔伯格的画撞歪了。

他们穿过音乐室，瑞德已经几乎感觉不到他赤脚底下的地面。

实木地板上有血迹，前门打开，雪吹进来，穿过波斯地毯，一直通向宽阔的楼梯。

米凯尔跑向衣柜，拿出瑞德的外套，找到粉红色的硝酸甘油喷雾剂。瑞德握着双手，把它举到嘴边，张开嘴，在舌头下面喷一些药，他又走了几步，停下来又喷了一次。

他指着房间另一边的汽车钥匙。

现在他们可以听到从厨房里传来的沉重脚步声。没有时间了，他们冲进了黑色的冬日早晨。

空气冷得吓人。

石阶上的雪被掀了起来。米凯尔穿着运动鞋，但瑞德赤裸的脚被雪冻得生疼。

他胸口的疼痛消失了，现在可以跑得快一些，他们一起跑向萨迦·鲍尔的汽车。

瑞德拉开车门向里看，发现钥匙并不在。

杰里科·沃尔特出现在了台阶上，在黑暗中看着他们。他把刀上的血甩了甩，然后径直走向他们。

他们穿过雪向马厩跑去，但是杰里科的速度太快了。瑞德将视线越过田野，远处河里黑冰如雪中一条卷曲着的长带奔流着。

178

萨迦醒来发现血液流进了她的眼睛里。她眨了眨眼，翻过身来，太阳穴在跳动，她感到头痛欲裂，喉咙也肿着，呼吸困难。

她试着触摸她太阳穴上的伤口，发出了痛苦的呻吟。她的脸贴在地上，可以看到她的格洛克躺在橱窗抽屉下面的灰尘里。

她又闭上眼睛，试图弄清楚发生了什么事。

她意识到乔纳是对的，杰里科想要把米凯尔抓回去。

她不知道自己昏迷了多久，房间里还是一片漆黑。

她翻滚着身体，呜咽着：“哦，天哪……”

她费了很大的劲才站起来，用颤抖的手臂爬过死者周围的一大摊血，抓到了抽屉。

她伸手去拿枪，但够不着。

萨迦躺在地上，尽可能地向前伸，但只是设法用她的指尖轻推格洛克。没有办法，她的头还很晕，感觉整个房间都是倾斜的，她不得不闭上眼睛。

突然她透过闭着的眼睑看到了光，她抬起头来，注意到一股奇怪的白光，白光缓缓地穿过天花板。

她转过头来，看见光是从庄园里传来，在窗外的冰晶上闪闪发亮。

萨迦强迫自己站起来，喘气，用胸部靠在抽屉上支撑着自己，一滴血从她的嘴里滴了下来。她向窗外望去，看见戴维·西尔凡正跑过去，手里拿着一个熊熊燃烧的紧急照明棒，明亮的光在他周围闪耀。

除此以外，外面的一切都是黑色的。

戴维从深雪中走了出来，拿着紧急照明棒，光辉一直随着他延伸到了远处。

就在这时，萨迦看到了杰里科的背影和他手中的刀。

她“砰”的一声敲在窗户上，试图打开。她拽着窗闩，但它生锈了，根本拽不动。

179

瑞德试图用冰冷的手指打开马厩门上的组合锁。小小的密码盘被冻得硬硬的，他的指尖按在冰冻的金属上。米凯尔低声催促着他。

“快点儿，爸爸，快点儿……”

杰里科手里拿着刀正在雪中穿行。瑞德对手指哈了口气，设法拨动最后一个数字。他解开锁，拉开门闩，试图打开门。

地上的积雪太厚了。

当拽门的时候，他能听到里面的马匹发出的声音，有的在静静地打鼾，有的在黑暗中跺脚。

“加油，爸爸。”米凯尔喊着，一起帮他拉。

瑞德开了一扇门，转过身来，看见杰里科·沃尔特拿着那把刀已经逼近。

他做了一个手势，用刀刃擦了下裤子。

现在跑太晚了。

瑞德举手自卫，但杰里科抓住他的脖子，强迫他靠在马厩的墙上。

“对不起。”瑞德说，“对不起……”

杰里科用巨大的力量将刀子直接穿透了瑞德的肩膀，把他钉在墙上。瑞德痛苦地尖叫着，他的目光迸裂出火花。马匹发出焦虑的声音，用沉重的身躯蹭着马厩的分隔栏。

瑞德被卡住了，他的肩部痛得厉害，每一秒钟都变得难以忍受。他能感觉到热血从手臂流下来。

米凯尔正试图挤进马厩里，但杰里科靠近了他，从后面抓住了年轻人的头发，把他拽了出来，用力拍打他的脸，他倒在了雪地里。

“不要，不要！”瑞德喘息着叫道，同时看见庄园里出现了一道亮光。

那是戴维，手里拿着紧急照明棒正朝他们跑来，白色的光正在噼啪作响。

“空中救护正在路上。”他喊道，但当他看到杰里科转过身来时停了下来。

180

萨迦拽着柜子的抽屉，设法把它从墙边上拉开几厘米。她的头很痛，仍然感到头晕。她吐出了一些血，然后弯腰，用双手抓住柜子的底部，吼叫着把它翻了过来。柜子向前倾斜，翻倒在了地上。

她迅速拿起手枪，用枪柄砸碎玻璃窗，碎玻璃如雨点般落在地上，窗棂也叮当作响。

她眨了眨眼，看见明亮的光照在雪地上，像一只深海里的白色水母。杰里科正朝着那个带着紧急照明棒的人走去。那人后退，试图用燃烧的火焰击中他，但是杰里科太快了，抓住了那个人的胳膊，并一下折断了它。

萨迦把窗户底部的最后几块玻璃敲碎。

杰里科像狮子一样站在他的“猎物”面前，快速而有效地移动着，击中他的颈部和肾脏。

萨迦伸出她的手枪，眨眼让挡住视线的血移开，让她能看清目标。

那人躺在雪地上，身体抽搐着，他旁边的照明棒仍在发出着耀眼的光芒。

就在萨迦开枪的时候杰里科向一旁移动，他离开了光，进入了阴影。

耀眼的光芒照亮了一圈白雪，那人已经停止动弹，直直地躺着。红色的马厩只有在不时迸裂的火光中才能看清，其他的一切都没入黑暗。

181

瑞德喘不过气来，他被钉在墙上，被刀扎的地方疼得很厉害，伤口仿佛在燃烧一般，温热的血液从他的身体上流淌了下来。

他看到杰里科在枪声之前就消失了，戴维静静地躺在雪地里，不知道他受了多严重的伤。东方的天空开始微微发亮，瑞德可以看到远处的萨迦·鲍尔在一楼的窗户里。

是她开的枪，但没有命中。

瑞德的呼吸和心跳都很快，他意识到自己即将因为失血休克。

米凯尔咳嗽着，把一只手放在耳朵上，整个人摇摇晃晃。

“爸爸……”

在杰里科再次出现之前，他没能再多说一个字。杰里科又把他撞倒在地，然后抓住了他的一条腿，把他往黑暗中拖去。

“米凯尔！”瑞德尖叫道。

杰里科拖着他的儿子在雪中前行。米凯尔张开双臂，想找些东西抓住。他们消失在了远处河流的位置，瑞德只能看到他们浅浅的影子。

杰里科来到这里是为了得到米凯尔，他困惑地思考着。

天色仍然太黑，萨迦无法从窗口的位置分辨出杰里科的人影。

瑞德一边握着刀柄，一边号叫着，但没能拔出来。他只好稍微挪动角度，刀刃深入了一些。

温热的血液流过把手和手指。

他喊叫着再次用力拔，终于把自己从钉着的墙上弄了下来。刀子滑了出来，瑞德跌倒在雪地上。太疼了，他只能匍匐前进，然后咬着牙试着站起来。

“米凯尔！”

他踉踉跄跄地走向雪地燃烧的照明棒，捡了起来，感觉到火星溅到了他的手。他险些跌倒，努力保持着平衡。他望着远处湍流的水面，可以看到杰里科在雪地上的身影。瑞德开始向前追去，但已经没有体力。他知道杰里科打算把米凯尔拖进森林，和他一起永远消失。

182

萨迦把她的手枪从窗户里伸出来，看见瑞德·弗罗斯特在照明棒的光芒中。他捡起了它，血从他身上流下来，他踉跄了一下，看起来差点儿摔倒，然后他把照明棒扔向远处。

萨迦擦了擦眉毛上的血，看到照明棒在黑暗中以弧度旋转着，她用眼睛跟着它，看着它落在雪地上。在白色的辉光中，她可以清楚地分辨出杰里科·沃尔特。他的背后拖着米凯尔，距离瑞德差不多一百米远。

这个距离不短，但是萨迦把她的手臂靠在窗框上，瞄准目标。

杰里科就要逃了。拿着手枪的手还在抖动，杰里科的黑色身影即将离开视线。

萨迦试图保持枪的稳定，她缓慢地呼吸，扣动扳机经过第一个卡槽，这时却看见杰里科的头向一侧偏了一下。

她无法聚焦，拼命眨着眼睛。

过一会儿，射击的角度更好了一些，当瞄准的视线逐渐下降时，她决然地扣动了三次扳机。

尖锐的爆炸声在庄园和街区之间回响。萨迦希望至少有一颗子弹击中杰里科的脖子。萨迦看见了喷出的血，像一个红色的雾霾笼罩在白色的光芒中。

她又开了几枪，然后看见他放开了米凯尔，身体摔进了阴影之中。

萨迦向后离开窗户，转身，跑着穿过隐藏的门。

她冲下楼去，手中的枪“砰”的一声撞在栏杆上。她跑进厨房，穿过房间和大厅，到外面的雪地里。她气喘吁吁，拿起手枪向白色的照明棒走去。在更远处，她看到急流中的黑水散发着诡异的光芒，像是白幕中含着金属裂缝。

她穿过深雪，试图穿过黑暗，向森林走去。

照明棒的光开始减弱，很快就会熄灭。米凯尔躺在雪地上喘着气。照明棒发出的光亮边缘有着血迹，但杰里科的身体不在那里。

“杰里科。”她低声说着，拿起了照明棒，然后在雪地上发现了他的踪迹。

萨迦的头疼得厉害，她高举起照明棒，然后继续向前走。光芒在她面前闪烁，阴影和光在雪地上互相争夺着，突然她从眼角看到了有动静。

杰里科站了起来，在雪地里走着。

萨迦在她完全瞄准之前就开了火，子弹穿过他的手臂顶部，他蹒跚向一边，几乎要跌倒，然后沿着陡峭的斜坡走几步来到了急流前。

萨迦拿着照明棒跟了过去，她再一次看清了他的身影，瞄准他的胸部开了三枪。

杰里科向后倒下，从岸边滚入了湍急的黑水中。萨迦开枪时正是杰里科倒下的时候，子弹击中了他的脸颊和耳朵。

他被吸进水中，她跑过去，想在他消失之前再击中他。萨迦换了一个弹夹，滑下陡峭的斜坡，摔倒在雪地里，她摇摇晃晃地站起来，瞄准着黑水开枪。她把照明棒照向急流，光线穿透水面和旋转的气泡，通向暗褐色的底部。有什么东西正在水底滚动，突然她瞥见在石头和杂草中间有着一张皱巴巴的脸。

萨迦再次开枪，一片血腥的水花在黑暗中涌出。她瞄准并继续射击，把所有的子弹全部打完，然后换上新的弹夹，再次射击。她跟着水流沿着岸一边走，一边继续射击，直到她把身上所有的弹药全部打完。杰里科·沃尔特的身体消失在了急流推动的冰层之下。

萨迦气喘吁吁地站在岸边，照明棒燃烧殆尽，只剩下了红色暗光。

她盯着水面，眼泪从她的脸上淌了下来。

第一缕阳光开始照到树梢上，温暖的黎明之光在闪闪发光的雪地里散开。有一架直升机在空中接近，萨迦终于意识到一切已经结束了。

183

萨迦被救护车送往丹德里德医院，在那里她被告知需要接受一系列的检查。她在病房里躺了一会儿，但在接受治疗之前就坐出租车离开了医院。

现在她在卡洛林斯卡医院的走廊里蹒跚而行，瑞德和米凯尔接受的是空中救护，他们现在就在这个医院。她的衣服脏兮兮的，脸上沾满了鲜血，右耳能听到的只有嗡嗡声。

瑞德和他的儿子还在 12 号急诊室。她打开门，看见瑞德躺在手术台上。

米凯尔站在他旁边，握着他的手。

瑞德一遍又一遍地告诉男护士他必须去看望他的女儿。

但他一看到萨迦，陷入了沉默。

米凯尔从手推车上拿了一些干净的纱布过来。他指着她的额头，血液从她眉毛上的伤口中流了出来。

护士走过来看着萨迦，然后请她去检查室。

“我是警察。”萨迦说着开始寻找她的证件。

“你现在需要治疗。”男护士说。

但萨加打断了他，要求他带大家到位于传染科的菲莉西亚·科勒·弗罗斯特的病房。

“我得去见她。”她严肃地说。

护士打了个电话，然后过来推起瑞德的床朝电梯走去。

病床的轮子在苍白的乙烯基地板上发出微弱的声音。萨迦跟在后面，突然感觉到了一种想哭的冲动。

瑞德闭着眼睛躺着，米凯尔走在一旁，握着父亲的手。

一位年轻的护士走了过来，把他们带进了一间带照明的重症监护室。

唯一的声音是缓慢的喘息和监测心率，呼吸，血氧和心电图的机器发出的嘀嗒声。

床上躺着一个极其瘦弱的女人，她长长的黑发披散在肩膀和枕头上。她的眼睛闭着，瘦小的手放在身边。

她呼吸急促，脸上满是汗珠。

“菲莉西亚。”瑞德低声叫着她的名字，试着用手触摸她。

米凯尔朝他的妹妹微微一笑，低声对她说了些什么。

萨迦站在他们身后，凝视着菲莉西亚，她已经从黑暗中被解救了出来。

尾声

两天后，萨迦正穿过公园向安全局的总部走去，被雪覆盖的灌木丛和树上有鸟儿在歌唱。

她的头发又长出来了，太阳穴上缝了十二针，眉毛上缝了五针。

昨天，局长弗纳·赞登打电话告诉她今天早上八点到他的办公室去领取安全警察荣誉勋章。

三人在庄园中死去，杰里科·沃尔特的尸体被冲走，深深地掩埋在了湖面上的冰层之下。

在她出院前，她去看望了乔纳。他耐心地回答了她的问题，告诉了她杰里科和他的兄弟为什么做这些事情。

乔纳的身体颤抖着，慢慢地解释着一切，仿佛还未从冻伤中恢复过来。

瓦蒂姆·勒瓦诺夫和他的两个儿子伊戈尔和罗曼在1960年的灾难性事故后逃离列宁斯克，当时一枚洲际导弹在发射台上发生了爆炸。他最终到达了瑞典，获得了工作许可证，并在采石场找到了一份工作，住在工人营地。他的孩子们与他秘密地生活在一起，他会在晚上给他们上课，白天的时候则把他们藏起来。他一直希望他能得到瑞典国籍，并希望他和他的儿子们有机会重新生活。

乔纳要了一杯水，当萨迦俯身帮他喝水时，她能感觉到他在颤抖，好像整个人都冻僵了，即使他的身体正在向外释放着热量。

萨迦回忆起瑞德讲述了他是如何认识双胞胎的，并开始和他们玩耍。双胞胎带着瑞德来到采石场，在沙堆中嬉戏。一天晚上，瑞德被一个领班抓住了。他非常害怕，把所有的责任都归咎于年长的男孩们，并指出了他们的住处。

这对双胞胎被儿童福利委员会收容，由于他们没有在瑞典任何登记册上登记，案件被转交给了外籍事务部。

乔纳向护士要了一条暖和的毯子，并向萨迦解释说杰里科的弟弟得了肺炎，当杰里科被引渡到哈萨克斯坦时他正在医院接受治疗。但因为杰里科没有任何亲属，他最终来到了巴甫洛达尔的一个儿童之家。

从十三岁起，他就在艾尔提什河上的驳船上工作。在斯大林去世后，他被一个车臣民兵组织强行招募。他们把十五岁的杰里科带到了格罗兹尼郊区，把他变成了一名士兵。

“兄弟两人身处不同的国家。”乔纳低声说。

“这也太过分了。”萨迦不由得感叹。

当时瑞典对移民的经验非常少，并没有有效的处理方法，所以犯了错误。杰里科的弟弟在他身体好转后就被送到了俄罗斯，最终被安置在莫斯科东南部的儿童之家，由于后遗症，他被定性为弱智。杰里科当了多年士兵后离开了车臣，设法去找他的弟弟。他弟弟此时被转移到了精神病院，叫塞尔布斯基研究所，人已经彻底毁了。

萨迦全神贯注地想着这对孪生兄弟的遭遇，以至于没有注意到科琳·梅尔罗斯和她同时走进了安全门。她们互相撞在了一起，科琳把头发绑了起来，穿着一件黑色的风衣，踩着高跟鞋。有一次，萨迦尝试了她穿着的方式，根本无法驾驭。

“你很厉害呀。”科琳微笑着，拥抱了她一下。

萨迦和科琳走出电梯，并肩走下走廊，来到她们局长的大办公室。内森·波洛克，卡洛斯·埃利亚松和弗纳·赞登已经在等她们了，桌子上有一瓶泰坦瑞香槟酒和五个香槟酒杯。

关上门后萨迦和三人握了手。

“让我们先默哀一分钟，以纪念我们的同事塞缪尔·孟德尔和他的家人，以及所有其他的受害者。”卡洛斯说。

萨迦低下头，发现她的视线中可以看到一张警察在旧砖厂所在工业区的照片。到了早晨，大家明白没有受害者还活着。在泥泞的雪地里，法医人员用不同的编号标志了十四个坟墓。塞缪尔·孟德尔的两个儿子被发现绑在一个大轴承上，身上盖着一块波纹金属板。丽贝卡的遗体被发现埋在十米远的一个插有塑料空气管的鼓中。

萨迦被耳鸣声所淹没，她闭上眼睛试着去理解。

受伤的双胞胎来到了波兰，罗曼杀死了第一个人，拿走了他的护照，成了杰里科·沃尔特。他们搭乘一艘从希维诺伊希切到于斯塔德的渡船，然后来到瑞典。

那时他们已经到了中年，兄弟俩回到了与父亲分开的地方，也就是采石场工人营地。

他们的父亲花了几十年的时间试图追查这两个男孩，但是他不能亲自去俄罗斯寻找。为了寻找他的孩子，他写了几百封信，等着他们回来，但是就在兄弟俩到达瑞典一年前，老人放弃了，把自己吊死在了地窖里。

在萨迦离开医院之前，乔纳闭上眼睛，试图坐起来，他解释说，发现父亲自杀这件事摧毁了杰里科的灵魂。

“他开始谋划自己的血腥复仇计划。”乔纳用微不可闻的声音说道。

每个促成他家庭破裂的人都会经历同样的命运。杰里科会把他们的孩子、他们的妻子、他们的孙子，甚至姐妹和兄弟都带走。有罪的一方会像他们的父亲一样独自留在采石场，他们必须年复一年地等待，只有当他们自杀后，那些幸存下来的亲属才被允许返回。

这就是为什么这对双胞胎没有杀死他们的受害者。并不是那些被埋葬的人需要受到惩罚，而是那些没有被他们抓走的人。在等待自杀的过程中，受害者被安置在棺材或鼓中。他们中的大多数人在几天后就死了，但有些人活了好几年。

在利尔 - 詹姆斯根森林和阿尔巴诺工业区附近发现的尸体就是杰里科·沃尔特可怕复仇所投下的残酷之光。他遵循了一个完全符合逻辑的计划，这就是为什么他的行为和受害者的选择似乎不符合其他连环杀手遵循的模式。

警方需要一段时间来填写所有的细节，但受害者的身份已经非常清晰。除了向采石场的工头透露男孩们住处的瑞德·弗罗斯特以外，其他的受害者还包括了儿童福利委员会的负责人和外籍事务部的办案官员。

萨迦想到了杰里米·马格努森，当他还年轻的时候，他在外籍事务部处理了双胞胎的案子。杰里科绑走了他的妻子、儿子和孙子，最后是他的女儿阿格妮塔。当杰里米最终在自己的狩猎小屋里上吊后，杰里科把还活着的阿格妮塔从坟墓里放了出来。

萨迦向自己重复说，杰里科是去释放她，就像他告诉乔纳一样，他打开棺材，坐在墓地上，看着她盲目地摸索着。她就是这个版本中的他，一个注定什么都无法挽回的孩子。

乔纳解释说杰里科弟弟的心理受到严重创伤，他住在他们父亲遗弃的宿舍里，他做了杰里科告诉他做的一切，学会了使用镇静剂，帮助他去抓人，并且看守坟墓。

他们父亲为了预防核战而建造的避难所此时成了遇难者的囚室。

萨迦的思绪被她的局长敲击玻璃的声音拉回了现实，弗纳有话要说。他庄重地从保险柜里取出一个蓝色的盒子，把它打开，取出奖章。

蓝黄相间的缎带上缠绕着星星。

当萨迦听到弗纳夸自己表现出了非凡的勇气和智慧时，她感到自己的心脏紧缩了一下。

房间里的气氛温和而庄重。

卡洛斯的眼睛湿润了，内森微笑地看着她，眼里含着忧郁的神情。

萨迦向前迈进了一步，弗纳把奖章贴在她胸前。

科琳拍拍她的手，给了她一个大大的微笑。卡洛斯打开香槟，软木塞喷到了空中。

萨迦向他们敬酒，接受着他们的祝贺。

她的听觉常常被一阵耳鸣所打断。

“你接下来打算做什么？”波洛克问。

“我请了病假，但是……我不知道。”

她知道她不可能坐在满是灰尘的公寓里，面对着枯萎的盆栽植物、内疚和记忆。

“萨迦·鲍尔，你为你的国家做了件大事。”弗纳说，然后又解释说，“不幸的是，鉴于整个案件都是保密的，而且已经从所有公开记录中抹去，我不得不把你的奖章锁在保险箱里。”

他小心地从萨迦身上取回了奖章，把它放回盒子里，锁进了保险箱中。

当萨迦走入纷纷大雪中时，可以看见太阳在朦胧的天际中闪耀。

在逮捕了杰里科之后，塞缪尔·孟德尔和乔纳·林纳进入了他的复仇名单。他的孪生弟弟劫持了塞缪尔一家，然后开始接近苏玛和卢米。

关于为什么米凯尔和菲莉西亚被关在胶囊里的唯一解释可能是杰里科从来没给他的弟弟任何关于他们该葬在哪里的命令。这些年杰里科一直被单独监禁在精神病房的安全科里。他弟弟只负责给他们一些食物，确保他们无法逃脱，然后像往常一样一直等待着杰里科的命令。

这很有可能是因为杰里科没有预见到上诉法院的判决会给他那么大的限制。

他无法与外界联系，只能被锁在洛文斯特伦斯卡医院的安全科里。

随着时间的流逝，杰里科制订了一个计划。当苏珊娜·哈贾姆选择给杰里科那份律师的信时，兄弟两人想出了一个法子。现在已经不可能知道这封加密的信里说了什么，但是有证据表明杰里科的弟弟只是简单地给了他一份关于乔纳·林纳的情况报告。

杰里科意识到自己必须逃跑，如果他能偷偷地将一封信送到信箱，那么就有机会逃出生天，而这个信箱就是他们兄弟俩用来互相沟通的中转站。

这对双胞胎从他们的父亲那里学到了先进的密码学，杰里科设法使他的信看起来像是在请求法律援助。事实上这是释放米凯尔的命令，杰里科知道这个消息会传到乔纳·林纳那里，然后警察会想方设法来联系他以图找出菲莉西亚。他不知道这次接触会采取什么形式，但他确信这会是他一直等待的机会。

因为没有人真的找他来协商如何找到这个女孩，他意识到新来的病人之一一定是警察，当萨迦试图拯救伯尼·拉尔森时，他洞悉了她的身份。

杰里科一直在观察年轻的医生安德斯·罗恩，他越过了自己的权限，肆意使用着他在安全科所拥有的权力。

当杰里科注意到他对萨迦赤裸裸的迷恋时，他知道他的逃跑计划应该如何实施。安德斯不可能抵抗得住这种睡美人，他要做的就是让这位年轻的医生带着他的钥匙和通行证进入萨迦的病房。

杰里科花了几个晚上的时间让湿润的卫生纸盖在他的脸上慢慢变干，模仿出一个头部，看起来就像睡在床上一样。

萨迦在寒风中停下脚步，站在了一家面包店外面，她不确定自己是否要进去。

她回忆起乔纳曾说过杰里科会欺骗每一个人，他能从聆听中拼凑出有利的信息，然后利用它们，把谎言和真实混淆在一起，使他的欺骗变得真假难辨。

萨迦转过身，穿过了马路向自己的公寓走去。旋转的雪花席卷而来，她仿佛走入了一条悲伤的隧道，里面只有冬日的阳光和她小时候的记忆。

她不想杀了妈妈，她知道，她不是故意的。

萨迦慢慢地走着，想着自己的父亲。他是桑克格朗医院的心脏病专家，她从十三岁起就再没有和他说过话。然而杰里科让她回忆起了当她小的时候，在母亲生病之前，他在祖父母的秋千前推着她玩耍的情景。

突然，她停了下来，感到一阵寒战从脖子传到了胳膊上。

一个男人走过，拉着坐在雪橇上的小女孩。

萨迦知道杰里科对每个人都散播了谎言。

但为什么她认为他是在告诉她真相呢？

萨迦坐在一个被雪覆盖的公园长椅上，从口袋里拿出手机，打电话给尼尔斯·阿伦。

“法医部，尼尔斯·阿伦。”

“我是萨迦·鲍尔。”她开口道，“我想……”

“现在尸体已经鉴别出来了。”阿伦打断了她的话，“他的名字叫安德斯·罗恩。”

“那不是我想问的。”

“那你想问什么？”

萨迦看着雪从雕像上吹落，雷神雕像正举起锤子砸向米德加德之蛇。

她不自觉地问道：“杀死一个人需要多少磷酸可待因的药片？”

“孩子还是成人？”阿伦问，语气中没有丝毫惊讶。

“成人。”萨迦回答，感到喉咙传来吞咽困难的感觉。

当他敲击键盘时，她听到他从鼻子发出的呼吸声。

“这取决于身高和体重……一般来说在三十五到四十五片药的话能到达致命的剂量。”

“四十五？”耳鸣突然传来，萨迦紧紧捂住自己的耳朵，“但是如果她只吃了十三片，那会杀了她吗？十三片！”

“不，不可能，她只会睡着，然后再醒来。”

“所以她自己把剩下的都吃了。”萨迦低声呢喃，摇摇晃晃地站了起来。

她能感觉到眼中盈起的泪水。杰里科是个大骗子，他就是这么用谎言来摧毁别人的。

她一生都憎恨着她父亲离开了她们，是他不回来，才让母亲凄惨地死去。

她必须查明真相，别无选择。

她又把手机拿出来，打电话要到了拉斯·艾瑞克·鲍尔家的电话。

萨迦慢慢地穿过广场。

“这是佩莱丽娜。”一个女孩的声音说道。

萨迦不出声地结束了通话。她静静地站着，抬头望着圣保罗教堂上空的白色天空。

“该死的。”她嘀咕着，又拨通了号码。

萨迦在雪中等待，直到女孩的声音再次响起。

“你好，佩莱丽娜。”

她用坚定的声音说：“请让拉斯·艾瑞克接电话。”

“您是哪位？”女孩问道。

“我叫萨迦。”她低声说。

“我有一个叫萨迦的姐姐。”佩莱丽娜说，“但我从未见过她。”

萨迦哽咽，无法说话。她听到佩莱丽娜把电话递给某人说萨迦想和他说话。

“我是拉斯·艾瑞克。”一个熟悉的声音传来。

萨迦深吸一口气，认为一切都太迟了，除了真相。

“爸爸，我得问一下……妈妈去世的时候……你们俩还是夫妻吗？”

“不是。”他回答，“我们两年前就离婚了，那时你才五岁。她从不让我来看你，我找了一个律师……”

他沉默下来，大家闭上眼睛，试图停止双手的颤抖。

“妈妈说你抛弃了我们，她说你没法忍受她的病，你不要我了。”

“玛吉是病了，她患有精神躁郁症……我很抱歉你度过了那么糟糕的时光。”

“那天晚上我给你打电话了。”她的声音听起来很寂寞。

“是的，”她的父亲叹息道，“你妈妈常常强迫你打电话给我……她也会打电话，一晚上三十次，也许更多。”

“我不知道是这样……”

“你在哪里？告诉我你在哪里，我可以来接你……”

“谢谢，爸爸，但是……我得去看一个朋友。”

“那之后呢？”他问道。

“我会再打电话的。”

“萨迦，你要保证一定会打来。”他说。

她点点头，然后穿过雪地叫了一辆出租车。

萨迦在卡洛林斯卡医院的接待处等候。乔纳·林纳已经不在重症监护室，而是搬到了一个较小的房间里。当她走向电梯时，想起了迪莎死后乔纳脸上的表情。

当她上次看望他时，他唯一要求的就是找到杰里科·沃尔特的尸体并让他看到。

她知道自己杀死了杰里科，但她依旧得告诉乔纳，卡洛斯派出的潜水员潜入冰下好几天还是没能找到尸体。

他位于第八层的病房的门半开着，她听到一个女人说要去拿一条热毯时，她在走廊里停了下来。过了一会儿，一个护士走了出来，然后又转身走回到了病房里。

“你有一双神奇的眼睛，乔纳。”她说完后又离开了。

萨迦静静地站着，闭了一会儿灼热的眼睑，然后走向病房。

她敲了敲敞开的门，走进病房，在满是阳光的窗户前停了下来。

萨迦看着空荡荡的床，点滴依旧在支架上悬垂着，输液针上沾着血珠，输液管还在空中摇摆着。地板上有一块坏了的手表，但房间内空无一人。

在五天后，警方立了案，乔纳·林纳消失了。

六个月后，搜查被取消，唯一继续寻找的人是就是萨迦·鲍尔，因为她知道他还没有死。